Aller guten Dinge sind vier – jetzt sind wir vollständig.
Für Lukas

Wuppertal, im Juni 2009

Impressum

Bittere Pille
ISBN 978-3-940491-09-1

rga. Buchverlag
J.F. Ziegler KG
Druckerei und Verlag
Konrad-Adenauer-Straße 2-4
42853 Remscheid

Tel. 0 21 91 / 90 92 62
www.rga-buchverlag.de
buchverlag@rga-online.de

1. Auflage 2009

Lektorat: Volker Maria Neumann
Korrektorat: Christoph Nettersheim
Druck: fgb · freiburger graphische betriebe
Titelgestaltung: Tanja Schmidt
Satz: www.reprosatz.de

Dies ist ein Roman.
Die Handlung ist frei erfunden.
Ähnlichkeiten mit lebenden oder bereits an den Nebenwirkungen des vorliegenden Buches verstorbenen Personen sind daher rein zufällig.
Zu Risiken und Nebenwirkungen fragen Sie Ihren Buchhändler.

P.S.: Ich empfehle aus gegebenem Anlass, den Beipackzettel Ihrer Medikamente ab sofort immer sehr gründlich zu lesen. Auch das Kleingedruckte ...

Der Autor

Prolog

„Er kommt zu sich."

Vier Worte. Es dauerte einen Moment, bis deren Bedeutung sein vernebeltes Hirn erreichte. Die Stimme klang hohl, blechern und bereitete ihm Angst. Wo befand er sich?

Er versuchte, die Augen zu öffnen, was ihm nicht gelang. Aber er verspürte einen fauligen, pelzigen Geschmack im Mund, schluckte trocken und hatte dabei den Eindruck, einen ganzen Kloß hinunterzuwürgen. Übelkeit stieg in ihm hoch. Gestorben war er offensichtlich nicht, dachte er erleichtert. Aber er fühlte sich taub und benommen, was vielleicht an den Nachwirkungen der Narkose lag.

Zustimmendes Grummeln mischte sich unter das monotone Fiepen irgendwelcher Instrumente. War das, was er da hörte, sein eigener Herzschlag? Wieder versuchte er zu blinzeln. Das Einzige, was er sah, war ein grelles Licht, das durch seine schweren Augenlider drang. Rot, blutunterlaufen. Er sah hochgewachsene Schatten, die das Licht verdeckten. Gestalten bauten sich um ihn herum auf. Er erinnerte sich an einen Augenzeugenbericht, der die Entführung durch Aliens geschildert hatte. Irgendwo hatte er so etwas mal gelesen und es für Blödsinn gehalten. Jetzt sah er das anders. Befand er sich an Bord eines Raumschiffs?

Wie war er hierher gelangt?

Er konnte sich an nichts erinnern. Es war, als hätten sie seine eingebaute Festplatte gelöscht. Nur noch das hohle Betriebssystem befand sich in seinem Kopf. Keine einzige Erinnerung, keine Emotion, nichts. Unendliche Leere breitete sich in seinem Kopf aus.

„Bringt ihn sofort raus, ich will nicht, dass er hier ..." Die Stimme klang souverän, als wäre sie es gewohnt, Befehle zu erteilen. Der, der da sprach, duldete keinen Widerspruch; der typische Chef, oder eben ein Akademiker, der es gewohnt war, weniger gebildeten Menschen sein Wissen zu vermitteln. „Sehen Sie seine Reflexe, er

reagiert, wenn auch sehr träge. Also kümmern Sie sich bitte um ihn, ja?"
Wieder ein zustimmendes Brummen.
„Seine Frau hat gesagt, dass er verbrannt werden möchte, falls ..." Eine Frauenstimme. Sie klang jung, verunsichert, besorgt. „Aber noch lebt er ja."
„Wir kümmern uns darum." Die Stimme eines jungen Mannes.
„Es muss schnell gehen." Da war sie wieder, die herrische Stimme. Zwei der Schatten wichen aus seinem Blickfeld, einer nach rechts, der andere nach links.
Ein metallisches Klappen, als würde eine Bremse gelöst werden. Dann spürte er den Ruck, der durch seinen Körper ging. Es fühlte sich an, als würde der Boden unter ihm weggezogen werden. Wieder brauchte er einen Moment, um zu begreifen, dass er auf dem Rücken lag. In einem Bett, auf einer Pritsche, einer Liege oder etwas Derartigem. Er krallte die Finger in den Untergrund und bekam ein Laken zu fassen, ohne jedoch Halt zu kriegen. Der Stoff lag in seinen Fäusten, er spannte die Muskeln an, konnte die Bewegung unter sich aber nicht aufhalten. Er sah Lichter, die intervallartig aufleuchteten, bevor es wieder ein wenig dunkler wurde. Das Rattern von Rädern oder Rollen unter ihm übertrug sich auf die gesamte Konstruktion, auf der er lag. Sein Körper vibrierte. Zu gerne hätte er endlich die Augen aufgeschlagen und gewusst, wo er sich befand und wo sie ihn hinschafften. Vermutlich schoben sie ihn mitsamt dem Bett über einen dieser kilometerlangen Krankenhauskorridore. Aber wie war er hierhergekommen? Leere beherrschte sein Denken.
Zu gerne hätte er einfach die Muskeln angespannt, um sich aufzusetzen und von dieser Liege, diesem Bett oder was immer es war herunterzuspringen. Doch es war, als würde sein Körper ihm nicht mehr gehören. Er spürte nichts. Keinen Schmerz, kein Gewicht, nichts. Die Seele hatte sich von seinem Körper gelöst und war dennoch darin gefangen wie in einer leblosen Hülle. Er war

bei vollem Bewusstsein, gleichwohl ihm jede Erinnerung an das Geschehene fehlte. Panikattacken schüttelten ihn wie mächtige Wellen ein Boot auf stürmischer See.

Er konnte seinen Willen nicht mehr äußern, er war diesen Leuten ausgeliefert, ob er wollte oder nicht. Also würde er abwarten und sehen, was sie mit ihm anstellten. Er hatte keine andere Wahl.

„Diesmal ist der Alte zu weit gegangen." Die Stimme gehörte dem jungen Mann. Er klang verbittert, frustriert. Er zerquetschte einen Fluch auf den Lippen.

„Ich will das nicht mehr, hörst du?" Die Stimme der Frau klang flehend. „Er setzt das Leben der Patienten aufs Spiel. Man sollte ihn bei der Ärztekammer anzeigen. Es ist das letzte Mal, dass ich bei diesem Spiel mitmache."

„Mach, was du willst."

Mit den Gesprächsfetzen, die er mitgehört hatte, konnte er nicht viel anfangen. Was war mit ihm geschehen? Die Gedanken taumelten wirr durch seinen Kopf. Ihm fehlte jede Erinnerung. Die letzten Stunden waren wie weggewischt aus seinem Gehirn. Der Verdacht, dass er sich in einem Krankenhaus befand, festigte sich. Aber, um Himmels willen, wo brachten sie ihn hin? Er mobilisierte alle Kräfte, spannte die Muskeln an und holte tief Luft. Ich bin nicht tot, schrie alles in ihm. Ich bin nicht tot, ich lebe!

Doch sie hörten ihn nicht. Wie auch, wenn er sich in einer anderen Dimension befand? Er spannte erneut die Muskeln an und spürte den Schmerz, der ihn lähmte. Kraftlos brach er zusammen und besann sich auf das, was ihm geblieben war: das Denken. Wo brachten sie ihn hin? Was hatten sie mit ihm vor? Wo immer der Weg auch enden würde, sie hatten ihn in ihrer Gewalt, und er musste tatenlos miterleben, was mit ihm geschah. Hilflos, ausgeliefert.

Ihm wurde heiß, und er glaubte, Schweißperlen auf seiner Stirn zu spüren. Doch das konnte auch Einbildung sein. Das Bett wurde angehalten, eine Tür geöffnet, dann fuhren sie ihn in einen dunklen Raum. Es war kalt, der Schweiß auf seiner Stirn kühlte ab, und er fror. Vermutlich trug er nur eines dieser dünnen Flatterhemden, die man den Patienten in Krankenhäusern verpasste. Diese Dinger mit dem eingewebten Krankenhauslogo am Saum, strahlend weiß, steril. Der Baumwollstoff schmirgelte hart wie ein Stück Pappe auf der Haut.

In dem Raum roch es scharf nach Desinfektionsmitteln. Am liebsten hätte er sich übergeben. Die Zunge bildete einen geschwollenen Fremdkörper in seinem Mund. Das Licht an der Decke wurde eingeschaltet, es flackerte kurz, bis die Röhren ihre Temperatur erreicht hatten und ein gleichmäßiges Licht verbreiteten. Das Klicken der Leuchtstoffkörper klang wie das Brechen einzelner Knochen. Er erschauderte.

Das Bett wurde an eine Wand geschoben. Mit einem harten Ruck stieß es gegen den Putz. Metall schepperte. Sein Körper rutschte an das Kopfende des Bettes, und ihm wurde schwindelig. Das eiserne Bettgestell erbebte, das Gewicht seines Körpers gehorchte den Gesetzen der Fliehkraft. Er drehte sich halb zur Seite, spürte die Wand, um wieder ins Laken zurückzufallen. Kraftlos, schlapp und noch immer benebelt.

„Mann, pass doch auf", zischte die Frau.

Eine Tür wurde zugeschlagen. Doch sie waren noch da. Er spürte ihre Anwesenheit. Es war, als hätte sich sein Bewusstsein erweitert. Sein Körper schien ihm bereits nicht mehr zu gehören, und auch die Sehkraft ließ rapide nach. Dennoch waren seine Sinne in Alarmbereitschaft.

Verächtliches Lachen. „Der kriegt doch eh nichts mehr mit. Es ist eine Frage der Zeit, bis er es hinter sich hat." Der spöttische Sprecher. In seiner Stimme lag Respektlosigkeit.

„Manchmal bist du ein Arschloch."

„Ist doch wahr", erwiderte der Respektlose. „Der hat keine Chance, wird heute noch ins Gras beißen, darauf wette ich hundert Euro."

„Du bist echt das Letzte."

Er spürte ein leichtes Tätscheln auf der Wange. „Herr Dahlhaus,

können Sie mich hören?“ Die Stimme klang sanft.
Natürlich höre ich Sie. Er nickte, nein, er glaubte zu nicken.
Jemand fuchtelte mit einer kleinen Taschenlampe vor seinem Gesicht herum. Der Strahl blendete ihn durch die halb verschlossenen Lider.
„Nichts, keine Reaktion. Seine Pupillen reagieren kaum auf das Licht.“
„Herr Dahlhaus, hören Sie mich?“, wiederholte die junge Frau.
Ich höre Sie!
Ein Seufzer kam über die Lippen der Frau. „Nichts, er reagiert gar nicht.“
Er wurde wahnsinnig vor Angst. Hatte er doch zweimal auf die Ansprache der jungen Frau reagiert, hatte ihre Fragen beantwortet. Und sie hatte nichts gehört? Gefangen in seinem Körper, durchlebte er den wohl schlimmsten Albtraum, den es im Leben eines Menschen gab. Er wollte sich aufbäumen. Nichts außer Schmerz breitete sich wie ein Fieber in ihm aus. Gefangen in seinem Körper, ohne Erinnerung und gleichwohl bei vollem Bewusstsein. Er hoffte, aus diesem Albtraum schnell zu erwachen, betete, dass es schnell vorbei sein möge.
Sie schlossen ihn an irgendwelche Instrumente an. Er hörte wieder das monotone Fiepen. Vermutlich ein Gerät, das seinen Puls überwachte. Sein Puls ging schleppend, aber das wusste er auch ohne diese verdammte Kiste, mit der sie ihn verkabelt hatten. Er fühlte sich machtlos, müde und ausgebrannt. Ob wohl jede Operation so verlief?
„Puls und Herzschlag leicht erhöht, Reflexe hingegen ziemlich weit unten.“
„Was ist das bloß?“, durchbrach die Frau das Schweigen.
„Katatone Schizophrenie, wohl ein weiteres Stadium seiner Krankheit.“
„Er ist gefangen in seinem Körper?“ Entsetzen in der Stimme der Frau. „Dann ist er bei vollem Bewusstsein, kann uns sehen und

hören?"
„Vermutlich." Der Sprecher klang gleichgültig. „Ein psychomotorisches Syndrom. Wir müssen abwarten, aber ich sehe schwarz."
Der Mann kicherte. „Es ist eine Frage der Zeit, bis sich sein seelischer Zustand seinem körperlichen angleicht. Ich bin sicher, dass er heute noch ..." Der Sprecher brach ab.
Was redete der Mann da bloß für einen Unsinn? Er lebte, und das sahen sie auf ihren verdammten Geräten, an die sie ihn angeschlossen hatten. Wollten sie ihn hier verrecken lassen wie einen Hund?
Seine Gedanken rasten, und er spürte den stechenden Schmerz in der Brust.
Gefangen im eigenen Körper, dachte er. Ja, das war es. Unter normalen Umständen wäre er aufgestanden und hätte diesem arroganten Pfleger eine gescheuert. Aber augenblicklich war er nicht mal in der Lage, ein einziges Augenlid zu heben. Also versuchte er, sich die Stimme des Pflegers einzuprägen. Er würde ihm sicher noch einmal begegnen. Und dann würde der sich eine fangen.
Jetzt spürte er wieder ein leichtes Tätscheln auf der Wange. „Hallo Herr Dahlhaus?" Ein letzter Versuch der Frau, ihn ins Leben zurückzuholen.
Hier bin ich. Dachten Sie ernsthaft, ich sei tot?
„Keine Reaktion, nichts. Es ist, als wäre er schon tot." Jetzt klang ihre Stimme belegt, fast so, als würde die Frau weinen.
Er konnte es nicht sehen. Seine Panik steigerte sich ins Unermessliche. Warum hörten sie ihn nicht, wenn er ihnen antwortete? Er selber hatte gehört, wie er gesprochen hatte. Oder spielte ihm sein Bewusstsein einen Streich?
„Es ist sicherlich nur noch eine Frage der Zeit." Ein irres Lachen, dann verspürte er einen harten Schlag gegen die Schulter. „Schlaf gut, du Penner", hörte er diesen unverschämten Kerl jetzt sagen. Und zur Begleitung seiner Worte bekam er einen Hieb in die Rippen. Es fühlte sich an, als würde sein Körper explodieren.

Der Schmerz brannte und breitete sich in Sekundenbruchteilen über seinen geschundenen Leib aus. Er wollte schreien, doch über seine spröden Lippen kam nichts als ein kehliger Laut.
Schritte entfernten sich. Dann endlich hatte er die Kraft, seine Arme hochzureißen. Doch sie hatten seine Handgelenke mittels lederner Riemen am Bett fixiert. Er war nicht nur in seinem eigenen Körper gefangen – sie hatten ihn auch noch ans Bett gefesselt. Was hatten sie mit ihm gemacht, und, viel schlimmer diese Ungewissheit: Was würden sie noch mit ihm tun?
„Komm schon. Ich will nicht daneben stehen und ihm zusehen, wenn er abkratzt."
Schritte auf blankem Boden entfernten sich. Eine Tür klappte, das Licht ging aus, dann war er alleine.
Das Sterben begann.

Er wusste nicht, wie lange er im Dunkeln gelegen hatte, befand sich in einer Art Dämmerschlaf, war nicht wach und schlief nicht. Traum und Wirklichkeit verschwammen miteinander. Er hatte Halluzinationen gehabt. Immer wieder waren verzerrte Stimmen an seine Ohren gedrungen. Worte, die er zwar gehört, aber nicht verstanden hatte. Hände, die seinen Körper berührten, ohne ihm zu helfen. Eine spitze Nadel, die sich in seine Haut bohrte, ließ ihn zusammenzucken. Tief unter der Haut spürte er den Stich; er wollte schreien, was nicht gelang. Sein Körper bäumte sich auf, dann ließ der Schmerz auch schon nach. Eine Frau, die ihm eine gute Nacht gewünscht hatte. Das alles konnte er weder dem Traum noch der Wirklichkeit zuordnen.
Irgendwann fiel ein breiter Lichtschein in das Zimmer. Ein Luftzug wehte herein. Vermutlich hatte man die Tür, die hinaus zum Flur führte, geöffnet. Er spannte seine Nackenmuskeln an, versuchte, den Kopf zur Seite zu drehen. Ein stechender Schmerz durchzuckte seinen Hals. Er ließ es bei dem Versuch, hatte sich längst schon aufgegeben.

Seine Atmung wurde flacher. Das Flackern seiner Lider machte ihm erneut klar, dass er seinen Körper nicht mehr beherrschte. Dass er ihn vielleicht niemals wieder beherrschen würde. Ein letztes Mal spannte er alle Muskeln an, fühlte den dumpfen Schmerz, der sich bis in seine Wirbelsäule fortsetzte, dann sackte er leblos auf dem breiten Bett zusammen.

Das Gesetz der Schwerkraft schien für ihn nicht mehr zu gelten, und beinahe hätte er sich über diesen Umstand gefreut. Doch irgendwas tief in ihm sagte, dass er sich darüber lieber nicht freuen sollte.

Er war schwerelos.

Das Letzte, was er hörte, war das Gerät, das seinen Pulsschlag maß. Das monotone Fiepen war einem durchgehenden, hellen Pfeifen gewichen.

Er hatte soeben seinen eigenen Tod erlebt.

* * *

Hohl klangen ihre Schritte von der Decke und den gefliesten Wänden zurück. Lange Schatten begleiteten sie und schienen nach ihr greifen zu wollen. Der Flur war endlos. Immer wieder warf sie panische Blicke über die Schultern. Verlassen lag der Gang da. Weiter. Sie hatte keine Ahnung, in welchem Teil der Klinik sie sich befand, wusste nur, dass sie sich in den Katakomben unter der Erde bewegte. Eine Tür rechts. Sie drückte die Klinke. Abgeschlossen. Also weiter.

Sie hetzte über den Gang. Immer wieder zweigten rechts und links Türen ab, doch alle waren verschlossen. Irgendwann fand sie eine Tür, die nachgab. Nach einem letzten Blick nach hinten schlüpfte sie in den dunklen Raum. Die rechte Hand glitt suchend über die Wand. Dann fand sie den Lichtschalter, betätigte ihn und drückte die Tür zu. Grelles, kaltes Neonlicht flackerte auf, und sie blinzelte. Auf dem kahlen Gang hatte nur

die Notbeleuchtung gebrannt.
Nachdem sich ihre Augen an das Licht gewöhnt hatten, blickte sie sich um. Sie befand sich in einem vielleicht drei mal drei Meter großen fensterlosen Raum, der offenbar als Abstellkammer genutzt wurde. In den verrosteten Blechregalen lagerten antiquarisch anmutende medizinische Instrumente, die nichts mit moderner Klinikausstattung zu tun hatten und eher an Foltergeräte als an Hilfsmittel erinnerten. Eine dicke Staubschicht hatte sich auf den Instrumenten abgesetzt. Die Luft hier unten war stickig. Sie schluckte trocken. Nachdem sich ihr Pulsschlag ein wenig beruhigt hatte, zog sie das Handy aus der Kitteltasche. Während sie es einschaltete, betete sie, dass sie hier unten Netzempfang hatte.
Nach einer gefühlten Ewigkeit erschien endlich das Betreiberlogo ihres Anbieters auf dem kleinen Display. Die Anzeige für den Netzstatus blieb bei einem einzigen Balken hängen, und sie hoffte, dass es für einen Anruf reichte. Mit zitternden Fingern tippte sie die Nummer ein, die ihr in den letzten Tagen immer wieder durch den Kopf gegeistert war. Bislang hatte sie jedoch gezögert, die Nummer zu wählen.
Freizeichen. Doch die Verbindung war schlecht, das Tuten schepperte und kratzte ihn ihrem Ohr, und sie hoffte, dass er sie verstehen konnte, sobald die Verbindung zustande gekommen war. Dann endlich meldete er sich mit einem sachlichen: „Ja?“ Er klang distanziert, kühl.
„Gilt Ihr Angebot noch?“ Ihre Stimme zitterte, sie presste das Handy verkrampft ans Ohr und lauschte. Sie sprach leise, wollte nicht, dass sie in dieser Kammer hier unten gefunden wurde.
Er zögerte einen Augenblick, dann hatte er ihre Stimme erkannt. „Natürlich. Ich habe Ihnen fünftausend versprochen, wenn Sie meine Fragen beantworten.“
„Dann sollten wir uns treffen. Soeben war ich bei einem dieser ... Experimente dabei.“ Sie zögerte. „Ich habe miterlebt, wie ein

Mann starb." Das, was sie eben erlebt hatte, hätte sie sich in ihren schlimmsten Träumen nicht auszumalen gewagt. Dahlhaus war tot. Sie hatte an seinem Bett gestanden, als sein Körper die Funktion eingestellt hatte wie eine Maschine, der man ein wichtiges Ersatzteil einfach entfernt hatte. Es war ihr vorgekommen, als habe er sie verstehen können, obwohl er keinerlei Reaktion mehr gezeigt hatte. Lediglich der Körper hatte funktioniert; nicht mehr im Einklang mit der Seele und dem Bewusstsein. Allein der Gedanke, das miterlebt zu haben, jagte ihr einen Schauer über den Rücken. Wie musste man sich fühlen, wenn man bei Bewusstsein war und dennoch für tot gehalten wurde?

Jetzt fragte sie sich, warum sie nicht eingeschritten war. Beruflicher Leistungsdruck, Existenzängste, Überlebenskampf im Alltag, schlicht und ergreifend die Angst, den Job zu verlieren und bei null anfangen zu müssen? Als alleinerziehende Mutter, die sich gerade eine berufliche Existenz aufgebaut hatte? Stand das alles im Verhältnis zu der Tatsache, anwesend gewesen zu sein, als man am Patienten ein tödliches Experiment durchgeführt hatte? Nie zuvor war sie sich so egoistisch und schlecht vorgekommen. Es war an der Zeit zu handeln.

Menschenverachtend war mit dem Leben des Kranken gespielt worden. Der Mann hatte das teuflische Spiel mit seinem Leben bezahlt. „Jetzt ist es an der Zeit, das Spiel zu beenden."

„Dann sind wir uns wohl einig." Er lachte kurz auf. „Schlagen Sie Ort und Zeit vor, und ich werde mich mit Ihnen treffen."

Donnerstag

Wuppertal-Beyenburg, 23:05 Uhr, zwei Wochen später

Das Tuckern des Diesels wurde leiser. Die rot glühenden Rücklichter des Taxis verschwanden in der Dunkelheit. Stille umfing ihn. Als im Wald ein Käuzchen seinen schauerlichen Ruf anstimmte, kam er sich vor wie in der Kulisse zu einem billigen Horrorfilm, doch dies war nur das Ufer des Beyenburger Stausees. Der See lag am

äußersten Rand von Wuppertal, auch die Städte Ennepetal und Radevormwald grenzten an das Ufer des L-förmigen Sees, der über einen Kilometer lang war. Die Wupper und einige andere kleine Bäche wurden hier gestaut, aber als Talsperre war der See nicht mehr in Betrieb. Tagsüber wurde der See von Ausflüglern und Wassersportvereinen genutzt, doch um diese Zeit lag die Wasseroberfläche verlassen da. Bevor er hierhergekommen war, hatte er sich informiert. Recherche war schließlich sein Beruf.
Das Taxi war längst in Richtung Wuppertal verschwunden, und er war allein.
Jetzt war er auf sich gestellt.
Der Taxifahrer hatte behauptet, dass es hier nur diesen einen einzigen Parkplatz gab, also war er richtig an diesem verlassenen Ort. Vermutlich hatte der Mann recht gehabt, dachte er sich und seufzte. Den Rest des Weges zum Parkplatz am Seeufer legte er zu Fuß zurück. Er brauchte noch ein paar Minuten zum Nachdenken. Man hatte ihn hierherbestellt, nach Einbruch der Dunkelheit. Es gehe um wichtige Informationen zu der Sache, an der er arbeite. Und man hatte Wert darauf gelegt, dass er niemanden mitbrachte. Da er sowieso keinem traute, hatte er auch keinen Partner, also war er alleine gekommen. Und das war ihm auch recht, denn wenn alles nach Plan lief, würde er die Früchte seiner monatelangen Arbeit auch bald schon ernten können. Allein. Er redete mit niemandem über seine Arbeit – nicht, solange er keine Ergebnisse präsentieren konnte.
Als es links von ihm im Unterholz knackte, blieb er wie angewurzelt stehen. Er hielt den Atem an und hörte sein eigenes Blut in den Ohren rauschen. Obwohl er kein Angsthase war, so war er dennoch vorsichtig. Zwei glühende Punkte schienen durch das Dickicht zu schweben und entfernten sich schnell. Es raschelte im Gebüsch. Wild, dachte er erleichtert und atmete ein paar Mal tief durch. Er wandte den Kopf nach links. Das Licht der Sterne und des Mondes spiegelte sich auf der Wasseroberfläche. Er kannte sich

nicht aus hier, war zu später Stunde an diesen Ort gerufen worden, angeblich um ungebetene Zeugen zu vermeiden. Gut, dachte er, das war schließlich auch in seinem eigenen Interesse.
Niemand sollte wissen, woran er arbeitete.
Noch nicht.
Als er kurz stehen blieb und den Blick noch einmal nach links wandte, sah er vereinzelte Straßenlaternen. Dort hinten, am anderen Ufer des Sees, lag die Hauptstraße, die an dieser Stelle parallel zu einer alten Bahntrasse verlief. Soweit er wusste, wurde die Strecke jedoch nur noch an den Wochenenden von einem Eisenbahnverein betrieben. Um diese Uhrzeit lag die Gegend verwaist da.
Irgendwo in der Nacht kläffte ein Hund. Vermutlich lag mitten im Wald ein alter Hof. Auch das interessierte ihn nicht. Er stapfte weiter. Jetzt drang das Licht des Mondes nur spärlich durch die dichten Zweige der alten Bäume, die ein natürliches Dach über dem Weg bildeten. Es dauerte einen kleinen Augenblick, bis sich seine Pupillen an die jetzt fast alles verschlingende Dunkelheit gewöhnt hatten.
„Sie sind spät dran."
Es raschelte im Unterholz, dann sah er den Schatten einer Person, die sich im Schutz eines mannshohen Gebüschs versteckt gehalten hatte. Äste knackten, Laub am Boden knisterte leise, als die Gestalt ins Freie trat.
Wie ein Schuss war die Stimme durch die Stille gepeitscht, und sein Herzschlag raste. Doch schnell hatte er sich wieder unter Kontrolle. Er schärfte den Blick und betrachtete die Gestalt, die sich aus der Dunkelheit schälte. „Ich hatte Sie mir ganz anders vorgestellt."

Samstag

Beyenburger Stausee, 18:50 Uhr

„Komm schon, das hat keinen Sinn mehr, die Sonne steht zu tief."
Jonas winkte ab und ließ die Hand, in der er den Fotoapparat hielt, sinken. Enttäuschung stand im Gesicht des siebzehnjährigen Jun-

gen. „Das Licht reicht nicht mehr aus, lass uns hier abhauen.“
Lisa zog das T-Shirt wieder herunter. Das Mädchen mit den langen schwarzen Haaren hatte sich lasziv am Ufer des Beyenburger Stausees geräkelt. Am Nachmittag war sie mit ihrem Freund hergekommen, um einige Landschaftsbilder zu schießen. Ein großer bergischer Verlag hatte einen Fotowettbewerb ausgeschrieben, in dem es darum ging, die Schönheiten des Bergischen Landes abzulichten. Die besten Einsendungen wurden in einem Kalender veröffentlicht, der im kommenden Jahr in großer Auflage erscheinen sollte. Eine Herausforderung für den Jungen, der von einer Karriere als Profifotograf träumte. Sein ganzer Stolz war die sündhaft teure digitale Spiegelreflexkamera, die er letztes Jahr von seinen Eltern zu Weihnachten bekommen hatte. Natürlich wusste er, dass seine Eltern sich die Kamera vom Mund abgespart hatten. Die Miete für die Wohnung unweit des Langerfelder Marktes war überschaubar. Sie fuhren ein altes Auto und träumten schon lange von einem Urlaub. Wie Jonas' Vater immer so gern sagte, war am Ende des Geldes immer noch so viel Monat übrig.
Sie hatten sich mit einem bescheidenen Leben arrangiert, denn die kleine Familie war glücklich. Jonas, ihr einziger Sohn, war der ganze Stolz der Eltern. Als Familie hielten sie zusammen – ein Gefühl, das Jonas seinen Kindern später auch einmal vermitteln wollte. Doch er fühlte sich noch lange nicht reif genug dafür, Vater zu werden. Jetzt stand erst einmal die Ausbildung, die er in einem großen Fotofachgeschäft am Wall in Elberfeld absolvierte, im Vordergrund. Dort hatte er auch seine erste feste Freundin, Lisa, kennengelernt. Sie war ein Jahr jünger als er, besuchte die Gesamtschule Barmen und bereitete sich langsam, aber sicher auf das Abitur vor. Lisa begleitete ihn sooft es ging zu seinen Fotosafaris, wie sie es scherzhaft nannte, und teilte das Hobby mit ihm. So war sie auch an diesem Samstagnachmittag mit ihm zum See gekommen, als er ihr von seiner Idee berichtet hatte, den Stausee als Motiv für seine Fotos zu verwenden. Sie hatten sich an einer

Tankstelle ein paar Dosen Bier besorgt und waren mit seinem Mofa zum Parkplatz am See gefahren. Am südlichsten Zipfel des Stausees herrschte nur noch wenig Betrieb, und inzwischen lag der Parkplatz verlassen da. Weiter hinten, am Bootshaus, feierten junge Leute. Vermutlich gehörten sie zu einem der sieben Wassersportvereine, die sich den Beyenburger See teilten.

Die Stimmung bei dem jungen Paar war ausgesprochen gut gewesen, und so hatte Lisa irgendwann am Ufer des Sees posiert und sich verführerisch vor der Linse ihres Freundes geräkelt.

„Dann lass uns schnell zu dir fahren", schlug sie jetzt vor. „Deine Eltern ..."

„Sind nicht da, stimmt." Er nickte und machte sich daran, die Ausrüstung in seinem Rucksack zu verstauen. „Ich bin so gespannt auf die Fotos."

„Auf welche? Die vom See oder die von mir?" Lisa zwinkerte ihm zu.

„Auf beide natürlich." Jonas grinste vielsagend.

Eilig verstauten sie die mitgebrachten Dinge in ihren Rucksäcken und marschierten zurück zu dem kleinen Parkplatz im Wald, der am Westufer des Sees lag. Hier stand sein kleines, rotes Mofa. Eigentlich hatte er schon zu viel Bier getrunken, um noch fahren zu dürfen, doch eine Schwäche wollte er sich nicht eingestehen. Außerdem fuhr der Bus nach Oberbarmen subjektiv nur zweimal am Tag. Und auf stundenlanges Warten an der Bushaltestelle hatte er nun wirklich keine Lust. Es würde schon gutgehen. Betrunken fühlte er sich wirklich nicht, und die drei Dosen Bier, die er getrunken hatte, verkraftete er ganz gut.

Nachdem sie aufgestiegen waren und der kleine Zweitaktmotor unter ihm zum Leben erwacht war, schmiegte sich Lisa eng an ihn. Jonas lenkte den kleinen Roller über die Brücke, unter der Eisenbahnlinie hindurch, zur Beyenburger Straße. Prima, auch hier herrschte so gut wie kein Verkehr. Einen Moment lang überlegte der Junge, ob er über den Radweg fahren sollte, entschied sich schließlich aber dagegen, weil er die Polizei nicht unnötig auf sich aufmerksam machen wollte. Nein, er nahm die Straße.

* * *

Zu Hause angekommen, schlossen sie die Kamera sofort an seinen Computer an. Lisa machte sich an der kleinen Stereoanlage zu schaffen. Jonas verschwand kurz in der Küche, um noch zwei Flaschen Bier aus dem Kühlschrank zu holen. Sein Vater hatte nichts dagegen, solange er es nicht übertrieb. Und Jonas hielt sich an die Spielregeln.

In seinem Zimmer hatte Lisa es sich auf der Schlafcouch bequem gemacht. Sie hockte im Schneidersitz auf der verwühlten Matratze und drehte einen Joint.

„Was tust du denn da?", fragte Jonas.

„Das siehst du doch." Lisa rollte das Tabak-Gras-Gemisch und legte es auf ein Blättchen, befeuchtete dieses mit der Zunge und verzwirbelte das schmalere Ende zu einer Spitze. Dann zog sie ein Feuerzeug hervor und zündete den Joint an. Der süßlich-würzige Duft breitete sich schwer im Raum aus.

„Meine Eltern werden riechen, dass wir gekifft haben", murmelte Jonas.

„Dann dürfen wir nicht vergessen, gleich zu lüften", erwiderte sie und nahm einen tiefen Zug. „Und jetzt zeig mir deine Fotos, mein Held." Lisa kicherte, während sie vom Sofa herunterkletterte und sich neben ihm aufbaute.

Jonas öffnete die Bierflaschen mit einem Feuerzeug und reichte eine davon Lisa. Dann ließ er sich auf den Bürostuhl sinken und machte sich am Rechner zu schaffen. Es dauerte nicht lange, und ein Fenster, auf dem alle Bilder des Nachmittags zu sehen waren, klappte auf. Jonas klickte auf das Menü Diashow und lehnte sich mit der Bierflasche in der Hand zurück. Lisa hatte sich einen Hocker herangezogen und setzte sich zu ihm. Sie reichte ihm die

Tüte, er nahm einen tiefen Zug und gab den Joint zurück.
Zärtlich kraulte sie ihm den Nacken, während sie die Bilder auf dem Monitor betrachteten. Einige Aufnahmen würden ganz brauchbar sein, da war Jonas sicher. Natürlich konnte er die Fotos, die er an den Verlag schicken würde, noch ein wenig mit dem Bildbearbeitungsprogramm optimieren, doch im Großen und Ganzen konnte er schon jetzt ganz zufrieden sein.
Dann erschien die zweite Fotoserie auf dem Bildschirm. Lisa posierte am Ufer des Sees, räkelte sich verführerisch, blickte frech in die Kamera, zog das T-Shirt zur Seite und gab den Blick auf ihre üppigen Brüste frei.
„Hey", entfuhr es ihm. „Die Kleine da könnte mir gefallen!" Jonas grinste und trank von seinem Bier. Er küsste Lisa.
„Du kannst noch viel mehr von ihr haben", flüsterte sie und strich ihm durch das kurze dunkle Haar. Dann betrachteten sie wieder die Aufnahmen.
„Halt", rief Lisa plötzlich und zeigte auf den Bildschirm. „Halt sofort an."
Jonas griff zur Maus und drückte die Stopptaste der Diashow. „Was hast du denn?"
Sie gab ihm den Joint, er zog daran, genoss den Duft und spülte mit Bier nach. So langsam zeigten Gras und Bier Wirkung.
Lisa kicherte. „Du bist ja schon breit."
„Überhaupt nicht." Jonas schüttelte den Kopf und deutete mit dem Kinn auf den Monitor. „Also – was soll der Alarm, was hat dir nicht gepasst?"
„Da war was auf dem Foto eben."
„Ja, ein süßes Mädchen. Mein Mädchen", kicherte er stolz.
„Das meine ich nicht." Lisa war ernst geworden, nahm einen Schluck Bier, wischte sich mit dem Handrücken den Schaum von den Lippen und tippte immer wieder auf den Bildschirm. „Klick mal zurück, da war etwas hinter mir, im Wasser."
„Ja, wahrscheinlich Nessie, das Ungeheuer vom Beyenburger

Stausee." Jonas tippte sich bezeichnend gegen die Stirn. „Vielleicht solltest du das Zeug da nicht mehr rauchen."
„Spinner." Lisa war aufgestanden. „Da, guck mal. Im Wasser treibt irgendwas."
Jonas betrachtete das Bild, auf dem sich seine Freundin räkelte. Tatsächlich schwamm in Ufernähe etwas im Wasser. „Da hat ein Schwein seinen Müllsack ins Wasser geworfen."
„Das ist kein Sack." Lisa schüttelte den Kopf. „Zoom mal näher ran!"
Jonas seufzte und vergrößerte den Bildausschnitt mit einem Mausklick. „Ein Müllsack", wiederholte er gelangweilt und widmete sich seinem Bier.
„Unsinn. Hast du schon mal einen so großen Müllsack gesehen?"
„Klar – die sind sonst nur blau oder grau."
Lisas Gesicht war nur wenige Zentimeter vom Bildschirm entfernt. Jonas kicherte und fragte sie, ob sie vielleicht in das Bild hineinkriechen wolle. Als ein spitzer Schrei über Lisas Lippen kam, ließ er vor Schreck die halbleere Bierflasche fallen. Das Bier schwappte über und bildete einen unansehnlichen Kranz auf dem Teppich.
„Scheiße", brummte er und hob die Flasche auf. „Was soll das, Lisa, bist du jetzt völlig abgedreht?"
„Eine Hand", flüsterte sie und blickte sich zu ihm um. Sie war leichenblass geworden und zitterte am ganzen Leib.
Er legte schützend einen Arm um seine Freundin und betrachtete die Vergrößerung des Fotoausschnitts. Tatsächlich gab es da einen seltsamen Gegenstand, der an der Wasseroberfläche zu treiben schien. Und er musste zugeben, dass seine Freundin recht haben könnte. Das Ding im See sah wirklich aus wie eine Wasserleiche. Dennoch wollte er nicht wahrhaben, was er sah. Die Spiegelungen und Lichtreflexionen auf der Wasseroberfläche verzerrten das Bild. Genauso gut konnten sie sich irren. „Blödsinn", versuchte Jonas seine Freundin zu beruhigen. „Vermutlich treibt da irgendein Ast auf dem Wasser, der die verkrüppelte Form einer Hand hat

oder so ähnlich."

„Nein." Lisa schüttelte den Kopf. Ihre Unterlippe bebte. „Das da ist eindeutig eine Hand, Jonas. Wir müssen rausfahren und nachsehen."

„Wie stellst du dir das vor? Wir haben Bier getrunken und einen Joint geraucht."

„Das ist mir scheißegal, Jonas. Wir müssen zum See zurück." Sie tippte auf den Monitor. „Da schwimmt eine Hand neben dem Ding im Wasser. Jonas, das ist kein Sack, da treibt eine Leiche im See. Wir müssen die Bullen rufen!"

„Hallo, hörst du mir nicht zu, Lisa? Wir rauchen Gras und saufen Bier, und du verlangst von mir, dass ich die Bullen auf den Plan rufe?" Er schüttelte den Kopf. „Da werde ich nicht die Pferde scheu machen!"

„Was ist, wenn der Typ da noch am Leben ist?" Lisa flüsterte nur noch. „Ich habe keinen Bock, schuld an seinem Tod zu sein. Vielleicht können wir ihn noch retten." Die Stimme des Mädchens war nur noch ein Hauch. Sie blickte Jonas mit großen Augen an. Er seufzte, erhob sich und suchte nach dem Telefon. Mädchen konnten manchmal echt anstrengend sein, dachte er, während er die Nummer des Notrufs wählte.

Uelfetal, 19:55 Uhr

In Hückeswagen hatte es ein großes Käfer-Treffen gegeben, und da war Stefan mit seinem vierzig Jahre alten VW natürlich ein gern gesehener Gast gewesen. Einmal im Jahr verwandelte sich das Bergische Land in ein Mekka für Freunde des luftgekühlten Volkswagens, und dieser Termin war für Stefan ein absolutes Muss. Käferfahrer reisten aus Nah und Fern an, um gemütlich zusammen zu sein und über ihre kugeligen Lieblinge zu fachsimpeln. Doch nicht nur die VW Käfer hatten das Tagesprogramm bestimmt: Sie hatten sich einen schönen Tag am Ufer der Bevertalsperre gemacht, nachmittags ein Tretboot auf dem Campingplatz am Käferberg gemietet, dort gut gegessen und befanden sich nun auf dem Heimweg durch Beyenburg.

Stefan Seiler liebte diese freien Tage, an denen er spürte, dass Heike Göbel nicht nur seine Kollegin im Sender, sondern auch seine Freundin war. Seit fast zehn Jahren arbeitete er nun für den kleinen lokalen Radiosender „Wupperwelle". Dort hatte er Heike auch kennengelernt. Auf Anhieb hatten sich die beiden gut verstanden und waren nicht nur im Studio, sondern auch im privaten Leben ein Team geworden. An die neugierigen Blicke der Kollegen im Sender hatten sie sich längst gewöhnt; und auch die dummen Sprüche der Kollegen hatten irgendwann nachgelassen. Es war Samstag, und die beiden hatten frei.

Jetzt freute sich Stefan auf einen Kuschelabend in seiner gemütlichen Altbauwohnung an der Elberfelder Marienstraße. Vielleicht würden sie sich später am Abend noch Pizza bestellen und eine gute Flasche Wein köpfen.

Durch das geöffnete Seitenfenster drang der Fahrtwind in das Innere des VW Käfer, den Stefan liebevoll „Clemens" nannte. Der Wind spielte mit Heikes kurzen blonden Haaren. Ihre Hand lag auf seinem rechten Oberschenkel. Aus dem Radio ertönte „Ayo technology" von Milow, und Stefan sang laut, aber grottenschlecht mit. Der Abend war lau, und die Hitze des Tages hatte nachgelassen. Jetzt war es auszuhalten im engen Tal der Wupper. Der Fluss lag linkerhand und glitzerte im Licht der tief stehenden Sonne. Es waren nur noch selten Ausflügler auf dem Heimweg unterwegs, Stefan genoss die freie Landstraße, und der Motor im Heck des Käfers blubberte zufrieden. Die Straße verlief jetzt parallel zum „schwarzen Fluss", wie die Wupper genannt wurde, und schlängelte sich durch das Tal. Nach wenigen Kilometern erreichten sie den Wuppertaler Stadtteil Beyenburg.

„Sieh mal, was ist denn da los?", rief Heike plötzlich und deutete nach links. Der See lag still da. Am anderen Ufer sahen sie auf einem kleinen Parkplatz einige Fahrzeuge, darunter einen Notarztwagen

der Wuppertaler Feuerwehr und zwei Streifenwagen. Heikes beruflich bedingte Neugier war erwacht. Stefan hatte den Fuß vom Gaspedal genommen und wandte den Kopf nach links. „Sieht nach einer Übung aus."
„Am Samstagabend?" Heike schüttelte den Kopf. „Das glaube ich nicht. Da ist bestimmt etwas passiert, Stefan."
„Kann sein."
„Willst du mich ärgern?" Heike wirkte ernsthaft gekränkt. Sobald etwas in der Stadt passierte, musste sie ganz vorn mitmischen. Sie war Reporterin mit Leib und Seele, und dass sie beim Radio arbeitete, war kein Zufall: Für sie war das Radio immer noch das schnellste Medium der Welt. Sie machte sich immer wieder einen Spaß daraus, den Kollegen von Fernsehen und Zeitung eine Nase zu drehen, wenn es darum ging, Neuigkeiten schnell über den Äther zu bringen.
Stefan stöhnte gequält auf, als er in den dritten Gang herunterschaltete. „Was hast du vor?"
„Fragst du das wirklich? Fahr schon hin, ich will wissen, was da los ist!"
Stefan wagte einen zögerlichen Einwurf. „Aber es ist Wochenende, und wir haben frei."
„Wir haben nie frei", wurde er von Heike verbessert. „Und außerdem bin ich krankhaft neugierig." Sie schenkte ihm einen versöhnlichen Augenaufschlag.
Stefan drehte die Lautstärke des Autoradios herab und hielt sich an der Straße „Am Wupperstollen" rechts. Ursprünglich, so erinnerte Stefan sich, hatte diese Straße „Brückenstraße" geheißen, war aber nach dem Neubau der Beyenburger Wupperbrücke erst verlegt und dann umbenannt worden. Das war aber schon mehr als hundert Jahre her, und Stefan wusste es nur, weil er mal ein Buch mit Wuppertaler Straßennamen zum Geburtstag bekommen hatte. Die Geschichte der Stadt, in der er lebte, interessierte ihn.
Der Käfer quälte sich einen Berg hinauf, dann überquerten sie die

Beyenburger Straße, und er bog nach links ab. Ein altmodischer Hinweis mit der Aufschrift „Stausee“ wies ihnen den Weg. Clemens rumpelte über die schmale Uferstraße, und seine Insassen ernteten missbilligende Blicke und Kopfschütteln von Fußgängern, die sie ignorierten. „Du wäschst den Käfer“, maulte Stefan, als das rechte Vorderrad durch ein tiefes Schlagloch polterte.

„Am liebsten putze ich nackt“, erwiderte Heike mit einem vielsagenden Lächeln. „Da vorn ist der Parkplatz, den wir vom anderen Ufer aus gesehen haben“, wechselte sie dann das Thema, bevor Stefan sie festnageln konnte.

Er grinste schief und lenkte den Käfer an den rechten Rand des Weges. Links gab es eine kleine Brücke, kaum zwanzig Meter dahinter befand sich der Parkplatz, der tagsüber als Ausgangspunkt für Wanderungen in die Umgebung diente. Der Marscheider Wald war nicht weit entfernt. Jetzt war der Parkplatz mit Absperrband gesperrt. Ein Streifenpolizist hielt neugierige Besucher davon ab, das Gelände dennoch zu betreten.

Stefan erkannte zwei zivile Opel Vectra, die zweifelsfrei zum Fuhrpark der Kripo gehörten, und Einsatzfahrzeuge von Feuerwehr und Polizei. Am Rande des Platzes parkte ein roter Motorroller, an dem ein junges Paar lehnte und rauchte.

Stefan und Heike stiegen aus. „Ganz schön was los hier“, kommentierte er.

Heike zuckte die Schultern. „Vermutlich alles streng geheim – wie immer. Aber dieses Geheimnis werden wir lüften.“

Sie hatten das Absperrband erreicht. Der Polizist trat mit forschen Schritten auf sie zu und hob mit ungeheuer wichtiger Miene einen Arm. „Hier können Sie nicht durch“, belehrte er die beiden. Gerade, als Heike sich als Wupperwelle-Mitarbeiterin outen wollte, erklang eine Stimme aus dem Hintergrund.

„Es ist in Ordnung, Junker.“

Der Streifenpolizist brach sofort ab und wandte sich um.

Ein ziviler Beamter näherte sich. Er trug ein ungebügeltes Hemd, altmodische Jeans und leichte Schuhe aus hellbraunem Wildleder. Eine Zigarette klemmte in seinem Mundwinkel. Er winkte schmunzelnd ab. „Ich hätte es mir denken können“, brummte er und gab dem jungen Polizisten ein Zeichen, Stefan und Heike passieren zu lassen.

Die Reporter kletterten über das Absperrband und reichten dem Zivilpolizisten die Hand.

„Kommissar Ulbricht, wie nett, Sie hier zu treffen“, säuselte Heike und schenkte ihm einen Augenaufschlag.

Norbert Ulbricht gehörte seit Jahren zur K11 der Wuppertaler Kripo und kämpfte gegen Gewaltverbrechen. Er war nicht allzu groß, hatte dichtes Haar, das sich an den Schläfen bereits grau verfärbte. Ulbrichts Alter war schlecht zu schätzen, aber Stefan erinnerte sich an eine Meldung, in der er gelesen hatte, dass der Kommissar Ende fünfzig sein sollte. So lange, wie Heike und Stefan beim Radio arbeiteten, jagte Ulbricht die Verbrecher in der Stadt.

Wo der auftaucht, gibt es Tote, kam es Stefan in den Sinn.

Hinter seinem Rücken wurde der bärbeißige Kommissar als „Kommissar Verdammt“ bezeichnet, weil eine Zeitlang „verdammt“ sein Lieblingswort gewesen war.

„Dürfen wir denn wissen, was hier los ist? Nach einer Übung sieht das nicht gerade aus.“

„Woher wollen Sie das wissen? Sie haben doch schon wieder den Polizeifunk abgehört“, stellte Ulbricht fest. Das Grinsen war aus seinem Gesicht gewichen. Er zog an seiner Zigarette.

„Das ist doch verboten!“ Heike schüttelte den Kopf.

„Woher wissen Sie dann von der Leiche?“ Ulbricht war nicht dumm; und die Bemerkung, dass er es hier mit einem Toten zu tun hatte, war ihm ganz bestimmt nicht zufällig über die Lippen gekommen. Er zwinkerte Stefan und Heike zu.

„Gute Reporter wissen immer alles“, grinste Stefan nun. „Also – was können Sie uns zu dem Fall berichten?“

„Gar nichts." Ulbricht zuckte die Schultern und blickte zum Ufer. Der Bewuchs an dieser Stelle war ziemlich dicht, und Stefan konnte sich nicht vorstellen, wie man ausgerechnet hier eine Leiche aus dem See bergen konnte. „Kommen Sie schon." Der Kommissar gab den Radioreportern ein Zeichen, ihm zu folgen. Sie überquerten den Parkplatz. Feiner Kies knirschte unter ihren Sohlen. Am hinteren Rand des Platzes kündeten Klopapierreste und gebrauchte Kondome davon, dass dieser verschwiegene Fleck nach Einbruch der Dunkelheit als öffentliches Klo und als Location für heimliche Schäferstündchen im Auto beliebt war. Der Parkplatz war zum Ufer hin durch einen massiven, halbhohen Zaun eingegrenzt. Seltsamerweise gab es am hintersten Ende eine Lücke im Zaun. Jemand hatte ein Zaunelement aus der Konstruktion entfernt.

Eine Stelle, die vor neugierigen Blicken ziemlich sicher war.

Ohne sich zu seinen Besuchern umzublicken, versorgte Ulbricht Stefan und Heike mit ersten Informationen. „Eine männliche Leiche, zwischen dreißig und vierzig Jahren. Augenzeugen haben den Toten im Wasser entdeckt und uns gerufen. Der Tote ist aber nicht ertrunken – er starb an einem Schuss in den Oberkörper, abgegeben aus nächster Nähe. Die Spurensicherung fand ein Projektil im Unterholz. Der Mörder hat es sich leicht gemacht und sein Opfer in Ufernähe erschossen. Nachdem der Mann tot war, zog man ihn ins Wasser – es gibt Schleifspuren, die diesen Schluss zulassen."

„Weiß man schon, wer ...", begann Heike, wurde aber durch ein Kopfschütteln des Kommissars unterbrochen.

„Nein, weiß man nicht. Der Tote trug weder Bargeld noch Papiere bei sich. Kein Handy, nichts. Da hat jemand nachgeholfen, gar keine Frage. Vermutlich wollte der Täter verhindern, dass wir erfahren, um wen es sich bei dem Opfer handelt." Er zog ein letztes Mal an seiner Zigarette, dann warf er die Kippe in den See.

Heike betrachtete den Parkplatz. „Der Untergrund ist nicht befes-

tigt. Sicherlich gibt es Reifen- und Fußspuren, die auf den Täter hinweisen?"
„Mehr, als es uns lieb ist", nickte Ulbricht. „Der Platz ist übersät mit Spuren, aber sicherlich kein Wunder, wenn wir bedenken, dass am Wochenende zahlreiche Menschen den See aufsuchen, um hier zu wandern, zu joggen oder sich mit dem Boot auf dem Wasser aufzuhalten. Dies hier ist der Parkplatz eines Ausflugsziels, und wir haben Samstagabend. Da können Sie sich vorstellen, dass heute zig Leute hier waren. Deshalb konzentrieren wir uns auf die Spuren hinter dem Zaun dort." Ulbricht deutete mit dem Kinn auf die Lücke im Zaun. Dort waren die Leute der Spurensicherung beschäftigt.
„Und niemand hat die Leiche entdeckt, obwohl der Parkplatz direkt am Wasser liegt?" Stefan schüttelte ungläubig den Kopf.
„Der Leichnam befand sich am hintersten Ende des Platzes im Wasser. Dort ist der Bewuchs sehr dicht. Wie Sie sehen können, wurde der Zaun an dieser Stelle entfernt. Jemand hat gründliche Vorarbeit geleistet, denn das Ufer ist an dieser Stelle des Sees recht schmal. Möglicherweise hat man das Opfer in eine Falle gelockt, den Mann erschossen und dann durch die Lücke im Zaun zum Ufer geschleift und im Wasser entsorgt. Er wurde mit einem einzigen Schuss getötet, das Projektil fanden wir hier auf dem Parkplatz."
Stefan tauschte einen Blick mit Heike, die scheinbar keine Fragen an den Kommissar hatte.
Verdammt führte sie an die Lücke im Zaun. „Hier", sagte er. „Verschaffen Sie sich selber einen Überblick." Heike wunderte sich über die Kooperationsbereitschaft des Kommissars, sagte aber nichts dazu.
Die Spurensicherung war mit dem Leichnam beschäftigt. Zwei Männer in faserfreien weißen Overalls blickten kurz auf, als Ulbricht mit den Reportern an die Leiche trat. „Hier hätten wir den armen Hund."

Stefan und Heike betrachteten den Toten. Er hatte kurze dunkle Haare, die ihm jetzt strähnig ins Gesicht hingen, und trug einen leichten Blaser zu einer Jeans und Sportschuhen. Er bot einen schaurigen Anblick. Die Leiche wirkte wächsern und war aufgequollen. Heike erschauderte, und auch Stefan wich zurück und vergrub die Hände in den Hosentaschen. „Weiß man schon, wie lange der Mann tot ist?"
Ulbricht schüttelte den Kopf. „Bei Wasserleichen ist es schwer, den genauen Todeszeitpunkt zu ermitteln. Da müssen die Kollegen der Gerichtsmedizin in Düsseldorf ran. Aber es gibt Erkenntnisse, was die Bildung der Waschhaut angeht." Er deutete auf die wächserne Schicht, die sich auf dem Toten gebildet hatte. „Es beginnt in den ersten fünf, sechs Stunden nach Eintritt des Todes. Der Arzt hat die Waschhaut an den Innenseiten der Hände festgestellt, auf dem Handrücken jedoch noch nicht. Das deutet darauf hin, dass der Mann zwei, vielleicht drei Tage tot ist. Hätte er die Waschhaut auch auf dem Handrücken, wäre er vor fünf bis sechs Tagen gestorben."
„Was ist das überhaupt – eine Waschhaut?" Stefan runzelte die Stirn.
„Sie bildet sich zuerst an den Fingern, und das schon nach dreißig Minuten, aber das hängt ganz von der Wassertemperatur und vom Talgüberzug der Haut des Toten ab. Am Stadium der Waschhaut lässt sich einigermaßen genau eingrenzen, wann der Mann gestorben ist, nur eben nicht so genau wie bei einer Leiche, die nicht im Wasser gelegen hat. Nach gut zwei Wochen im Wasser löst sich die Haut von den Händen und Füßen ab, und man kann sie wie einen Handschuh abziehen. Wenn die Fäulnis einsetzt, lösen sich auch die Haare, und das Venennetz wird sichtbar." Er schmunzelte verständnisvoll, als er sah, dass Heike blass geworden war. „Kein schöner Anblick, das kann ich Ihnen sagen." Dann deutete er mit dem Kinn auf den Toten. „Aber so weit ist es bei unserem Kameraden hier ja nicht gekommen."

Heike nickte nachdenklich. „Was tun Sie jetzt mit ihm?"
„Wir werden erst mal die Datenbanken durchforsten. Vielleicht taucht der Mann in einer Vermisstenmeldung auf. Wenn nicht ..." Er zuckte die Schultern.
„Vielleicht können wir im Radio eine Aktion starten. Womöglich kennt einer unserer Hörer den Mann", schlug Stefan nun vor.
„Vergessen Sie's." Ulbricht winkte ab. „Ich will verdammt noch mal nicht als Depp dastehen. Am liebsten wäre mir, wenn Sie gar nichts senden würden, aber ich kenne Sie gut genug, um zu wissen, dass Sie nach jeder heißen Story geifern. Von mir aus tun Sie Ihren Job, ich tue meinen. Aber wenn Sie mir in die Quere kommen, wird scharf geschossen, darauf können Sie verdammt noch mal Gift nehmen!"
„Schon gut, schon gut, wir wollten ja nur helfen", murmelte Heike.
„Nichts für ungut", erwiderte Kommissar Verdammt. Er winkte den Fotografen heran, der den Tatort abgelichtet hatte. „Die Fotos von der Leiche will ich in einer Stunde auf meinem Schreibtisch haben. Vielleicht haben wir ja doch Glück, und es gibt eine Vermisstenmeldung über den Knaben."
„Halten Sie uns auf dem Laufenden?", fragte Heike.
„Gehen Sie davon aus, dass wir am Montag eine Pressekonferenz geben, zu der ich Sie schon jetzt recht herzlich einladen möchte."
Ulbricht begleitete die Reporter zum Wagen. Das junge Paar, das an dem roten Motorroller lehnte, blickte verschreckt auf. „Wer sind denn die beiden?", fragte Stefan.
„Jonas Jansen und Lisa Klein. Das sind die beiden, die den Toten entdeckt haben", raunte Ulbricht Stefan und Heike zu. „Der Junge ist ambitionierter Hobbyfotograf. Er hat Fotos gemacht, zuerst vom See, dann von seiner Freundin. Und zu Hause am Rechner haben sie dann etwas im Wasser gesehen. Sie haben uns informiert und sind selber noch mal rausgekommen."
„Hm." Heike nickte. Sie nagte nachdenklich auf der Unterlippe, für Stefan ein untrügliches Zeichen dafür, dass sie etwas ausheckte.

Er ließ sich nichts anmerken und schloss die Türen des Käfers auf. Nachdem sie sich von Kommissar Verdammt verabschiedet hatten, atmete Heike auf. „Gott sei Dank, er hat uns keine Nachrichtensperre reingedrückt."
„Das dürfte er auch gar nicht", erwiderte Stefan. „Aber mich hat es auch gewundert, dass er so kooperativ war heute. Sonst ist ihm die Presse bei der Arbeit doch immer ein Dorn im Auge. Wenn ich daran denke, welche Kämpfe wir schon mit ihm hatten, weil wir über ein Verbrechen berichtet haben, das er noch nicht aufgeklärt hatte."
„Vielleicht hat er endlich begriffen, dass wir ihm helfen können." Heike legte den Gurt an und beobachtete Stefan, wie er den Motor startete. Genauer gesagt: Sie beobachtete ihn, wie er versuchte, den Motor zu starten. Denn der Käfer sprang nicht an. Heike stöhnte gequält auf.
„Das habe ich gleich, kann nicht viel sein." Stefan grinste und stieg wieder aus. Er wanderte nach hinten, öffnete die kleine Motorhaube im Heck des Käfers und werkelte an der Maschine herum. Als er sich nach drei Minuten mit ölverschmierten Fingern hinter das Lenkrad klemmte und den Zündschlüssel drehte, sprang der Motor sofort an. „Na also", freute er sich. „Geht doch." Er zog die Fahrertür zu und legte den Gang ein. Langsam lenkte er den Käfer in Richtung Beyenburg. „Dann mal ab nach Hause. Es ist spät genug geworden."

* * *

„Was waren das denn für Flitzpiepen, Chef?" Frank „Brille" Heinrichs, blutjunger Kommissarsanwärter, versenkte die Hände in den Taschen seiner Jeans und blickte dem Käfer nach, der sich langsam vom Tatort entfernte. Heinrichs war Anfang dreißig, hatte einen blassen Teint und lichte, blonde Haare. Das Auffälligste an ihm war seine topmodische Brille mit blauem Rand, weshalb

er sich den Spitznamen „Brille“ eingefangen hatte.
„Wupperwelle“, murmelte Ulbricht kurz angebunden und betrachtete seinen Partner nachdenklich. Seit einem knappen Jahr waren die beiden jetzt ein Team. Ulbricht hatte sich jahrelang gegen einen Assistenten gewehrt; er ermittelte am liebsten alleine. Doch der Polizeipräsident höchstpersönlich war es gewesen, der ihm den quirligen Assistenten zugeteilt hatte. Vermutlich hatte es sich bis zur Leitung des Polizeipräsidiums herumgesprochen, dass Norbert Ulbricht ein alter Griesgram war, der die Tage bis zu seiner mehr oder weniger wohlverdienten Pensionierung bereits zählte. Es hatte alles nichts geholfen, und obwohl die beiden Männer grundverschieden waren, hatte Ulbricht sich seinem Schicksal gefügt und den jungen Kollegen als Partner akzeptiert. Er hatte keine Lust mehr, sich aufzuregen. Er würde bis zum Tag seiner Pensionierung seine Pflicht tun. Nicht mehr, aber auch nicht weniger. Inzwischen hatte er sich an Heinrichs' flippige Art gewöhnt, nur die Tatsache, dass der Bengel ihn ständig „Chef“ nannte, ging ihm nach wie vor gewaltig auf die Nerven.
„Radio?“ Heinrichs schnaubte. Er kannte die Reporter aus Ulbrichts Erzählungen, und in der Vergangenheit hatte sein Vorgesetzter kein gutes Haar an Seiler und Göbel gelassen. „Sie zeigen diesen Radioleuten unsere Leiche?“
„Es ist nicht unsere Leiche.“ Ulbricht winkte ab. „Und vielleicht können uns die beiden ja sogar bei der Aufklärung des Falls helfen.“ „Na, das will ich sehen“, erwiderte Heinrichs spöttisch. „Radioreporter, die uns bei der Arbeit helfen. Wie stellen Sie sich das vor, Chef?“ „Indem sie einen Aufruf starten und ihre Hörer fragen, ob jemand den Mann kennt. Seine Identität ist nach wie vor unklar, und wenn der Tote nirgendwo vermisst wird, kann uns vielleicht die Stimme des Volkes helfen.“ Er legte den Kopf schräg. „Haben Sie noch nie Aktenzeichen XY gesehen?“
„Die Stimme des Volkes ...“ Heinrichs schüttelte den Kopf. „Sie sind der Boss, aber ich würde ja ...“ „Stimmt“, nickte Ulbricht. „Ich

bin der Boss. Und als solcher habe ich mich dafür entschieden, mit der Presse zu kooperieren, wenn es der Aufklärung des Mordes dient. Sie müssen noch viel lernen, Brille."
Heinrichs wagte keinen Einspruch mehr. Er trottete hinter seinem Chef her, der sich jetzt um das junge Paar kümmern wollte, bevor er den Rückweg ins Präsidium antrat. Es gab viel zu tun, und Ulbricht hatte das Wochenende im Geiste schon abgehakt.

Loh, 21:10 Uhr

Stefan hatte Heike an der Redaktion des Senders abgesetzt. Sie hatte sich nicht davon abbringen lassen, einen Beitrag über den geheimnisvollen Leichenfund im Beyenburger Stausee zu sprechen, der in den nächsten Lokalnachrichten laufen sollte. Er hatte Hunger und bestand auf seinem freien Wochenende. Montagmorgen hatte er Sendung, da würde er um fünf Uhr im Studio stehen – das war ihm früh genug, da musste er sich nicht noch die Wochenenden um die Ohren hauen.
Den gemeinsamen Abend mit Pizza und einer „kuscheligen" DVD konnte er vergessen, da war Stefan realistisch. Er hatte keine Ahnung, wie lange Heike sich im Sender aufhalten würde. So etwas nannte man dann Wochenende und Samstagabend, dachte er und unterdrückte einen Seufzer. Stefan verspürte Hunger. Das Pizzataxi konnte er vergessen, und wenn der Berg nicht zum Propheten kam, musste der Prophet eben zum Berg gehen. Stefan war für sein Abendessen also selbst verantwortlich.
Er entschied sich dafür, am Loher Grill Station zu machen und sich hier eine Mahlzeit zu gönnen. Einen Parkplatz fand er direkt vor dem Eingang der Imbissstube. Schon als Stefan ausstieg, roch er den würzigen Duft der Speisen. In der Gaststube herrschte viel Betrieb um diese Uhrzeit. Trotzdem erblickte Stefan einen freien Platz und setzte sich. Es dauerte nur wenige Minuten, bis Takis, der bärbeißige Inhaber des Grills, mit einem breiten Grinsen an den Tisch trat und Stefan nach seinen Wünschen fragte. Stefan

bestellte ein Pils und einen großen Gyrosteller. Natürlich waren auch die Pizzen hier hervorragend, doch er kam sich immer verräterisch vor, wenn er eine Pizza bei einem Griechen bestellte. Pizza aß man beim Italiener, Döner beim Türken, und Gyros aß man beim Griechen, da war er konservativ.

An diese Regel hielt er sich auch heute, als er in der Bild-Zeitung blätterte, die neben ihm auf der Bank lag. Doch zum Lesen kam er nicht. Ein Schatten, der sich neben dem Tisch aufbaute, nahm ihm das Licht. Stefan ließ die Zeitung sinken und blickte auf. Vor ihm stand ein fast zwei Meter großer Hüne Anfang dreißig. Er hatte ein modisches T-Shirt und Jeans an. Kurze dunkle Haare und ein Dreitagebart ließen ihn verwegen aussehen.

„Ich glaub es nicht", sagte der Hüne. „Stefan Seiler, live und in Farbe!" Unaufgefordert setzte er sich auf den freien Stuhl und reichte Stefan die Hand. Der Händedruck war fest, eine Spur zu fest, dachte Stefan, schwieg aber. Er wollte nicht als Schwächling dastehen.

Stefan hatte Zachi schon seit Ewigkeiten nicht mehr gesehen und hätte ihn so, mit gestähltem Körper und braun gebrannter Haut, kaum wiedererkannt. Jörn Zacharias war ein Kollege. Er arbeitete beim Schwestersender der Wupperwelle, bei Radio BergLand in Solingen.

„Zachi", rief Stefan erfreut. „Setz dich doch", fügte er dann grinsend hinzu, da Jörn dies bereits unaufgefordert getan hatte. „Was treibst du denn in einer Pommesbude, bist du nicht eher von der Salatfraktion?"

Takis brachte das Pils, fragte Zachi nach seinem Wunsch, er bestellte ein Mineralwasser, der Wirt nickte stumm und verschwand wieder in Richtung Küche.

„Mit dem Salatbuffet bin ich durch für heute, und mein nächstes Mineralwasser ist bestellt", lachte Zachi. Stefan wusste, dass der Kollege ein Leistungssportler war und sich kompromisslos gesund ernährte. Deshalb wirkte Zachi in der Imbissbude so wie ein Banker im Kuhstall. „Wir hatten heute ein Treffen, das hier statt-

fand“, erklärte Zachi schließlich.
„Was, die Kollegen aus Solingen verschlägt es nach Wuppertal, um hier zu tagen?“ Stefan kicherte.
„Nicht die Kollegen vom Sender haben hier getagt – die Freunde vom Drachenbootverein waren bis eben fast vollzählig hier.“ Zachi schüttelte den Kopf. Takis trat an den Tisch und brachte ihm das große Mineralwasser. Am Glasrand klemmte eine Zitronenscheibe. Als der Grieche verschwunden war, fuhr Zachi fort. „Du müsstest doch wissen, dass ich die Jugendmannschaft trainiere. Jeden Samstag auf dem Beyenburger Stausee.“
Stefan hakte sofort nach. „Du trainierst auf dem Stausee?“
„Ja, ich dachte, das hat sich längst bis zu dir herumgesprochen?“
„Du weißt doch, dass ich seit zwei, drei Jahren ein ausgesprochener Sportmuffel bin“, erwiderte Stefan. „Ich komme einfach zu nichts mehr. Der Job, Sonderschichten, eine Freundin, mit der ich die knappe Freizeit verbringen möchte, und und und.“
„Seid ihr immer noch ein Paar?“
„Na klar. Ich merke, die Gerüchteküche innerhalb der Lokalradios funktioniert.“
„Na ja ...“ Zachi wiegte den Kopf und stierte in sein Wasserglas. „Man hört eben so einiges auf den Seminaren. Ist doch schön für euch.“ Er legte eine Hand auf Stefans Unterarm. „Hey, Kollege, ich freu mich für euch.“ Jetzt grinste er. „Und wann ist endlich Hochzeit?“
„Das will ich auch mal wissen.“ Stefan wurde ernst. Diese Frage kam regelmäßig von seinen Bekannten, und er konnte sie schon nicht mehr hören, zumal er die Antwort selber nicht kannte. „Aber jetzt mal Butter bei die Fische. Du bist also regelmäßig am Stausee?“ „Ja“, nickte Zachi. „Möchtest du bei uns Mitglied werden? Ich könnte da bestimmt was machen für dich, Stefan.“ Der Kollege belächelte Stefans Bauchansatz. „Schaden könnte dir etwas Sport jedenfalls nicht.“
„Darum geht es nicht“, erwiderte Stefan und schüttelte den Kopf.

„Es hat einen Toten gegeben. Heute Nachtmittag haben sie ihn aus dem See gezogen."
„Moment", rief Zachi. „Du redest vom Beyenburger Stausee?"
„Richtig. Niemand weiß, wer der Tote ist. Angeblich hatte er weder Geld noch Papiere bei sich. Der Mann ist zwischen dreißig und vierzig Jahre alt, schlank, etwa einen Meter achtzig groß, dunkle Haare."
„Eine Beschreibung, wie sie auf zig Personen passen würde."
Stefan musste zugeben, dass Zachi recht hatte.
„Aber ich kann mich ja mal umhören bei uns am See. Die meisten Leute, die dort in einem Verein sind, kenne ich – zumindest vom Sehen her. Vielleicht wird jemand vermisst, oder jemand hat etwas beobachtet." Zachi hatte sich in Rage geredet. Dann holte er tief Luft. „Was ist denn mit der Polizei?"
Stefan winkte ab. „Sind noch nicht so weit, ist ja auch noch relativ frisch, diese Geschichte. Jedenfalls sollen wir um Gottes willen nichts senden, was die Ermittlungen gefährden könnte."
„Kenne ich, diesen Spruch." Zachi drehte sein Wasserglas in den Händen. „Also werde ich vorsichtig sein bei meinem Frage-Antwort-Spiel."
Takis brachte den Gyrosteller. Wie immer eine üppige Portion. Stefan machte sich über den Teller her, ohne Zachi aus den Augen zu lassen. „Heike ist im Studio und bereitet einen Beitrag vor, der noch heute gesendet wird."
„Typisch", lachte Zachi. „Wie gesagt: Wenn du magst, kann ich mich mal am See umhören. Vielleicht weiß jemand etwas."
„Der Kommissar wird uns lynchen", erwiderte Stefan kauend. „Aber klar: Immer her damit, wenn du Informationen hast."
„Unter einer Bedingung." Zachi war ernst geworden. „Ich will einen Beitrag bei Radio BergLand laufen lassen."
„Geschenkt." Stefan nickte. Er fragte sich seit Langem, warum die benachbarten Radiostationen nicht enger zusammenarbeiteten. Und vielleicht war dies ja der Anfang einer guten Freundschaft.

Polizeipräsidium Wuppertal, 22:34 Uhr

„Die sind ja schneller, als die Polizei erlaubt", rief Ulbricht und warf den Kugelschreiber, mit dem er gerade gespielt hatte, auf den Schreibtisch. Heinrichs zuckte zusammen, erschrocken über den Ausbruch des Hauptkommissars. Ulbricht sprang auf, stapfte zur Fensterbank des Büros. Aufgeregt schaltete er das batteriebetriebene Radio auf dem Sims ab. Wie immer war das kleine Gerät auf die Frequenz der Wupperwelle eingestellt. Eben waren die Lokalnachrichten gelaufen, und der Sender hatte schon vom Leichenfund am Beyenburger Stausee berichtet. Ulbricht stand dem Radiobeitrag mit gemischten Gefühlen gegenüber. Einerseits war er froh, dass sich so möglicherweise Zeugen meldeten, andererseits ging es gegen seine Ehre, dass Heike Göbel bereits über die Sache berichtete, während er nach wie vor mit leeren Händen dastand. Aber er hatte es ja genauso gewollt, dachte er nachdenklich und beruhigte sich langsam.

Ulbricht stand mit verschränkten Armen am Fenster und blickte hinunter auf die Friedrich-Engels-Allee. „Diese Göbel berichtet über den Fall im Radio, noch bevor wir eine erste heiße Spur haben."

„Dann müssen wir reinhauen", murmelte Heinrichs, nahm die Brille ab und fuhr sich mit der flachen Hand durch das errötete Gesicht. „Ich hab's Ihnen gesagt." Er machte sich am Computer zu schaffen und fragte die Vermisstenmeldungen ab. Die Aufnahmen des Toten, die der Fotograf am Fundort geschossen hatte, lagen ihnen bereits vor, sodass Heinrichs sie mit wenigen Mausklicks mit der Datenbank abgleichen konnte. Doch er fand nichts. Immer wieder schüttelte er den Kopf und murmelte unverständliche Worte. Ohne sich vom Monitor abzuwenden, griff er nach dem Plastikbecher, führte ihn zu den Lippen und trank. Natürlich war der Kaffee längst kalt geworden. Heinrichs stellte den Becher weg und schüttelte sich angewidert. „Ist das Zeug eklig."

Ulbricht konnte sich ein süffisantes Grinsen nicht verkneifen. Er legte die Füße auf die Schreibtischkante, zog eine zerknautschte

Packung Marlboro aus der Hemdtasche und friemelte eine Zigarette hervor. Er machte sich einen Spaß daraus, das in offiziellen Dienstgebäuden der Stadt herrschende Rauchverbot immer wieder zu unterwandern. Längst schon hatten es sich die Vorgesetzten abgewöhnt, ihn immer und immer wieder zu ermahnen. Rücksichtnahme sei das oberste Gebot, hatten sie ihm lange gepredigt. Und er hatte stets darauf geantwortet, dass dies zwar ein nettes Angebot sei, aber auf ihn brauche niemand Rücksicht zu nehmen. Nachdem er die Zigarette angezündet hatte, rauchte er nachdenklich und beobachtete seinen Assistenten. Das sollte also die neue Generation der Kriminalpolizei sein, dachte er verächtlich. Sie verschanzten sich hinter ihren Computern und recherchierten dort, anstatt rauszugehen und Leute zu befragen. Das konnte ja heiter werden, dachte Ulbricht, paffte den Qualm in Kringeln an die vergilbte Bürodecke und schüttelte stumm den Kopf.

„Haben Sie mal das System befragt, ob der Mann irgendwo vermisst wird?"

„Natürlich, Chef", brummte Heinrichs und lugte um seinen Monitor herum. „Er scheint nirgendwo zu fehlen. Ich habe alle bundesweiten Vermisstenmeldungen gecheckt – vergeblich. INPOL-neu gibt nichts her, fürchte ich. Vielleicht suchen Sie mal, Sie haben sicherlich mehr Zugriffsrechte als ich." Bei INPOL-neu handelte es sich um ein bundesweites Such- und Fahndungssystem; Recherchen waren damit von jedem Dienststellen-Computer aus möglich. Allerdings hatte nicht jeder Mitarbeiter die gleichen Zugangsrechte. Diensthöhere Beamte konnten tiefer in den Datendschungel eindringen als Neulinge den unteren Besoldungsgruppen.

Ulbricht ging nicht auf Heinrichs' Vorschlag ein. „Dann gibt es zwei Möglichkeiten", überlegte er. „Entweder ist noch niemandem aufgefallen, dass er fehlt, oder es handelt sich bei ihm um einen Ausländer."

„Die EU-weiten Datenbanken stehen mir hier nicht zur Verfügung",

erwiderte Heinrichs.
„Wenn das da alles nichts bringt, müssen wir noch mal zum See", murmelte Ulbricht. „Petersen muss alle Reifenspuren untersuchen, die er gefunden hat. Das kann wegen der vielen Spuren dauern, aber es ist mir egal. Vielleicht auch Fußabdrücke, die uns einen Hinweis liefern. Wir wissen zwar nicht genau, wie lange der Tote im Wasser lag, aber womöglich gibt es Zeugen."
„Wie soll das denn funktionieren, wenn wir den Todeszeitpunkt noch nicht einmal bestimmen können?" Heinrichs schnaubte. „Außerdem war der Platz übersät von Reifen- und Fußspuren. Die Tatsache, dass es sich bei dem Parkplatz um einen Treffpunkt zahlreicher Spaziergänger und Ausflügler handelt, macht die Sache auch nicht gerade leichter. Ich will nicht wissen, wie viele Leute sich da an einem einzigen Wochenende herumtreiben. Wichtig ist, dass wir nach Möglichkeit die älteren von den frischen Spuren trennen. Und dann müssen wir unbedingt wissen, wann der Tote ermordet wurde. Ohne genauen Tatzeitpunkt tappen wir im Dunkeln."
„Am Beyenburger See gibt es einige Wassersportvereine, Anglerclubs und so was. Die müssen wir alle befragen. Das sind Leute, die sich öfters am See aufhalten und auch immer wieder dorthin zurückkehren. Möglicherweise ist jemandem etwas Verdächtiges aufgefallen. Der Täter hat es jedenfalls ziemlich geschickt angestellt, als er sich das südlichste Ufer des Sees aussuchte. Der Teil ist ziemlich verwaist. Wenn er die Tat also abends oder in der Nacht begangen hat, stehen die Karten gut, dass er keine ungebetenen Zeugen hatte."
„Schlecht für uns", erwiderte Heinrichs und blickte seinen Vorgesetzten mit heruntergezogenen Mundwinkeln an. Ulbricht musste sich eingestehen, dass er damit nicht einmal unrecht hatte.

Wupperwelle, 22:40 Uhr
„Guten Abend die Dame, wo soll's denn hingehen?"
Heike ließ sich in das Kunstlederpolster des Taxis fallen und

betrachtete den Fahrer von der Seite. Sie schätzte ihn auf Anfang, Mitte fünfzig. Sein Bauch reichte fast bis zum Lenkrad. Der Mann trug einen Bart, seine Augen lachten freundlich durch die Gläser der Brille.

„Nehmen Sie Platz. Und bitte schnallen Sie sich an – wird immer wieder gern vergessen.“ Seine Stimme klang tief, er sprach Wuppertaler Slang. Barmen, tippte Heike. Sicherlich sprach er sonst Barmer Platt. Das unterschied sich für die Puristen der Heimatsprache enorm vom Elberfelder Platt, denn ein einheitliches Wuppertaler Platt gab es nicht.

Während sie den Sicherheitsgurt anlegte, versuchte Heike herauszufinden, woher sie die sonore Stimme des Fahrers kannte. So unauffällig wie möglich musterte sie den Mann von der Seite. Etwas Beruhigendes, Väterliches ging von ihm aus. „Marienstraße einhundert“, nannte Heike die Adresse.

Er nickte, ordnete sich in den Verkehr ein und legte die ersten Meter schweigend zurück. „Feierabend?“, fragte er an der nächsten roten Ampel.

Heike nickte. „Eigentlich sogar Wochenende. Aber wenn etwas passiert, dann haben wir im Radio keinen Feierabend.“

„Ich weiß.“ Die Ampel sprang auf Grün, und er fuhr an. Am Alten Markt wendete er den Diesel. Sie fuhren über die B 7 zurück nach Elberfeld. „Ich kenne das auch noch.“

Heike überlegte, ob die Bemerkung des Taxifahrers nur so dahergeredet war. Mehr zufällig blickte sie auf das Kärtchen am Armaturenbrett. Karl-Heinz Weinberger, stand dort unter dem gelbschwarzen Taxilogo. Der Name kam ihr bekannt vor. „Jetzt weiß ich, woher ich Ihre Stimme kenne“, entfuhr es Heike. „Kalla, der Kalla von Radio Taxidrive?“

Weinberger feixte. „Wie haben Sie mich erkannt?“

„An der Stimme.“ Heike lachte. „Dann sind wir sozusagen Kollegen.“

Kalla hatte bis vor einem Jahr eine Bürgerfunksendung mit dem sinnigen Namen „Radio Taxidrive“ moderiert, die monatlich über

die Frequenz der Wupperwelle ausgestrahlt worden war. Dabei hatte es sich um eine Sendung für Taxifahrer, Taxifahrgäste und solche, die es werden wollten, gehandelt. Aufgemischt mit bester Rockmusik gab es Neuigkeiten aus der Szene. Die Sendung hatte Kultstatus genossen, und erst nach dem Ende des Bürgerfunks war auch „Radio Taxidrive" von der Bildfläche verschwunden.
„Wen fahr ich denn da nach Hause?" Kalla legte fragend den Kopf schräg.
„Heike Göbel", stellte Heike sich vor. „Ich war noch kurz im Sender, um einen Beitrag zu sprechen. Im Beyenburger See ist eine Leiche gefunden worden."
Kalla nickte. „Stimmt, hab ich ja eben von dir in den Nachrichten gehört. Warst du das eben im Radio, hm. Ein echter Hammer ist das. Da steckt doch hundertpro die Mafia hinter. Jetzt versenken sie schon hier bei uns im Tal ihre Leichen, unfassbar!" Er schüttelte den massigen Schädel.
Anscheinend gedankenverloren betrachtete Kalla die Fahrbahn, die von der wuchtigen Motorhaube des Mercedes geschluckt wurde. Auf der Friedrich-Engels-Allee waren um diese Zeit nur Taxis und einige Nachtschwärmer unterwegs. Schließlich sagte er: „Wie ist er denn an das Ufer des Sees gekommen? Ich meine, die Gegend dort ist ziemlich verlassen an einem Samstagabend. Und die Busse fahren auch nicht oft."
„Du meinst, er hat ein Taxi genommen?"
Er kicherte vergnügt, wobei sein voluminöser Bauch in Wallung geriet. „Er wird kaum mit dem Fallschirm abgesprungen sein."
„Gibt es eine Möglichkeit, da mal in eurer Zentrale nachzufragen?"
„Grundsätzlich schon. Wann soll das denn gewesen sein?"
„Schlecht zu sagen. Die Kripo wartet auf die Obduktion. Ich denke mal, zwei, vielleicht drei Tage sind seitdem vergangen." Heike beschrieb Kalla die Leiche.
„Das haben wir gleich." Kalla lenkte das Taxi auf Höhe des Wicküler-Parks rechts auf den Parkstreifen. Rechterhand lagen die Gebäude

des Wuppertaler Amtgerichtes. Die Fenster waren um diese Uhrzeit dunkel.
Als der Wagen stand, löste Kalla den Gurt und zog das Handy aus der Halterung am Armaturenbrett. Er wählte die Nummer der Taxizentrale. Das Telefonat dauerte keine zwei Minuten. Das kurze Gespräch mit der Kollegin in der Zentrale beendete er mit einem lachenden: „Ich liebe dich auch, Schätzchen.“ Als er das Telefon in die Konsole steckte, grinste er breit. Kalla legte den Gurt an, löste die Bremse, setzte den Blinker und ordnete sich in den Verkehr ein, ohne ein einziges Wort zu sprechen. Nur ein Lächeln lag auf seinen Lippen.
Links flogen jetzt das stimmungsvoll angeleuchtete Schauspielhaus und die gläserne Front des Kinos an ihnen vorüber, danach überspannte das lindgrüne Gerüst der Schwebebahn die vierspurig ausgebaute Straße. Um diese Zeit wurde das Gerüst von unsichtbaren Leuchten illuminiert, die der Konstruktion ein geheimnisvolles Aussehen verliehen.
„Und? Komm schon, mach es nicht so spannend!“
„Wir haben nichts miteinander.“ Sein Grinsen wurde noch eine Spur breiter.
„Wovon redest du?“
„Na, von Erika. Die nette Dame in unserer Zentrale. Wir tun nur so, aber wir haben nichts miteinander.“ Er hob zwei Finger zum Schwur. „Indianerehrenwort!“
„Kalla! Ich will wissen, wie unsere Leiche zum See gekommen ist!“ Heike buffte ihn lachend am Unterarm, der auf der Mittelkonsole des Mercedes ruhte.
Er kicherte. „Bingo. Es hat am Donnerstagabend eine Fahrt zum Ufer des Beyenburger Stausees gegeben. Die Personenbeschreibung passt auf den gesuchten Fahrgast. Der Kollege hat heute leider frei, aber am Montag können wir ihn mit Fragen löchern“, erwiderte Kalla lächelnd. „Er kommt nicht aus Wuppertal, wohnt in Remscheid, im Talsperrenweg.“

Heike sah ihm förmlich an, dass er an diesem Detektivspiel Spaß gewann.
„Erika, die Kollegin in der Zentrale, sagte aber, dass die Kripo wohl heute schon die gleiche Frage gestellt hat.“ Am Döppersberg bog er rechts ab. Der Überbau der CityArkaden überspannte die Straße, dann leuchtete rechterhand die neu gestaltete Fassade des Rex-Theaters zu ihnen herüber.
„Naja, die Kripoleute sind auch nicht blöd, die können eins und eins auch zusammenzählen und sich denken, dass das Opfer irgendwie zum See gekommen sein muss“, dachte Heike laut.
Sie verließen die Gathe. An der Karlstraße tat sich der Diesel des Taxis ein wenig schwer. Der Motor brummelte dumpf, und Kalla schaltete in den dritten Gang zurück.
„Besucht ihn einfach morgen, ich kann euch ja bei dem Kollegen anmelden, dann weiß er schon mal Bescheid.“
„Das würdest du tun?“
„Logisch. Für Kollegen tu ich doch fast alles.“ Kalla zwinkerte der Reporterin verschwörerisch zu, setzte auf halber Höhe des Berges den Blinker und bog nach links in die Marienstraße ab. Hier lag Stefans Wohnung. Geschickt manövrierte Kalla den schweren Wagen durch die engen, teils zugeparkten Straßen des Ölbergviertels. Heike beobachtete den routinierten Fahrer und fragte sich, was wohl geschehen würde, wenn in einem der alten Patrizierhäuser Feuer ausbrach. Sicherlich hätte die Feuerwehr Schwierigkeiten, mit den schweren Fahrzeugen zum Brandherd zu kommen. Sie hoffte, dass es in Stefans Haus niemals brennen würde, und verwarf den Gedanken schnell wieder.
Sie atmete tief durch, als ein lauer Nachtwind durch das offene Schiebedach ins Innere des Taxis drang. Sie mochte die Stadt der Gegensätze. Es gab viele schäbige Ecken im Ölbergviertel, Häuser und Straßenzeilen mit einem fast morbiden Charme, der bei Regenwetter und besonders im Herbst depressiv machen konnte. Jetzt aber, an einem späten Frühsommerabend, strahlte das ehemalige

Arbeiterviertel ein fast mediterranes Flair aus. Vielleicht auch deshalb, weil sich in den letzten Jahren viele Studenten und Künstler hier niedergelassen hatten und dem Viertel ein ihm eigenes Flair verliehen.
„So, da wären wir." Kalla stoppte sein Taxi mitten auf der Straße. Da gerade niemand hinter ihnen war, hielt er den Verkehr auch nicht unnötig auf, und eine Möglichkeit, rechts an den Straßenrand zu fahren, gab es weit und breit nicht. Er schaltete die Innenbeleuchtung ein und überreichte Heike seine Visitenkarte. „Hier", sagte er. „Wir bleiben auf jeden Fall in Verbindung."
„Gern", nickte Heike und drehte das Kärtchen in den Händen. Als sie ihn nach dem Fahrpreis fragte, winkte er lächelnd ab. „Das geht aufs Haus. So unter Kollegen, sozusagen."
„Dank dir." Heike stieß die Beifahrertür auf. „Dann hören wir voneinander, hm?"
„Gern." Kalla reichte ihr die Hand. Eine Pranke groß wie ein Unterteller. „Übrigens, ab morgen habe ich ein paar Tage frei. Wenn du 'ne Taxe brauchst, ruf an, dann gehen wir gemeinsam auf Verbrecherjagd."

Wittener Straße, gegen 22:50 Uhr

Es war eine billige Absteige im Wuppertaler Ortsteil Nächstebreck, in der sie untergekommen war. Der Preis war okay, die Einrichtung einfach, aber sauber. Eines dieser gesichtslosen 08/15-Hotels einer französischen Kette, die sich auch in Deutschland immer mehr ausbreitete. Unter der Woche stiegen hier Geschäftsreisende mit kleinem Budget, Monteure und teilweise auch LKW-Fahrer ab. Am Wochenende herrschte in diesen Hotels kaum Betrieb, und so war es auch heute.
Es roch nach Putzmitteln im Zimmer, der Fernseher war auf nur fünf deutschsprachige Sender programmiert, und der Heini am Empfang hatte sie mit lüsternen Blicken wie ein Stück Fleisch betrachtet, als sie sich angemeldet hatte. Es war ihr egal, denn sie

war auf der richtigen Fährte. Und hier war sichergestellt, dass sie anonym blieb. Sie wollte kein unnötiges Risiko eingehen. Die französische Hotelkette war genau das, was sie gesucht hatte. Unerkannt bleiben.

Der Fernseher lief, doch sie interessierte sich nicht im Geringsten für das Programm. Ruhelos tigerte sie durch die Plastikkammer. Zur Zimmertür, eine Drehung. Rechts lag das dunkle Bad, aus dem es nach Chemie wie in einem Campingklo stank. Geradeaus lag der Wohn- und Schlafbereich. Hier brannte nur das kleine Licht über dem breiten Bett. Die Gardinen hatte sie zugezogen, das Fenster dahinter stand auf Kipp. Gedämpft drang der Lärm der nahen Autobahn an ihre Ohren. Es rauschte permanent, und mit etwas Phantasie glaubte man, dass es sich dabei nicht um das Singen von unzähligen Reifen handelte, sondern um Meeresrauschen.

Doch sie hatte keine Zeit zum Träumen. Die Sorge plagte sie, und die Angst um ihn wurde von Stunde zu Stunde schlimmer. Zu lange schon hatte sie kein Lebenszeichen mehr von ihm erhalten. Es war an der Zeit, das Pferd von hinten aufzuzäumen. Ihre schlanken Finger zitterten leicht, als sie die Nummer eintippte und das Telefon ans Ohr hielt. Sie zog die Vorhänge einen Spalt breit auseinander und blickte hinaus in die Nacht des Wuppertaler Nordens. Schon beim ersten Freizeichen sprang die Mailbox an.

Enttäuscht starrte sie auf das Handy in ihrer Hand. Das grüne Leuchten des Displays tauchte ihr Gesicht in ein geisterhaftes Licht. Sie wandte sich vom Fenster ab und blickte sich im Zimmer um. Das Bett war zerwühlt, doch in dieser Nacht würde sie wohl keinen Schlaf finden. Das schlechte Gefühl, das sie schon tagsüber beschlichen hatte, war nicht von ihr gewichen; im Gegenteil, es hatte sich von Stunde zu Stunde verschlimmert.

Sie hatte getrunken, um sich zu beruhigen. Ein Fehler, wie sie sich jetzt eingestehen musste. Ihre Sinne waren benebelt. Sie war keinen Alkohol gewöhnt. Entsprechend hatte der Whisky, den sie sich an

der Tankstelle schräg gegenüber vom Hotel besorgt hatte, schnell seine Wirkung entfaltet.
Sie hatte sich machtlos gefühlt. Verdammt zum Warten.
Jetzt war sie wirklich machtlos. Betrunken. Selbst wenn sie jetzt hätte handeln müssen, sie hätte es rein körperlich gar nicht mehr geschafft. An Autofahren war nicht mehr zu denken. Seufzend sank sie auf die Bettkante, griff nach der Fernbedienung des Fernsehers und schaltete den Ton ab. Sie überlegte fieberhaft, was sie tun sollte, kam aber zu keinem Schluss. Die Gedanken kreisten in ihrem Kopf. Vergeblich versuchte sie sich an das zu erinnern, was er ihr vor seiner Abreise erzählt hatte.
Er traf sich mit einem wichtigen Informanten. Ein Termin nach Einbruch der Dunkelheit, ein Treffen an einem verlassenen Ort irgendwo in dieser beschissenen Stadt.
War er in eine Falle getappt?
Ihre Sorge wuchs ins Unermessliche. Die Wahrscheinlichkeit, dass ihm etwas zugestoßen war, wuchs von Tag zu Tag. Normalerweise telefonierten sie jeden Tag, aber seit Donnerstag hatte sie nichts mehr von ihm gehört. Sein Handy war abgeschaltet, denn immer, wenn sie seine Nummer wählte, meldete sich nach dem ersten Freizeichen die Mailbox. Natürlich hatte sie ihm Nachrichten hinterlassen, aber er hatte nicht darauf reagiert, was nicht seine Art war.
Sie war nach Wuppertal gekommen, denn das Treffen hatten sie schon letzte Woche vereinbart. Das Hotel stand schon lange fest, und Tag und Uhrzeit auch. Aber er war nicht erschienen. Sie überlegte fieberhaft, ob sie eine Vermisstenmeldung bei der Polizei aufgeben sollte, doch was sollte sie denen schon erzählen?
Immerhin kannte sie seine Kontaktleute. Dennoch bezweifelte sie, dass sie ihr helfen würden. Von einem Treffen mit diesen Personen hatte er ihr zuletzt berichtet. War bei diesem Treffen etwas schiefgelaufen?
Sie blickte ins Glas. Schon wieder leer. Sie füllte auf und trank gierig. Diese verdammte Angst um ihn brachte sie noch um. Der

Whisky brannte in ihrer Kehle. Sie schüttelte sich, dann genoss sie die Wärme, die sich in ihrem Körper ausbreitete.

Wo blieb er bloß?

Minutenlang spielte sie mit dem Gedanken, die Polizei anzurufen. Doch dann erinnerte sie sich daran, dass er ihr eingebläut hatte, bloß nicht die Polizei ins Boot zu holen, egal, was auch geschehe. Es dauerte einen Moment lang, dann tippte sie die 110. Die Ziffern schienen sie aus dem kleinen Display des Handys heraus anzuspringen. Der Daumen ruhte auf der grünen Taste, mit der sie die Verbindung herstellen würde. Sie tippte die Taste an, doch nicht tief genug, zog den Daumen im letzten Augenblick zurück.

Keine Bullen, egal, was geschieht, hatte er immer wieder gesagt. Sie hielt sich daran, löschte die Nummer des Polizei-Notrufs und warf das Telefon wütend auf das Bett.

Sie stellte das Glas auf den kleinen Tisch. Die Flasche war auch so gut wie leer. Es musste ihm etwas geschehen sein, ganz bestimmt sogar!

Wieder und wieder wählte sie seine Handynummer, immer mit dem gleichen Ergebnis.

Dann wählte sie eine andere Nummer. Irgendjemand musste ihr doch helfen können!

Es dauerte einen Augenblick, bis sich am anderen Ende eine männliche Stimme meldete. „Ja bitte?"

„Wo ist mein Mann?" Ihre Zunge war schwer vom Alkohol.

Kurze Stille, dann: „Wer spricht da, bitte?"

„Das wissen Sie genau. Was haben Sie mit meinem Mann getan? Ich will wissen, wo er jetzt ist." In dieser Situation hätte sie klar im Kopf sein sollen.

„Hören Sie, ich glaube, Sie sind betrunken, oder irre ich mich? Sie haben sich verwählt, fürchte ich."

„Nein, auf gar keinen Fall. Es geht um Peter Born, und ich weiß, dass Sie verabredet waren."

„Wer spricht denn da?" Der arrogante Unterton in der Stimme war

von einer Sekunde zur anderen verschwunden. „Ich weiß nicht, wovon Sie sprechen."
„Es geht um das Treffen."
Er wiederholte sich. „Ich weiß nicht, wovon Sie sprechen."
Das war eine Lüge, sie spürte es.
„Wo sind Sie?"
„In der Stadt. Im Hotel, wie verabredet, davon wissen Sie bestimmt."
„Ich bin in einer Viertelstunde bei Ihnen, dann reden wir." Der Mann legte auf.
Sie starrte wieder auf das Handy und schüttelte den Kopf. Was hatte der Mann gemeint? Er wusste jedenfalls von dem geheimen Treffpunkt. Also hatte sie gar nicht so falsch gelegen. Ein triumphierendes Grinsen huschte um die Mundwinkel ihrer vollen Lippen. Doch leider konnte sie mit dieser Information nichts anfangen. Sie fluchte und warf das Telefon in die Ecke.

Beyenburg, 22:55 Uhr

Sie hatten sich schon lange nichts mehr zu sagen, lebten nebeneinander her. Aber keiner beklagte sich über diesen Umstand. Sie liebten sich auf ihre eigene Weise. Und sie genossen ihre Freiheiten. Schließlich kannten sie sich schon lange genug. Sie waren abgesichert und führten ein gutes Leben. Er hatte einen gut dotierten Job und sorgte für ihren Unterhalt. Urlaub leisteten sie sich dreimal im Jahr; und auch die Autos in der Garage stammten aus dem Hochpreissegment. Ihr hatte er einen VW Touareg mit allen erdenklichen Extras gekauft, während er sich vor wenigen Wochen das neueste Modell der BMW 7er-Reihe geleistet hatte. Seine ganze Liebe galt jedoch dem kirschroten Mercedes SL 190er Cabrio von 1956, das komplett restauriert in der beheizten Garage neben dem Haus stand. So ein Ding hatte die Nitribitt gefahren, diese Edelhure, die in den Fünfzigerjahren unter rätselhaften Umständen umgebracht worden war. Es war sicherlich eine der größten Verschwörungen gewesen, die Deutschland in der

Adenauer-Ära erlebt hatte. Bis heute war ihr Mord nicht aufgeklärt, eigentlich ein Ding der Unmöglichkeit, und trotzdem: Er war sicher, dass trotz Internet, trotz DNA-Analyse und modernster Ermittlungstechnik ein derartiger Mord auch heute nicht aufgeklärt werden würde, weil sicherlich dabei ans Licht käme, dass unzählige Bonzen aus Politik und Wirtschaft Dreck am Stecken hätten. Er grinste. Damit hatte er nichts zu tun.
Autos waren mehr als seine Leidenschaft, und solange er damit genügend Geld verdiente, tolerierte seine Frau, dass er ein großer Junge war, der gern mit schnellen Autos angab.
Ja, die Geschäfte liefen gut. Was immer ihr Herz begehrte – sie konnten es sich leisten. Das Haus am Rand von Wuppertal war groß und luxuriös, eingebettet in die malerische Umgebung des Bergischen Landes, ländlich und doch stadtnah. Natürlich arbeitete er viel für diesen Lebensstandard, doch nichts von alledem, was er sich hier erarbeitet hatte, wollte er jemals wieder missen.
Er hatte sich in seinem Arbeitszimmer aufgehalten, sie hatte im Schein der Stehlampe im Wohnzimmer mit der großen Fensterfront auf der Couch gesessen und in einem ihrer heißgeliebten Hochglanzmagazine gelesen. Als er nun im Flur auftauchte und die Jacke vom Haken nahm, blickte sie überrascht auf. Sie trug einen bequemen Hausanzug. Das lange blonde Haar fiel locker auf ihre Schultern. Wieder einmal bewunderte er ihre Schönheit. Sie war für eine Frau ihres Alters noch immer atemberaubend attraktiv, fand er. Am liebsten hätte er sich jetzt zu ihr gesellt, doch der Anruf hatte ihn verunsichert. Jetzt galt es, die Nerven zu behalten. Er wollte Jeanette nicht in Dinge hineinziehen, die sie nichts angingen. Als er ihren Blick sah, schenkte er ihr ein aufmunterndes Lächeln.
Jeanette ließ das Magazin sinken und legte es auf die Sofalehne. „Willst du noch mal weg?“ Sie strich sich durch das lange Haar. Jede ihrer Bewegungen war pure Anmut.
„Ich muss kurz, ja.“ Im Türrahmen lehnend, zuckte er die Schultern.

Der Schlüssel klimperte in seiner rechten Hand. „Ein Angebot, ich habe es eben im Internet gefunden. Das Auto muss ich mir natürlich ansehen. Aber es wird sicher nicht lange dauern." Er wunderte sich nicht, dass sie ihn nicht genauer fragte, wohin er zu dieser späten Stunde noch wollte. Sie vertrauten sich blind. Meistens klappte das. Auch diesmal schien sie mit seiner Antwort zufrieden zu sein.

„Ist gut. Pass auf dich auf."

„Versprochen." Dann war er draußen. Er blickte sich nicht noch einmal zum Haus um und stieg in den dunklen BMW, der in der Einfahrt parkte. Seine innere Unruhe wuchs, als er die Limousine zur Straße hinablenkte. Nur das kalte Eisen in der Innentasche seiner Jacke verlieh ihm ein Gefühl von Sicherheit und Macht. Was sollte ihm schon passieren, dachte er mit einem triumphierenden Grinsen auf dem Gesicht, als er die Beyenburger Straße erreicht hatte und das Gaspedal bis zum Bodenblech durchtrat. Nichts würde ihm passieren.

Marienstraße, 22:55 Uhr

Stefan blickte verschlafen auf, als Heike im Wohnzimmer erschien. Natürlich besaß sie einen Schlüssel zu seiner Wohnung. Sie kannten sich lange genug, und die eigene Wohnung in der Germanenstraße nutzte sie kaum. Nur manchmal, wenn sie sich in ihre eigenen vier Wände zurückziehen wollte, um alleine zu sein, hielt sie sich in Wichlinghausen auf. Doch das war in den letzten Wochen immer seltener der Fall gewesen.

Stefan war vor dem Fernseher eingeschlafen. Das Licht gedämmt und eine Wolldecke bis zu den Knien hochgezogen. Auf dem Tisch stand eine kleine Schale mit gesalzenen Cashewkernen, daneben ein halb geleertes Glas mit trockenem Rotwein. Er hatte es sich gemütlich gemacht und auf Heike gewartet. Zu spät hatte er bemerkt, dass die Müdigkeit ihn beschlichen und schließlich auch besiegt hatte. Zuletzt hatte er eine TV-Show mit Oliver Geissen gesehen,

es war um die beliebtesten Hits von weiß der Geier was gegangen. Vielleicht war es an der Zeit für ein neues Format.
„Hi.“ Heike bückte sich zu ihm hinunter und küsste ihn leidenschaftlich.
„Wie spät ist es?“, fragte Stefan. Langsam wurde er munter. Er streckte sich und zog Heike zu sich herunter. Sie ließ es sich gefallen und genoss seine Zuneigung. Viel zu selten fanden sie Zeit für sich.
„Nicht zu spät für uns“, hauchte Heike und schickte ihre Finger auf Wanderschaft.
Als er ihre warmen Lippen auf seiner Haut spürte, hatte Stefan keine weiteren Fragen mehr. Der Samstag würde doch noch gut werden.

* * *

„Dein Magen knurrt“, stellte Heike später fest, als sie eng umschlungen auf dem Sofa lagen. Stefan strich sanft durch ihr Haar und genoss den Duft ihres Parfüms. Heike löste sich aus der Umarmung und stützte das Kinn auf die Hand, während sie ihn mit gespielt vorwurfsvoller Miene musterte. „Hast du eigentlich immer Hunger?“
„Nicht immer.“ Stefan streckte sich wohlig und richtete sich auf. „Manchmal habe ich auch Durst.“
„Idiot.“ Heike lachte leise und ging in die dunkle Küche. „Wie wäre es mit Rührei?“
Stefan blickte auf die Uhr im DVD-Player. Es war halb drei in der Früh. „Um diese Zeit?“
Heike steckte den Kopf ins Wohnzimmer. „Hast du nun Hunger oder nicht?“
„Ja, du hast mich ertappt.“ Stefan erhob sich und folgte seiner Freundin in die Küche.
Heike machte sich am Herd zu schaffen. Sie gab etwas Pflanzenöl in eine Pfanne und holte die Eier aus dem Kühlschrank. Es dauerte

nur wenige Minuten, und ein herrlicher Geruch breitete sich in der Küche aus. Der Speck in der Pfanne hüpfte vor Freude. Stefan hatte sich am Küchentisch niedergelassen und beobachtete Heike bei der Arbeit. Dann erhob er sich und setzte einen Kaffee auf. Erst als die Kaffeemaschine röchelnd ihre Arbeit aufnahm, fragte Heike: „Du willst wohl nicht mehr schlafen, was?"

Stefan lachte. „Zu einem guten Frühstück gehört doch auch ein Kaffee, oder?"

Knapp zehn Minuten später saßen sie sich gegenüber, löffelten das frische Rührei ganz rustikal direkt aus der Pfanne und tranken Kaffee. „Und, wie ist die Geschichte von der Leiche im Sender angekommen?", fragte Stefan kauend.

„Super, es war schon um halb elf in den Lokalnachrichten. Kracht hatte Dienst und war froh, dass etwas passiert ist. War wohl ziemlich ruhig, seine Schicht in der Nachrichtenredaktion. Und dann habe ich mir ein Taxi genommen und bin schnell zu dir gekommen." Sie lächelte. „Na ja, und den Rest kennst du." Heike nahm einen Schluck Kaffee. „Und stell dir vor: Kalla hat mich nach Hause gebracht."

„Wer zum Teufel ist Kalla?" Eine steile Falte hatte sich auf Stefans Stirn gebildet.

„Der Taxifahrer. Karl-Heinz von Radio Taxidrive."

Stefans Gesichtszüge hellten sich auf. „Ach, der Kalla", lachte er. „Und, was gibt es Neues?"

„Seine Sendung gibt es ja leider nicht mehr, aber Kalla hilft uns bei dem Fall."

„Das heißt, du willst in die Geschichte einsteigen?"

„Na klar, oder glaubst du, ich lege die Hände in den Schoß und warte auf Informationen von Kommissar Ulbricht?" Heike schüttelte den Kopf. „Nein, das kann ja jeder. Ich brauche keine dieser stinklangweiligen Pressekonferenzen, auf denen uns Einheitsbrei und pressegerecht aufbereitete Informationen serviert werden."

„Du bist unverbesserlich", stöhnte Stefan.

„Danke, ich liebe dich auch."
„Und wie, bitte schön, soll Kalla uns helfen?" Stefan hatte Kalla auf einer Sitzung im Sender kennengelernt. Der Mann war Taxifahrer mit Leib und Seele, als Moderator aber nicht gerade das gewesen, was den Hörgewohnheiten des Wupperwelle-Publikums entsprach. Er hatte geredet, wie ihm der Schnabel gewachsen war. Doch er hatte immer ehrlich und authentisch gewirkt, eine Eigenschaft, die ihm die Sympathien der Hörer eingebracht hatte. Und so war es eine der beliebtesten Bürgerfunksendungen der Wupperwelle gewesen.
„Stefan", rief Heike und rollte mit den blauen Augen. „Denk nach! Der Tote hat sich mit einem Taxi an den See fahren lassen. Und zwar am Donnerstagabend, womit wir schon mal die Tatzeit hätten. Und ich kenne den Namen des Taxifahrers, der ihn dorthin gebracht hat. Mit Taxifahrern ist es wie mit den Friseuren: Man unterhält sich. Vielleicht hat der Fahrgast ja erzählt, woher er kam und was ihn zu diese Zeit an den See trieb. Wir müssen mit dem Fahrer Kontakt aufnehmen. Vielleicht bekommen wir einen Hinweis, was er am See wollte. Immerhin ist er lebendig dort angekommen. Fraglich bleibt also, ob er wusste, worauf er sich einließ, oder ob er in eine Falle gelockt worden ist."
„Also ist der Taxifahrer unser bester Freund." Stefan grinste süffisant. „Kalla sei Dank."
„Du bist ein aufgeblasener eifersüchtiger Hahn, Stefan Seiler."
Stefan ging nicht auf den Vorwurf ein. „Und – wie geht es jetzt weiter?"
„Wir werden uns diesen Taxifahrer vornehmen, was sonst? Manche Fahrgäste unterhalten sich mit dem Fahrer. Wenn das hier der Fall war, hätten wir eine heiße Spur!"
„Und wenn nicht?"
„Dann sind wir genauso weit wie Kommissar Verdammt, mit dem Unterschied, dass wir nichts zu verlieren haben."
„Wie du meinst." Stefan hatte keine Einwände. Er hatte es sich

längst abgewöhnt, Heike zu sagen, was sie zu tun hatte und was nicht.

Unterbarmen, 23:35 Uhr

Er stand lange auf dem kleinen Balkon seiner Mietwohnung und hing seinen Gedanken nach. Norbert Ulbricht leerte die Bierdose mit einem letzten Zug und presste das Weißblech zusammen. Es war ein einsamer Abend, so wie alle Abende der letzten Jahre einsam gewesen waren. Längst schon hatte er aufgehört, sich darüber den Kopf zu zerbrechen. Er war Polizist mit Leib und Seele, hatte seine Ehe mit dem Job zerstört und lange an dieser Trennung geknabbert. Eine Frau an seiner Seite wünschte er sich schon ewig nicht mehr, denn inzwischen war er sicher, dass es die Frau, die zu ihm passte und die hinter ihm und seinem Job stand, nicht gab. Nicht in Wuppertal, nicht in Deutschland, nicht auf der ganzen Welt. Also würde er die letzten Jahre auch noch alleine überleben. Ulbricht überlegte, was seine Frau ihm wohl erzählt hätte, wenn er heute, an einem sommerlichen Samstagnachmittag, einfach zum Tatort gefahren wäre. Vermutlich hätte sie ihm, wie sie es so oft getan hatte, die Hölle heiß gemacht.

Jetzt war er niemandem mehr Rechenschaft schuldig.

Seine Gedanken kreisten um den seltsamen Toten, den die Kollegen am späten Nachmittag aus dem Beyenburger See geborgen hatten. Sie hatten seine Daten mit den Vermisstenmeldungen abgeglichen – vergeblich. Niemand schien den Toten zu vermissen. Auch die DNA hatten sie überprüft – möglicherweise hatte es sich bei der Leiche ja um einen gesuchten Verbrecher gehandelt. Doch auch hier waren sie nicht fündig geworden, denn der Tote war erkennungsdienstlich noch nicht erfasst worden. Immerhin hatte er zu Lebzeiten eine reine Weste gehabt. Aber das hatte ihm nicht geholfen, als er auf seinen Feind gestoßen war. Ulbricht hatte angenommen, dass es sich möglicherweise um einen Raubmord gehandelt hatte. Erschwerend kam hinzu, dass der Tote keine Brieftasche und keine

Geldbörse bei sich gehabt hatte. Vielleicht hatte er an einem Bankautomaten eine große Summe Bargeld abgehoben, war dabei beobachtet und schließlich überfallen worden. Ulbricht zündete sich eine Zigarette an und beschloss, diese Sache am Montag bei den Banken überprüfen zu lassen. Doch was wollte er denn überprüfen? Ein Unbekannter, der möglicherweise einen großen Betrag abgeholt hatte. Ziemlich dünn.
Ihm kam eine andere Idee in den Sinn: Immer wieder hörte man in letzter Zeit von obskuren Autohändlern, die in Internetbörsen ihr Unwesen trieben. Mit Angeboten weit unter dem Marktwert offerierten sie ihre Gebrauchtwagen, lockten so die Kaufinteressenten auf den Plan und dann in einen Hinterhalt. Meist wurden Geschäfte mit Gebrauchtwagen bar abgewickelt.
Die Fahrzeugübergabe erfolgte meist an einem einsamen Ort. Doch anstatt den heiß begehrten Gebrauchtwagen zu erhalten, bekamen die Käufer einen Schlag auf den Hinterkopf, wurden ihrer Barbestände beraubt, und Auto und Täter waren längst über alle Berge, wenn der Geschädigte das Bewusstsein zurückerlangte. Was, wenn es sich bei der Leiche im See um ein Opfer dieser Tätergruppe gehandelt hatte?
Der Ort war einsam, zumindest abends. Und die Tatsache, dass man sich dort verabredet hatte, würde auch die Frage nach der Anreise des Toten erklären. Vielleicht hatte man sich zu einer Probefahrt getroffen und war dann gemeinsam zum See gefahren, wo man das Geschäft hatte abwickeln wollen. Doch anstatt den Wagen zu veräußern, hatte man den Kaufinteressenten kaltschnäuzig erschossen, ihm Geld und Papiere abgenommen und ihn ins Wasser geworfen.
Ja, dachte sich Ulbricht, so muss es gewesen sein.
Falsch, bremste er seine Euphorie, so könnte es gewesen sein.
Zwar nur eine Theorie, aber möglicherweise ein Denkansatz, den sie weiterverfolgen sollten. Montag spätestens würde er der Staatsanwaltschaft einige unbequeme Fragen beantworten müssen.

Und bis dahin wollte er erste Erfolge vorweisen können, denn sonst konnte er einpacken, darüber war Ulbricht sich im Klaren. Er stellte die zusammengepresste Bierdose auf den Sims des Wohnzimmerfensters in seinem Rücken und zog ein letztes Mal an der Zigarette. Die Glut glimmte auf wie ein wütendes Glühwürmchen, dann schnippte er den Stummel über die Balkonbrüstung und trat ins dunkle Wohnzimmer.
Die Hitze stand förmlich im Raum, daran änderte auch die Tatsache nichts, dass er stundenlang gelüftet hatte. Vielleicht sollte er sich doch einen Miefquirl unter die Decke hängen. Diese Dinger sah man immer wieder in alten amerikanischen Filmen, und bislang hatte er die Deckenventilatoren für Unfug gehalten. Doch der Klimawandel hatte auch vor Wuppertal nicht haltgemacht.
Ulbricht durchquerte den Raum. Ohne zu zögern griff er nach dem Telefon und wählte Heinrichs' Nummer. Es tutete ein paar Mal, dann meldete sich sein Assistent mit verschlafener Stimme.
„Heinrichs?!"
„Ich glaube, ich habe eine Idee, wie es gewesen sein könnte", kam Ulbricht ohne Umschweife auf den Punkt. Es interessierte ihn nicht, ob sein Assistent schon geschlafen hatte oder nicht. Sobald sie an einem Fall arbeiteten, verlangte er Einsatz rund um die Uhr. Ulbricht berichtete Heinrichs von seiner Idee. „Gibt es eine Möglichkeit, die Server dieser verdammten Autobörsen zu durchforsten?"
Heinrichs lachte trocken auf. „Sie haben Nerven, Chef. Nein, ich glaube, daran haben sich schon andere Leute die Zähne ausgebissen."
„Dann lassen Sie sich bis Montag etwas einfallen, wie wir die Ersten sein können, denen das gelingt." Ohne die Antwort von Frank Heinrichs abzuwarten, unterbrach Ulbricht die Verbindung. Er hatte alles gesagt, was gesagt werden musste. Jetzt hatte er sich ein neues kühles Bier verdient.

Wittener Straße, 23:40 Uhr

„Hier wohnt keine Frau Born."

„Ich weiß, dass sie sich hier ein Zimmer übers Wochenende genommen hat, also lassen Sie mich rein und bringen Sie mich zu ihr." Er trommelte nervös auf den Lautsprecher der Gegensprechanlage, die neben der verschlossenen Eingangstür des Hotels ins Mauerwerk eingelassen war. „Wir haben vor einer halben Stunde miteinander telefoniert und sind verabredet."

„Tut mir leid, ich kann nicht ...", scharrte die Stimme aus dem Lautsprecher. Der Portier saß in seinem Hinterzimmer und verbrachte die bisher ruhig verlaufene Schicht mit einem kleinen portablen Fernseher. Vermutlich war er nur zu faul, seinen Hintern zum Eingang zu bewegen und ihn einzulassen, dachte er wütend.

„Ich werde mich beschweren!", drohte der Besucher nun.

„Das können Sie gern tun, aber die Sicherheit und die Diskretion unserer Gäste sind oberstes Gebot." Die Stimme des Portiers klang leicht genervt.

Vermutlich hatte er ihn geweckt, doch darauf konnte er jetzt keine Rücksicht nehmen. Sie war nervös geworden. Das musste er verhindern. Und das würde nicht an einem faulen Nachtportier in einem Billighotel scheitern. Nein, er würde ganz sicher nicht in den Knast gehen, weil dieser Kerl ihn nicht zu der Frau lassen wollte. Er konnte und wollte sich nicht länger hinhalten lassen. Es musste eine andere Lösung geben, an die Frau heranzukommen. Irgendwann würde sie das verdammte Hotel schließlich auch wieder verlassen müssen. Und dann würde er sich an ihre Fersen heften.

Sonntag

Lennep, 8:10 Uhr

Das Schrillen des Telefons riss ihn aus den Träumen. Es dauerte einen Moment, bis er begriff, dass das Klingeln nicht in seinen Traum passte. Langsam nur fiel die bleierne Müdigkeit von ihm ab. Seine Knochen schmerzten, und sein Mund war trocken und

fühlte sich an wie ein ausgedörrter Pfirsich. Vielleicht sollte er das verdammte Saufen endlich bleiben lassen. Er öffnete die Augen und nahm wahr, dass er mal wieder auf der Couch eingeschlafen war. Der Fernseher lief – wahrscheinlich schon seit letzter Nacht. Er war mal wieder völlig betrunken vor der Glotze eingeschlafen. Kein Wunder. Jennifer hatte ihm den Laufpass gegeben, weil er sich über ihre Speckrollen lustig gemacht hatte.
Keine Frau kam wirklich mit so etwas klar.
Sie war knapp zehn Jahre jünger als er, sah verdammt gut aus und hatte sicherlich keine Probleme, an einen neuen Mann zu kommen.
Für ihn sah die Sache da schon anders aus. Er war dreiundvierzig Jahre alt, hatte das eine oder andere Pfund zu viel auf den Hüften, arbeitete zu viel, um seine Schulden aus der Ehe mit Beate zu tilgen, und er trank zu viel. Die knappe Freizeit verbrachte er entweder in einer der gemütlichen Kneipen von Lennep oder einfach zu Hause vor dem Fernseher. Mit der Miete für die Wohnung war er zwei Monate im Rückstand, und der Vermieter stand fast täglich auf der Matte, um die Außenstände einzutreiben. Wenn das so weiterging, würde er bald unter der Müngstener Brücke schlafen müssen. Oder in der zugigen Passage des Solinger Bahnhofs. Noch hatte er ein Dach über dem Kopf. Ein Dach, das er sich eigentlich längst schon nicht mehr leisten konnte.
Doch wo nichts war, konnte auch der Vermieter nichts holen. Bankschulden, die Leasingrate für das Auto, das seine Frau mitgenommen hatte, und unzählige offene Rechnungen machten ihm das Leben zu Hölle. Baumgart arbeitete schon seit Monaten nur, um seine Schulden bezahlen zu können. Dabei war er unverschuldet in die Miesen geraten. Seine Frau hatte gekauft, online, im Katalog, und beim Shoppen mit Freundinnen das Geld mit vollen Händen ausgegeben. Natürlich, sie hatte auch gut verdient, aber nun stand er ohne Frau da – dafür mit den Schulden, die sie ihm hinterlassen hatte. Ein vernünftiges Verhältnis zum Geld hatte sie

nie entwickelt. Als es mit ihrer Ehe zu Ende ging, hatte sie das Konto überzogen und ihn so mit in die Schuldenfalle gerissen. Jetzt war sie weg, und auch die Geliebte hatte ihn versetzt.
Er war einsam. Das Leben kotzte ihn an.
Und das Klingeln des Telefons nervte ihn gewaltig. Mühsam rappelte sich Jochen Baumgart in die Höhe. Auf dem Tisch standen eine leere Flasche Whisky und ein übervoller Aschenbecher. Das Glas hatte unansehnliche Kränze auf der Tischplatte hinterlassen, die Luft war stickig, und es roch nach kaltem Rauch. So konnte es unmöglich mit ihm weitergehen, dachte er.
Das Telefon steckte in der Ladestation im Flur. Als er einen Blick auf die Uhr warf, fragte er sich ernsthaft, wer um diese Uhrzeit etwas von ihm wollte. Es war Sonntag, so viel stand fest.
Mit steifen Gliedern wankte er aus dem kleinen Wohnzimmer hinüber in die Diele des Fachwerkhauses. Er griff nach dem schnurlosen Telefon und hob ab.
„Wir müssen reden."
Eine Frauenstimme. Kalt, emotionslos. Es dauerte einen Augenblick, bis Baumgart die passende Antwort parat hatte. „Wer ist da?"
„Das ist uninteressant. Wann können wir uns treffen?"
„Es ist nicht uninteressant, es ist Sonntagmorgen. Und ich weiß gern, mit wem ich telefoniere, bevor ich Treffen vereinbare." Insgeheim wunderte er sich über seine Schlagfertigkeit. „Also, bevor wir weiterreden, zwei Fragen: Wer sind Sie, und worum geht es?"
„Es geht um einen Auftrag. Um eine Taxifahrt, die Sie gemacht haben."
„Ich mache viele Fahrten. Geht das auch genauer?"
„Sicher. Aber eines nach dem anderen."
„Gut, ich bin ganz Ohr." Baumgart schwankte mit dem Telefon am Ohr zurück in das Wohnzimmer.
„Sie haben einen Mann an den Beyenburger Stausee gefahren. Am letzten Donnerstag, gegen Abend."
„Kann sein." Baumgart sank auf das verschlissene Ledersofa und

angelte nach der Fernbedienung, um den Ton des Fernsehers abzuschalten.
„Ich bin mir absolut sicher. Sie fahren doch in Wuppertal Taxi Nummer 232?“
„Kann sein. Wer ist da, verdammt noch mal?“
„Nennen Sie mich Müller, wenn Sie mögen. Oder von mir aus Meier.“
„Gut, Müller oder Meier. Also, was hat es mit der Fahrt auf sich?“
„Davon darf niemand etwas erfahren. Diese Fahrt hat nie stattgefunden, und ich bin bereit, Ihnen dafür eine ganze Menge zu bezahlen. Wir sollten uns darüber unterhalten.“
„Tun wir das nicht die ganze Zeit?“ Seine Neugier war erwacht. Auf das Wörtchen „bezahlen“ reagierte er seit einiger Zeit sehr sensibel.
„Ich verlange nichts, außer, dass niemand von dieser Fahrt zum See erfährt.“
„Das ist unmöglich, die Zentrale ...“
„Wie viel?“
Baumgart glaubte sich verhört zu haben. „Wie bitte?“
„Wie viel wollen Sie?“
„Wovon reden Sie, verdammt noch mal?“ Seine Geduld war am Ende.
„Ich will wissen, welche Summe Sie haben möchten, wenn Sie die Fahrt zum Beyenburger Stausee letzte Woche einfach, sagen wir, vergessen.“ Jetzt klang ein charmanter Unterton in der Stimme der Anruferin mit. Baumgart kannte solche Gespräche bislang nur aus Filmen. Jemand machte ihm ein Angebot. Er hatte seinen Job getan, sollte diese eine Fahrt einfach aus der Erinnerung streichen und würde eine Summe kassieren, die ihm einige Sorgen nahm. Eigentlich ein ziemlich verlockender Gedanke, zumal er jeden Cent gut gebrauchen konnte.
Schnell verdientes Geld.
Baumgart grinste, was die Frau am anderen Ende der Leitung nicht

sehen konnte. Er beschloss zu pokern. Zu verlieren hatte er schließlich nichts.

„Zehntausend.“

„In Ordnung.“

Kein Zögern, kein Schlucken in Anbetracht der hohen Summe, nichts. Er hatte den Preis für seine Vergesslichkeit genannt, und er war sofort akzeptiert worden. So etwas hatte er noch nie erlebt. Mit einem Schlag würde er seine Schulden los sein. Das klang ziemlich verlockend. Und er musste keine dreckigen Geschäfte machen. Diese eine Fahrt konnte er locker vergessen. Niemand würde ihm böse Absicht unterstellen. Er war schließlich auch nicht mehr der Jüngste, und die Kollegen wussten um seine Sorgen, die er im Privatleben hatte. Niemand würde ihm verdenken, wenn er eine einzige Fahrt einfach aus seinem Gedächtnis verbannte.

„In Ordnung?“ Er lachte kurz auf. Baumgart hatte am Donnerstag, kurz vor dem Ende der Schicht, tatsächlich einen Fahrgast an das Ufer des Sees befördert. Wer machte sich die Mühe, das nachzuprüfen? Hatte der Fahrgast Dreck am Stecken gehabt? Er versuchte, sich an den Fahrgast zu erinnern. Der Typ war ihm gleich ein wenig seltsam vorgekommen, und er hatte ihn später, während der Fahrt, immer wieder über den Innenspiegel seines Taxis beobachtet. Er war ein ruhiger Mann gewesen; Baumgart schätzte ihn auf sein Alter. Während der Fahrt, die vom Wuppertaler Hauptbahnhof bis zum Stausee geführt hatte, hatten die Männer kaum ein Wort gewechselt. Baumgart hatte vermutet, dass der Mann eine weite Anreise per Bahn hinter sich hatte. Er selber hatte ihn aus dem gläsernen Vorbau des Bahnhofs Döppersberg kommen sehen. Der Mann hatte sich kurz orientiert, dann war er zielstrebig auf den Taxistand zugesteuert und hatte sich in seinen Wagen gesetzt. Meist waren es die Fahrgäste, die ein Gespräch anfingen – wenn ihnen danach zumute war. Der Mann hatte jedoch Ewigkeiten aus dem Seitenfenster geblickt, fast so, als würde er Wuppertal zum ersten Mal sehen. Etwas war eigenartig an diesem Fahrgast gewesen, das musste sich Baumgart nun eingestehen. Er fragte sich, wen er da zum Stausee gefahren hatte. Fest stand, dass dieser Fahrgast zehntausend Euro wert war. Eigentlich war der Mann eher unscheinbar gewesen. Wie ein Geschäftsmann hatte er jedenfalls nicht auf Baumgart gewirkt. Seine Kleidung war eher schlicht gewesen, und auch seine Frisur entsprach nicht dem neuesten Trend – im Gegenteil. Der Mann hatte eine Zahnlücke gehabt und hätte schon längst mal wieder zum Frisör gemusst. Doch gerade das war es, was ihn so sympathisch für Baumgart gemacht hatte.

„Es geht einfach darum, dass niemand wissen muss, wen Sie wann zum See gefahren haben. So einfach ist das. Sie kriegen Ihr Geld, und ich verlasse mich auf Ihre Verschwiegenheit. Haben Sie ein Problem damit?"

„Das kommt darauf an. Wer sagt mir, dass ich mit dieser Verschwiegenheit kein Verbrechen decke?"

„So weit sind wir nicht, noch lange nicht." Die Anruferin lachte amüsiert. Es klang souverän, aber nicht überheblich. „Nein, ganz im Ernst. Ich möchte nur nicht, dass Sie die Fahrt an die große Glocke hängen. Der Mann war nicht ganz unwichtig, aber er ist kein Verbrecher, machen Sie sich also keine Sorgen. Nehmen Sie das Geld, und schweigen Sie. Mehr will ich nicht von Ihnen."

„Also gut."

„Dann treffen wir uns in einer Stunde."

„Wo?"

„Natürlich bei Ihnen. Ich bringe Ihnen einen Scheck vorbei."

„Der das Papier nicht wert ist, auf dem er gedruckt wurde", konterte Baumgart verächtlich. „Ich will Bargeld, sonst ist der Deal geplatzt, noch bevor er stattgefunden hat."

„Sie lehnen sich weit aus dem Fenster", stellte die Anruferin fest. „Aber ich kann Sie verstehen. Vermutlich haben Sie finanzielle Probleme. Ich werde sehen, was ich für Sie tun kann. Wo wohnen Sie?"

„Als ob Sie das nicht wüssten. Im Talsperrenweg in Remscheid-Lennep."
„Ich wollte es von Ihnen hören." Es klickte in der Leitung. Die Unbekannte hatte aufgelegt.
Baumgart starrte kopfschüttelnd auf das Telefon in seiner Hand. Er versuchte, die Rufnummer der Anruferin über die Rückruftaste herauszufinden, aber wie er sich gedacht hatte, war sie schlau genug gewesen, ihre Rufnummer zu unterdrücken. Nun, auch das konnte ihm egal sein. In einer Stunde würde er um zehntausend Euro reicher sein, keine Probleme mehr haben und saniert sein. Dafür verschwieg er gern, wann er welchen Fahrgast wohin befördert hatte. Er war vergesslich. Immerhin war Jochen Baumgart auch nicht mehr der Jüngste.

Marienstraße, 10:00 Uhr

Natürlich hatten sie verschlafen. Da sie sich keinen Wecker gestellt und sich auch nichts vorgenommen hatten, war das nicht weiter schlimm. Die Sonne stand schon hoch am Himmel, als Heike erwachte. Verschlafen blinzelte sie und blickte sich im Raum um. Stefan schnarchte leise. Es störte sie nicht. Längst schon hatte sie sich an seine Geräusche gewöhnt. Fast kam es ihr vor, als wären sie ein altes Ehepaar. Es dauerte einen Augenblick, bis sie sich an die Ereignisse in der Nacht erinnern konnte. Heike streichelte Stefans Brust und lächelte glücklich.
Nach dem Rührei-Frühstück mitten in der Nacht hatten sie sich in das bequeme Futonbett im Schlafzimmer verkrümelt. Stefans Bett stand unter dem Fenster im Erker der Altbauwohnung. Das Sonnenlicht fiel durch die Streifen der halboffenen Lamellenjalousie. Staubpartikel tanzten in der Sonne. Unten auf der Straße war es ruhig. Aus der Ferne trug der Wind Kirchengeläut herüber. Es war ein friedlicher Sonntagmorgen. Während Heike noch überlegte, ob sie Stefan wecken sollte, streckte er sich verschlafen. Seine Hände glitten über ihren Rücken. Sie erschauderte unter seinen

zärtlichen Berührungen.
„Und?", fragte Stefan so unvermittelt, dass sie fast erschrak. Er hatte die Augen aufgeschlagen und blickte zu ihr herunter. Ein breites Grinsen lag auf seinem unrasierten Gesicht.
„Was – und?" Sie lächelte verschlafen.
„Wie machen wir weiter?"
„Ist das jetzt ein unmoralisches Angebot?" Heike löste sich aus seiner Umarmung und richtete sich im Bett auf. Im Sonnenlicht wirkte ihre Haut zart wie Samt.
„Ich meine, wie geht es denn jetzt mit ... mit unserem Fall weiter?" Stefan gähnte herzhaft.
„Ach so, das meinst du", lachte sie. „Jetzt ist es also unser Fall, was? Na gut, mir soll es recht sein, ist ja nicht das erste Mal, dass wir gemeinsam ..."
„Heike, quatsch keine Opern. Ich kenne dich gut genug, um zu wissen, was du vorhast."
„Der Taxifahrer", nickte sie nachdenklich. „Er ist unsere erste Adresse. Ich will nur hoffen, dass uns Kommissar Verdammt nicht zuvorkommt."
„Dann sollten wir nicht so lange schlafen." Stefan stieß die Bettdecke fort und setzte sich auf die Bettkante. „Wie hieß der Typ noch mal?"
„Baumgart, Jochen Baumgart", erwiderte Heike. „Die Anschrift habe ich von Kalla bekommen. Aber vielleicht sollten wir uns vorher telefonisch ankündigen, hm?" Sie suchte sich das Kärtchen, das sie gestern von Kalla bekommen hatte. Auf die Rückseite hatte er ihr seine private Handynummer gekritzelt. Es dauerte einen Augenblick, bis sich ein verschlafener Kalla meldete. „Sorry, ich hab die ganze Nacht auf dem Bock gesessen", sagte er, nachdem er Heikes Stimme erkannt hatte.
„Entschuldige bitte die frühe Störung. Aber ich brauche dringend die Telefonnummer von Jochen Baumgart. Kannst du mir helfen?"
„Ich fürchte nein", erwiderte Kalla mit bedauerndem Unterton in

der Stimme. „Hab ich leider nicht, vielleicht aber die Zentrale. Aber so wie ich ihn kenne, ist er zu Hause. Fahr einfach hin und frag ihn, und 'nen schönen Gruß von mir!"

„Du meinst, wir können da einfach so auftauchen, und ..."

„Klar, warum nicht? Er ist ein netter Kerl, wirklich. Er ist, wenn ich mich recht erinnere, nach seiner Hochzeit nach Remscheid gezogen. Die Ehe ist längst den Bach runter, aber Jochen wohnt noch immer da. Im Kollegenkreis munkelt man, dass er sich die Bude jetzt mit einer jüngeren Frau teilt."

„Das mach ich doch glatt. Dank dir für den Tipp – und entschuldige die Störung am frühen Sonntagmorgen!"

„Kein Thema, mach ich doch gern. Halt mich auf dem Laufenden, ja?"

Heike bedankte sich noch einmal und unterbrach die Verbindung. Als sie Stefans neugierigen Blick sah, berichtete sie ihm geduldig, was sie von Kalla erfahren hatte. Dann machte sie sich an Stefans Laptop zu schaffen. Er beobachtete sie schweigend dabei, wie sie im Internet recherchierte. Es dauerte nicht lange, bis sie fündig wurde. Eilig wählte sie die Nummer von Jochen Baumgart und lauschte dem Freizeichen. Mehr nicht. Kein Anrufbeantworter, keine Mailbox, nichts.

„Vermutlich hat er das Telefon lautlos, weil er am Sonntag nicht gestört werden will", mutmaßte Stefan.

„Ja, ist klar. Oder er ist gerade beim Gottesdienst."

Lennep, 11:20 Uhr

Die Straße beschrieb einen sanften Bogen und führte dann steil nach oben zur Panzertalsperre. Stefan schaltete in den zweiten Gang zurück, und dennoch brummte der Boxermotor im Heck des Käfers gequält auf. Sie hatten sich, nachdem sie Baumgart telefonisch nicht erreicht hatten, in den Käfer gesetzt und sich auf den Weg nach Remscheid gemacht. Auf der Straße war niemand unterwegs.

„Und hier soll der wohnen?“, fragte Stefan etwas missmutig. Nach der nächsten Kurve erblickten sie rechterhand einige Fachwerkhäuser, die sich an den Hang zu schmiegen schienen.
„Ist doch ganz nett hier“, erwiderte Heike grinsend. Sie beugte sich im Sitz vor und versuchte die Hausnummern zu erkennen. „Nicht so schnell“, rief sie. „Da vorne ist es schon.“
Stefan nickte und lenkte den Käfer an den Straßenrand. Hinter einem kleinen Vorgarten lag eines der für diese Gegend so typischen Fachwerkhäuser mit verschieferter Fassade. Grüne Fensterläden und eine ebenso grüne Haustür rundeten das Bild ab. Am Zaun, der das Grundstück umgab, blätterte die Farbe ab, ansonsten schien das Haus recht gut in Schuss zu sein. „Nicht gerade das, was man sich als das Heim eines Taxifahrers vorstellt.“ Stefan betrachtete das Haus und schaltete den Motor des Käfers ab.
Heike hatte bereits den Sicherheitsgurt gelöst und stieg aus. Es war ein sonniger, aber frischer Morgen. Auf den Wiesen glänzte der Morgentau in der Sonne. Irgendwo in der Ferne kläffte ein Hund. Es war eine fast dörfliche Stimmung. „Komm schon“, rief sie Stefan zu. „Worauf wartest du?“
„Hetz mich nicht so, ich bin ein alter Mann.“ Stefan schloss den Wagen ab und marschierte hinter seiner Freundin her. Verwitterte Waschbetonplatten führten durch den Vorgarten zum Hauseingang. Moos wucherte zwischen den Fugen. Auch die Bepflanzung des Gartens machte einen heruntergekommenen Eindruck. Einen grünen Daumen hatte Baumgart anscheinend nicht.
„Die Tür steht offen“, bemerkte Heike. Überrascht blickte sie sich zu Stefan um, der die Schultern zuckte. „Vermutlich joggt er gerade eine Runde um den Block, oder er ist beim Nachbarn, Milch holen.“
Heike ging nicht auf Stefans dummen Scherz ein. Sie schüttelte stumm den Kopf und klopfte an das grüne Holz. „Herr Baumgart?“ Sie lauschte mit schräg gelegtem Kopf in das Innere des alten Hauses. Stille umfing sie. Als sie einen Klingelknopf entdeckt

hatte, betätigte sie ihn. Drinnen schlug eine schrille Glocke an. „Herr Baumgart, sind Sie zu Hause?"
Wieder bekam Heike keine Antwort. Sie wandte sich zu Stefan um, der die Mundwinkel fragend nach unten zog. „Was machen wir denn jetzt?"
„Rein da", flüsterte Stefan. „Irgendwo muss er ja sein."
Heike drückte die Tür weiter auf. Muffiger Geruch schlug ihr entgegen. Sie rümpfte die Nase. „Hier könnte auch mal wieder gelüftet werden."
„Er ist doch gerade dabei", grinste Stefan und deutete auf die offene Haustür.
Sie betraten einen dunklen Hausflur. An den Wänden Puzzles mit Landschaftsgemälden aus den Siebzigern. Die Tapete war altmodisch und vergilbt, das hölzerne Treppengeländer, das in die oberen Stockwerke führte, war die längste Zeit weiß gewesen. Alles in diesem Haus wirkte alt und heruntergekommen. Heike fragte sich, wie man sich in einem solchen Haus wohlfühlen konnte. Neben einer grünen Holzkommode stand ein leerer Bierkasten. Oettinger. Billigbier. Nichts an diesem Haus wollte ihr so recht gefallen und zu dem passen, was sie sich vorgestellt hatte.
„Herr Baumgart, sind Sie zu Hause?", rief sie in die Stille des Hauses und erschrak über den Klang ihrer eigenen Stimme.
Täuschte sie sich, oder hatte irgendwo eine Diele geknarrt?
Sie zuckte zusammen und wirbelte auf dem Absatz zu Stefan herum. „Holz arbeitet", bemerkte er, als er ihren Blick sah. „Das ist normal."
„Ich weiß", zischte sie wütend. „Und trotzdem stimmt hier etwas nicht."
„Finden wir es heraus", grinste Stefan und betrat einen Raum, der rechterhand von der Diele abzweigte. Heike folgte ihm. Sie befanden sich in einer relativ großen Wohnküche. Rechts eine Küchenzeile. In der Spüle türmte sich der Abwasch. Dahinter eine Fensterfront mit Blick auf Remscheid. Grüne Hügel und Täler

vermittelten den Eindruck, man sei in einer landschaftlichen Idylle gelandet. Vogelgezwitscher lag über der Szenerie.
Linkerhand ein Esstisch mit vier einfachen Holzstühlen davor. Eine alte Fernsehzeitung lag aufgeschlagen herum, daneben ein Aschenbecher, der bereits überquoll. Eine Glocke aus kaltem Rauch hing schwer im Raum. Von der Küche aus zweigten zwei Türen nach links ab. Im ersten Raum gab es nicht viel zu sehen – vermutlich nutzte der Hausbesitzer das Zimmer als Rumpelkammer. Ein alter Sitzsack in der Ecke, ein blecherner Computertisch neben dem Fenster und ein Wäscheständer, der unter der Last der aufgehängten Wäschestücke zu ächzen schien, beherrschten das Bild. Im zweiten Raum befand sich ein kleines Wohnzimmer. Eine verschlissene Ledercouch mit Brandflecken, ein einfacher Glastisch und ein Fernseher auf einem Sideboard. Auf dem Tisch ein leeres Glas und eine Flasche Schnaps. Whisky, wie Heike feststellte. Auch hier quoll der Aschenbecher über. Die Tapete an den Wänden wirkte vergilbt. Die Decke hätte einen neuen Anstrich gut vertragen können. Der Fernseher lief ohne Ton.
Doch sie hatten keine Gelegenheit, diese Eindrücke zu verarbeiten, denn vor dem Sofa lag eine leblose Gestalt auf dem verschlissenen, dunkelroten Teppich.
Die Gliedmaßen standen in verrenkter Haltung vom Körper ab. Die Augen des Mannes waren schreckgeweitet und blickten anklagend zur gelben Zimmerdecke. Ein feiner Blutfaden rann aus dem rechten Mundwinkel, der einen Spalt breit offen stand.
Sie hatten Jochen Baumgart gefunden. Leider zu spät.
„Scheiße, der ist tot.“ Heikes Lippen bebten. Verschreckt presste sie sich an Stefans Brust.
Stefan widersprach nicht. Mit zitternden Händen angelte er nach dem Handy.

Unterbarmen, 11:40 Uhr

„Seiler, wenn das stimmt, dann haben Sie den Bogen eindeutig überspannt.“ Ulbricht hasste Stress am Sonntag. Und es war kein gutes Zeichen, wenn ihn der Reporter der Wupperwelle anrief. Seiler hatte irgendetwas von einem Leichenfund in Remscheid gefaselt. Warum fand eigentlich Seiler immer wieder unter seltsamen Umständen Tote?

„Ich kann nichts dafür“, verteidigte Seiler sich ein wenig kleinlaut. „Ich habe meine Freundin begleitet, die sich mit einem ... nun, sagen wir, mit einem Interviewpartner hier treffen wollte. Den Mann haben wir gefunden, nur ist er leider tot. Ich bin zwar kein Profi, aber wenn Sie mich fragen, ist der Mann erschossen worden.“

„Sie fragt niemand!“

„Auch gut.“ Seiler klang gekränkt. „Schicken Sie Ihre Leute raus, es gibt Arbeit, Ulbricht.“

„Fassen Sie nichts an und verhalten Sie sich ruhig“, warnte Ulbricht, nachdem er tief geseufzt hatte. „Ich schicke Ihnen einen Streifenwagen und die Spurensicherung. In einer Dreiviertelstunde bin ich auch da, und dann werde ich ein Hühnchen mit Ihnen rupfen, sagen Sie das auch Ihrer Freundin!“ Ulbricht drückte den roten Knopf und warf das Telefon auf das verwühlte Bett. Missmutig begab er sich ins Bad und wusch sich das Gesicht mit kaltem Wasser. Als er sich im Spiegel betrachtete, erschrak er. Dunkle Ringe lagen unter seinen Augen, und der Dreitagebart wurde langsam grau. Doch zum Rasieren war jetzt keine Zeit.

Während er sich die Zähne putzte, dachte er an das seltsame Telefonat mit dem Reporter der Wupperwelle. Seiler war mit Heike Göbel zu einem Mann gefahren, der angeblich mit dem Mordfall aus dem Beyenburger Stausee in Verbindung stand. Offensichtlich handelte es sich bei dem Mann um einen Taxifahrer, der den Unbekannten zu einem Treffen am See gefahren hatte. Eine vage Spur, aber immerhin eine Spur, das musste Ulbricht neidlos anerkennen. Warum waren ihm die beiden

immer und immer wieder einen Schritt voraus?
Ulbricht nahm sich vor, ein ernstes Wort mit Michael Eckhardt, dem Chefredakteur des Senders, zu wechseln. Eckhardt sollte seine Leute an der kurzen Leine halten und sie dafür bezahlen, wofür er sie eingestellt hatte. Es konnte nicht mit rechten Dingen zugehen, wenn Reporter des lokalen Radiosenders sich ständig in die Ermittlungen der Polizei einmischten.
Ulbricht verließ das Bad und zog sich ein frisches Hemd an. Er fragte sich ernsthaft, was er dem Staatsanwalt erklären wollte, wenn der ihn nach dem Fall und dem Stand der Ermittlungen befragte. Das würde sicherlich am Montag der Fall sein. Davor graute es ihm bereits jetzt. Schlecht gelaunt suchte er nach dem Telefon und wählte die Nummer der Kollegen in Remscheid. Er orderte eine Streifenwagenbesatzung zum Haus des ermordeten Taxifahrers. Er überlegte, Heinrichs aus dem Bett zu klingeln, entschied sich aber dagegen. Es war keine Frage für ihn, dass der Bursche noch im Bett lag. Es war Sonntag, und Heinrichs war ein junger Kerl. Nein, Ulbricht würde schon alleine klarkommen. Außerdem konnte er Brille jetzt nicht ertragen, der Tag war auch ohne ihn schon schlimm genug.

Hotelzimmer Nächstebreck, 12:05 Uhr

Sie wählte die Nummer und lauschte dem Freizeichen. Nichts. Es war, als würde er sie ignorieren.
Nachdem sie ihren Rausch ausgeschlafen hatte, hatte sie sich schlecht gefühlt. Wie hatte sie ihre Sorgen und Ängste nur im Alkohol ertränken können? Eigentlich hätte sie einen klaren Kopf bewahren müssen. Stattdessen hatte sie sich mit Whisky betäubt. Betäubt, da sie die Ungewissheit nicht mehr ausgehalten und ihr Kopf gedröhnt hatte. Ein schlechtes Gewissen beschlich sie, als sie mit dem Telefon ans Fenster trat und hinunter auf die menschenleere Straße blickte. An einem Sonntagvormittag um diese Uhrzeit herrschte hier so gut wie kein Verkehr. Unter der Woche

rollte ein Lastwagen nach dem anderen über die von Schlaglöchern übersäte Wittener Straße, denn die war eine wichtige Verbindungsstraße zwischen einem großen Industriegebiet im Norden der Stadt und dem Autobahnkreuz Wuppertal-Nord. Jetzt, am Wochenende, herrschte hier eine fast schon ländliche Ruhe, denn in wenigen Stunden würden die dicken Sattelschlepper wieder zur Autobahn donnern, einer neuen Woche und einigen Tausend Kilometern entgegen.
Es war eine trügerische Stille.
Für sie gab es keinen Grund, entspannt zu sein. Noch immer hatte sie kein Lebenszeichen von ihm bekommen. Es war, als sei ihr Mann wie vom Erdboden verschwunden. Als habe es ihn auf dieser Welt nie gegeben. Sie hoffte, heute endlich mehr über seinen Verbleib zu erfahren.
Das Tuten im Hörer malträtierte ihren Schädel. Sie massierte sich mit der freien Hand die Schläfen. Kopfschmerz und Übelkeit machten ihr zu schaffen. Schuldgefühle und Wut über die eigene Unfähigkeit, der Sucht zu widerstehen, quälten sie.
Endlich meldete sich jemand am anderen Ende der Leitung. „Hallo?"
„Und?" Ihr Herz schlug bis zum Hals, und sie gab sich Mühe, ihrer Stimme einen festen Klang zu verleihen.
„Ich kann nichts sagen, weil ich nichts weiß." Die Stimme klang abweisend. „Das habe ich Ihnen schon neulich versichert, und seitdem hat sich an diesem Umstand nichts geändert."
„Ich will wissen, was mit meinem Mann ist."
„Das interessiert mich offen gestanden nicht. Ich habe wirklich andere Sorgen. Die Polizei und die Presse sind wach geworden, und ich habe eine Menge Ärger am Hals, das können Sie mir glauben. Schlechte Presse wird mich ruinieren. Aber ich will ehrlich zu Ihnen sein. Ich vermute, dass Ihr Mann untergetaucht ist. Das heißt, wenn er schlau ist, dann ist er untergetaucht." Der Mann am anderen Ende der Leitung kicherte verhalten.

„Ich will endlich wissen, was mit meinem Mann los ist. Haben Sie ihn versteckt? Können Sie sich vorstellen, welche Sorgen ich mir mache?“ Ihre Stimme klang jetzt schrill.
„Es tut mir leid, dass Sie sich Sorgen machen, aber ich kann mich in meiner Position nun wirklich nicht um alles kümmern.“
„Hören Sie, ich habe keine Ahnung, welche Geschäfte Sie mit meinem Mann machen, aber ich weiß, dass ich andere Wege gehen werde, sobald mir etwas seltsam vorkommt. Und die Tatsache, dass er sich mit Ihnen treffen wollte, erscheint mir seltsam. Es gibt Mittel und Wege ...“
„Ich lasse mich nicht erpressen“, unterbrach sie ihr Gesprächspartner ungehalten. „Aber ich versichere Ihnen, dass ich nicht das geringste Interesse daran habe, Ihrem Mann Schwierigkeiten zu machen.“
„Dann kümmern Sie sich darum, dass er wieder auftaucht. Ich will ein Lebenszeichen von ihm, sonst gehe ich noch heute zur Polizei und werde eine Vermisstenmeldung aufgeben.“
„Das sollten Sie nicht tun.“
„Ich weiß genau, was ich zu tun habe, darauf können Sie sich verlassen.“ Sie hatte genug gehört. Die arrogante Art ihres Gesprächspartners ging ihr tief unter die Haut. Obwohl sie schwören konnte, dass er hinter dem Verschwinden ihres Mannes steckte, so mauerte er und wies jede Schuld von sich. Er hatte etwas auf dem Kerbholz, das stand für sie außer Frage. Doch sie wusste nicht, worum es bei den Geschäften, die er nebenher betrieb, ging. „Ich werde ...“, setzte sie an, doch ihr Gesprächspartner hatte längst schon aufgelegt. Im Hörer herrschte Stille.
Eine Träne rann über ihr zartes Gesicht. Als sie das Handy fester umklammerte, traten die Knöchel ihrer Finger weiß unter der Haut hervor. Wütend schleuderte sie das Telefon gegen die Wand, wo es scheppernd zu Boden fiel. Die Einzelteile verteilten sich auf dem Teppich.

Remscheid, Talsperrenweg, 12:35 Uhr

Als er am Tatort eintraf, empfing ihn eine Hektik, die er am frühen Sonntag eigentlich gar nicht vertrug. Vor dem Haus parkten zwei Streifenwagen und ein ziviler Dienstwagen der Kripo. Spurensicherung, vermutete er.

Dann war er gut im Timing und konnte sofort mit der Arbeit anfangen, denn erst wenn die Jungs mit der Arbeit fertig waren, durfte er den Tatort betreten. Es war nicht so wie bei den Krimis im Fernsehen: Die Spurensicherung war noch bei der Arbeit, und ein Kommissar, meist in Begleitung eines trotteligen Assistenten, latschte ohne Rücksicht auf Mikrospuren durch das Haus, in dem das Opfer gefunden worden war, und schwang große Reden. In der Realität durfte der Kommissar erst an die Leiche, wenn alle Spuren gesichert waren. Na ja, dachte er sich mit einem schiefen Grinsen, zumindest das Klischee mit dem trotteligen Assistenten stimmte. Er dachte kurz an Heinrichs und bereute es nicht, alleine hergekommen zu sein. Sicherlich lag der Pimpf noch immer im warmen Bettchen, dachte Ulbricht verächtlich. Dort wäre er zwar am liebsten auch immer noch, doch wenn die Pflicht rief, dann hatte er noch nie den Schwanz eingezogen. So etwas kannte er nicht, und er hatte nicht vor, seine Arbeitseinstellung jetzt noch zu ändern. Also mussten seine Mitmenschen mit einem schlecht gelaunten Norbert Ulbricht vorliebnehmen. Aber immerhin: Er war da.

Ein Notarztwagen parkte in zweiter Reihe und legte den Verkehr auf der recht schmalen Straße lahm. Obwohl es sich beim Talsperrenweg nicht um eine Hauptstraße handelte und es Sonntagmorgen war, hatte sich bereits ein kleiner Stau auf der engen Straße gebildet.

Ulbricht fühlte sich ausgebrannt, spürte diesen typischen pelzigen Geschmack im Mund und fuhr sich mit dem Handrücken über das unrasierte Kinn. Die Bartstoppeln knisterten vernehmlich. Ulbricht parkte den zivilen Vectra mitten auf der Straße, da so-

wieso kein Durchkommen mehr war. Natürlich hatten sich bei diesem Großaufgebot schon unzählige Schaulustige eingefunden. Das Grundstück des Hauses hatten die Kollegen bereits mit Absperrband versehen, sodass kein Unbefugter auf das Gelände kam. Ulbricht bahnte sich den Weg durch die Menschen, die aufgeregt miteinander diskutierten. Natürlich hatte sich die Nachricht vom Tod des Nachbarn wie ein Lauffeuer in der Gegend verbreitet. Er fing Satzfetzen wie „Der passte sowieso nicht in diese Gegend" und „Schuld ist er es selbst, so wie er mit den Frauen umsprang" auf und schüttelte den Kopf. Kaum dass ein Mensch gestorben war, hatten die Mitmenschen nichts Besseres zu tun, als sich über den Toten das Maul zu zerreißen. Es gab Momente, in denen er die Menschen einfach nur hasste.
„Kommissar Ulbricht vom KK 11 in Wuppertal", stellte er sich einem uniformierten Kollegen aus Remscheid vor. Der Bursche warf einen Blick auf den Dienstausweis, dann ließ er Ulbricht durch. Hier in Remscheid kannten ihn nicht alle Polizisten, doch damit hatte er keine Probleme. Er betrat das Haus und lief einem Kollegen von der Spurensicherung direkt in die Arme.
Petersen winkte mit einem matten Grinsen ab. „Er schon wieder."
„Ja, so sieht man sich wieder, was?" Ulbricht zuckte die Schultern, dann wurde er ernst. „Und?", fragte er. „Was habt ihr rausgefunden, und wer ist der Tote?"
„Jochen Baumgart, dreiundvierzig Jahre alt, er verdiente sich sein tägliches Brot mit Taxifahren in Wuppertal. Der Tote starb durch einen Schuss in den Oberkörper, abgegeben aus kurzer Entfernung. Das behauptet jedenfalls der Notarzt. Wenn Sie mehr wissen wollen, müssen Sie wohl das genaue Obduktionsergebnis abwarten, fürchte ich. Wir haben nur ein einziges Projektil gefunden. Es handelt sich hierbei um die Munition einer kleinkalibrigen Waffe."
„Wie unten am See. Diese Dinger scheinen in Mode zu kommen, hm." Ulbricht zog eine Zigarettenpackung aus der Innentasche

seines leichten Sommermantels und zündete sich eine Zigarette an. Nachdenklich paffte er den Rauch in die Luft. Er überlegte, ob sich ein Serienmörder im Bergischen Land herumtrieb, der ihm das Leben schwer machte. „Ich will, dass Sie das Projektil mit dem vergleichen, das ihr am Beyenburger See gefunden habt. Beide zur KTU, und dann erwarte ich einen Bericht."

Petersen zuckte gleichgültig die Schultern. „Glauben Sie, dass es sich um den gleichen Täter handelt?"

„Keine Ahnung, aber ich will nichts außer Acht lassen. Zwei Tote innerhalb weniger Stunden, beide Opfer starben durch einen einzigen gezielten Schuss aus nächster Nähe, beide abgegeben aus einer kleinkalibrigen Waffe. Da klingelt doch was, oder?" Ulbricht tippte sich gegen die Schläfe. „Gut, was muss ich sonst noch wissen?"

„Dass es keine Einbruchspuren gibt vielleicht?"

„Dann hatte der Mörder entweder einen Schlüssel, oder unser Opfer kannte ihn. Möglicherweise öffnete er ihm bereitwillig die Tür und ließ ihn ins Haus." Ulbricht blickte sich um. „Wer wohnte außer dem Opfer noch hier?"

„Niemand. Baumgart war geschieden, und auch die Freundin hat vor kurzem Schluss mit ihm gemacht. Er hat angeblich zu viel gesoffen." Schulterzucken. „Draußen steht ein Kasten Bier, und im Wohnzimmer eine leere Whiskyflasche."

„Wer sagt das?"

„Die Nachbarn. Er soll gesoffen haben wie ein Loch, wenn er nicht gerade mit dem Taxi unterwegs war. Und die Frauen ..." Eine abwertende Handbewegung. „Die Kollegen vom Streifendienst waren so freundlich, die gesamte Nachbarschaft zu befragen."

„Prima. Dann werde ich mich wohl später mit Exfrau und Ex-Geliebter auseinandersetzen."

„Tun Sie, was Sie nicht lassen können, Herr Kollege." Petersen zuckte die Schultern. „Ich wäre dann so weit. Fotos bekommen Sie in ein, zwei Stunden per E-Mail."

Ulbricht nickte zufrieden. Er zog ein letztes Mal an seiner Zigarette, trat an die Haustür, warf den Stummel auf die erste Stufe und trat ihn mit dem Absatz seiner Schuhe aus. Dann ging er zurück ins Haus und wandte sich an Petersen. „Kann ich den Toten jetzt sehen?"
„Klar. Kommen Sie." Petersen führte Kommissar Ulbricht von der unaufgeräumten Diele in eine große, lichtdurchflutete Wohnküche. Die Einbauküche war nicht mehr das neueste Modell, wirkte aber immer noch sehr hochwertig. Der Herd mit Cerankochfeld, darüber eine Dunstabzugshaube in Edelstahloptik. Eine breite Anrichte, darauf eine Designkaffeemaschine und ein Toaster, darunter eine Spülmaschine. Hier würde sich wohl jede Frau wohlfühlen, dachte der Kommissar in einem Anflug von Wehmut. Ulbricht fragte sich, wie sich ein Taxifahrer ein derart großes Haus mit einer relativ teuren Küche leisten konnte. Vermutlich hatte seine Exfrau gut verdient, und nun hatte Baumgart mit dem teuren Haus alleine dagestanden, vielleicht auch ein Grund, das Saufen anzufangen, so wie es die Nachbarschaft hinter seinem Rücken munkelte.
Trotzdem schien der Tote sehr einsam gewesen zu sein, daran hatte auch der Hausfrauentraum von einer Küche nichts ändern können. Und am Ende blieb nichts übrig, überlegte Ulbricht und dachte unwillkürlich an seine Frau. So schnell es ging, verwarf er die düsteren Gedanken und konzentrierte sich auf den Fall.
Vor der Küchenzeile gab es eine kleine Terrasse. Von hier aus konnte man über grüne Hügel bis zum Remscheider Rathaus blicken. Trotz der Spülmaschine stapelte sich im Spülbecken der Abwasch, auf dem Esstisch lag eine alte Zeitung neben einer Tasse Kaffee und einer halb geleerten Schale Cornflakes. Es roch muffig. Petersen führte Ulbricht in das angrenzende Wohnzimmer. Auch hier herrschte Unordnung. Ein Fernseher, ein altmodischer Schrank, eine verschlissene Ledercouch und davor ein niedriger Tisch mit Glasplatte. Staub und die Ränder von Getränkedosen oder Gläsern bildeten unansehnliche Kränze. Der Notarzt blickte

auf, als Ulbricht den Raum betrat. Er nickte ihm kurz zu, nachdem Ulbricht sich vorgestellt hatte.
„Was können Sie mir zu dem Toten sagen?"
„Nicht viel, fürchte ich. Ein Schuss in den Brustbereich, der dazu führte, dass das Opfer innerlich verblutete. Wenn Sie Näheres wissen wollen, müssen Sie das Ergebnis der Obduktion abwarten."
„Hm." Ulbricht nickte.
„Ich habe den Leichnam zum Abtransport freigegeben, in einer guten Stunde wird er in Düsseldorf bei den Kollegen der Rechtsmedizin auf dem Seziertisch liegen. Mit etwas Glück bekommen Sie den Bericht heute noch." Der Notarzt erhob sich. „Wenn Sie keine Fragen mehr haben, würde ich jetzt gern ..."
„Wir kommen klar, danke." Ulbricht betrachtete das Opfer. Der Tote lag in verrenkter Haltung zischen dem Tisch und dem Sofa. Ein tiefroter Fleck zierte seine Brust. Die Augen hatte Jochen Baumgart weit und anklagend aufgerissen, der Mund stand einen Spalt breit offen. Aus dem rechten Mundwinkel rann ein feiner Blutfaden. Zeichen für innere Verletzungen, konstatierte Ulbricht. Er ging neben dem Mann in die Hocke und blickte zu Petersen auf, der im Türrahmen stand. „Hat denn niemand den Schuss gehört?"
„Angeblich nicht. Vielleicht hat der Täter einen Schalldämpfer genutzt und ist nach der Tat genauso unauffällig wieder verschwunden, wie er gekommen ist."
Zwei Tote innerhalb von vierundzwanzig Stunden. Allerdings stand immer noch nicht fest, wie lange die Leiche im Beyenburger See tot war. Und um wen es sich dabei handelte, wussten sie auch noch nicht. Es war zum Verzweifeln, dachte Ulbricht frustriert.
Ulbricht betrachtete ihn nachdenklich. „Den Toten hätten wir gut als Zeugen gebrauchen können", murmelte er an Petersen gewandt, stand auf und versenkte die Hände in den Taschen seines zerknitterten Sommermantels.

Petersen war hinter ihn getreten. „Tut mir leid, dass wir etwas zu langsam waren."
„Das Leben ist kein Wunschkonzert." Ulbricht blickte sich um. „Wo sind denn Seiler und seine Freundin, Frau Göbel?"
„Nebenan. Es gibt so etwas wie eine Kammer, die Baumgart als Wäschezimmer und Rumpelkammer nutzte. Übrigens lebte er alleine, denn wir haben nichts gefunden, was auf die längere Anwesenheit einer Frau deutet. Keine Zahnbürste im Bad, keine Wäsche im Schrank, nichts." Sie hatten die Aussagen der Nachbarn natürlich überprüft, waren aber zum gleichen Ergebnis gekommen, wie es schon beim Nachbarschaftstratsch ausgesehen hatte. Baumgart hatte das große Haus zuletzt alleine bewohnt.
Ulbricht sah es positiv. „Dann muss ich wenigstens niemandem die beschissene Nachricht vom Tod Baumgarts überbringen."

* * *

„Mit welchem Recht sperren die uns in diese Wäschekammer hier?" Heike ballte die kleinen Hände zu Fäusten und blickte auf die Armbanduhr.
Stefan, der am Fenster stand und das Treiben auf der kleinen Anwohnerstraße beobachtete, wandte sich langsam zu ihr um. „Es geht nur darum, dass wir keine Spuren vernichten", beruhigte er sie. „Petersen, dieser Typ von der Spurensicherung, ist in Ordnung. Außerdem habe ich eben schon Ulbrichts Stimme gehört. Sicher ist er gleich hier, um ..."
In diesem Moment flog die Tür auf, und Ulbricht baute sich mit finsterer Miene im Rahmen auf. „Können Sie mir mal sagen, was Sie hier zu suchen haben?"
„Ihre Kollegen hatten nichts Besseres zu tun, als uns in dieser Rumpelkammer gefangen zu halten", maulte Heike und erhob sich von dem Sitzsack, auf dem sie eben noch gehockt hatte. Die kleinen Styroporkügelchen der Füllung knisterten leise. „Was soll

der Mist hier, Kommissar?"
„Das Gleiche könnte ich Sie fragen." Ulbricht trat in den kleinen Raum und blickte sich um. Er wirkte übernächtigt und äußerst schlecht gelaunt. Dunkle Ringe lagen unter seinen Augen, ein Dreitagebart warf einen unansehnlichen Schatten auf sein Gesicht, und die dunklen Haare standen ihm wirr vom Kopf ab. Vermutlich hatte die Zeit für eine vernünftige Morgentoilette nicht mehr gereicht, dachte Heike in einem Anflug von Vergnügen. Wie immer trug er eine hellblaue Bundfaltenjeans, wie sie in den Achtzigerjahren des vergangenen Jahrhunderts modern gewesen waren, ausgelatschte Hush Puppies und einen zerknitterten Sommermantel. Nur das Hemd und die Krawatte wirkten frisch und sogar modern. „Also", bellte er. „Was hatten Sie hier zu suchen?"
„Das habe ich Ihnen schon am Telefon erzählt", seufzte Stefan. Er hasste es, sich jedes Mal bei dem Kommissar rechtfertigen zu müssen. „Aber ich kann Sie beruhigen, diesmal war der Mann schon tot, als wir ihn fanden."
„Sparen Sie sich den Sarkasmus", empfahl Kommissar Verdammt und versenkte die Hände in den Hosentaschen. „Dann schießen Sie mal los. Was ist passiert?"
Heike räusperte sich. „Unsere Recherchen haben ergeben, dass der Tote aus dem See mit dem Taxi dorthin gekommen ist, und zwar am Donnerstagabend. Ich hatte gedacht, dass uns der Fahrer, der den Unbekannten gefahren hat, vielleicht mehr über seinen geheimnisvollen Fahrgast erzählen kann. Aus diesem Grunde haben wir Herrn Baumgart besucht – das heißt, wir wollten es."
„Woher wussten Sie, dass Baumgart Taxifahrer war und dass ausgerechnet er unser Opfer zum See kutschiert hat?"
„Wir haben unsere Quellen." Heike lächelte.
„Sie kosten mich Jahre meines Lebens." Ulbricht grinste gequält. „Haben Sie eine Ahnung, wie oft Sie mir bei meiner Arbeit in die Quere gekommen sind in den letzten Jahren?"
„Nein", erwiderte Stefan schnell. „Aber ich würde auch nicht

sagen, dass wir Ihnen in die Quere kommen. Spielberg damals ..." Er winkte ab. „Der war ein kleines Licht und hatte Dreck am Stecken. Außerdem ist das wohl längst verjährt. Und der Trainer eines Wuppertaler Fußballvereins ... auch nicht anders, ich wollte ihn interviewen, so was tut man nun mal in unserem Job. Dass ich die Rechnung ohne den Wirt gemacht habe und jemand ihn bereits umgebracht hatte – auch mein Pech. Sie sehen, es ist nicht immer leicht, Gesprächspartner für ein Interview zu bekommen."

„Sie haben Nerven, Mann." Ulbricht schüttelte den Kopf. Plötzlich wirkte er versöhnlicher. Er lächelte versonnen und reichte Stefan die Hand. „Lassen Sie die Toten ruhen, Seiler."

„Sie haben angefangen", erinnerte er den Kommissar, verwundert über dessen plötzlichen Sinneswandel.

„Ich habe nicht mehr lange bis zum wohlverdienten Ruhestand." Ulbricht lächelte plötzlich freundlich, und weder Heike noch Stefan trauten diesem Frieden. Doch er fuhr unbeirrt fort. „Sie können sich denken, dass ich nicht mehr scharf darauf bin, überall anzuecken. Ich will meinen Dienst in Ruhe tun, bis zum letzten Tag. Und ich habe keine Lust mehr darauf, der Staatsanwaltschaft unbequeme Fragen zu beantworten."

„Sie stehen mit leeren Händen da", mutmaßte Heike.

Ulbricht blickte sie lange an. Die Lippen hatte er zu einem schmalen Strich zusammengepresst. Er nickte nachdenklich. „So sieht es aus. Leider." Jetzt drückte er die Zimmertür ins Schloss. Die anderen Polizisten, die im Haus unterwegs waren, bekamen nichts mehr von dem Gespräch mit. Gedämpft drangen die Geräusche an ihre Ohren. „Ich will ehrlich sein: Es kotzt mich an, ständig vor dem Nichts zu stehen. Vielleicht können wir einen Deal machen."

„Wir sollen Ihre Arbeit übernehmen?" Heike lächelte.

„Tun Sie das nicht schon?" Ulbricht winkte ab und zog sich einen Klappstuhl heran, der hinter der Tür gestanden hatte. Er klappte ihn auseinander und setzte sich verkehrt herum darauf. „Nein, im Ernst. Sie sollen für Ihren Sender arbeiten, und ich arbeite für meinen Verein. Aber ich werde älter, und vielleicht sogar vernünftiger." Er lächelte ins Leere, dann ruckte sein Kopf hoch, und er blickte Heike und Stefan an. „Ich möchte mit Ihnen zusammenarbeiten."

„Klingt ansatzweise vernünftig", murmelte Stefan und fing sich prompt einen vernichtenden Blick von Norbert Ulbricht ein. Der Kommissar hielt sich an Heike. „Ich werde Sie und Ihren Sender fortan als Erstes mit Informationen bedienen, sodass Sie mit Exklusivgeschichten Quote machen können. Das dürfte Eckhardt gefallen."

Stefan traute dem plötzlichen Frieden nicht. „Wo ist der Haken?"

„Es gibt keinen. Natürlich werden Sie über nichts berichten, was die laufenden Ermittlungen gefährden könnte. Nach wie vor werde ich Ihnen so etwas wie eine Nachrichtensperre verhängen, wenn es nötig sein sollte."

„Und wie können wir Ihnen helfen?" Heike schürzte die Lippen.

„Sie werden Ihr mächtigstes Instrument nutzen. Die Hörer der Stadt, vielleicht sogar die Hörer des Bergischen Landes. Sicherlich arbeiten Sie mit den angrenzenden Lokalradios in den Nachbarstädten zusammen, oder irre ich?"

„Nein, wir sind untereinander befreundet", lächelte Heike und dachte daran, dass Stefan gestern Zachi von Radio BergLand getroffen hatte.

Ulbricht nickte zufrieden. „Sehen Sie. Ich möchte, dass Sie eine Sendung machen, in der Sie nach dem Toten aus dem See fahnden lassen. Irgendjemand muss ihn gekannt haben."

Stefan grinste. „Sie meinen so etwas wie Aktenzeichen XY, nur im Radio?"

„So könnte man es vielleicht nennen." Der Kommissar nickte.

Heike räusperte sich. „Und Sie haben wirklich keinen Ansatz?"

„Nichts." Ulbricht blickte auf seine Schuhspitzen und schüttelte den Kopf. „Der Mann aus dem See taucht weder in einer Vermisstenmeldung auf, noch haben wir ihn jemals erkennungsdienstlich behandelt, was auf eine kriminelle Vergangenheit des Mordopfers hinweisen würde."

„Sie glauben, es war ein Krimineller?" Heikes Augen wurden groß.

„Wir haben nichts außer Acht gelassen. Aber wir dürfen keine Zeit verlieren, ich stehe auch nach dem zweiten Mord mit leeren Händen da und muss morgen der Staatsanwaltschaft Rede und Antwort stehen."

„Die Tatsache, dass es sich bei dem Opfer um den Taxifahrer des Mannes handelt, der erschossen im See lag, legt doch den Schluss nahe, dass er möglicherweise zu viel wusste und deshalb sterben musste." Stefan wanderte durch den kleinen Raum, blieb schließlich wieder am Fenster stehen und beobachtete, wie der Wagen eines örtlich ansässigen Bestattungsunternehmens vorfuhr.

„So stellt sich die Sachlage dar", nickte Ulbricht.

„Sonst wissen Sie nichts?"

„Beide Opfer starben durch jeweils einen einzigen Schuss aus einer kleinkalibrigen Waffe, das bestätigt unseren Verdacht, dass es sich um denselben Täter handeln könnte."

„Das ist doch schon mal ein Anfang", meinte Heike. Insgeheim hatte sie das, was ihnen Ulbricht gerade erzählte, auch schon vermutet.

„Also denken Sie dran: Sie halten sich an die Spielregeln. Ich will heute nichts von unserem Verdacht im Radio hören, ist das klar? Im Gegenzug erhalten Sie das Privileg, vorab von mir Informationen zu erhalten. Wir kennen uns lange genug, es sind bestimmt schon fast zehn Jahre, schätze ich. Also beruht diese Zusammenarbeit auf reiner Vertrauensbasis. Klappt diese Zusammenarbeit nicht, drehe ich den Hahn zu und werde mich bei Eckhardt über Sie beschweren."

Michael Eckhardt war Chef der Wupperwelle. Ein Journalist der alten Schule. Er arbeitete, wenn es sein musste, Tag und Nacht. Der Erfolg des kleinen Senders lag ihm am Herzen, und er verlangte von allen Mitarbeitern vollen Einsatz und volle Integrität.

Eckhardt war ein Chaot, trotzdem herzensgut, aber auch ein Choleriker, der förmlich ausrasten konnte, wenn etwas nicht nach seinen Vorstellungen lief. Und er war journalistisch immer gern ganz vorn am Ball, wenn etwas in „seiner“ Stadt geschah, ging trotzdem stets mit dem nötigen Feingefühl vor, denn schließlich wollte er es sich nicht mit einflussreichen Leuten in der Stadt verderben. Deshalb setzte er eben dieses journalistische Feingefühl auch bei jedem Einzelnen, der zum Team des Senders gehörte, voraus.

„Sie sind mit ihm befreundet, das müssen Sie nicht betonen“, grinste Stefan.

„Gut, dann verstehen wir uns.“ Ulbricht nickte. Langsam entspannten sich seine Gesichtszüge. Er reichte erst Heike, dann Stefan die Hand. „Dann auf eine gute Zusammenarbeit.“

Ulbricht erhob sich, klappte den Stuhl zusammen und stellte ihn zurück an die Wand hinter der Tür. „Wir bleiben in Kontakt.“ Dann war er draußen, schrie die Männer des Bestattungsunternehmens an und war wieder ganz der Alte.

„Was war das denn für eine Vorstellung?“, fragte Stefan, als sie wieder alleine in der kleinen Kammer des toten Taxifahrers waren. Heike zuckte die Schultern. „Er wird auch älter – und vernünftiger.“ Sie lachte leise und wandte sich zum Gehen. „Komm schon, worauf wartest du?“ Heike öffnete die Tür. Im nächsten Augenblick standen sie in der großen Wohnküche von Baumgart. Ulbricht telefonierte. „Es ist mir ganz egal. Ist wohl mit einer einfachen Anrufrückverfolgung kein Problem, stellen Sie sich nicht blöder an, als Sie sind, verdammt noch mal!“

„Er braucht uns hier wohl nicht mehr“, raunte Stefan seiner Freundin zu und führte sie hinaus an die frische Morgenluft. Der Pulk von Schaulustigen hatte sich aufgelöst. Streifenpolizisten lehnten an ihren Dienstwagen und unterhielten sich. Als die Radioreporter auftauchten, unterbrachen sie ihr Gespräch und

nickten Stefan und Heike zu.
„Na“, lachte Stefan, als sie im Käfer saßen. „Ich bin gespannt, was Ulbricht mit dieser neuen Masche vorhat. Er hat sich noch nie in seine Karten gucken lassen!“ Kichernd startete er den Motor, der diesmal ohne Zicken ansprang. Mit einem einzigen Satz wendete er den Käfer auf der schmalen Straße und rangierte am Wagen des Bestattungsunternehmens vorbei. Die dunkel gekleideten Männer waren soeben damit beschäftigt, den Zinksarg, in den sie Baumgart gebettet hatten, auf die Ladefläche des schwarz lackierten Wagens zu schieben. Sie nickten Heike und Stefan zu, dann widmeten sie sich wieder ihrer Arbeit.
„Und jetzt?“, fragte Stefan. Er fürchtete, dass Heike noch schnell zum Sender wollte, um einen Beitrag aufzunehmen. In einer Talsenke lenkte er den Käfer an den Straßenrand und zückte das Handy.
„Was machst du?“
„Zachi anrufen. Es geht schnell.“ Er tippte eine Nummer und warf Heike einen Blick zu. Zacharias meldete sich nach dem dritten Tuten. „Ich bin's, Stefan. Wir haben uns doch gestern über die Geschichte mit dem Toten aus dem Beyenburger Stausee unterhalten. Schick den Beitrag über den Äther, wenn du magst, der Kommissar hat mir soeben die Freigabe erteilt.“
„Wie kommen wir denn zu der Ehre?“
„Das frage ich mich auch“, lachte Stefan. „Ruf am besten unsere Leute von der Wupperwelle an. Sie sollen dir Heikes Beitrag von gestern einfach als MP3-Datei zumailen. Wenn es Probleme gibt, sollen sie uns anrufen.“
„Wie geht es jetzt weiter?“
Stefan berichtete Zachi von dem zweiten Toten, bat aber darum, im Radio nichts davon zu erwähnen, bevor Ulbricht auch hier eine Freigabe erteilt hatte.
„Wenn es da tatsächlich einen Zusammenhang gibt, scheinst du aber einen dicken Fisch an der Angel zu haben“, staunte Zachi.

„Das fürchte ich auch“, erwiderte Stefan und versprach, sich zu melden, sobald es Neuigkeiten gab. Danach startete er den Motor und lenkte den Käfer einen steilen Berg hinauf. Am Ende der Straße bog er links in die Ringstraße ein. Hinter der großen Kreuzung wurde die Straße vierspurig und verlief dann als Lenneper Straße weiter Richtung Remscheid-Stadtmitte.
„Und das war gut jetzt?“, fragte Heike nach einer kleinen Ewigkeit. Stefan blickte sie mit fragender Miene an, und sie fuhr fort: „Ich meine, hättest du das nicht erst mit Eckhardt besprechen müssen, bevor unsere Beiträge bei den Kollegen gesendet werden?“
„Das nehme ich auf meine Kappe“, antwortete Stefan. „Wozu bin ich Chef vom Dienst bei der Wupperwelle?“ Er grinste. „Ich bin doch nicht nur CvD geworden, um mir ständig Ärger mit den Kollegen einzuhandeln, wenn es um die Dienst- und Freizeitpläne geht! Da werd ich wohl auch mal eine Entscheidung treffen dürfen, ohne Eckhardt um Erlaubnis zu fragen.“
„Junge, du machst aber einen auf dicke Hose“, konterte Heike und zog die Mundwinkel nach unten. Sie lächelte dann und streichelte Stefans Schenkel. „Musst mich aber nicht beeindrucken, ich liebe dich auch so, mein starker Mann!“
Stefan winkte seufzend ab und grinste gequält.
Rechts und links der Straße lagen zwei kleinere Industriegebiete. Die Sonne hatte den Morgendunst vertrieben, und der Innenraum des Käfers heizte sich entsprechend auf. Stefan öffnete das kleine Ausstellfenster und genoss die frische Luft, die in das Wageninnere drang. Stefan dachte über das Telefonat mit Zachi nach. Schließlich nickte er zufrieden. „Das war, glaube ich, ein ganz guter Schachzug, die Kollegen von Radio BergLand ins Boot zu holen. Die haben einfach das größere Einzugsgebiet, sind teilweise bis runter ins Oberbergische zu empfangen. Und Remscheid und Solingen haben wir so auch erreicht. Ich fürchte, da muss der Sendemast unserer guten alten Wupperwelle noch zurückstecken. Vielleicht sollten wir die Leistung des Senders am Westfalenweg

mal erhöhen,“ bemerkte er, während er sich auf die Autobahn Richtung Wuppertal Nord einordnete. „Da können wir viel mehr Leute erreichen, als nur bei uns in der Stadt.“
Heike lächelte süffisant. „Du bist der Boss.“
Nachdem er in den vierten Gang geschaltet hatte, winkte Stefan ab. Der Motor im Heck war ungewöhnlich laut. Normalerweise ersparte Stefan seinem Käfer weitere Strecken. Mit der Motorleistung moderner Fahrzeuge kam Clemens natürlich nicht mehr mit, und so fühlte sich Stefan mit den offiziellen 44 Pferdestärken des Käfers reichlich untermotorisiert, sobald es auf die Autobahn ging. Obwohl es Clemens auch schon mal bis zum Tachoanschlag, also 140 Stundenkilometer, geschafft hatte, schonte Stefan den Käfer lieber. In der Regel legte er Autobahnfahrten auf der rechten Spur, unter der Woche eingeklemmt von Lastwagen, zwischen 80 und 90 Stundenkilometern zurück.
Doch an diesem Sonntag war die dreispurig ausgebaute Autobahn relativ frei, und so beschleunigte er den Wagen bis auf knapp 130 Kilometer pro Stunde. Das war bergab und mit viel Rückenwind durchaus zu schaffen, und in der hier herrschenden 120er-Zone kam man mit etwas Glück ohne Foto davon, falls die Polizei hier blitzte. Unter dem Radar fliegen, nannte Stefan das.
Heikes Stimme riss ihn aus den Gedanken. „Jemand räumt den Taxifahrer aus dem Weg, weil er etwas gesehen haben könnte und zu einem lästigen Zeugen wurde“, überlegte Heike weiter. „Derjenige muss sich verdammt viel Arbeit machen. Er muss erst einmal herausfinden, wie der Mann, den er am See erschossen hat, dorthin gekommen ist. Gut, anhand der Lage ist es ziemlich wahrscheinlich, dass der Mann entweder mit dem eigenen Auto oder mit dem Taxi anreist. Ein eigenes Auto fand man nicht in der Nähe des Sees, zumindest keins, das niemandem gehörte. Also bleibt das Taxi. Ein Anruf in der Zentrale, und schon weiß man, wer den Mann dorthin gefahren hat. Vielleicht wurde auch jemand zum Zeugen.“

„Ich kann mir nicht vorstellen, dass die Taxizentrale so ohne Weiteres den Namen des Fahrers herausgibt“, murmelte Stefan. „Von seiner Privatanschrift mal ganz abgesehen.“
„Dann hat sich der Mörder in der Taxizentrale als jemand anderes ausgegeben, als jemand, dem vertraut wurde. Oder er nutzte einen Vorwand. Beispielsweise, dass er etwas im Taxi vergessen hat. Oder eine Frau, die behauptet, sich unsterblich in Baumgart verliebt zu haben. So was gibt es immer wieder.“
„Oder man kannte ihn in der Taxizentrale.“
„Möglich ist alles. Aber ich kann die beiden Fäden noch nicht miteinander verknoten“, murmelte Heike. „Wie passt das zusammen? Vielleicht handelt es sich um einen Taximörder, so was gab es schon öfters. Dann wäre der Tote im See vielleicht nur ein Zufallsprodukt, ein unerwünschter Zeuge, was weiß ich. Das Ganze also genau anders herum, als wir bis jetzt vermutet haben.“
„Deine Phantasie wundert mich immer wieder“, grinste Stefan und schielte auf den Tacho des Käfers, nachdem er einen Smart überholt hatte, der auf der rechten Spur zockelte. Moderne Kleinwagen konnten also auch nicht viel mehr als der Käfer, dachte er triumphierend.
„Moment“, rief Heike. „Jemand von der Kripo hat die Taxizentrale angerufen, bevor Kalla es getan hatte.“ Sie erinnerte sich daran, dass Kalla nach seinem Telefonat mit der Kollegin in der Zentrale berichtet hatte, wie sich jemand nach dem Fahrer erkundigt hatte. Sie zog das Handy hervor. In den Tiefen ihrer Handtasche fand sie auch das Kärtchen mit dem Taxi-Logo, das sie gestern von Kalla bekommen hatte. Eilig wählte sie seine Nummer. „Ich bin es noch mal, Heike. Es gibt schlechte Nachrichten.“ Sie berichtete dem sympathischen Taxifahrer von dem Mord an dessen Kollegen. „Die Fahrt an den Beyenburger Stausee war sicherlich der Grund für den Mord. Vermutlich hat Baumgart mit seinem letzten Fahrgast gesprochen und dabei Informationen bekommen, die er nicht hören durfte. Jedenfalls dürfte sein Mörder genau davon ausgegangen

sein.“ Die zweite Theorie verschwieg Heike ihm. Eine Panikmache unter Wuppertals Taxifahrern wollte sie vermeiden.
„So ein verdammter Mist.“ Kalla war sichtlich berührt. „Wie kann ich euch helfen?“, fragte er, nachdem er den ersten Schrecken über den Mord an seinem Kollegen verdaut hatte.
„Du hast gestern doch deine Kollegin in der Zentrale angerufen, um sie zu fragen, welcher Fahrer den großen Unbekannten an den Stausee gefahren hat.“
„Erika, ich habe mit Erika telefoniert, stimmt.“ Seine Stimme klang belegt. Der Tod des Kollegen ging ihm spürbar an die Nieren.
„Und da hat sie dir doch erzählt, dass schon jemand von der Kripo angerufen hätte, um ihr die gleichen Fragen zu stellen.“
„Ja, sie sagte, dass eine Frau von der Mordkommission angerufen hat, um sich nach Baumgart zu erkundigen.“
„Das ist seltsam. Bei der Kripo wusste man nichts davon, dass Baumgart unseren Unbekannten an den See gefahren hat. Soweit ich weiß, gibt es keine Kommissarin beim KK11“, erwiderte Heike. „Dann frage ich mich, wer hat in eurer Zentrale angerufen und sich als Kripobeamtin ausgegeben?“ Ihre Wangen glühten vor Aufregung. „Das kläre ich mit Ulbricht. Er leitet die Ermittlungen, und er ist ganz sicher keine Frau. Hat diese Erika dir denn den Namen der Frau genannt, die angerufen hat?“
„Nicht dass ich wüsste. Vielleicht sollte ich sie noch mal anrufen.“
„Das wäre prima. Und noch etwas – niemand von der Kripo stellt sich mit seinem Namen und dem Zusatz ‚Mordkommission‘ vor. Eine feste Mordkommission gibt es nämlich gar nicht, sie wird bei Bedarf ins Leben gerufen. Insofern ist es ziemlich unwahrscheinlich, dass es sich bei der geheimnisvollen Anruferin um eine echte Mitarbeiterin von Kommissar Verdammt handelt.“
„Kommissar – wer?“
Nun musste Heike doch lachen. Sie erklärte Kalla, wie Ulbricht zu seinem Spitznamen in Journalistenkreisen gekommen war. „Aber er hat uns heute angeboten, endlich zu kooperieren.“

„Respekt", erwiderte Kalla am anderen Ende der Leitung. „Die Kripo kooperiert mit der Wupperwelle!" Er lachte. „Vielleicht solltest du diesen Kommissar anrufen und ihm erzählen, dass jemand Polizei spielt. So was kann ins Auge gehen, glaube ich."
„Recht hast du", stimmte Heike zu und versprach Kalla, sich zu melden, sobald es Neuigkeiten gab.
„Das Umfeld", sagte Stefan unvermittelt. Auf Heikes irritierten Blick hin fuhr er fort: „Wir müssen uns das Umfeld des Sees anschauen. Vielleicht hat es was mit der Umgebung zu tun."
„Das ist die Suche nach der Nadel im Heuhaufen", entgegnete Heike. Eine steile Falte hatte sich auf ihrer Stirn gebildet. „Wenn die Kripo nicht weiß, um wen es sich bei dem Toten handelt, werden erst mal alle Vermisstenmeldungen durchforstet. Theoretisch könnte es sich bei der Leiche auch um eine Person aus einer ganz anderen Gegend handeln, vielleicht sogar aus dem Ausland."
„Vermisst ist vielleicht ein gutes Stichwort", erwiderte Stefan nachdenklich.
„Gibt es irgendwo im Umfeld des Sees eine Einrichtung, aus der Personen verschwinden können? Geistig verwirrte, kranke Menschen vielleicht?"
„Keine Ahnung, aber das würde nicht zu unserem zweiten Toten Baumgart passen", warf Heike ein. Der Gedanke, dass die beiden Todesfälle doch nichts miteinander zu tun hatten, gefiel ihr nicht sonderlich, was sie Stefan auch sofort wissen ließ.
„Was stört dich daran?", fragte er verwundert nach.
„Ich weiß auch nicht", antwortete Heike. „Weibliche Intuition, keine Ahnung", wiegelte sie ab.
Inzwischen hatten sie die Autobahnausfahrt Wuppertal-Ronsdorf erreicht. Stefan setzte den Blinker und drosselte das Tempo. Sie verließen die Autobahn, und am Ende der langgezogenen Ausfahrt hielt Stefan sich rechts.
„Was hast du vor?", fragte Heike und runzelte die Stirn.
„Eigentlich nach Hause, über die Blombachtalbrücke, die Park-

straße und den neuen Tunnel nach Elberfeld, aber ich möchte noch mal runter an den See."
„Und was willst du da?"
„Vielleicht einfach mal umsehen, vielleicht habe ich ja einen Geistesblitz." So recht glauben mochte Stefan noch nicht daran, aber irgendwo mussten sie ja anfangen.
„Es wird Ulbricht bestimmt interessieren, dass sich jemand als Mordkommission bei der Taxizentrale gemeldet und dumme Fragen gestellt hat." Heike nahm ihr Handy und wählte Ulbrichts Nummer. „Besetzt", murmelte sie und unterbrach die Verbindung. Dann würde sie es später noch einmal versuchen. Der Kommissar schien augenblicklich schwer im Stress zu sein.

Autobahn 3, Fahrtrichtung Köln, 14:34 Uhr
„Wie wir von unseren Kollegen der Wupperwelle erfahren haben, hat es gestern einen geheimnisvollen Leichenfund am Beyenburger Stausee gegeben. Eine männliche Leiche, das Alter schätzt die Kripo Wuppertal auf dreißig bis vierzig Jahre, wurde am späten Samstagnachmittag aus dem Wasser geborgen. Über den genauen Tatzeitpunkt können noch keine Angaben gemacht werden, da das Ergebnis der Obduktion zur Stunde noch aussteht. Fest steht allerdings, dass der Unbekannte einer Schussverletzung erlag, bevor er von seinem Mörder in den See geworfen wurde. Die Polizei steht vor einem Rätsel, denn der Tote trug keine Papiere bei sich und taucht auch in keiner Vermisstenmeldung auf." Der Sprecher machte eine kurze Pause, dann fuhr er fort: „Das waren die Lokalnachrichten, das Neueste aus der Region mit Jörn Zacharias, Sie hören Radio BergLand." Er verlas den Wetterbericht, danach ertönte ein Verkehrsjingle, und der Nachrichtensprecher des privaten Radiosenders meldete, dass alle Straßen im Bergischen Land frei waren. Wieder ein Jingle, dann übernahm eine weibliche Stimme das Mikrofon. Die Moderatorin stellte sich mit dem Namen Sonja Hamke vor. „Es ist Sonntag, die Sonne scheint, und hier

geht es weiter mit der besten Musik. Schön, dass Sie eingeschaltet haben, denn hier kommt This is the Life von Amy McDonald ...“
Sie drehte die Lautstärke des Autoradios zurück. Um ein Haar wäre sie bei der Meldung gegen die linke Leitplanke gefahren. Eilig setzte sie den rechten Blinker, drosselte das Tempo und setzte sich dicht vor ein holländisches Wohnwagengespann. Der Fahrer quittierte ihr Verhalten mit der Lichthupe. Fest umklammerte sie das Lenkrad. Weiß traten die Knöchel ihrer Finger unter der Haut hervor.

Im letzten Augenblick sah sie die Abfahrt zu einer Rastanlage. Sie setzte den Blinker, nahm den Fuß vom Gas und steuerte den Wagen auf das Gelände der Raststätte. „Ohligser Heide“, las sie den Namen der Raststätte am ausladenden Überbau der Tankanlage. An den Zapfsäulen sah sie auch wieder Fahrzeuge mit gelben Kennzeichen. Sie fragte sich, ob in Holland schon die Sommerferien begonnen haben und halb Holland auf dem Weg in die Alpen sei. Vor der gläsernen Front der Tankstelle stoppte sie und löste den Sicherheitsgurt. Den Motor brauchte sie nicht abzuschalten, denn als sie den Fuß von der Kupplung nahm, vollführte der Wagen einen Hüpfer nach vorn, und der Motor erstarb mit einem gequälten Gurgeln. Bevor sie ausstieg, warf sie einen Blick auf das Display des Radios. Tatsächlich las sie dort den Namen des Senders, den der automatische Sendersuchlauf gefunden hatte. „BergLand“ stand dort. Den Namen hatte sie nie zuvor gehört. Wahrscheinlich handelte es sich um einen dieser unzähligen Privatsender.

Jetzt sank sie über das Lenkrad, schloss die Augen und spürte, wie sich Tränen darin sammelten.

Er ist tot, hämmerte es in ihrem Schädel. Sie hatte es gewusst!

Im Radio hatten sie von ihm gesprochen. Schwer hob und senkte sich ihr Brustkorb. Immer wieder schüttelte sie ungläubig den Kopf. Sie lauschte gedankenverloren dem monotonen Rauschen der nahen Autobahn, die auf diesem Teilstück dreispurig in südlicher Richtung verlief. Ein LKW rumpelte vorbei und ließ sein

Presslufthorn aufheulen. Erschrocken wirbelte sie herum, schrie ihm ein „Arschloch!“ hinterher und sank wieder in das Polster des Sitzes. Plötzlich fühlte sie sich einsam und verlassen. Sie war alleine auf dieser Welt. Es gab ihn nicht mehr, sie fühlte es regelrecht. Hätte sie doch gestern bloß die Polizei eingeschaltet! Es war nichts als ein Gefühl, aber dieses Gefühl schien ihr das Herz aus der Brust zu reißen. Sie hatte keinerlei Anhaltspunkte, aber sie wusste, dass es sich bei der Leiche im See um ihn handeln musste. Deshalb hatte sie ihn nicht erreicht, deshalb war sein verdammtes Telefon aus gewesen gestern. Nach einer Nacht voller Angst hatte sie sich in ihr Hotelbett verkrochen, hatte am Morgen danach gefrühstückt, obwohl sie eigentlich keinen Hunger verspürt hatte, war stundenlang orientierungslos durch die Stadt im engen Tal der Wupper gefahren, stets in der Hoffnung, ihn zufällig anzutreffen. Und sie hatte immer wieder mit dem Gedanken gespielt, die Polizei einzuschalten. Aber sie hatte sich an seine Worte erinnert. „Bloß keine Polizei – ich will keine schlafenden Hunde wecken, sonst spucken die mir letzten Endes noch in die Suppe“, hatte er immer wieder gesagt. Und sie hatte auf seine Worte gehört, hatte versucht, alleine zurechtzukommen. Vergeblich, denn jetzt war er tot, und sie gab sich eine Mitschuld daran. Sie hatten ihn aus dem Weg geräumt, weil er zu gefährlich geworden war. Und sie hatte tatenlos zugesehen.
Hätte sie doch bloß ...
„Geht es Ihnen nicht gut?“ Eine freundliche Stimme, männlich, besorgt.
Sie schlug die Augen auf und drehte den Kopf nach links. Neben ihr stand ein schlaksiger junger Mann mit einer etwas veralteten Igelfrisur. Er trug einen Overall in den Farben des Mineralölkonzerns, zu dem diese Tankstelle gehörte. Anscheinend handelte es sich bei dem jungen Mann um den Tankwart. Der Mann im blauen Overall beugte sich zu ihr in den Wagen und lächelte sie an. Er bleckte strahlend weiße Zähne. Sie schätzte ihn auf Anfang

zwanzig.
„Es geht schon wieder, danke.“ Sie lächelte, sie versuchte zu lächeln. Sollte sie diesem wildfremden Mann jetzt ihre halbe Lebensgeschichte erzählen, damit er verstand, warum sie sich mies fühlte? Warum sie sich schreckliche Vorwürfe machte?
Es ging ihn nichts an, und sie entschied sich für die simplere Variante. „Mir ist übel geworden, und ich musste anhalten. Aber es geht schon wieder.“ Das war nicht einmal gelogen. Jetzt stieg sie aus, zitterte am ganzen Leib, lehnte sich rücklings an den Wagen. Dann deutete sie mit dem Daumen ins Innere des Wagens. Das Radio dudelte noch. „Eine Frage habe ich trotzdem.“
„Schießen Sie los.“ Er lächelte immer noch. War das sein Berufslächeln, oder war der Knabe tatsächlich immer so freundlich? Vermutlich hoffte er, dass er nach dem Öl und dem Kühlwasser schauen durfte und dafür ein üppiges Trinkgeld einnahm. Doch der Wagen war in Ordnung, denn bevor sie die Reise nach Wuppertal angetreten hatte, war der Wagen zur Inspektion in ihrer Werkstatt gewesen.
„Was ist das für ein Sender? Ich habe den Namen noch nie gehört.“
Der Tankwart beugte sich in das Cockpit und blickte auf das Radio. Dann erschien sein immer noch lächelndes Gesicht wieder vor ihr.
„Das ist Radio BergLand. Ein privater Sender. Das Studio ist hier in Solingen.“
„Wo genau?“
Der dauerlächelnde Tankwart ließ sich seine Verwunderung nicht anmerken und nannte ihr die Anschrift des Senders. „Ich wohne da gleich um die Ecke, deshalb weiß ich das so genau.“
„Danke.“ Jetzt brachte sie ihrerseits ein unverbindliches Lächeln zustande und deutete auf den Tankstellenshop. „Ich werde mich jetzt mit Mineralwasser und einer Kleinigkeit zu essen versorgen, dann etwas Luft schnappen, und danach geht es weiter.“
„Und Sie sind sicher, dass Sie sich das zutrauen?“ Das Dauerlächeln

war einer besorgten Miene gewichen. Er umrundete ihr Fahrzeug und warf einen Blick auf das Kennzeichen. „Es ist nicht gerade ein Katzensprung bis Koblenz."
„Das ist wirklich kein Problem", sagte sie schnell. „Ich habe mir wahrscheinlich im Hotel den Magen verdorben." Wieder log sie nicht, doch lag ihre Magenverstimmung nicht am schlechten Essen der Hotelkette, sondern an ihrer Whiskyorgie. Nie wieder würde sie einen Tropfen Alkohol anfassen, das schwor sie sich in diesem Augenblick. Als sie an Whisky dachte, wurde ihr sofort wieder flau im Magen. Sie verdrängte den Gedanken an die letzte Nacht. „Ich muss weiter", murmelte sie, schloss den Wagen ab und verschwand im Gebäude der Tankstelle, um sich mit Reiseproviant einzudecken.
Sie hatte noch etwas zu erledigen, bevor sie nach Koblenz fuhr.

Solingen, 15:10 Uhr
Sie hatte die Autobahn an der nächsten Ausfahrt verlassen und war über die B 229 auf die Hardtstraße gekommen. Bis zum Sender in der Alleestraße war es eine gute Viertelstunde Fahrt gewesen. Langsam nur hatte sie sich beruhigt. Vielleicht sollte sie doch die Polizei einschalten? Sie würde sich melden müssen. Wenn es sich bei dem Toten tatsächlich um Peter handelte, würde es zu einer Identifikation der Leiche kommen. Es graute ihr bei der Vorstellung, dass sie ihren Mann tot auf einer kalten Bahre in einem Obduktionssaal identifizieren musste. Ein Schauer lief ihren Rücken herunter, und sie versuchte den Gedanken an die Identifizierung ihres Mannes zu verdrängen.
Das Gebäude aus den Achtzigern erinnerte eher an einen nüchternen Bürokomplex als an ein Sendestudio, doch sie hatte keine Ahnung, wie ein Sender eigentlich aussehen sollte, um ihren Idealvorstellungen zu entsprechen. Mit dem eingebauten Navi war es ein Leichtes gewesen, die Alleestraße in Solingen zu finden. Den Wagen hatte sie am Straßenrand geparkt, und jetzt blickte sie an

der Front des zweistöckigen Hauses empor. Der Architekt hatte das Haus aus einer Mischung von klassischen bergischen Stilelementen und einer eleganten Moderne erdacht – die weiß leuchtende Fassade war immer wieder von schwarzen Elementen unterbrochen; so sollte wohl ein altes, bergisches Fachwerkhaus nachempfunden werden.
Das Logo von Radio BergLand zierte die großen Fensterflächen im ersten Stock. Der Eingang lag an der Seite des Gebäudes. Natürlich war die Haustür abgeschlossen. Sie suchte und fand die Klingel und drückte den Knopf.
Es dauerte nicht lange, und eine freundliche Stimme fragte sie nach ihren Wünschen.
„Guten Tag, mein Name ist Monika Born. Es geht um den Toten im Stausee, ich glaube, es ist mein Mann." Ihre Stimme zitterte leicht. Sie blickte sich um, doch auf der Straße floss der Verkehr vorüber. Niemand schien sie zu beobachten. Seitdem sie am Morgen das Billighotel verlassen hatte, litt sie unter Verfolgungswahn. Eine Angst, die nicht unberechtigt war.
Es vergingen keine drei Sekunden, bis der Türsummer brummte und die Haustür sich nach innen aufdrücken ließ. Monika Born fand sich in einem Treppenhaus wieder und entdeckte ein Hinweisschild. Das Studio von Radio BergLand lag im oberen Stock des Bürogebäudes. Auch hier gab es eine gläserne Eingangstür, die allerdings nur angelehnt war. Sie trat ein und stand in einer Art Großraumbüro. Nüchterne Grautöne bestimmten das Bild. Auch die Zimmerpflanzen vermochten nicht die Büroatmosphäre aufzulockern. Zwei Mitarbeiter saßen an Schreibtischen und blickten neugierig auf, als sie die Besucherin entdeckten.
„Guten Tag, Frau Born, mein Name ist Sonja Hamke." Eine dunkelhaarige Frau Mitte dreißig trat auf Monika Born zu. Sie war einen Kopf kleiner als ihre Besucherin, von kräftiger Statur, und hatte ein gutmütiges Gesicht, das trotz des jungen Alters schon an das sanfte Lächeln einer Mutter erinnerte. Die Frau war ihr

sofort sympathisch, und es würde ihr nicht schwerfallen, ihr das Herz auszuschütten. Lächelnd hielt Sonja Hamke ihr die Hand hin. In der anderen Hand eine Kaffeetasse, natürlich mit dem Logo des kleinen Senders. „Sie glauben den Toten zu kennen?" Die Moderatorin wurde ernst und klang mitfühlend.
Monika Born nickte. „Ich glaube es – das heißt, nein, ich bin ziemlich sicher."
„Kommen Sie." Sonja Hamke, die Moderatorin der Sendung, hatte sie sofort an der Stimme erkannt. Die Moderatorin führte sie an ihren Arbeitsplatz in der Redaktion. Sie rückte der Besucherin einen Stuhl zurecht und ließ sich mit dem Kaffee an ihrem Schreibtisch nieder. In kleinen Schlucken trank sie, dann schlug sie sich kopfschüttelnd mit der flachen Hand vor die Stirn. „Entschuldigen Sie, aber ich hatte bis eben Sendung. Danach brauche ich immer einen Kaffee. Darf ich Ihnen auch etwas anbieten?"
„Ein Wasser vielleicht."
„Gern." Sonja Hamke erhob sich und verschwand noch mal in der Kaffeeküche, um kurz darauf mit einer kleinen PET-Flasche Mineralwasser zurückzukehren. Die Frauen tranken, dann nahm die Mitarbeiterin des Senders den Faden wieder auf. „Also", begann sie. „Sie haben unsere Nachrichten gehört und glauben nun, dass es sich bei dem Toten um Ihren Mann handelt?"
Kopfnicken.
„Wie kommen Sie zu dem Schluss?" Wieder pustete sie in den Kaffee und trank in kleinen Schlucken, ohne Monika Born aus den Augen zu lassen.
„Er ist im weitesten Sinne ein Kollege von Ihnen", murmelte sie schließlich leise. „Peter ist freier Journalist und hat undercover recherchiert."
„Wie kommen Sie darauf, dass er tot ist?"
„Brisante Themen waren seine Spezialität. Ich habe ihn oft gewarnt, sich nicht in Dinge einzumischen, die ihm eine Nummer zu groß sein könnten, aber er hat nie auf mich gehört und immer weiter-

gemacht."
„Hat er über die Mafia berichtet?"
„Nein, das war nicht sein Gebiet, wenn man so will. Er hatte sich auf heikle Themen aus Politik und Wirtschaft konzentriert."
„Und dabei soll er gestorben sein?" Sonja Hamke verzog das Gesicht. „Ich glaube nicht, dass Wirtschaft und Politik in der Lage sind, einen etwas zu neugierig gewordenen Journalisten zu töten."
„Haben Sie eine Ahnung, wie hart es in manchen Geschäften zugeht?" Monika Borns Stimme hatte einen trotzigen Unterton bekommen. „Es gibt genug Wirtschaftsbonzen, die jemanden aus dem Weg räumen, der ihnen gefährlich werden könnte. Erinnern Sie sich noch an den Barschel-Mord? Man fand das Opfer in der Badewanne. Da ging es auch um viel."
„Soweit ich mich erinnere, wurde Uwe Barschel tot in der Badewanne seines Genfer Hotels aufgefunden, weil er sich mit Geheimdiensten angelegt hatte. Anfangs hatte es nach einem Selbstmord ausgesehen, und schließlich hieß es, er hatte sein Leben verloren, weil er sich in Waffengeschäfte eingemischt hatte; wollte wohl Lieferungen ins Ausland verhindern." Die Radioreporterin zog nachdenklich die Mundwinkel nach unten. „Das war harter Tobak damals. Und soweit ich weiß, ist der Mord bis zum heutigen Tage nicht aufgeklärt." Sie blickte ihre Besucherin an. „Und Sie glauben, Ihr Mann musste sterben, weil er an einer zu heißen Geschichte arbeitete?"
„Ich kann nicht aus meiner Haut." Monika Born lächelte Sonja Hamke entschuldigend mit tränenverschleiertem Blick an. „Er hat wirklich brisante Themen angepackt, an die sich nur wenige getraut haben. Immer auf der Suche nach einer heißen Story fürs Leben."
„Davon träumen wir in der Branche alle", lächelte Sonja Hamke.
„Ich bin sicher, er hat diesen Traum mit seinem Leben bezahlt", erwiderte Monika Born verbittert. Tränen traten in ihre Augen, sie schämte sich nun doch, vor dieser fremden Frau zu weinen,

und verbarg das Gesicht in den Händen. Mein Gott, dachte sie, meine Schminke wird verlaufen und ich werde gruselig aussehen. Es dauerte einen Augenblick, bis Monika Born die Fassung wieder gefunden hatte. Dann fuhr sie fort. Erst stockend, dann immer flüssiger berichtete sie der Radiomoderatorin, was sie über den letzten Auftrag ihres Mannes wusste. Und Sonja Hamke holte sich Verstärkung. Sie bat Jörn Zacharias, den hünenhaften Nachrichtenredakteur, sich die Geschichte um Peter Born anzuhören.

Beyenburger Stausee, 15:15 Uhr

„Hier ist nichts los – jedenfalls nichts, was uns interessieren könnte, oder hast du ernsthaft vor, jeden Ausflügler auf den Leichenfund anzusprechen?“ Heike blickte sich frustriert um. Sie wusste nicht, warum es Stefan noch einmal an den See gezogen hatte. Es gab wichtigere Dinge zu tun.

Stefan lehnte am Käfer und ließ den Blick schweifen, fast so, als würde er ein atemberaubendes Alpenpanorama genießen. Er atmete tief durch. „Es ist so friedlich hier hinten.“

„Ein eher trügerischer Frieden“, stellte Heike fest. „Ich glaube wirklich nicht, dass es einen Bezug zwischen dem Toten und dem See gibt. Es ist ganz bestimmt so, dass der Mörder sein Opfer in eine Falle gelockt hat. Hier ist es nach Einbruch der Dunkelheit absolut einsam, und er hatte freie Hand. Der Mord an dem Taxifahrer spricht übrigens auch dafür, Stefan.“ Sie trommelte auf das buckelige Blechdach des Käfers. „Komm schon, was wollen wir hier?“

„Vielleicht sollten wir die Leute vom Wassersportverein befragen“, überlegte Stefan.

„Das hat die Kripo bestimmt schon getan. Und hätten sie einen Hinweis bekommen, würde Ulbricht jetzt nicht im Dunkel tappen. Hier ist nichts zu holen, Stefan.“

Er wollte etwas erwidern, als das Handy in seiner Hosentasche vibrierte. Stefan zog das Telefon hervor. Die Nummer auf dem

Display kannte er nicht. Er meldete sich sachlich und distanziert.
„Seiler?!"
„Ich bin es, Zachi. Es geht um die Leiche vom Stausee."
„Hallo! Wir sind gerade vor Ort. Wolltest du nicht auch noch zu uns kommen?"
„Später, ich habe noch eine Stunde Nachrichtendienst. Aber die Ereignisse überschlagen sich just in diesem Moment ein wenig, fürchte ich."
„Mach es nicht so spannend!"
„Wir hatten eben Besuch. Eine Frau, die behauptet, dass es sich bei dem Toten im See um ihren Mann handelt."
Stefan glaubte sich verhört zu haben. Er kannte Zachis Humor. Manchmal war er ziemlich derbe. „Du machst Witze", stellte Stefan trocken fest.
„Nicht bei diesem Thema, sorry. Sie hat unseren Beitrag gehört und sich bei uns im Studio gemeldet. Sie vermisst ihren Mann Peter schon seit Donnerstag, und gestern waren die beiden in einem Hotelzimmer in Wuppertal verabredet."
„Wie bitte? Warum treffen sich verheiratete Leute in einem Hotel?" Stefan schüttelte den Kopf und tippte sich bezeichnend an die Stirn. Vielleicht hätte er die Kollegen von Radio BergLand besser doch nicht in die ganze Geschichte eingeweiht. Er fragte sich, warum die Frau des Toten, wenn es denn wirklich die Frau des Toten war, ausgerechnet zum Sender nach Solingen gefahren war, anstatt sich gleich in der Wupperwelle zu melden.
„Sie war auf dem Heimweg, als sie im Radio die Nachricht von der Leiche im Stausee gehört hat. Und weil sie gerade in Solingen unterwegs war, stand ihr Autoradio auf unserer Frequenz, nicht auf der Wupperwelle, tut mir leid." Eine bisschen Hohn klang in Zachis Stimme mit, doch Stefan wusste, wie der Kollege das meinte. Unter den kleinen Radiostationen im Bergischen Land herrschte so etwas wie ein Konkurrenzkampf, wenn es um die Gunst der Hörer ging. Es war aber eher ein sportlicher Wettbewerb.

„Na“, brummte Stefan und grinste zu Heike hinüber. „Unter diesen Umständen kann ich ihr noch einmal verzeihen. Und jetzt schieß los, ich bin neugierig!“

„Ich habe Frau Born an euch verwiesen.“

„Warum geht sie nicht zur Polizei?“

„Das möchte sie nicht. Zum einen hat sie wahnsinnige Angst vor dem Mörder, zum anderen würde sie es in ihrer derzeitigen Verfassung nicht schaffen, den Leichnam ihres Mannes zu identifizieren – wenn sie denn recht hat und es sich bei der Leiche um ihren Mann handelt.“

„Sie müsste nach Düsseldorf, zur Gerichtsmedizin fahren.“

„Das kommt noch hinzu.“ Kurze Pause, Stefan hörte, wie Zachi trank. Schluckgeräusche, dann weiter. „Hör zu, sie will sich mit euch treffen. Gegen sechs Uhr auf Schloss Burg, am Schlossplatz. Schafft ihr das, hinzufahren?“

„Na klar. Was ist das für eine Geschichte, Zachi?“

„Nicht am Telefon. Außerdem soll sie euch das alles selbst erzählen. Habt ihr ein Bild von dem Toten?“

„Kann ich besorgen. Ich glaube, eines auf der Homepage des Polizeipräsidiums gesehen zu haben, die hatten da was unter dem Motto wer kennt diesen Mann drauf.“

„Gut, dann bring es mit zu dem Treffen. Vielleicht irrt sie ja trotzdem, und alles löst sich in Luft auf – zu gönnen wäre es ihr wirklich. Okay, dann macht das Beste daraus, hört ihr?“

„Versprochen, Herr Kollege.“ Stefan drückte den roten Knopf und ließ das Handy verschwinden. Er benötigte einen Augenblick, um das Gehörte zu verdauen, dann berichtete er Heike von dem bevorstehenden Treffen auf Schloss Burg. „Wir müssen auf jeden Fall Ulbricht einschalten, das scheint echt ein heißes Eisen zu sein, Heike.“

„Nein, das werden wir nicht tun.“ Trotz schwang in ihrer Stimme mit. „Wenn Monika Born vorerst Wert darauf legt, dass die Polizei außen vor bleibt, dann sollten wir das respektieren. Den

Kommissar können wir immer noch mit ins Boot holen."
Stefan nickte stumm. In Gedanken war er bereits bei dem Treffen mit Frau Born. Er war gespannt, was die Frau ihm zu erzählen hatte, und konnte es kaum erwarten, Licht ins Dunkel der beiden Mordfälle zu bringen.

Polizeipräsidium, 16:00 Uhr

Ulbricht sah seinem Assistenten an, dass er keine Lust hatte, den Sonntag mit Arbeit zu verbringen. Doch darauf konnte er keine Rücksicht nehmen, denn die beiden Toten ließen nicht zu, dass er den Sonntag auf der Couch in seiner Junggesellenbude verschlief. Sie hatten sich im Büro verabredet, um die Ergebnisse des Tages zu besprechen. Ulbricht rauchte und betrachtete seinen Partner, der sich auf einem der beiden klapprigen Besucherstühle vor seinem Schreibtisch lümmelte und einen Pappbecher mit Kaffee in den Händen drehte.
Am Sonntagnachmittag herrschte im Präsidium kein Betrieb, und entsprechend ruhig war es in dem altehrwürdigen Gebäude an der Friedrich-Engels-Allee 228. Durch das auf Kipp stehende Fenster drang der Straßenlärm der B 7 in das Büro im ersten Stock. Eine dicke Fliege zog brummend ihre Kreise durch den Raum.
Nach seinem Einsatz in Remscheid hatte er „Brille" Heinrichs angerufen und ihn ins Präsidium zitiert. Nach einem kleinen Briefing hatten sie sich aufgemacht und, wohl gemerkt getrennt voneinander, ermittelt. Arbeit gab es genug, und Ulbricht wagte nicht, an den morgigen Montag zu denken. Alles roch nach Ärger, wenn er keine Ergebnisse in der Hand hatte. Die Staatsanwaltschaft würde ihm die Hölle heiß machen, und möglicherweise würde sich das LKA in den Fall einmischen – spätestens dann würde man ihm vorwerfen, nichts erreicht zu haben. Entsprechend mies war die Laune des Kriminalhauptkommissars. Er legte den Kopf in den Nacken und betrachtete die dicke Fliege. Das hektische Brummen nervte ihn. Immer wieder versuchte das Insekt,

durch das Fenster zu entkommen, und knallte gegen das Glas, wobei ein hässliches Klatschen ertönte und das Brummen für den Bruchteil einer Sekunde dumpfer und lauter klang.
„Blödes Vieh." Ulbricht blätterte in seinen Unterlagen. „Ich habe die Aussage der Exfrau von Baumgart. Auch seiner ehemaligen Freundin habe ich einen Besuch abgestattet. Baumgart hat getrunken, aber das wussten wir auch vorher schon – seine Nachbarn haben sich diesbezüglich bereits heute Vormittag geäußert." Ulbricht zuckte die Schultern. „Ansonsten haben beide Frauen unabhängig voneinander das Gleiche zu Protokoll gegeben. Jochen Baumgart war eher sanftmütig und nicht gewalttätig. Er ging einem Streit stets aus dem Weg und war immer um eine friedliche Lösung bemüht, so haben es beide Frauen angegeben. Baumgart griff in Konfliktsituationen lieber zur Flasche – ob das nun die bessere Art ist, einen Streit zu beseitigen, sei dahingestellt." Ein tiefer Zug an der Zigarette, Rauchkringel stiegen zur Decke. „Jedenfalls war unser Kandidat ein Zeitgenosse, der keiner Fliege etwas antun konnte." Er blickte zur Zimmerdecke, wo der dicke Brummer seine Bahnen zog. „Im Gegensatz zu mir", fügte er grollend hinzu.
„Vielleicht war er aggressiv, wenn er getrunken hatte", gab Heinrichs zu bedenken und nippte an seinem Kaffee. „Manche Leute verlieren ihre Hemmungen, wenn sie Alkohol trinken." Er knisterte mit dem halbvollen Becher und fing sich für das nervige Geräusch einen vernichtenden Blick seines Vorgesetzten ein. Heinrichs nippte an seinem Kaffee und zuckte die Schultern. „Das sollten wir vielleicht erst einmal überprüfen."
Ulbricht zog an seiner Zigarette und winkte ab. „Das habe ich auch vermutet, aber die Frauen haben das nicht bestätigt. Er habe zwar getrunken, wohl auch zu viel, aber wenn er betrunken war, habe er seinen Rausch ausgeschlafen." Wieder ein Zug an der Zigarette, ein Blick auf Heinrichs, der jetzt an den Fingernägeln kaute. Dieser Kerl war einfach abartig, dachte Ulbricht, verkniff

sich aber einen Kommentar. Der Brummer kreiste durch das Büro und klatschte wieder gegen das Fensterglas.
„Wenn er Alkoholiker war – wie hat sich das mit seinem Beruf vertragen?“, warf Heinrichs ein und leckte sich über die Lippen. „Ich meine, er war Taxifahrer. Ist das nie jemandem aufgefallen, wenn er besoffen oder zumindest mit Restalkohol am Steuer gesessen hat?“
Kopfschütteln. „Im Dienst war er trocken und äußerst zuverlässig. Als Taxifahrer war er seit ...“, er blätterte noch einmal in seinem Bericht, „seit mehr als zehn Jahren beim gleichen Unternehmen beschäftigt und ist niemals negativ aufgefallen, das habe ich von seinem Arbeitgeber erfahren.“
„Dann muss es einen anderen Grund für seinen Mord geben.“
„Sie haben es erfasst, Heinrichs.“ Ulbricht parkte die Zigarette in der kleinen Nut des Aschenbechers, der schon überquoll. Er beugte sich weit über die Schreibtischplatte und verschränkte die Arme. Der Bürostuhl knarrte vernehmlich. „Und – Vorschläge?“
Heinrichs leerte den Pappbecher, wobei ihm ein brauner Kaffeefaden am Mundwinkel herunterrann. Er wischte sich den Kaffee mit dem Handrücken weg, knüllte den Becher zusammen und beförderte ihn mit einem eleganten Schwung in den Papierkorb neben Ulbrichts Schreibtisch. „Vielleicht ist er jemandem zur Gefahr geworden. Baumgart hat unseren ersten Toten an den See gefahren, deshalb musste er sterben. Möglicherweise wurde er zum Zeugen irgendwelcher Geschäfte – oder sogar zum Zeugen des Mordes!“
Wieder drehte die Fliege eine Runde durch das Büro und klatschte gegen das Fenster. „Jetzt reicht’s.“ Ulbricht sprang auf, schnappte sich eine alte Zeitung und schlug damit nach dem Tier. Er erwischte es nicht; die Fliege wurde hektisch und fand irgendwann den Spalt des schräg stehenden Fensters. Mit taumelnden Flugbewegungen entkam sie an die frische Luft, um dort zu entschwinden.
„Such dir ’nen frischen Kackhaufen, blöder Brummer!“ Ulbricht

warf die alte Zeitung in den Papierkorb und sank wieder auf seinen Stuhl. Es dauerte ein paar Sekunden, bis er den Faden wieder aufnahm. „Baumgart hat vor seinem Tod einen Anruf bekommen – vielleicht von seinem Mörder, mit dem er möglicherweise verabredet war. Das würde erklären, weshalb der Täter so ungehindert ins Haus kam und genauso unauffällig wieder verschwand. Haben Sie das Ergebnis der Anrufrückverfolgung?"

„Leider nein, es handelt sich um ein Prepaid-Handy. Nach Angaben des Netzbetreibers wurde das Gerät gebraucht weiterverkauft. Der Besitzer hat den Wechsel nicht gemeldet, obwohl er dazu verpflichtet gewesen wäre. Jetzt wissen wir genauso viel wie vorher."

„Scheiße."

„Sie sagen es. Erwiesen ist aber, dass der Tote aus dem See tatsächlich mit Baumgarts Taxi an den See gekommen ist. Die Kollegen der Spurensicherung haben das Taxi sichergestellt. Auf der Rücksitzbank fanden sie Haare und Mikrofasern, die mit denen der Leiche aus dem See einwandfrei übereinstimmen. Liegt doch auf der Hand, dass beide Morde etwas miteinander zu tun haben." Heinrichs grinste und hechelte förmlich nach Lob.

Ulbricht hasste es, wenn „Brille" Heinrichs den Speichellecker raushängen ließ. Er griff nach dem Rest der Kippe, klopfte mit dem Zeigefinger die Aschestange, die sich inzwischen gebildet hatte, ab und rauchte weiter. Er hatte keine Lust auf eine Diskussion mit seinem Assistenten. Immerhin hatte er Ergebnisse vorzuweisen. „Im Ansatz brauchbar, jetzt fehlt uns das Tatmotiv für den ersten Mord. Und der Täter natürlich. Was ist überhaupt mit den Obduktionsberichten? Pennen die in Düsseldorf?"

„Notbesetzung, heute ist Sonntag. Vor morgen Mittag brauchen wir gar nicht damit zu rechnen, Chef."

Ulbricht brummte etwas Unverständliches. Er zog ein letztes Mal an seiner Zigarette und drückte den Stummel im Ascher aus. „Dann müssen wir wissen, was mit den Projektilen ist. Stammen sie wirklich aus ein und derselben Waffe? Fordern Sie einen Bericht der Ballistiker an, um zu prüfen, ob ..." Bevor er fortfahren konnte, klingelte das Telefon auf seinem Schreibtisch. „Ulbricht?!"

„Göbel hier, hallo Kommissar. Es gibt Neuigkeiten im Fall der Leiche aus dem Stausee." Die Stimme der Radioreporterin klang aufgeregt. „Die mögliche Frau des Ermordeten hat sich bei unserem Schwestersender Radio BergLand gemeldet, nachdem die Kollegen den Beitrag gesendet haben." Ulbricht machte große Augen, und als Heinrichs ihn mit fragender Miene betrachtete, schaltete er den Lautsprecher des Telefons ein. „Woher wollen Sie wissen, dass es sich bei ihr tatsächlich um die Frau des Toten handelt?"

Heike Göbel berichtete Ulbricht, was sie von Zachi erfahren hatte.

„Wo ist die Frau jetzt?"

„Sie hat sich ein Hotelzimmer genommen."

„Soll herkommen, damit wir ihr die Leiche zeigen können. Dann wissen wir mehr, vorher mache ich keine Pferde scheu", erwiderte Ulbricht.

„Sie steht unter Schock."

„Ist sie in ärztlicher Behandlung?"

„Soweit ich von den Kollegen weiß, hat sie einen Arzt abgelehnt. Sie wollte einfach nur alleine sein. Aber wir bleiben am Ball, Kommissar. Wir sollten ihr etwas Zeit geben!"

„Zeit, Zeit!", blaffte Ulbricht. „Sie sind lustig. Ich habe hier morgen den Baum brennen, wenn ich nichts vorweisen kann, und Sie reden von Zeit, Frau Göbel!"

„Ich denke, wir sollten den Wunsch der Frau respektieren. Sie hat angegeben, dass sie es nicht überstehen würde, ihren Mann tot identifizieren zu müssen." Die Reporterin ließ sich nicht aus der Ruhe bringen. „Wir bleiben am Ball, versprochen!"

„Was ist mit der ..."

„Entschuldigung, aber ich habe da noch eine andere Sache", unterbrach Heike Göbel ihn. „Jemand hat bei der Taxizentrale

angerufen und sich nach Baumgart erkundigt. Eine Frau, um genau zu sein. Sie hat sich als Mitarbeiterin der Wuppertaler Mordkommission ausgewiesen. Wissen Sie darüber etwas?"
„Das ist unglaublich", entfuhr es Ulbricht. Er schnaufte und blickte zu seinem Assistenten hinüber. Dieser zuckte die Schultern und schüttelte stumm den Kopf. Langsam nur beruhigte sich der Kommissar. „Nein, es gibt keine Mitarbeiterin in meiner Abteilung. Aber danke für den Hinweis, ich will gar nicht wissen, woher sie den schon wieder haben. Ich werde das natürlich überprüfen lassen." Ulbricht machte eine kleine Pause, bevor er fortfuhr. „Und Sie melden sich bitte, sobald Sie mehr über diese Frau wissen, die angeblich Witwe ist." Er legte auf. Nachdem er sich mit der Hand durch das gerötete Gesicht gefahren hatte, lehnte er sich zurück und verschränkte die Hände hinter dem Kopf. „Schöne Scheiße", brummte er. „Wir haben – mit etwas Glück – die Frau des Toten, und wissen nicht, ob wir eine Spur haben. Ich könnte kotzen."
„Lassen Sie uns Schluss machen für heute."
„Nichts da." Ulbricht schüttelte den Kopf. „Sie kümmern sich um den rätselhaften Anruf in der Taxizentrale. Ich will wissen, wer sich als Mitarbeiterin der Kripo ausgegeben hat. Das stinkt doch zum Himmel! Demnach hätten wir es mit einer Täterin zu tun." Seine Hand sauste auf die Schreibtischplatte herunter. „Wie blöd sind die in der Taxizentrale eigentlich, dass sie die Privatadresse eines Fahrers herausgeben, nur weil sich jemand mit dem Zusatz ‚Mordkommission' meldet?"
„Ich werde versuchen, das zu rekonstruieren, Chef", versprach Heinrichs.
„Sie erreichen mich zu Hause. Ich muss morgen fit sein, und, wer weiß, vielleicht fällt mir noch etwas ein, was ich dem Staatsanwalt erzählen kann." Ulbricht erhob sich, griff nach seinem Mantel, den er achtlos über die Lehne eines Stuhls geworfen hatte, klimperte in den Taschen nach Silbergeld für den Zigarettenau-

tomaten. „Morgen um halb acht hier. Ich bin jetzt weg“, stieß er noch hervor und stürmte dann nach draußen.

Schloss Burg, 16:50 Uhr

An der Sesselbahn herrschte nur noch wenig Betrieb. Die meisten Ausflügler waren bereits auf dem Heimweg, um sich auf die am nächsten Tag beginnende Arbeitswoche vorzubereiten. Heike und Stefan lehnten am Jägerzaun zwischen der Bergstation und dem kleinen Café und blickten hinunter ins Tal. Zwischen dem satten Grün der Hügel glitzerte rechts unten das kleine, silbrige Band des Eschbachs. In Unterburg mündete der Bach in die Wupper. Unterburg lag wie die Landschaft einer Modelleisenbahn eingekeilt im Tal. Heike erinnerte sich daran, wie sie als Kind oft mit den Eltern hier gewesen war. Meist an Sonntagen – mit der Oma, den Onkels und Tanten – zum Familienausflug. Oma hatte die ganze Bande dann zum Kaffee eingeladen, die Kinder hatten eine Burger Brezel um den Hals gehängt bekommen, und Heike erinnerte sich an das kleine Rasselrad, das, mit Süßigkeiten gefüllt, einen Heidenkrach auf dem Kopfsteinpflaster des Burghofs verursacht und die Blicke der anderen Touristen auf sie gelenkt hatte. Sie seufzte bei dem Gedanken an die alte Zeit. Oma war längst tot, Vater ebenfalls. Nur noch eine einzige Tante, die Mutter und der Bruder waren ihr geblieben. Wie doch die Zeit verging, dachte sie und lehnte sich an Stefans breite Schulter.

Wann war sie eigentlich zum letzten Mal auf dem Friedhof gewesen, um ihnen Blumen aufs Grab zu stellen? Sie wusste es nicht und schämte sich ein wenig dafür.

Ihr Onkel Paul hatte im Schichtdienst in den Stahlwerken Remscheid gearbeitet, einst BSB, später dann Mannesmann. Ein Malocher, wie er im Buche stand. Bei Oma hatte es immer ein Rentnergedeck für ihn gegeben: einen Klaren und ein Bier zum Abendbrot. Und fettigen Aal, obwohl er den nie vertragen und danach gerülpst hatte wie ein Bulle. Und Oma, die Brot- und

Käsekanten nicht mehr hatte beißen können, hatte die Essensreste immer durch das Küchenfenster in den Garten geworfen. „Für die Vögel“, hatte sie geschrien, da sie schwerhörig gewesen war. Onkel Horst war bei der Berufsgenossenschaft beschäftigt gewesen, daran erinnerte sie sich auch noch. Sesselfurzer hatten ihn seine Brüder immer genannt. Immerhin hatte er seine beiden Brüder überlebt, wenn leider auch nicht lange. Jedenfalls hatten Omas drei Söhne sonntags immer nebeneinander auf der Couch in Omas Wohnküche gesessen und Sportschau geguckt, während Mutter und die Tanten sich über die neuesten Modetrends unterhalten und Oma bei Laune gehalten hatten. Bei den „Waltons“ hatten sie alle vereint am Küchentisch gesessen, und nach dem letzten „Gute Nacht, John-Boy“ hatte sich die traute Familienrunde aufgelöst, um in den Alltag zurückzukehren.

Das alles war längst vorbei, dachte Heike seufzend. Das alte Haus an der Auguststraße 29 in Remscheid, in dem ihre Oma gewohnt hatte, oben links, gab es zwar noch, aber es hatte sich einiges geändert in den letzten dreißig Jahren. Heike hatte ihre Kindheit im Bergischen Land gemocht, auch wenn Onkel Paul und Tante Lydia sich ständig gestritten hatten – es hatte irgendwie dazugehört. Oder der Mann ihrer Cousine, Gerhard. Er hatte Pfeife rauchend im Sessel neben dem Ofen gesessen und ihr von Radio BFBS erzählt. Einem modernen Sender, der die beste Musik machte und interessante Beitrage brachte – allerdings in englischer Sprache. Er war junger Lehrer und hatte keine Probleme mit Englisch. Immerhin hatte er es geschafft, das Interesse der kleinen Heike am Radiomachen zu wecken.

Ach ja, Bärbel, ihre Cousine, hatte als Fremdenführerin hier auf Schloss Burg gearbeitet. Mein Gott, dachte Heike, war das lange her. Ob sie noch immer hier arbeitete und Besucher durch das Schloss der Grafen von Berg führte?

„Lass uns mal ’ne Runde drehen, vielleicht ist sie schon längst hier“, riss Stefans Stimme Heike aus ihren Gedanken. Sanft küsste er ihre Stirn und strich ihr durch das Haar. Er konnte ja nicht ahnen, dass Heike gerade eine Zeitreise in ihre Kindheit unternommen hatte. Nun standen sie an den eisernen Münzfernrohren, mit denen man die Aussicht betrachten konnte. Drei Fahnen flatterten links neben ihnen im seichten Abendwind.

Sie nickte. „Ich könnte hier noch ewig stehen."

„Ist aber auch schön hier."

Jetzt lächelte Heike. „Ich kann gar nicht mehr zählen, wie oft wir hier früher waren. In meiner Kindheit." Sie blickte auf die Uhr. Die Besucher hatten den Schlosshof verlassen, und die Sesselbahn drehte ihre letzten Runden. Kaum einer der Touristen wusste, dass Schloss Burg ab 1890 fast komplett restauriert worden war. Die meisten mittelalterlichen Gebäude, auch der Batterie- und der Wohnturm, waren Nachbauten und stammten nicht aus dem Mittelalter. Aber man hatte schon damals so gut gearbeitet, dass die rekonstruierten Gebäude durchaus als Originale durchgingen.

Die Inhaber der kleinen Geschäfte rund um den Burghof räumten ihre Auslagen in die Läden. Vom Holzspielzeug über Kunsthandwerk bis hin zu mehr oder weniger bunt-kitschigen Souvenirs gab es alles, was das Herz begehrte.

„Und du bist sicher, dass sie herkommt?" Stefan zog die Stirn in Falten.

„Absolut. Sie hatte nicht den Mut, zur Polizei zu gehen. Ich glaube, ich kann sie verstehen, Stefan. Immerhin muss sie ihren Mann identifizieren. Das wird bestimmt kein leichter Weg für sie."

„Stimmt." Er nickte. „Darum beneide ich sie nicht."

„Wir kommen genau rechtzeitig", bemerkte Heike nach einem Blick auf die Uhr. Nachdenklich wanderten sie über den Schlossplatz. Das Bergische Museum hatte seine Pforten bereits ge-schlossen, und die Kassiererin war damit beschäftigt, das kleine Kassenhäuschen im Torbogen zu verschließen. „Ich kann es kaum erwarten, ihre Geschichte zu hören", murmelte Heike schließlich. „Sie hat ganz bestimmt einen Grund dafür, dass sie sich an uns wendet und nicht an die Polizei.“ Stefan war am oberen Tor der Burg stehen geblieben. Ein Bus tuckerte schwerfällig in Richtung Wermelskirchen. „Vielleicht hatte ihr Mann Dreck am Stecken. Ich finde, wir sollten sehr vorsichtig sein, sonst kann der Schuss nach hinten losgehen.“

„Irgendwie habe ich Angst, dass wir da in eine ganz große Sache geraten sind. Vielleicht ist die Geschichte einfach eine Nummer zu groß für uns, Stefan.“

„Kriegst du etwa kalte Füße?“

„Nicht die Bohne.“ Jetzt musste Heike doch lachen. „Lass uns langsam zum verabredeten Treffpunkt gehen, ich will Frau Born auf keinen Fall verpassen.“

Seite an Seite gingen sie zurück zum Schlossplatz. Inzwischen waren auch die letzten Besucher von der Bildfläche verschwunden, die kleinen Geschäfte waren geschlossen. Der Platz wirkte jetzt wie ausgestorben. Heike und Stefan lehnten an einer halbhohen Mauer und warteten, dass ihre Verabredung auf der Bildfläche erschien. Nach einigen Minuten des stillen Wartens kam eine zierliche Frau, Stefan schätzte sie auf Mitte dreißig, auf den Schlossplatz. Sie trug eine Baumwollhose, ein modisches Top und bequeme Schuhe. Die Sonnenbrille verhinderte, dass die Reporter Einzelheiten von ihrem Gesicht erkennen konnten. Die dunklen Haare hatte sie zu einem Pferdeschwanz gebunden, der nun im Takt ihrer Schritte wippte. In der Mitte des Platzes blieb sie kurz stehen und blickte sich suchend um. Dann hatte sie Heike und Stefan entdeckt. Ihre Miene hellte sich ein wenig auf, und sie näherte sich zielstrebig.

„Das dürfte sie sein“, bemerkte Stefan und stieß sich von der Mauer ab.

Heike folgte ihm. Während sie auf die Frau zugingen, blickte diese sich immer wieder gehetzt um. Heike hatte den Eindruck, dass die Frau sich verfolgt fühlte. „Frau Born?“

Sie blieb stehen. Ein Blick über die Schulter, ein Nicken. Jetzt

nahm sie ihre Sonnenbrille ab. Monika Born hatte ein fein geschnittenes Gesicht, hohe Wangenknochen und rehbraune Augen. Sie war hübsch, das musste Heike neidlos anerkennen. Doch sie waren nicht hier, um an einem Model-Casting teilzunehmen. „Ja, die bin ich. Frau Göbel, Herr Seiler?“ Ihr Blick blieb an Stefan haften. Er nickte ebenfalls und reichte ihr die Hand. „Schön, dass Sie sich Zeit für uns genommen haben.“
Wieder ein gehetzter Blick nach hinten, doch der Schlossplatz war leer.
„Werden Sie verfolgt?“, fragte Heike.
Schulterzucken. „Ich glaube, ich muss mit allem rechnen.“ Sie ließ den Blick über das Gelände schweifen. „Wo können wir ungestört reden?“
„Überall hier, aber wir können uns auch gern in das Café setzen, das hat noch auf.“ Stefan deutete mit dem Kinn hinüber zu dem kleinen Café neben der Bergstation der Seilbahn. An den Tischen herrschte kein Betrieb, doch Monika Born schüttelte den Kopf. „Lieber nicht. Setzen wir uns auf eine der Bänke drüben am Denkmal.“
„Gut.“ Sie überquerten den Hof und nahmen Platz. „Also, woher wissen Sie, dass es sich bei dem Toten im Stausee um Ihren Mann handelt?“, fragte Heike.
„Es gibt einige Fakten, die übereinstimmen.“ Schweres Stöhnen. „Es spricht vieles dafür, dass es sich bei ...“, sie stockte. „Dass es sich bei dem Toten um Peter handelt.“ Tränen traten in ihre Augen. „Peter war ein Kollege von Ihnen, er war auch Journalist. Als freier Mitarbeiter arbeitete er für viele Magazine und Zeitungen. Peter war auf heikle Themen spezialisiert: Wirtschaftskriminalität, Politikskandale und so weiter. Es kam schon des Öfteren vor, dass er für ein paar Tage und Wochen einfach von der Bildfläche verschwand, wenn er wieder mal an einer heißen Story arbeitete. So auch diesmal.“
„Wissen Sie, woran er zuletzt gearbeitet hat?“

„Arzneimittel.“ Das kam wie aus der Pistole geschossen. Sie zog ein Taschentuch hervor, murmelte eine Entschuldigung und wischte sich die Tränen fort. Das Make-up hielt. „Er war dabei, einen Arzneimittelskandal aufzudecken. Und letzten Donnerstag hat er sich mit einem Informanten getroffen. An einem See, mehr weiß ich nicht. Wir leben in Vallendar, das ist ein kleiner Ort in der Nähe von Koblenz. Die Geschichte hat ihn hierher, ins Bergische Land geführt.“ Eine wegwerfende Handbewegung. „Wie dem auch sei. Jedenfalls haben wir täglich telefoniert. Und seit Donnerstag – kein Lebenszeichen mehr. Immer wenn ich ihn versuchte anzurufen, sprang die Mailbox an. Er hat sein Handy ausgeschaltet, warum auch immer. Das Letzte, was wir verabreden konnten, war ein Treffen in einem Hotel in Wuppertal. Peter hoffte, bis dahin mit den Recherchen fertig zu sein. Er hat nicht über seine Arbeit gesprochen, aber das tat er nie. Nur diesmal wusste ich, woran er arbeitete. Ich habe den Eindruck, dass er geahnt hat, was passieren würde.“ Sie putzte sich die Nase, und weder Heike noch Stefan unterbrachen sie. „Also – er hat recherchiert, und wir waren verabredet. Zu dem Treffen gestern ist er nicht erschienen – wie denn auch? Ich wusste von dem Treffen an einem See in Wuppertal. Und im Radio hörte ich heute von der Wasserleiche, die man aus einem See in Wuppertal gezogen hat.“ Sie blickte die Reporter mit tränenverschleiertem Blick an. „Oder gibt es noch mehrere Seen in Wuppertal?“

„Eigentlich nicht.“ Stefan schob die Mundwinkel nach unten und dachte kurz nach. „Der Beyenburger Stausee liegt ziemlich abseits, da könnte ich mir schon vorstellen, dass man sich dort zu einem geheimen Treffen verabredet.“

„Sie sprachen von einem Arzneimittelskandal“, erinnerte Heike. „Was wissen Sie darüber?“

„Es ging um Korruption im großen Stil. Pharmakonzerne bestechen Ärzte, um ihre Produkte verkaufen zu können. Dabei werden teils noch nicht offiziell am Markt erhältliche Medikamente ohne

Zulassung an Patienten angewandt – ohne deren Wissen, wohlgemerkt. Die Politik verschließt sich vor dieser Tatsache und akzeptiert stillschweigend, dass sich die Pharmakonzerne mit den Medizinern verbünden. In diesen Praxistests erfahren sie viel mehr über etwaige Nebenwirkungen eines neuen Medikaments als in langjährigen und kostspieligen Versuchsreihen im Labor. Dass ahnungslosen Patienten unter Umständen irreparable Schäden zugefügt werden, nehmen sie in Kauf. Das sind keine Menschen, das sind Monster!"

„Und Sie glauben, dass ...", wagte Stefan einen Vorstoß.

„Diese Schweine haben ihn eiskalt aus dem Weg geräumt." Monika Borns Stimme klang verbittert, ihre Miene glich einer Maske. Sie kämpfte erneut gegen die Tränen an, doch diesmal waren es Tränen der Wut. „Er ist ihnen gefährlich geworden. Wären sie aufgeflogen, dann wären einige angesehene Ärzte und die Bosse in den Pharmakonzernen in den Bau gewandert."

„Warum gehen Sie nicht einfach zur Polizei und erzählen denen, was Sie wissen? Dann würden die Mörder Ihres Mannes gefasst werden, und der Arzneimittelskandal wäre ebenfalls aufgedeckt. Ich könnte mir vorstellen, dass das im Sinne Ihres Mannes wäre."

„Entschuldigen Sie", mischte sich Stefan ein. „Haben Sie vielleicht ein Foto von Ihrem Mann dabei?" Er lächelte ein wenig verlegen. „Ich meine, viele Leute tragen ein Bild von ihrem Partner mit sich. Es könnte uns vielleicht weiterhelfen." Sicherheitshalber hatte er sich ein Foto des Toten von der Homepage des Polizeipräsidiums ausgedruckt und mitgebracht. Allerdings wollte er Frau Born den Anblick ihres toten Mannes – wenn es denn wirklich ihr Mann war – ersparen.

„Natürlich." Ein fast mechanisches Nicken, sie wühlte in ihrer Handtasche herum. Im Portemonnaie fand sie ein kleines Foto, wohl aufgenommen in einem dieser Passbildautomaten, die am Bahnhof standen und für zu viel Geld grottenschlechte Fotos machten. Monika Born betrachtete das Bild. Ihre Kinnpartie

zitterte leicht, als sie Stefan das Foto reichte.
Er nahm es an sich und warf einen Blick darauf.
„Es ist schon ein paar Jahre alt", murmelte Monika Born und achtete auf jede Regung in Stefans Gesicht. Er erkannte den Mann auf dem Bild sofort wieder. Es bestand kein Zweifel daran, dass es sich bei ihm um die Leiche aus dem Beyenburger See handelte. Stefan presste die Lippen zu einem schmalen Strich zusammen und warf Heike einen Blick zu. Sie hatte sofort verstanden.
Monika Born rang nervös mit den Händen. „Er ist es, habe ich recht?" Die Stimme nur ein Hauch, der Blick unstet. Sie zitterte am ganzen Leib, und Heike legte einen Arm um sie. Schluchzend brach die Frau zusammen.
„Es tut uns sehr leid, Frau Born." Stefan erhob sich und wanderte ein paar Schritte auf und ab. Er kickte mit der Schuhspitze einige kleine Steinchen weg. „Ja, er ist es." Er trat an die Bank und ließ sich darauf sinken. „Wir versprechen Ihnen, alles zu tun, um die Mörder Ihres Mannes zu fassen."
„Sie klingen wie jemand von der Kripo."
„Nun, wir sind interessiert daran, dass dieses Verbrechen aufgedeckt wird und die Mörder ihre gerechte Strafe erhalten."
„Gerecht?" Monika Borns Kopf ruckte hoch. Sie musterte Stefan mit versteinertem Blick. „Gerecht, sagen Sie? Was ist daran gerecht, dass man meinen Mann aus dem Weg räumt? Er hat seinen Job gemacht, nicht mehr und nicht weniger. Dafür musste er jetzt sterben. Ich frage Sie, was daran gerecht sein soll."
„Er war ein Kollege von uns", versuchte Heike einzulenken. „Das allein ist Grund genug für uns, die Sache aufzuklären." Sie machte eine Pause und wartete ab, bis Monika Born sich ein wenig beruhigt hatte. „Erzählen Sie uns jetzt die ganze Geschichte?"
„Es ist eine lange Geschichte. Peter hat vor fast zwei Jahren mit der Arbeit daran begonnen und stand nun kurz vor dem Abschluss seiner Recherchen. Das war die Geschichte seines Lebens, wissen

Sie. Er arbeitete wie besessen, wollte ein Buch über diese Sauerei schreiben."

„Was für eine Sauerei?", fragte Stefan.

„Es ging um einen Korruptionsskandal, der bundesweit für Schlagzeilen gesorgt hätte." Sie lachte mit einem zynischen Gesichtsausdruck. „Finanziell hätten wir ausgesorgt, gar keine Frage. Man hat ihm sogar hohe Summen angeboten, wenn er nicht auspackt. Aber Peter ließ sich nicht bestechen, nie hat er das getan."

„Bitte erzählen Sie uns mehr." Heike platzte jetzt fast vor Neugier. Peter Borns Traum, mit einer einzigen Geschichte den ganz großen Coup zu landen, war für sie nachvollziehbar, denn schließlich war sie ebenfalls eine Vollblutjournalistin.

„Es ging, wie gesagt, um Medikamente. Vielleicht wissen Sie, dass jedes neue Medikament, das in Deutschland auf den Markt kommt, eine Zulassung benötigt. Dieses Zulassungsverfahren ist äußerst kompliziert und kann, je nachdem, um welches Medikament es sich handelt, Jahre dauern. Lange Studien und Labortests kosten die Pharmakonzerne Summen in astronomischer Höhe. Mein Mann hatte nun herausgefunden, dass viele Pharmakonzerne mit Ärzten kooperieren. Diese Ärzte stehen auf den Lohnlisten der Arzneimittelhersteller. Sie beziehen hohe Summen dafür, dass sie noch nicht zugelassene Medikamente an ihren Patienten ausprobieren."

„Aber die Patienten wissen doch von diesen Testreihen."

„Eben nicht, das ist ja der Skandal."

Das, wenn es stimmen sollte, war allerdings ein Skandal. „Wie kommt Ihr Mann an eine derartige Geschichte?", fragte Heike staunend.

„Wie gesagt, er hat fast zwei Jahre daran gearbeitet. Und zwar sehr gründlich, denn er hat sich mit einer neuen Identität in einen Pharmakonzern eingeschmuggelt, um es mal salopp auszudrücken. Man suchte dort neue Mitarbeiter im Vertrieb. So durchlief er eine kurze Ausbildung und durfte sich danach Pharma Consultant nennen. Er war fachlich fit und hatte den Auftrag, Ärzte für die Interessen der Firma zu gewinnen. So reiste er durch das Land und besuchte die Mediziner, die nach den Angaben des Konzerns für die Tests neuer Produkte interessant sein könnten. Tatsächlich fand er schon bald genügend Ärzte, die sich bestechen ließen. Mal ein Abendessen, mal einen Wochenendurlaub, mal war es die Teilnahme an einem Seminar. Meist aber war es der schnöde Mammon, das Geld, mit dem sich die Ärzte ködern ließen." Sie blickte Heike unverwandt an. „Es ist eine beschissene Welt, jeder ist käuflich. In dieser Zeit habe ich Peter selten zu Gesicht bekommen. Doch er war voller Euphorie und hatte bald schon Zugriff auf die geheimen Datenbanken der Firma. So kam er an eine umfangreiche Liste der Mediziner, die für Geld neue Arzneimittel testeten. Medikamente, die weder zugelassen waren, noch kannte man die Nebenwirkungen."

„Das ist unglaublich", murmelte Heike und tauschte einen Blick mit Stefan.

„Mehrere Hundert Ärzte stehen deutschlandweit auf der Lohnliste des Konzerns. Und wir reden hier nicht vom größten Pharmakonzern – es ist wirklich nur eine Firma von vielen. Peter machte sich also auf die Reise. Quer durch Deutschland. Er suchte die bestechlichen Ärzte auf und gab sich als Mitarbeiter eines Pharmakonzerns aus, der ein neues Mittel, gegen die entsprechende Zahlung eines Honorars, zu Testzwecken anbieten wollte. Sie glauben ja nicht, wie viele Mediziner schwach werden, sobald Geld im Spiel ist. Und so erstellte Peter eine schwarze Liste der Ärzte, die sich bestechen ließen."

„Was ist mit den Nebenwirkungen? Sie sagten, man kannte die Auswirkungen eines neuen Arzneimittels nicht, als man es an unwissenden Patienten testete?" Stefan konnte es einfach nicht glauben.

„Peter hat mir mal erzählt, dass jährlich fast sechzigtausend

Patienten an den Nebenwirkungen der ihnen verabreichten Medikamente sterben. Kein Wunder, wenn man sich mal überlegt, was da alles im Umlauf ist.“

„Und jetzt glauben Sie, er musste sterben, weil er zu viel wusste?“

„Ich glaube es nicht nur, ich bin mir ganz sicher. Peter hatte es mit einer Verschwörung zu tun. Er war vielen Leuten im Gesundheitswesen zu einer Gefahr geworden, nicht nur zu einer Gefahr für die Karriere, hier hatten einige Leute mit mehreren Jahren Knast zu rechnen, wenn Sie mich fragen. Aber ich bin keine Juristin. Jemand hat die Initiative ergriffen und Peter ... aus dem Weg geräumt.“

Stefan erinnerte sich an den unglaublichen Contergan-Skandal aus den Sechzigerjahren. Damals hatte man ein Schlaf- und Beruhigungsmittel an werdende Mütter verabreicht, die mit morgendlicher Schwangerschaftsübelkeit zu kämpfen hatten. Durch die Nebenwirkungen des Medikaments kam es im Verlauf der Schwangerschaften zu Missbildungen und fehlenden Organen bei den Neugeborenen. „Das ist keine Schlamperei, das ist kriminell“, brummte er.

„Sie haben es erfasst, und Peter war kurz davor, diesen Skandal ans Licht zu bringen.“

„Was wissen Sie noch?“, bohrte Heike weiter. Ihre Wangen hatten eine rote Färbung angenommen.

„Peter hat in Erfahrung gebracht, dass viele die Gesetze brechen, wenn es darum geht, neue Medikamente am Markt zu positionieren. Betrug, Manipulation von Studien und die Bestechung der Ärzte sind nur die Spitze des Eisbergs.“

„Die Pharmakonzerne haben große Rechtsabteilungen, leisten sich bestimmt die besten Anwälte.“ Heike schüttelte den Kopf. „Ich kann mir nicht vorstellen, dass die einen Auftragskiller auf jemanden ansetzen, der ihnen gefährlich wird.“

„Ich frage Sie, wer hat meinen Mann dann umgebracht?“

Auf diese Frage hatte Heike auch keine Antwort. „Wie funktioniert

dieses System?"
„Simpel, viel zu einfach." Monika Born lachte verbittert. „Die Ärzte bekommen regelmäßig Besuch von den Vertretern der Arzneimittelhersteller. Sie locken mit Probepackungen und wecken das Interesse der Ärzte. Ganz nebenbei bekommen die Mediziner einen Fragebogen, den sie ausfüllen – all das dient natürlich nur der Statistik, so gaukelt man ihnen vor. Dass dabei auch psychologische Fragen gestellt werden, bemerken die meisten Ärzte nicht einmal. Sobald ein erster Abschluss in Frage kommt, werden die Mediziner an das Produkt gebunden. Bestechung nennt man so was. Und so kommt es, dass der eine oder andere Arzt schon mal etwas euphorisch beim Patienten für die Anwendung eines ganz bestimmten Präparates wirbt und es natürlich dann auch verschreibt. Aber das System, wie Sie es nennen, hört nicht bei den Allgemeinmedizinern auf. Bei Fachärzten beispielsweise lassen sich viel höhere Gewinne erzielen. Und wenn man den Leiter einer Klinik an der Angel hat ..." Monika Born winkte ab. „Dumm und dämlich verdienen sich die Ärzte mit solchen Geschäften."
„Das würde bedeuten, dass mir mein Hausarzt das Mittel des Herstellers XY verschreibt, von dem er gute Leistungen bezogen hat. Nettigkeiten wie das Essen und die Probepackungen, meinen Sie?" Heike konnte es nicht fassen. „Dann missbraucht mich der Arzt, um ein neues, nicht zugelassenes Medikament an mir auszuprobieren?"
Zustimmendes Nicken.
Stefan hatte seine Wanderung über den Schlossplatz unterbrochen. Er hatte eine Bewegung im rechten Augenwinkel wahrgenommen und wirbelte herum. Er sah eine Gestalt, die sich an einen Mauervorsprung presste und zu ihnen hinüberspähte. Dunkle, eng anliegende Kleidung, Sonnenbrille. Und ein metallischer Gegenstand blitzte im Licht der Abendsonne auf.
Eine Mündung!
Stefan stellte mit einem Blick fest, dass die Mündung der

Pistole auf Monika Born gerichtet war. Er hechtete zur Seite, schrie: „Aufpassen, eine Waffe!“, und war im nächsten Sekundenbruchteil an der Bank angelangt, auf der die Frauen saßen. Er riss sie von der Bank herunter und warf sich schützend über sie. Hart schlugen sie auf dem Kopfsteinpflaster auf. Heike schrie auf. Im gleichen Augenblick peitschte ein Schuss über den Schlossplatz. Neben Stefan prasselten Gesteinsbrocken aus der Mauer. Stefan schob die Frauen unter die Bank, als der nächste Schuss aufbellte. Ein Querschläger pfiff durch die Luft.
Erst jetzt bemerkte Stefan den tiefroten Blutfleck in Monika Borns Oberkörper. Er war zu spät gekommen. Der Schütze hatte die Frau schon erwischt, als sie noch auf der Bank gesessen hatte. Ein einziger Schuss hatte sie getroffen. In ihrer Brust klaffte eine blutige Wunde, ihr Blick war bereits gebrochen.
Heikes Herzschlag setzte einen Moment lang aus. Starr vor Schreck blickte sie auf den Körper von Monika Born. Leblos starrten ihre Augen zum Himmel über Burg. Heike realisierte nicht, dass sie eben einem Mordanschlag nur um wenige Zentimeter entkommen war. Monika Born hatte direkt neben ihr auf der Bank gesessen. Genauso gut hätte der Schütze sie treffen können.
„Scheiße“, keuchte Stefan außer sich. „Sie ist tot, Heike!“ Die Arme fielen schlaff zur Seite, als er versuchte, sie zu bewegen.
Wieder ein Schuss. Stefan rollte sich zur Seite und entkam der Kugel. Als er den Kopf anhob, sah er, wie der Täter seine Waffe verschwinden ließ und auf dem Absatz kehrtmachte, um in Richtung Wermelskirchener Straße durch das Tor zu entkommen.
„Der haut ab“, gellte Stefans Stimme über den Platz. Er wandte sich zu Heike um, die sich aufrappelte. „Bist du okay?“
Heike nickte. „Nur ein paar Schrammen. Geht schon.“ Sie zitterte am ganzen Leib und blickte fassungslos auf die tote Monika Born. Stefan sprang hoch und nahm die Verfolgung des Schützen auf. Doch er kam zu spät, denn von dem Attentäter war nichts mehr zu sehen. Stefan hoffte im Laufen, dass sich der Schütze nicht

verschanzt hatte, um ihm aufzulauern und ihn ebenfalls zu erschießen. Doch es blieb dabei: Von dem Schützen fehlte jede Spur, aber am Straßenrand heulte ein Motor auf. Reifen quietschten, und Stefan kam gerade noch rechtzeitig, um einen flüchtenden Wagen zu sehen. Ein dunkler BMW neueren Modells. Die Reifen radierten über den warmen Asphalt, der Motor dröhnte. Sekundenlang spielte Stefan mit dem Gedanken, den Wagen zu verfolgen, doch zum einen hatte er mit dem Käfer keine Chance gegen diesen PS-Boliden, zum anderen wäre der BMW längst über alle Berge, bis er den Käfer vom Parkplatz geholt hätte. Über die in steilen Kurven ansteigende Straße war der Wagen innerhalb weniger Minuten an der Autobahnauffahrt Wermelskirchen und konnte unerkannt entkommen.
Immerhin hatte sich Stefan das Kennzeichen eingeprägt. Er wunderte sich nicht darüber, dass der Wagen in Wuppertal zugelassen war.
Enttäuscht kehrte er zu Heike zurück. Langsam nur wurde ihm bewusst, dass man ihre Informantin eben aus dem Weg geräumt hatte. Seine Freundin saß auf der Bank und tippte mit zitternden Fingern eine Nummer in ihr Handy.

Beyenburg, 19:05 Uhr

Protzig, das war das Erste, was ihm einfiel, als er den Vectra auf die Einfahrt des Geländes lenkte. Beyenburg, beste Wohngegend. Am Stadtrand gelegen, hoch über dem engen Tal der Wupper, Sonnenscheingarantie. Unten, im Schatten der Hügel, wohnten andere. Heinrichs parkte den Dienstwagen direkt vor dem Eingang der Villa und stieg aus. Natürlich hatten sie nach dem Anruf dieser Radioreporterin sofort eine Fahndung nach dem BMW eingeleitet. Da diese bislang ergebnislos verlaufen war, hatte Ulbricht ihn beauftragt, dem Halter des Fluchtfahrzeuges von Schloss Burg einen Besuch abzustatten.
Frank Heinrichs strich sich durch das kurze blonde Haar, rückte

die Brille mit dem blauen Rahmen gerade und ließ den Blick kreisen. Die Kollegen vom Streifendienst parkten unten an der Straße. Er nickte ihnen zu. Unter einem Carport standen ein VW Geländewagen und der gesuchte dunkle BMW. Das Kennzeichen stimmte mit der Angabe des Reporters Seiler überein.
Heinrichs drückte auf den Klingelknopf. Drinnen ein dezenter Gong. Es dauerte einen Moment, bis ihm geöffnet wurde.
Eine Frau um die vierzig musterte ihn. Sie war zwei Köpfe kleiner als Heinrichs, schlank und durchaus hübsch. Das schulterlange blonde Haar trug sie offen. Dezentes Make-up, eine unsichtbare Wolke von Parfüm der gehobenen Preisklasse umschmeichelte ihren Körper. Sie trug einen bequemen Hausanzug.
Heinrichs stellte sich vor und zeigte ihr den Dienstausweis.
„Kripo?“ Ihr Blick verdüsterte sich. Misstrauisch blickte sie an ihm vorbei und sah den Streifenwagen in der Einfahrt parken. Die uniformierten Beamten rauchten.
Jetzt keine Unsicherheit zeigen, schoss es durch seinen Kopf.
„Ich möchte Reinhardt Klinke sprechen. Ist er Ihr Mann?“
Sie nickte. „Ja. Worum geht es?“
„Das würde ich gern mit ihm besprechen, Frau Klinke.“ Er setzte ein Pokerface auf und ließ den Dienstausweis verschwinden. Geht doch, dachte er, als sie, wenn auch widerwillig, den Eingang der Luxushütte freigab. Heinrichs trat ein und fand sich in einem Flur mit Marmorboden und Gemälden an den Wänden wieder. Allein der Eingangsbereich war teurer als die Einrichtung seiner gesamten Junggesellenbude auf dem Rott, daran zweifelte er keine Sekunde.
Nach einem letzten skeptischen Blick auf den Streifenwagen drückte die Dame des Hauses die Tür ins Schloss. Die uniformierten Polizisten hatten sie im Visier.
Heinrichs blickte sich um. Die Bude strotzte nur so vor Luxus. Kaum zu glauben, dass dies am Rande Wuppertals lag, und nicht irgendwo im Süden. Die Besitzer legten Wert auf mediterranes

Flair. Doch davon ließ sich Frank Heinrichs nicht beeindrucken. Alles hier roch förmlich nach Geld und Dekadenz.
Seine Gastgeberin gab nicht auf. „Darf ich wissen, was das alles ..."
„Nein, dürfen Sie nicht." Ein überhebliches Grinsen, als Antwort auf ihre Arroganz. Er ließ sich in das Innere des Hauses führen. Auch hier Marmorböden, dicke Läufer und Kunstgegenstände so weit das Auge reichte.
„Reinhardt, hier ist jemand von der Kripo für dich!", rief sie ins Haus.
Der Hausherr erschien den Bruchteil einer Sekunde später auf der Bildfläche. Die beiden nickten sich zu, sie verschwand grußlos. Auch von hinten schön, dachte Heinrichs und widmete sich Reinhardt Klinke. Ein Was-kostet-die-Welt-Typ. Heinrichs schätzte ihn auf Anfang fünfzig. Fast zwei Meter groß, athletische Erscheinung, Polohemd, Designerjeans, leichte Baumwollschuhe an den Füßen. Der Duft eines sündhaft teuren Rasierwassers eilte ihm voraus. Brauner Teint, vermutlich Sonnenbank, frisch rasiert und die Haare schön kurz. Trotz des reiferen Jahrgangs ein Frauentyp, das erkannte Heinrichs auf den ersten Blick.
„Reinhardt Klinke?", fragte er.
„Ja, worum geht es?" Sein Blick verfinsterte sich. Eine senkrechte Falte zwischen zusammengezogenen Brauen. Klinke betrachtete seinen Besucher wie ein lästiges Insekt.
„Sie sind der Halter des BMW, der draußen unter dem Carport steht." Das war keine Frage, es war eine Feststellung.
„Ist das verboten?" Abweisend, kalt wie eine Hundeschnauze.
„Bitte beantworten Sie meine Frage." Heinrichs ließ sich nicht verunsichern.
„Ja, der BMW gehört mir. Was ist daran auszusetzen, Herr ... ?"
„Heinrichs, Frank Heinrichs, Kripo Wuppertal." Wieder ließ er den Dienstausweis aufblitzen, bevor er fortfuhr. „Daran ist nichts auszusetzen, Sie haben sicherlich recht. Wo waren Sie vor einer Stunde?" Heinrichs musterte Klinke aufmerksam.

„Ich war hier, hatte Besuch von einem Freund aus dem Golfclub – der kann Ihnen das gerne bezeugen, wenn das nötig sein sollte." Klinke fuchtelte mit der gebräunten Pranke in der Luft herum. „Können Sie mir sagen, was das Affentheater hier soll?"
„Es hat einen Mordanschlag gegeben, vor etwa einer Stunde. Man hat ein flüchtendes Fahrzeug gesehen. Die Beschreibung passt auf Ihr Fahrzeug, das genannte Kennzeichen ebenfalls. Deshalb bin ich hier."
„Das muss ein Irrtum sein." Keine Spur von Unsicherheit, kein Zucken im Augenwinkel, nichts. Er war sich seiner Sache sicher. „Kommen Sie", sagte er und führte Heinrichs in sein Arbeitszimmer. Eine große Fensterfront ins Grüne, davor ein wuchtiger Schreibtisch. Auf den Sideboards Automodelle in Glasvitrinen. Kein Kinderspielzeug, sondern hochwertige, detailgetreue Sammlerobjekte.
„Nehmen Sie Platz." Er drückte die Tür ins Schloss und deutete mit dem Kinn auf einen der freien Stühle vor seinem Schreibtisch, den er umrundete und sich dahinter verschanzte. Klinke legte die Fingerspitzen beider Hände aneinander und betrachtete Heinrichs aufmerksam. „Was kann ich für Sie tun?"
„Ich glaube, ich habe mich klar ausgedrückt. Ihr Fahrzeug war an einem Attentat beteiligt und konnte anhand des amtlichen Kennzeichens identifiziert werden. Ich glaube, ich muss Ihnen nicht erklären, wie eine Halteranfrage funktioniert."
„Nein, das müssen Sie nicht." Er schüttelte den Kopf.
„Darf man erfahren, was Sie beruflich machen?"
„Ich bin Autohändler." Jetzt lächelte er, ein joviales Augenzwinkern. „Autos sind meine Leidenschaft, und ich verdiene mein Geld damit – was will man mehr?" Er bleckte eine Reihe strahlend weißer Zähne und lachte gönnerhaft.
Heinrichs nickte. „Ich brauche die Nummer Ihres Freundes, und die Anschrift. Wir werden Ihr Alibi überprüfen müssen."
„Rufen wir ihn doch sofort an", schlug Klinke vor und griff

nach dem Telefon. Während er die Nummer eintippte, nannte er Heinrichs den Namen und die Anschrift seines Freundes. Er schrieb mit.

Während das Freizeichen ertönte, schaltete Klinke den Lautsprecher des Telefons ein, sodass Heinrichs vom ersten Moment an mithören konnte. Es dauerte nicht lange, bis sich eine sonore Stimme meldete.

„Reinhardt hier, entschuldige die Störung, aber ich habe die Kripo hier sitzen. Der junge Mann hört freundlicherweise mit. Wenn du ihm sagen könntest, wo ich vor einer guten Stunde war?"

Klinke hatte die Hände gefaltet. Ein Zeichen von Nervosität? Heinrichs grinste in sich herein. Die Falle schnappte sicherlich gleich zu.

„Bei dir, alter Junge", kam es wie aus der Pistole geschossen aus dem Lautsprecher des Telefons. Heinrichs glaubte zu sehen, dass ein zentnerschwerer Stein von Klinkes Herzen fiel. „Wie immer sonntags haben wir uns nach dem Golfspielen bei dir auf einen Absacker getroffen. Sie müssen wissen, dass wir das schon seit Jahren tun. Es ist unsere Art, das Wochenende ausklingen zu lassen. Ich hoffe, es ist nichts Schlimmes geschehen?" Die Stimme klang besorgt.

„Wir ermitteln in einem Mordfall. Mehr darf ich Ihnen dazu nicht sagen, sorry."

„Natürlich." Verstehendes Lachen. „Aus ermittlungstaktischen Gründen, wie es immer so schön heißt. Nun denn, ich hoffe, ich konnte Ihnen ein wenig helfen."

„Ja. Danke für die Auskunft." Heinrichs nickte, was der Angerufene natürlich nicht sehen konnte. Er gab Klinke ein Zeichen.

„Okay, Christoph, dann danke ich dir. Ich melde mich bei dir!" Klinke drückte einen Knopf auf dem Telefon und legte auf. Er beugte sich weit über den Schreibtisch.

Heinrichs kam sich vor, als hätte sein Wer-wird-Millionär-Kandi-

dat eben den Telefonjoker eingesetzt – und gewonnen.
„Kann ich sonst noch etwas für Sie tun?“
Arrogantes Arschloch, durchzuckte es Heinrichs, doch er übte sich in Diplomatie und erwiderte das Grinsen seines Gegenübers. „Danke, nein.“ Er erhob sich. „Ich finde alleine heraus.“

Schloss Burg, 19:25 Uhr

Es war eine bizarre Szenerie. Männer in weißen Faseranzügen liefen über den Schlossplatz und sicherten Spuren. Ein Fotograf machte Aufnahmen vom Tatort, und das rotweiße Absperrband flatterte im seichten Abendwind. Ulbricht stand mit Heike und Stefan etwas abseits und betrachtete das Geschehen. Die Hände hatte er in die Hosentaschen versenkt. Soeben war der Wagen des Bestatters vom Hof gerollt.
„Leiche Nummer drei“, murmelte Ulbricht kopfschüttelnd.
„Was hat denn die Halteranfrage für den BMW ergeben?“, fragte Stefan.
„Negativ. Aber damit sind wir noch nicht fertig. Der Wagen gehört einem Autohändler in Wuppertal, der ein etwas schwammiges Alibi hat. Angeblich war er zur Tatzeit mit einem Freund bei sich zu Hause. Wir werden das überprüfen müssen.“
„Ein Autohändler?“ Heike legte den Kopf schräg. „Welches Interesse könnte ein Autohändler daran haben, Frau Born zu erschießen? Sie kommt nicht von hier und kannte hier auch niemanden. Ihr Mann war in einer ganz anderen Mission hier im Bergischen Land.“
„Dieser Fall ist das reinste Schattenboxen“, nickte Ulbricht mit grimmiger Miene und zündete sich eine Zigarette an. „Tun Sie mir bloß einen Gefallen, und halten Sie sich mit dem Radio zurück.“
„Ehrenwort“, nickte Heike. „Keine Beiträge ohne Ihre Zustimmung. Wir wollen doch unseren erst heute Morgen geschlossenen Pakt nicht gefährden.“ Sie lächelte matt, obwohl ihr gar nicht zum Lächeln zumute war. Etwas war in Wuppertal geschehen,

und seitdem räumte jemand jeden Zeugen aus dem Weg. „Der Mörder hat keine Skrupel, jeden umzulegen, der auf irgendeine Weise in eine Sache, die wir noch nicht kennen, involviert war, richtig?“
„Richtig“, brummte Ulbricht und zog an seiner Zigarette.
„Dann sind wir die Nächsten.“
„Wie bitte?“ Ulbricht hatte sich am Rauch verschluckt und hustete. Einmal mehr verfluchte er seine verdammte Nikotinsucht. Irgendwann würde er sich das Rauchen ganz bestimmt abgewöhnen.
„Wir sind die Nächsten“, wiederholte Heike. „Frau Born hat uns mit Informationen versorgt. Scheinbar ist sie damit einen Schritt zu weit gegangen. So wie der Taxifahrer, der Peter Born zum See gefahren hat. Offenbar hat unser Täter befürchtet, dass Born dem Taxifahrer etwas erzählt haben könnte. Daraus folgere ich, dass wir, da wir jetzt wissen, was Born hier im Bergischen Land getrieben hat, als Nächste auf der Liste des Killers stehen.“
Ulbricht paffte scheinbar gedankenverloren an seinem Glimmstängel. Er wiegte den Kopf und hatte keine Einwände. Bei Norbert Ulbricht war betroffenes Schweigen kein gutes Zeichen.

Montag

Schwebebahnstation Alter Markt, 8:10 Uhr

Schwebebahnfahrer musste ein verdammt langweiliger Beruf sein, dachte sie verächtlich, als sie auf dem gegenüberliegenden Gleis eine Bahn einfahren sah, deren Fahrer lethargisch dreinblickte. Die Bahn stoppte, die Türen öffneten sich, und der orange-blaue Zug spuckte Menschenmassen aus, die sich, ohne sich noch einmal umzusehen, mehr oder weniger eilig nach unten entfernten. Neue Fahrgäste stiegen ein. Der Fahrer hockte in seinem Führerstand und beobachtete den Fahrgastwechsel gähnend über den kleinen Monitor zu seiner Rechten.
Nein, dachte sie, Schwebebahnfahrerin wollte sie ganz gewiss nicht sein. Den ganzen Tag, am Gerüst der Bahn pendelnd, zwischen

Oberbarmen im Osten und Vohwinkel im Westen der Stadt umherzugondeln und das Leben von oben passiv zu betrachten musste auf Dauer stinklangweilig sein. Dann dachte sie an ihren eigenen Beruf und spürte den Kloß, der sich in ihrer Kehle bildete. Lange hielt sie es nicht mehr aus. Es musste etwas geschehen, man musste der Welt endlich die Augen öffnen. Mit Peter Born hatte das nicht geklappt. Er war nicht zum verabredeten Treffen erschienen. Vermutlich hatte er es sich im letzten Moment anders überlegt. Entweder hatte er ihr nicht geglaubt, oder die Geschichte war ihm doch nicht mehr spannend genug gewesen. Sie hatte ihn nicht noch einmal angerufen, sollte er doch bleiben, wo der Pfeffer wuchs.

Doch es gab sicherlich andere Journalisten, die ihre Geschichte für interessant genug hielten, um daraus eine heiße Story zu machen. Als sie von einer alten, rundlichen Frau, die sich schnaufend mit einem altmodischen Trolley die Treppen zum Bahnsteig heraufgekämpft hatte, angerempelt wurde, vergaß Daniela George die düsteren Gedanken abrupt. Die alte Dame blickte zu ihr auf, wischte sich mit einem Taschentuch über die schweißnasse Stirn und murmelte atemlos eine Entschuldigung. „Die verdammte Hitze", stöhnte die Alte. Daniela nickte lächelnd. Auf Konversation mit einer fremden Frau hatte sie keine Lust heute Morgen, und so entfernte sie sich ein paar Schritte von der schnaufenden Frau.

Sie teilte sich den Bahnsteig mit anderen wartenden Fahrgästen. Es war eine angenehme Zeit, das Wuppertaler Wahrzeichen zu nutzen, denn die lärmenden Schüler waren bereits in ihren Klassenräumen angekommen, und entsprechend genießbar war der Geräuschpegel auf dem Bahnhof.

Obwohl es noch früh war, lag bereits eine Hitzeglocke über dem Tal der Wupper, und sie hatte sich für eine leichte Baumwollhose und ein modisches Top entschieden. Sommer in Wuppertal, dachte sie gut gelaunt, während sie den Fluss unterhalb der Station

beobachtete. Das Sonnenlicht brach sich im Wasser und reflektierte sich tausendfach am Ufer. An manchen Tagen hatte die Stadt ein fast mediterranes Flair, die Luft duftete nach Sommer und frischen Blüten, dann fühlte sie sich besonders wohl hier.
Wie immer hatte sie Lena bei der Mutter abgeliefert. Sie wohnte nicht weit weg und kümmerte sich nur allzu gern um die dreijährige Tochter, während Daniela George als Assistenzärztin ihr tägliches Brot in der Klinik Wiesenhang verdiente. Ihre Mutter ahnte nichts von dem, was in der angesehenen Privatklinik vor sich ging. Natürlich ahnte sie nichts. Daniela würde Licht ins Dunkel bringen. Das, was dort geschah, konnte sie nicht mit ihrem Gewissen vereinbaren. Vielleicht sollte sie auch einfach zur Polizei gehen. Aber womöglich hielt man sie dort für verrückt.
Der Zug aus Richtung Oberbarmen wurde über der Wupper sichtbar. Die Bahn verringerte das Tempo und rollte gemächlich in der Station ein. Auf dem Bahnsteig brach Hektik aus. Die wartenden Fahrgäste stürmten auf die Bahn zu, deren Türen sich gerade ratternd öffneten. Irgendwann in den nächsten Jahren sollten neue Züge kommen, doch bislang schien das alles noch Zukunftsmusik zu sein.
Daniela George stieg in die Bahn ein und ließ sich auf einen der cremefarbenen Hartplastiksitze sinken. Aus den Lautsprechern über ihrem Kopf ertönte Musik. Joe Cocker röhrte Summer in the City. Wie passend, dachte sie lächelnd. Seit einiger Zeit wurde das Programm der Wupperwelle im Wahrzeichen der Stadt gesendet. Als sie wieder an die Klinik dachte, beschlich sie ein ungutes Gefühl. Neunundzwanzig Jahre war sie nun alt, und nach dem abgeschlossenen Medizinstudium hatte sie es sich zum obersten Ziel gemacht, kranken Menschen zu helfen. Stolz hatte sie ihrer Mutter von der Stelle in der renommierten Klinik Wiesenhang berichtet. Es stand außer Frage, dass Mutter sich um Lena kümmerte, solange sie arbeiten musste. Inzwischen war sie Assistenzärztin geworden. Allerdings liefen in der Klinik krumme Geschäfte. Sie

wusste nicht, was dort genau vor sich ging, dennoch hatte sie sich mit diesem Journalisten treffen wollen, der anscheinend über die dunklen Machenschaften der Klinikleitung informiert war. Sie selber war bei einer Operation anwesend gewesen, bei der ein Patient gestorben war, dem nicht zugelassene Medikamente verabreicht worden waren.

Die Türen schlossen sich. Im Zug der übliche Betrieb um diese Zeit. Gelangweilt blickende, ausdrucklose Mienen so weit das Auge reichte. Hausfrauen, Rentner und einige Teens, die offenbar den Anschluss verpasst hatten. Die vier Triebwerke auf dem Dach der Bahn surrten leise, dann setzte sich die Schwebebahn in Bewegung. Schon bald ließ der Zug die Kreuzung am Alten Markt hinter sich. Als sie die Stelle erreicht hatte, an der einst der kleine Elefant Tuffi in die Wupper gestürzt war, ertönte die Stimme eines Moderators aus den Lautsprechern. Der „Morningman" berichtete über die Bezuschussung des Schulmittagessens, seit einiger Zeit ein heikles Thema im Barmer Rathaus. Er klang sympathisch, und seine Stimme gefiel ihr. Sie hörte dem Moderator der Wupperwelle zu und glaubte, seine Stimme zu kennen. Dann, als er sich mit „Stefan Seiler" vorstellte, erhellte ein Lächeln ihr Gesicht. Sie kannte den Moderator gut. In ihr reifte ein Entschluss.

Als die Bahn in der Station „Landgericht" einlief, nahm sie sich vor, Kontakt zu Stefan Seiler aufzunehmen. Je schneller, desto besser, dachte sie und lehnte sich weit in dem Plastikschalensitz der Bahn zurück. Die Rückseiten einstiger Fabrikgebäude flogen an der Bahn vorüber, und der Fluss unter ihr glitzerte in der Sonne. Ja, dachte Daniela, es war Zeit, alte Freundschaften aufleben zu lassen.

Redaktion der Wupperwelle, 8:25 Uhr

Heike fragte sich, warum ausgerechnet sie immer das zweifelhafte Vergnügen hatte, dem Chefredakteur der Wupperwelle in die Arme zu laufen, wenn sie morgens zum Dienst erschien. Die anderen Kollegen an den Schreibtischen im Großraumbüro der Redaktion bedachten sie mit mitleidigen Blicken.

Stefan hatte Frühdienst und stand bereits im gläsernen Studio des kleinen Senders. Als er aus dem Haus gegangen war, hatte sie sich noch einmal im Bett umgedreht. Gut drei Stunden später war sie mit der Schwebebahn zum Alten Markt gefahren, von wo aus sie das Studio zu Fuß erreicht hatte.

Stefan fuhr die Frühsendung „Wupperwecker" und winkte ihr zu, als gerade ein Musikstück lief. Gern hätte sie ihn im Studio besucht, doch der Chefredakteur winkte sie zu sich. „Frau Göbel, schön, dass Sie da sind!" Michael Eckhardt strahlte. Schon am frühen Morgen war sein modisches Hemd mit Kaffeeflecken besudelt, die Krawatte hing auf halb acht, und die dunklen Haare standen ihm zu Berge. Vermutlich war er schon seit Stunden im Sender. Einige Kollegen munkelten sogar hinter seinem Rücken, dass er manchmal im Studio übernachtete.

„Kommen Sie kurz mit in mein Büro. Die Redaktionskonferenz wird schon nicht ohne mich beginnen." Er grinste schief und zog Heike in sein Büro. Nachdem er die Tür ins Schloss gedrückt hatte, bot er ihr einen Platz und Kaffee an. Heike setzte sich und freute sich auf einen starken Kaffee vom Chef höchstpersönlich. Die Geräuschkulisse des angrenzenden Büros drang nur noch gedämpft an ihre Ohren. Eckhardt machte sich an der chromglänzenden Designerkaffeemaschine zu schaffen. Heike beobachtete ihn ein wenig amüsiert, wie er mit verkniffener Miene die Maschine in Gang setzte und schließlich stolz wie ein kleiner Junge grinste, als das teure Gerät die Arbeit aufnahm. Eckhardt war Mitte vierzig, nicht sonderlich groß, von normaler Statur. Er war Vollblutjournalist und lebte für die Wupperwelle.

„Das sind ja tolle Nachrichten, die man von Ihnen hört“, eröffnete Eckhardt das Gespräch. Er setzte die Maschine in Gang und ließ sich mit einem zufriedenen Seufzer auf seinen ledernen Sessel sinken. Mit hinter dem Kopf verschränkten Armen betrachtete er die Reporterin. „Oh, neue Haarfarbe?“

„Ja.“ Sie lächelte. Noch gestern Abend hatte Stefan mit ihr zum Drogeriemarkt im Bahnhof Döppersberg fahren müssen, der auch an den Wochenenden geöffnet hatte. Nach dem schrecklichen Ereignis auf Schloss Burg hatte sie das dringende Bedürfnis verspürt, ihre Haarfarbe und Frisur zu verändern. Stefan hatte das belächelt, ihr aber letzten Endes doch beim Färben im Bad geholfen. Eine ziemliche Sauerei war das gewesen, und die ganze Bude hatte nach der ätzenden Chemie des Färbemittels gestunken. Und sie hatte eine knappe Stunde das Bad putzen müssen, da die Farbe überall gelandet war, nicht nur auf ihrem Kopf. Aber das Ergebnis konnte sich sehen lassen, und auch Stefan fand es „interessant und abwechslungsreich“, jetzt eine rothaarige Freundin zu haben.

„Steht Ihnen, nein, wirklich.“ Eckhardt nickte anerkennend. Er betrachtete seine heißgeliebte Kaffeemaschine, die röchelnd ihren Dienst aufnahm. Würziger Kaffeeduft breitete sich im Büro aus. „Ich habe gehört, dass nicht gerade ein erholsames Wochenende hinter Ihnen liegt“, wechselte er schließlich das Thema und wurde ernst.

„Das kann man wohl sagen.“ Eigentlich hatte Heike keine Lust, dem Chef haarklein von den Ereignissen zu berichten. „Wir hatten sogar einen Beitrag bei den Kollegen von Radio BergLand.“

„Ich weiß, ich weiß.“ Beschwichtigendes Nicken, betroffene Miene. „Schließlich war es im Dienst der Sache, insofern habe ich keine Probleme damit, wenn wir mit den Kollegen kooperieren. Kommissar Ulbricht war so freundlich, mich im Vorfeld zu informieren.“ Eckhardt grinste jovial. „Wie Sie wissen, sind wir befreundet. Und die Zusammenarbeit zwischen unserem Sender und den

Behörden ist genau das, was ich mir lange schon gewünscht habe."
Heike hatte an diesem Morgen keine Lust auf Geplänkel. Ihre Nerven lagen blank, und sie war müde. „Was kann ich für Sie tun, Herr Eckhardt?"
„Bleiben Sie am Ball." Er grinste eine Spur breiter. Der Kaffee war fertig, er sprang auf und füllte zwei Tassen. „Machen Sie einfach so weiter, wie es angefangen hat. Von mir haben Sie jede Unterstützung." Der Chef des Senders reichte Heike eine Tasse. „Ich will eine heiße Story, dass Sie das können, haben Sie mir schon des Öfteren bewiesen!"
Sie tranken schweigend. Dann fuhr er fort: „Übrigens gehört der BMW, der in den letzten Mordfall verwickelt ist, einem Freund von mir." Eckhardt beobachtete sie über den Rand seiner Tasse. Abwartend, lauernd.
In Heike schrillten Alarmglocken. Deshalb musste sie also zu ihm kommen.
Entschuldigende Geste, mit schräg gelegtem Kopf. „Keine Angst, er ist in Ordnung, für ihn würde ich beide Hände ins Feuer legen."
„Wie dem auch sei: Sein Auto wurde als Fluchtfahrzeug nach einem Mord genutzt", stellte Heike fest.
„Entweder hat Herr Seiler ein falsches Nummernschild notiert, oder Reinhardt", er machte eine Pause mit einem entschuldigenden Lächeln, „Herr Klinke, hat den Wagen kurzfristig verliehen. Immerhin ist er Autohändler, und da ist es nicht auszuschließen, dass er seinen Wagen verleiht, um Kaufinteresse bei einem potenziellen Kunden zu wecken."
„Warum hat er das dann nicht der Kripo gesagt?"
„Das müssen Sie ihn schon selber fragen, fürchte ich." Eckhardt stellte die Kaffeetasse auf den Tisch und kehrte beide Handflächen nach oben. „Übrigens war ich gestern Nachmittag auch bei der Runde im Golfclub anwesend. Er war wie immer sonntags dort und ist wie immer nach dem Spiel mit seinem Jugendfreund nach Hause gefahren, um dort noch einen Drink zu sich zu nehmen.

Das tun sie immer, schon seit Jahren, eine alte und liebgewonnene Tradition der beiden." Eckhardt lächelte versonnen.
„Chef, ich muss feststellen ... Sie verkehren in Kreisen, das hätte ich nicht von Ihnen gedacht, wirklich nicht." Heike lächelte kokett. „Was treibt dieser Jugendfreund, mit dem er nach dem Match nach Hause gefahren ist?"
Eckhardt erhob sich und trat ans Fenster. Auf der B7 floss der Verkehr vorüber. Eine Schwebebahn hatte soeben die Station „Alter Markt" verlassen und passierte die Kreuzung. Majestätisch erhoben sich die achtunddreißig Meter hohen Doppel-H-Pylonen in den wolkenfreien Himmel. Das charakteristische Quietschen der Bahn war nach der Modernisierung des Gerüsts auf der Strecke geblieben. Eckhardt hockte sich auf die Fensterbank und blickte hinaus. Die Wupper führte nicht sonderlich viel Wasser, und ein Fischreiher stelzte auf der Suche nach Beute durch den Fluss. Es war ein fast idyllisches Bild mitten in der Stadt.
„Er ist Mediziner, leitender Arzt an der Privatklinik Wiesenhang in Ronsdorf."
„Er ist Arzt?" Heike verschluckte sich fast an ihrem Kaffee. Das passte zu der Geschichte, die ihnen Monika Born kurz vor ihrem Tod erzählt hatte. Was, wenn die beiden gemeinsame Sache machten, der Autohändler und der Mediziner? Ein korrupter Arzt könnte möglicherweise ein Motiv haben, lästige Zeugen aus dem Weg zu räumen. Drei ungebetene Zeugen waren ihm gefährlich geworden – alle waren tot. Heike beschloss sofort, das Hauptaugenmerk auf den Chefarzt der Privatklinik zu lenken.
„Trauen Sie diesem Arzt einen Mord zu?", fragte sie unvermittelt. Eckhardt blickte sich zu seiner Mitarbeiterin um. „Was soll diese Frage?" Eine steile Falte hatte sich zwischen seinen Augenbrauen gebildet.
„Ich meine, kennen Sie den Mann gut genug, um auszuschließen, dass er imstande wäre, einen Mord zu begehen, oder besser, drei Morde zu begehen?"

„Manchmal geht die Phantasie mit Ihnen durch, Frau Göbel."
„Ich habe schon Pferde kotzen sehen", erwiderte sie schnell und entschuldigte sich sofort für ihre Ausdrucksweise. „Und sind nicht die Zeitgenossen, denen man es am wenigsten zutraut, die grausamsten Mörder?"
„Ich kenne Dr. Brechtmann nicht gut genug, um ihn einschätzen zu können", erwiderte Eckhardt etwas versöhnlicher. „Er ist ein netter Kerl, und ich sehe ihn fast immer auf dem Platz, wenn ich mir die Zeit zu einem Golfspiel nehme." Er rutschte von der Fensterbank herunter und ging zum Schreibtisch zurück. „Vielleicht fragen Sie ihn selber einmal. Ich gebe Ihnen seine Nummer." Er machte sich am Computer zu schaffen und druckte Heike einen Auszug aus seinem Adressbuch aus. „Aber gehen Sie um Himmels willen diskret vor."
„Natürlich, Sie kennen mich doch", lächelte Heike und warf einen Blick auf den Zettel. „Was ist das überhaupt für eine Privatklinik?"
„Schwerpunktmäßig plastische Chirurgie für Privatpatienten. Mit den Privaten ist das schnellere Geld zu verdienen", erwiderte Eckhardt lächelnd. „Das deutsche Gesundheitswesen geht am Stock, aber da erzähle ich Ihnen ja nichts Neues."
„Nein, leider nicht." Heike beugte sich vor. „Denken Sie, ich kann Ihren Freund Reinhardt Klinke auch zu der Sache befragen?"
„Tun Sie, was Sie nicht lassen können, Frau Göbel. Aber wie ich schon sagte, möglicherweise hat er den Wagen zur Tatzeit verliehen. Und ehrlich gesagt kann ich mir einfach nicht vorstellen, dass Reinhardt an der Sache beteiligt ist."
„Sie haben nicht zufällig gesehen, mit welchem Auto er gestern zum Golf gekommen ist?"
„Nein. Aber wenn Sie mögen, fragen Sie ihn einfach. Reinhardt ist ein umgänglicher Kerl, der wird Ihnen schon nichts antun." Der Chefredakteur lächelte verlegen, als ihm – offenbar erst jetzt – bewusst wurde, dass der Wagen seines Freundes in einem Mordfall eine Rolle spielte. „Ich kann Sie auch gern bei ihm anmelden

und einen Termin vereinbaren, wenn Sie mögen."
„Nein danke, das wird nicht nötig sein." Heike leerte ihre Tasse und stellte sie auf den Schreibtisch des Chefs. Sie erhob sich. In wenigen Minuten würde die tägliche Redaktionssitzung stattfinden, auf der die aktuellen Tagesthemen besprochen wurden, die im Programm laufen sollten. „Was liegt für mich an heute?"
„Recherche im Mordfall Peter Born und Co. Sie haben freie Hand, aber halten Sie mich auf dem Laufenden!" Eckhardt zwinkerte ihr zu und zupfte sich die Krawatte zurecht. „An der Konferenz müssen Sie nicht teilnehmen heute."
Das war mehr, als Heike sich erhofft hatte. Der Tag konnte kommen.

* * *

„Sie hören die Wupperwelle, mein Name ist Stefan Seiler, schön, dass Sie uns eingeschaltet haben. Hier geht es jetzt weiter mit der besten Musik, hier kommt Pink und Sober ..."
Mikro zu, Musiktitel an. Stefan wirbelte gekonnt zwischen zwei Monitoren herum. Auf dem einen hatte er seine Moderationstexte, auf dem zweiten Monitor die Musikliste mit den Zeitfenstern, die ihm für die Wortbeiträge bis zu den nächsten Nachrichten blieben. Langsam hatte er sich an die digitale Sendetechnik und an das virtuelle Mischpult gewöhnt.
Er setzte den Kopfhörer ab und machte es sich auf der Stehhilfe bequem. Heike hatte sich einen Hocker herangezogen und ihm zwischen den Beiträgen immer berichtet, was sie von Eckhardt erfahren hatte.
„Der Wagen, den ich gestern gesehen habe, gehört einem Freund von Eckhardt? Dann ist der Besitzer ein Mörder", entfuhr es Stefan staunend. „Was hast du jetzt vor?"
„Erst einmal werde ich Reinhardt Klinke, dem Autohändler einen Besuch abstatten. Und danach werde ich überlegen, wie ich an den Chefarzt der Privatklinik komme. Wenn er so kalt und berechnend

ist und tatsächlich hinter den Morden steckt, ist äußerste Vorsicht geboten."

„Geh mal auf die Homepage der Klinik", empfahl Stefan. „Vielleicht suchen die gerade Leute. Dann kannst du dich bewerben."

„Stefan – ich habe keine medizinische Ausbildung. Jede PTA würde mir was vormachen!" Heike schüttelte den Kopf. „Oder ich fang dort als Putzfrau an", lachte sie.

Der Musikbeitrag war zu Ende. Stefan setzte die Kopfhörer auf, fuhr die Musik herunter und schaltete das Mikro ein. Er moderierte einen Beitrag über die anhaltende Finanzkrise und deren Auswirkungen auf Wuppertal. Kein schönes Thema, aber es gehörte inzwischen zum Alltag. Nach der Moderation blendete er den O-Ton einer Sprecherin der Arbeitsagentur ein, darauf folgte ein Musiktitel. Mikro zu. Stefan hatte wieder Zeit für Heike. „Brauchst du den Käfer?"

Das sollte schon was heißen! Stefan verlieh seinen heißgeliebten Clemens nur äußerst ungern. Heike winkte lachend ab. „Danke, nein. Ich nehm mir ein Taxi." Sie rutschte vom Hocker herunter und trat ans Mischpult. Heike küsste Stefan und umarmte ihn, dann ging zur gläsernen Tür. „Ich melde mich", versprach sie und lächelte ihm zu.

„Hey", rief Stefan ihr hinterher. Sie hielt inne und wandte sich mit fragendem Blick zu ihm um. „Du siehst gut aus mit deinen Haaren."

Wupperwelle, 10:05 Uhr

Lange hatte sie bei Kalla nicht betteln müssen. Der Taxifahrer war sofort Feuer und Flamme gewesen, als sie ihn fragte, ob er Lust habe, sie ein wenig bei den Recherchen zu unterstützen.

„Bin schon unterwegs", lachte er, als sie ihn anrief. „Wer weiß – wenn etwas Spannendes passiert, dann hab ich wenigstens meinen Fahrgästen mal was zu erzählen."

Kaum eine Viertelstunde später stoppte sein Taxi am Rand der

Friedrich-Engels-Allee.
„Das sind ja starke Stücke, die da noch am Wochenende passiert sind", brummte er, während er sich auf den Verkehr konzentrierte.
„Drei Tote sind das jetzt, hm?"
„Leider, ja."
„Und was machen wir jetzt?"
Heike erklärte ihm, was sie vorhatte. Kalla verfiel in dumpfes Brüten, und Heike sah fast, wie es hinter der Stirn des Taxifahrers arbeitete. Er suchte wirklich nach einer Idee, Heike in die Privatklinik einzuschleusen. Aber zunächst stand ein Besuch im Autohaus Klinke auf dem Plan.
Die Fahrt dauerte gut zwanzig Minuten.
„So", bemerkte Kalla. „Da wären wir. Junge, Junge, guck dir mal die Karren hier an. Da muss 'ne alte Frau verdammt lang für stricken, sag ich dir." Auf dem Parkplatz standen fast ausschließlich Limousinen der gehobenen Preisklasse. Das Autohaus bestand aus zwei Gebäudekomplexen. Rechts lagen der Neu- und Gebrauchtwagenverkauf, links die Werkstatt mitsamt einer kleinen Prüf- und einer Waschhalle.
Ein junger Mann im ölverschmierten Overall war damit beschäftigt, den Innenraum eines dunklen 7er BMW zu reinigen. Mit einem Blick auf das Kennzeichen stellte Heike fest, dass es sich um Klinkes Wagen handelte.
„Der Chef ist schon mal im Hause", freute sie sich. Bewusst hatte sie sich keinen Termin von Michael Eckhardt vereinbaren lassen. Sie wollte den Überraschungseffekt auf ihrer Seite haben.
„Na dann mal ab mit dir." Kalla hatte das Taxi in eine enge Parklücke zwischen einen S-Klasse-Mercedes und einen Jaguar gelenkt und den Motor abgeschaltet. Mit einem letzten Schütteln erstarb der Diesel.
„Kommst du nicht mit?" Heike löste den Gurt und stieß die Tür auf. Kopfschütteln. „Nee, lass mal, ich bin eher so der Typ für die Hintergrundarbeit."

„Wie du meinst." Heike stieg aus. „Dann wartest du hier?"
„Klar. Ich werd mir den Laden mal ein wenig ansehen."

Lichtscheid, 10:40 Uhr
Im Ausstellungsraum roch es nach Gummi und frischem Lack. Weichspülermusik sollte potenzielle Kunden wohl einlullen und dazu bewegen, möglichst schnell den Kaufvertrag für einen Neuwagen zu unterschreiben.
Es herrschte kein Betrieb, was sicherlich nicht nur an der Uhrzeit lag. Die Autobranche war arg gebeutelt, daran hatte auch die von der Bundesregierung eilig eingeführte Abwrackprämie nur kurzfristig etwas ändern können.
Ein junger Verkäufer, adrett und seriös im Anzug, trat auf Heike zu, die vor einem Cabrio stehen geblieben war. Der vorsichtige Blick auf das Preisschild hatte ihr die Sprache verschlagen. Vermutlich würde ihr Gehalt als Reporterin auch in der nächsten Zeit nur für einen Gebrauchtwagen mit zwei Jahren TÜV reichen.
„Guten Tag – kann ich Ihnen helfen?" Staubsaugervertreterlächeln, der Duft nach schwerem Rasierwasser. Die Arme hinter dem Rücken verschränkt wie ein dozierender Professor. Auf der Brusttasche des Sakkos ein Schild mit seinem Namen. „Jan Ruben". Er zeigte auf das Cabrio. „Gefällt er Ihnen? Wir können gern einen Termin für eine Probefahrt vereinbaren. Er erfüllt die neuesten Abgasnormen, Ledervollausstattung, Perleffekt-Metalliclack, schicke Alufelgen, einige nette Extras, und ..." Er geriet förmlich ins Schwärmen, doch Heike schüttelte lächelnd den Kopf. Ruben unterbrach seinen Redeschwall.
„Eigentlich suche ich Herrn Klinke." Heike löste den Blick von dem kleinen Cabrio, in das sie sich um ein Haar verliebt hätte.
„Worum geht es, bitte?"
„Es geht um eine private Angelegenheit." Heike hatte nicht die geringste Lust, dem Verkäufer den Grund ihres Besuchs auf die Nase zu binden.

„Dann folgen Sie mir bitte." Ruben machte eine Geste und ging voran. Sie durchquerten den Verkaufsraum, kamen an einer Theke mit der Aufschrift „Service-Annahme" vorbei und gelangten in einen Hintertrakt des Gebäudes. Hier befanden sich die Büros. Letzte Türe links, er blieb stehen. Lauschte kurz, dann ein zögerliches Klopfen mit einem Knöchel. Wieder Lauschen.
„Herein."
Ruben steckte den Kopf durch den Türspalt, murmelte eine Entschuldigung. Heike hörte die Worte „junge Frau" und „privat". Das waren für den Chef des Autohauses wohl die Schlüsselwörter.
„Aber nur kurz", antwortete er von drinnen.
Jan Ruben gab den Eingang frei und winkte Heike heran. „Herr Klinke erwartet Sie." Er setzte ein kaltes Lächeln auf, überfreundlich.
„Danke." Heike nickte dem Jungen zu und drückte sich an ihm vorbei. Das Büro strahlte einen fast sterilen Charme aus. Der Boden war gefliest, es gab einen Schreibtisch aus Chrom mit Glasplatte darauf, dahinter ein lederner Chefsessel und ein Telefon. An der rechten Wand Aktenschränke, links Poster von Autos. Und eine Glasvitrine mit Modellen. Wohl ein absolutes Muss für einen Mann, der angeblich Benzin im Blut hat, dachte Heike. Sie grüßte höflich. „Heike Göbel", stellte sie sich vor. „Von der Wupperwelle."
„Nehmen Sie Platz." In seinem Gesicht lagen Neugier und spannende Erwartung. „Hat mein Freund Michael Eckhardt Sie zu mir geschickt?" Ein unverbindliches Lächeln.
„Nein, ich arbeite an einer Geschichte, bei der Sie mir vielleicht helfen könnten." Während Heike sich auf einen der beiden Stühle vor seinem Schreibtisch setzte, betrachtete sie Reinhardt Klinke. Anfang fünfzig, gut aussehend. Er strahlte förmlich vor Selbstsicherheit. Sonnenbankgebräunt, dezentes Goldkettchen am Armgelenk, der Anzug maßgeschneidert und bestimmt sündhaft teuer.
„Was kann ich für Sie tun? Braucht die rasende Reporterin ein neues Auto für ihre Außenreportagen?" Er lachte gewinnend. „Ich habe Sie mir offen gesagt ganz anders vorgestellt. Blond und

nicht so wuschelig. Aber nun ja, so kann man sich täuschen."
Dass sie bis gestern Abend blond gewesen war, band sie ihm nicht auf die Nase.
„Immer, wenn ich Ihre Stimme im Radio höre, weiß ich, dass irgendetwas in unserer Stadt geschehen ist."
„Ich hoffe, ich enttäusche Sie nicht", antwortete Heike lächelnd.
„Ganz und gar nicht, Frau Göbel." Wieder lachte er und schenkte ihr ein Kopfschütteln.
Er verbarg sich hinter einer Fassade, war aber ein schlechter Schauspieler, wie Heike fand. „Wenn Sie unser Programm so aufmerksam verfolgen, wissen Sie, woran ich zur Zeit arbeite. Es hat am Wochenende ein paar rätselhafte Mordfälle gegeben. Drei Tote sind zu beklagen."
„Worauf wollen Sie hinaus?" Das Lächeln war aus seinem markanten Gesicht verschwunden. Klinke lehnte sich zurück und lockerte den Knoten seiner Krawatte. Nervös spielte er mit dem unteren Ende der Krawatte, rollte es mit Daumen und Zeigefinger auf, ließ wieder los, rollte es wieder ein.
„Wie wir wissen, wurde Ihr Wagen unmittelbar nach dem letzten Mord gestern Abend gesehen – als Fluchtfahrzeug."
„Die Geschichte!" Er nickte zerknirscht. „Die Kripo war gestern schon bei mir, eine Halteranfrage über ZEVIS hatte mich identifiziert. Aber ich habe dem ermittelnden Kommissar der MK schon gesagt, dass ich nichts mit dem Mord zu tun habe."
Versuchte er, sie mit Abkürzungen zu verwirren? Das gelang ihm nicht, denn MK stand schlicht für Mordkommission, und Heike wusste, worum es sich bei ZEVIS handelte: um eine Datenbank, in der alle Angaben zu Kraftfahrzeugen und deren Haltern gespeichert waren – auch das Punktekonto aus Flensburg war Bestand der Datei des Kraftfahrtbundesamtes. Die Abkürzung ZEVIS stand für Zentrales Verkehrs-Informationssystem.
„Ich weiß von Herrn Eckhardt, dass Sie gestern beim Golf waren. Und danach haben Sie sich mit einem alten Freund bei sich zu

Hause getroffen.“
„Wir haben uns nicht getroffen – wir sind nach dem Match zusammen nach Hause gefahren“, verbesserte Klinke schnell.
„Mit welchem Wagen?“
„Sie fragen wie die Kriminalpolizei“, stellte Klinke mit einem süffisanten Lächeln fest. „Aber das muss man in Ihrem Job wohl, wenn man gut sein will.“ Eine kleine Pause, dann: „Und weil Michael Eckhardt so ein guter Freund von mir ist, werde ich Ihnen auch Ihre Fragen beantworten.“
Netter Kerl, dachte Heike.
„Wir sind mit seinem Wagen gefahren.“
„Und wo war Ihr Auto zum betreffenden Zeitpunkt?“
„In der Garage zu Hause“, erwiderte Klinke so selbstverständlich wie möglich und war um einen gleichgültigen Tonfall bemüht.
„Darf ich Ihnen eine Frage stellen?“
Wieder ein verstehendes Lächeln. „Tun Sie das nicht die ganze Zeit schon?“
„Wie erklären Sie sich dann, dass Ihr Wagen am Tatort gesehen wurde?“
„Auch das habe ich der Polizei gestern schon beantwortet. Ich habe offen gestanden keine Ahnung, aber möglicherweise hat sich der Zeuge, der mein Nummernschild gesehen haben will, einfach getäuscht.“
Heike band ihm nicht auf die Nase, dass es Stefan gewesen war, der Klinkes Auto nach dem Mord an Monika Born gesehen hatte. „Die Beschreibung des Wagens passt eindeutig zum Nummernschild – sind das nicht ein paar Zufälle zu viel?“ Sie schlug die Beine übereinander. Heike wusste, dass sie eine Gratwanderung unternahm. Sie hatte kein Recht, diese Fragen zu stellen, zumal es sich bei Klinke um einen Freund ihres Chefs handelte. Eigentlich müsste sie vorsichtiger an die Sache herangehen, aber es brachte nichts, Klinke in Watte einzupacken. Sollte er sich doch bei Eckhardt beschweren, dachte Heike ein wenig trotzig.

„Dazu kann ich Ihnen nichts sagen, tut mir leid."
„Was macht Ihr Freund beruflich?" Sie wusste es, wollte es aber von Klinke selber hören. An seinem Verhalten würde Heike vielleicht feststellen können, ob er den Mediziner irgendwie zu decken versuchte.
„Er ist Arzt und leitet die Privatklinik Wiesenhang in Ronsdorf. Ein Meister seines Fachs, wenn es um plastische Chirurgie geht." Klinke lachte. „Er macht alles – aber in Perfektion. Vom einfachen Fettabsaugen bis hin zu Gesichtschirurgie nach Unfällen. Wir kennen uns seit unserer Jugend, und die Treffen an den Sonntagen sind lieb gewordene Gewohnheit für uns."
„Hat sich Herr Brechtmann schon mal ein Auto bei Ihnen geliehen?"
„Natürlich, ich schwärme ihm ja immer von unseren neuesten Modellen vor, und da sagt er nicht nein, wenn ich ..." Klinke brach abrupt ab. „Moment", rief er. Seine Miene hatte sich verfinstert. „Worauf wollen Sie hinaus?" Er schüttelte den Kopf. „Nein, um Ihre Frage zu beantworten, bevor Sie sich erdreisten, sie zu stellen: Ich habe ihm meinen Wagen gestern Abend nicht geliehen."
„Entschuldigen Sie die Frage." Heike senkte den Blick, und auch Klinke beruhigte sich so schnell wieder, wie er sich aufgeregt hatte. „Schon gut, aber Ihre Gedanken sind für mich nicht nachvollziehbar. Andererseits gehen Sie nach Fakten vor, und die Fakten sprechen dafür, dass ... aber wir verrennen uns hier in Spekulationen, Frau Göbel."
„Danke für Ihr Verständnis."
Reinhardt Klinke wirkte plötzlich sehr distanziert. Er warf einen demonstrativen Blick auf seine Armbanduhr. „Wenn ich Ihre Fragen beantwortet habe: Ich habe zu tun."
„Natürlich." Heike stand auf. „Ich werde Ihre Zeit nicht länger in Anspruch nehmen. Entschuldigen Sie noch einmal meine Fragen." Sie gab Klinke ihre Visitenkarte und bat ihn, sie anzurufen, wenn

ihm noch etwas einfallen würde.
„Schon vergessen." Er lächelte freundlich. „Vielleicht kann ich Ihnen ja auch mal ein Fahrzeug zu einer Probefahrt überlassen. Dann wollen wir nur hoffen, dass Sie nicht gleich unter Mordverdacht geraten."
Der hatte gesessen, dachte Heike. Eins zu null – für ihn.

Wupperwelle, 10:15 Uhr
„Da hat jemand für dich angerufen, als du auf Sendung warst", rief Roland Kracht ihm hinterher, als er am Arbeitsplatz des Nachrichtenredakteurs vorbeimarschierte. Stefan blieb stehen und wandte sich zu dem Kollegen um. Es war nichts Besonderes, dass eingehende Anrufe während der laufenden Sendung beim Nachrichtenredakteur landeten. An Krachts vielsagendem Grinsen erkannte Stefan, dass dieser Anruf aber doch etwas Besonderes gewesen sein musste. Stefan zog eine Augenbraue hoch. „Ach ja?"
„Eine nette junge Frau hatte offenbar Sehnsucht nach dir."
„Heike?"
„Was die dazu sagen wird, würde mich offen gestanden auch interessieren", feixte Kracht. Er wühlte in den Unterlagen auf seinem Schreibtisch und hielt Stefan einen Zettel mit einer eilig aufgekritzelten Nummer hin. „Hier", sagte er. „Das ist die Nummer der jungen Dame. Sie schien es ziemlich eilig zu haben, sich mit dir zu treffen." Kracht zuckte die Schultern. „Geht mich ja nichts an, aber ich frage mich wirklich, was Heike davon hält."
„Wovon?"
„Von dieser Frau hier. Daniela George. Sie behauptet steif und fest, dich seit Ewigkeiten zu kennen." Wieder grinste er blöde. „Was das wohl zu bedeuten hat?"
„Das werde ich klären", brummte Stefan, dem die dummen Sprüche des Kollegen auf die Nerven gingen. Er hatte sich nichts vorzuwerfen und war glücklich mit Heike. „Aber sollte eine heiße Story daraus werden, sag ich dir selbstverständlich früh genug

Bescheid." Er schnappte sich den Zettel und ließ den Nachrichtenredakteur zurück. Kracht blickte ihm lange nach, wandte sich dann kopfschüttelnd wieder seinen Nachrichten zu. In wenigen Minuten hatte er Sendung.

Während Stefan das Großraumbüro durchquerte und den Zettel zwischen Daumen und Zeigefinger bewegte, überlegte er, woher er den Namen Daniela George kannte. „Hat sie gesagt, um was es geht?", rief er quer durch die Redaktion.

Kracht schüttelte stumm den Kopf.

„Wahrscheinlich um Unterhaltszahlungen", spottete er und wich einem Radiergummi, den Stefan in seine Richtung warf, geschickt aus. Kichernd konzentrierte er sich wieder auf die Arbeit, als Eckhardt auf der Bildfläche erschien und erst Stefan, dann Roland Kracht mit einem fragenden Blick bedachte.

Stefan ließ sich an seinem Schreibtisch nieder und blickte nachdenklich auf die Telefonnummer, eine Handynummer. Dann dämmerte es ihm. Mit Daniela hatte er seine Kindheit verbracht. Sie hatten gemeinsam im Sandkasten gespielt. Dannis Eltern hatten im Nebenhaus gewohnt, und so waren die beiden quasi als Nachbarskinder aufgewachsen und hatten den gleichen Kindergarten und die gleiche Grundschule besucht. Als Kind hatte Danni immer behauptet, mit dem Schauspieler Götz George verwandt zu sein, was ihr natürlich niemand abgenommen hatte. Nach dem Ende der Schule waren die Eltern weggezogen, und so hatten sie sich aus den Augen verloren.

Heute, in Zeiten von „schülerVZ" und „Stay Friends", sicherlich undenkbar, doch in den späten Siebzigern Realität. Damals hatte es ja auch nur drei Fernsehprogramme gegeben, und Handys und Internet gab es höchstens in Science-Fiction-Filmen. Nach Barbapapa und der Sesamstraße ging es ins Bett, harte Zeiten waren das gewesen, dachte Stefan lächelnd und tippte ihre Nummer ein. Er dachte an die Tage, die er mit der kleinen Danni verbracht hatte. Eine schöne Zeit war das gewesen, und er freute sich, dass

sie sich offenbar an ihn erinnert hatte. Warum trug sie denn noch ihren Mädchennamen – war sie noch nicht verheiratet?
„Hallo Stefan, das ist ja super, dass du dich so schnell meldest!" Sie freute sich anscheinend, seine Stimme zu hören.
„Du hast angerufen?", eröffnete er das Gespräch. „Was treibst du denn so? Bist du wirklich Tierärztin geworden?"
„Nein," lachte sie. Sie klang sympathisch. „Ich bin keine Tierärztin geworden, sondern arbeite als Assistenzärztin in einer Klinik. Dich höre ich ja fast jeden Morgen im Radio."
Stefan wurde sofort hellhörig. Er dachte an die Geschichte, die sie von Monika Born erfahren hatten. „Was kann ich für dich tun?", übte er sich in Geduld. Es war noch nie seine Stärke gewesen, mit der Tür ins Haus zu fallen.
„Ich habe eine ziemlich heftige Geschichte für dich, Stefan." Plötzlich klang ihre Stimme belegt. „Das Thema ist ziemlich brisant, deshalb möchte ich es dir anvertrauen."
„Das ehrt mich, Danni." Er lachte jungenhaft. „Krieg ich einen Tipp, worum es geht?"
„Nicht am Telefon." Sie klang gehetzt. „Besuch mich einfach, dann reden wir. Vielleicht interessiert es dich – vielleicht hältst du mich auch einfach nur für total verrückt."
„Gut, lass uns treffen. Wann und wo?"
„Wann hast du Zeit?"
„Von mir aus in einer halben Stunde. Ich habe Feierabend und bin auf dem Weg ins Bett. Vielleicht hast du die Morgensendung gehört? Wenn du magst, nehm ich mir aber gern Zeit für eine alte Freundin und eine interessante Geschichte."
„Das passt, ich habe gleich Pause. Komm in die Klinik Wiesenhang, dort arbeite ich. Jetzt muss ich aber wirklich Schluss machen. Wir haben gleich Visite. Ich freu mich!"
Sie hatte aufgelegt.
Stefan starrte wie elektrisiert auf den Telefonhörer in seiner Hand, dann legte er auf.

Autohaus Klinke, 10:30 Uhr

Als sie den Verkaufsraum durchquerte, strafte Jan Ruben sie mit Nichtbeachtung, und Heike wurde den Verdacht nicht los, dass der Verkäufer an der Tür das Gespräch mit Klinke belauscht hatte. Erst als sie durch die Glastür nach draußen trat, schickte er ihr einen Blick hinterher, den sie aber nicht zu deuten vermochte. Kalla wanderte rauchend auf und ab und betrachtete die Luxusschlitten. In seinem Mundwinkel klemmte ein Zigarillo. Er bemerkte Heike nicht, die sich ihm von hinten näherte.

„Ja“, sagte sie, als sie ihn erreicht hatte. „Das sind Autos, was? Da kommt dein alter Bock nicht ganz mit, fürchte ich.“ Sie kicherte.

Kalla fuhr herum, nahm einen tiefen Zug an seinem Zigarillo und schüttelte den Kopf. „Luxus ist vergänglich, weißt du. Ich will nicht wissen, wie diese vornehmen Schlitten aussehen, wenn sie mehr als eine Million Kilometer auf der Uhr haben und Tag und Nacht im Einsatz waren.“ Er winkte ab. „Die wären ein Fall für die Schrottpresse, kannste glauben. Nee, lass mal. Da lob ich mir meine alte Droschke.“ Dann wurde er ernst. „Und, was erreicht?“

„Und ob.“ Heike berichtete dem Taxifahrer, was sie im Gespräch mit Klinke erfahren hatte. Auch den eigenartigen Verkäufer ließ sie nicht aus.

„Unter dem Strich aber nichts als heiße Luft“, brummte Kalla. „Vielleicht sollten wir ...“ Er brach ab, als er sah, dass Heike an ihm vorbeischaute, und drehte seinen massigen Körper um. Ein dunkler Opel Vectra mit Wuppertaler Kennzeichen fuhr soeben auf den Hof des Autohauses. Der Wagen passte genauso wenig hierher wie Kallas Taxi, dachte Heike und rollte mit den Augen. Sie kannte den Vectra allzu gut. „Was will der denn hier?“, fragte sie seufzend.

Kalla betrachtete sie mit fragendem Blick. „Wer isses?“

„Das ist Hauptkommissar Ulbricht von der Kripo. Er leitet die Ermittlungen in unserem Fall. Und er wird bestimmt Ärger machen, weil ich vor ihm hier war. So was kann er nämlich überhaupt nicht leiden.“

„Ah, der berühmt-berüchtigte Kommissar Verdammt?"
„Leider ja. Kannst dir ja selber mal einen Eindruck verschaffen."
„Sollen wir abhauen?"
„Zu spät." Heike schüttelte den Kopf. Ulbricht hatte den Vectra abgeschlossen und stapfte nun mit wütendem Gesicht über den Platz, geradewegs auf sie zu. Den zerknitterten Sommermantel hatte er aufgrund der angenehmen Temperaturen weggelassen.
„Darf man fragen, was Sie hier zu suchen haben?", bellte er.
Ganz der Alte, dachte Heike und fragte sich, ob sein Angebot, das er ihnen gestern in Baumgarts Haus gemacht hatte, bereits wieder vergessen war. „Guten Morgen, Herr Kommissar", versuchte sie es auf die freundliche Art. Sie hatte nicht vor, sich von Norbert Ulbrichts mieser Laune anstecken zu lassen. „Vermutlich der gleiche Grund, aus dem Sie hier sind. Aber vergessen Sie es. Klinke wäscht seine Hände in Unschuld."
„Na prima, war zu befürchten." Ulbricht zog die verbeulte Zigarettenpackung aus der Hemdstasche und steckte sich eine an. Kalla zückte das Zippo und gab ihm Feuer. Ulbricht bedankte sich mit einem Nicken. „Aber ich habe schon gesehen, unser gesuchtes Fahrzeug steht in einer der Hallen."
„Allerdings", bestätigte Heike.
„Ich habe gestern Abend Heinrichs zu Klinke geschickt. Er sollte ihm auf den Zahn fühlen, was er anscheinend auch getan hat. Aber er war so blauäugig und hat sich mit dem zufriedengegeben, was Klinke ihm erzählt hat."
„Und jetzt?"
„Jetzt werde ich den Wagen sicherstellen und zur KTU bringen. Dann sollen die Kollegen sich den BMW mal aus der Nähe ansehen. Sicherlich gibt es an den Bedieninstrumenten Finger-abdrücke des Fahrers. Haare in den Sitzpolstern, Schuppen, Fußabdrücke auf dem Teppich, was weiß ich." Ulbricht zuckte die Schultern.
„Das können Se vergessen, Meister." Kalla schnippte den Stumpf seines Zigarillos auf den Boden und trat die Glut mit dem Absatz

seiner ausgelatschten Turnschuhe aus. „Anscheinend hatte Klinke nichts Besseres zu tun, als einen seiner Sklaven auf den Wagen anzusetzen. Während du drinnen warst, Heike, hat der Junge die Kiste auf Hochglanz gebracht. Und zwar von innen und außen." Kalla machte ein vielsagendes Gesicht. „Der hat gewienert, als wollte Klinke den Schlitten als Neuwagen verkaufen." Er schüttelte den Kopf und wandte sich an den Kommissar. „Wenn Sie mich fragen, sind da keine Spuren mehr zu finden."
„Wie meinen Sie das?" Ulbricht war fassungslos.
„Na, so wie ich es sage, Meister." Kalla lachte. „Der hat innen feucht durchgewischt, wenn Se so wollen. Stundenlang mit dem Staubsauger war er zugange, hat das Armaturenbrett gereinigt und neu imprägniert. Da finden Sie bestimmt nichts mehr, was interessant sein könnte."
„Verdammt", zischte Ulbricht und machte seinem Spitznamen einmal mehr alle Ehre. Er trat die Zigarette wütend aus und ließ Heike und Kalla stehen. Aufgebracht marschierte er in den Verkaufsraum – und prompt dem übereifrigen Verkäufer Jan Ruben in die Arme.

Klinik Wiesenhang, 11:00 Uhr

„Es bedient Sie Birgitt Mergelsmann", so stand es auf dem metallisch glänzenden Schild auf dem Tresen des Eingangsbereichs der Klinik Wiesenhang. Es gab Leute, die waren einem auf den ersten Blick unsympathisch, dachte Stefan. Diese Person gehörte definitiv dazu. Er trat dennoch an den Empfangstresen und erregte die Aufmerksamkeit von Frau Mergelsmann. Er warf einen Blick auf ihr Namensschild. Birgitt, mit zwei T, bemerkte Stefan. Wie igitt. Sie beäugte ihn wie ein lästiges Insekt. Kalt, abschätzend. Das Lächeln war nur aufgesetzt, denn in ihrem Blick lag die pure Langeweile. Er wurde nach seinem Wunsch gefragt und trug sein Anliegen vor.
„Ich weiß nicht, ob Frau George nicht gerade im OP ist, das kann

dann nämlich dauern, und vielleicht vereinbaren Sie einen Termin?“

Mit dir bestimmt nicht, giftete Stefan in Gedanken und zwang sich zu Höflichkeit. „Ich habe einen Termin mit ihr“, entgegnete er lächelnd und beobachtete die Empfangsdame, die einen Hörer nahm und auf der entsprechenden Station anrief. „Ja hallo, ich bin’s, die Birgitt. Sag mal, hier ist ein Herr ...“ Verwirrung, kurze Zeit flammte Hilflosigkeit in ihrem Blick auf.

„Seiler“, half er ihrem Kurzzeitgedächtnis auf die Sprünge. Fatale Inkompetenz.

„Ein Herr Seiler. Er sagt, er sei mit der Daniela verabredet.“ Birgitt mit zwei T fuhr sich durch die gefärbten blonden Haare und lächelte ihn an. Stefan schätzte sie auf Mitte, Ende vierzig – irgendwann hatte sie aufgehört, die Jahre zu zählen, und kleidete sich immer noch wie mit Mitte zwanzig. Die Gesichtshaut unter dem Make-up wirkte wie gegerbtes Leder, sicheres Indiz für das Monatsticket im Sonnenstudio.

Behandelten die hier auch Hautkrebs?

Birgitt mit zwei T schenkte ihm einen Augenaufschlag und flötete etwas von „Man sagt ihr gleich Bescheid. Frau George kommt runter.“

„Vielen Dank.“ Stefan schüttelte den Kopf. Er blickte sich im Empfang der kleinen Privatklinik um. Neben dem Eingangsbereich gab es eine Sitzgruppe. „Da drüben werde ich warten, wenn ich schon nicht zu ihr auf die Station darf – warum auch immer.“

Betroffenes Schweigen. Dann ein pikiertes „Wie Sie meinen. Aber es kann dauern.“

Birgitt mit zwei T machte einen auf zickig. Das sollte ihm auch recht sein, denn er hatte Feierabend. Eigentlich hätte er sich nach seinem Bett gesehnt, denn wenn er Frühdienst im Sender hatte, stand er um drei Uhr morgens auf, um die Themen der Sendung vorzubereiten. Die Sendung selbst begann um fünf Uhr, direkt nach den Nachrichten, und ging bis zehn. Danach folgte die

Nachbereitung der Sendung, und er recherchierte schon mal die Themen, die für den nächsten Tag in Frage kamen. Und dann zog es ihn in der Regel in sein gemütliches Bett. Kurz dachte er an Heike. Vielleicht sollte er sie anrufen? Gleich. Stefan durchkreuzte den klimatisierten Eingangsbereich und sank auf das Sofa neben der Tür. Das Polster knirschte vornehm unter seinem Hintern. Er schnappte sich eines der ausliegenden Hochglanzmagazine und heuchelte Interesse.

So unauffällig wie möglich linste er über den Rand des Magazins und blickte sich im Eingangsbereich der Klinik um. Diskret schielte er zum Empfangstresen hinüber.

Um diese Zeit herrschte reges Treiben. Eine Putzfrau schob einen Wagen mit Reinigungsmitteln durch den Raum, wischte feucht durch und verschwand so unauffällig von der Bildfläche, wie sie gekommen war. Eine Schwester, die sich anscheinend gut mit Birgitt Mergelsmann verstand, trat an die Rezeption, tuschelte mit ihr. Die beiden kicherten leise, dann verschwand die Schwester. Es war ein ständiges Kommen und Gehen.

Hektisch wirkende Weißkittel, immer wieder Patienten, teils mit fahrbaren Infusionsständern, die sich im Bademantel zum Eingang schleppten, um an der frischen Luft ihrer Nikotinsucht zu frönen. Telefongeklingel im Hintergrund, immer wieder die säuselnde Stimme von Birgitt mit zwei T. Geschäftige, distanzierte Freundlichkeit einer Telefonistin. Hätte sie die Hände beim Telefonieren frei, hätte sie sich wahrscheinlich noch die Nägel lackiert. Diese Frau war die personalisierte Fehlbesetzung.

Stefan ließ das Magazin sinken und blickte hinaus. Vor dem Eingangsportal gab es einen kleinen Teich mit einem Springbrunnen. Eine hölzerne Brücke führte über das Wasser und bot den Patienten die Möglichkeit, sich ein wenig vom tristen Klinikalltag zu erholen. Weiter hinten grenzte die Anlage an den Wald. Dr. Brechtmanns Privatklinik war eingekesselt von bergischer Natur, eingefasst von einem ausgedehnten Waldgebiet, das bis rüber zur

Ronsdorfer Talsperre reichte. Kaum jemand ahnte, dass es nur wenige Kilometer bis zum hektischen Wuppertaler Stadtzentrum waren. Alleine die Anfahrt war eher beschaulich verlaufen. Vorbei an einzelnen Fachwerkhäusern und weitläufigen Wiesen, auf denen Kühe weideten, einem Reiterhof und mehreren Baumschulen, war Stefan in diese Ruheoase gelangt. Jetzt blickte er sich neugierig um. Bienen summten zwischen den Blüten der liebevoll angelegten Blumenbeete umher. Alte Pappeln spendeten Schatten, darunter Bänke und Grünstreifen, fast wie in einem Park. Man tat offenbar alles dafür, dass sich die Patienten in dieser Klinik wohlfühlten.

„Stefan – schön, dass du kommen konntest!", riss ihn plötzlich eine Stimme aus den trüben Gedanken, die so gar nicht zum sonnigen Frühsommertag passen wollte. Er blickte sich um. Eine untersetzte Frau in seinem Alter kam auf ihn zu. Trotz ihrer etwas pummeligen Figur hatte sie weibliche Formen und ein sehr apartes Gesicht. Sie hatte sich kaum verändert seit damals, war nur erwachsen geworden. Und ziemlich hübsch, wie er sich eingestehen musste. Ein knallgrünes Haargummi hatte Schwierigkeiten, die schulterlangen dunklen Haare zu einem Zopf zu bändigen, der im Gehen lustig wippte. Als sie jetzt lachte, sah er wieder diese kleinen Grübchen links und rechts vom Mund, die er schon als Pubertierender äußerst süß gefunden hatte. Und die kleinen Lachfältchen in den Augenwinkeln – diese Frau strahlte vom ersten Augenblick eine Wärme aus, die er selten bei Frauen sah. Gut, sie hatte ein paar Pfund zugelegt, aber die rundlichen Formen standen ihr gut. Es waren sehr weibliche Formen, feste Brüste, die sich unter dem steifen Kittelstoff abzeichneten, und eine gerundete Hüfte. Kurz schämte er sich für seine Gedanken und hoffte, dass Heike keine telepathischen Fähigkeiten besaß, dann konzentrierte er sich wieder auf den Augenblick. Danni trug weiße Arbeitskleidung und die charakteristischen Birkenstocks an den Füßen. Strahlend setzte sie sich neben ihn.

„Groß bist du geworden", lachte er.
„Gefalle ich dir?" Schmunzelnd setzte sie sich neben ihn. „Klar gefalle ich dir." Dann wurde sie ernst. „Können wir reden?"
„Klar." Stefan blickte an ihr vorbei zum Empfangstresen. Birgitt Mergelsmann war die Jovialität in Person – sie tuschelte mit einem jungen Pfleger. „Hier?"
Danni schüttelte den Kopf. „Nein", sagte sie. „Lass uns lieber rausgehen. Ich habe Pause. Und hier haben die Wände Ohren, wenn du verstehst?"
„Und ob." Stefan erhob sich. Gemeinsam verließen sie den Empfangsbereich der Klinik. „Und du bist Ärztin?"
„Na ja, Assistenzärztin, aber immerhin. Schließlich habe ich ein Kind zu versorgen." Sie kicherte. „Und der Job hier ist gut bezahlt."
„Du hast ein Kind?", staunte Stefan.
„Sicher", nickte Danni. „Aber keine Angst: Es ist nicht von dir." Sie kicherte, und Stefan erinnerte sich daran, dass sie zu Anfang ihrer Pubertät mal kurz „miteinander gegangen" waren. Verschämtes Händchenhalten und ein flüchtiges Küsschen auf die Wange, mehr nicht. Sie blickte nach draußen. „Ich wollte mir gerade eine ins Gesicht stecken. Kommst du mit?"
„Na klar – auch wenn ich Nichtraucher bin."
Voller Neugier folgte er der alten Freundin. Stefan und Danni gingen hinaus an der frischen Sommerluft.
Die Blicke in ihren Rücken spürten sie nicht.

Lichtscheid, 11:15 Uhr
„Und was machen wir jetzt?" Kalla blickte Heike erwartungsfroh an.
„Im Grunde genommen wäre es der richtige Moment, diesem Dr. Brechtmann einen Besuch abzustatten. Wenn uns jemand weiterhelfen kann, dann wohl er. Andererseits ..." Heike massierte sich den Nasenrücken. „Andererseits hat Born schwere Vorwürfe gegen ihn erhoben. Er wird uns kaum unbequeme Fragen beant-

worten. Vielleicht sollten wir ..." Ihr Handy klingelte. Sie murmelte eine Entschuldigung und zog das Telefon hervor. Es war Stefan.
„Wo steckst du gerade?", fragte er.
„Wir waren bei Klinke im Autohaus. Er war schlau genug, die Spuren, die der Fahrer von gestern im Innenraum hinterlassen hat, beseitigen zu lassen. Ulbricht ist stinksauer, weil er nichts mehr in der Hand hat. Vielleicht sollten wir jetzt zu Dr. Brechtmann fahren."
„Wir?"
„Ach ja, Kalla ist wieder mit von der Partie. Er hat frei und spielt Taxi – das heißt, er ist Taxi", lachte Heike.
„Ach so. Die Klinik könnt ihr euch sparen. Während ich Sendung hatte, gab es einen Anruf in der Redaktion. Danni, eine alte Freundin aus meiner Kindheit, hat sich an mich erinnert. Und sie hat eine heiße Geschichte für mich."
„So so, eine heiße Geschichte. Na, da bin ich aber mal gespannt", giftete Heike.
„Nicht so." Stefan lachte leise. Er fand es mitunter ziemlich süß, wenn Heike eifersüchtig war. So zeigte sie ihm, dass sie ihn liebte. „Sie hat mich heute Morgen im Radio gehört und dachte sich, dass die Geschichte, die sie hat, etwas für die Wupperwelle sein könnte – rein dienstlich, das Ganze. Kannst locker bleiben, Heike."
Sie ging nicht auf seine spitze Bemerkung ein. „Mach es nicht so spannend!"
„Also gut, nur ganz kurz: Danni arbeitet als Assistenzärztin in der Privatklinik Wiesenhang. Und der liebe Dr. Brechtmann scheint ziemlich was auf dem Kerbholz zu haben, wenn ich ihre Andeutungen eben richtig verstanden habe."
„Das wär allerdings ein ziemlicher Hammer. Dann bleib da am Ball, Stefan."
„Wird gemacht. Und Finger weg von Kalla!" Er schnaubte vor Lachen.
„Dito. Finger weg von der Sandkastenliebe!"

„Freundin“, verbesserte Stefan. „Sandkastenfreundin!“
„Ist auch egal. Lieb sein, sonst gibt's Liebesentzug!“ Nach dieser kleinen Frotzelei unterbrach Heike das Gespräch. Sie vertraute Stefan. Meistens. So schnell wie möglich verdrängte sie das Ziehen in ihrer Brust und wandte sich an Kalla. „Ist dein Tank voll?“
„Aber immer doch. Gestern war der Diesel seit langem mal wieder einigermaßen billig. Da habe ich direkt zugeschlagen. Was hast du vor, Mädchen?“
„Wie wär's mit 'nem kleinen Ausflug an den Rhein?“
Kalla verstand nicht, worauf Heike hinauswollte. „Keine Angst, den Sprit bezahl ich dir. Du musst auch sehen, dass du über die Runden kommst. Bei diesem schönen Wetter macht Autofahren bestimmt doppelt so viel Spaß, oder?“
„Gib mir 'nen Tipp.“
Heike lächelte ihn an. „Ich dachte an eine Fahrt ins schöne Koblenz.“
„Aber wohl nicht an Eisessen am Deutschen Eck, oder?“
„Nein, wir sind ja zum Arbeiten dort.“
Kalla klemmte sich schweigend hinters Lenkrad, startete den Diesel und beugte sich schwerfällig nach rechts, um die Beifahrertür aufzudrücken. „Komm schon“, rief er gegen das Tuckern seiner Droschke an. „Worauf wartest du?“
Das ließ Heike sich nicht zweimal sagen.

Klinik Wiesenhang, 11:35 Uhr

Sie hatten sich eine Bank im Schatten einer alten Pappel ausgesucht. Patienten in Jogginganzügen lustwandelten durch den Park und erfreuten sich an der großflächigen Grünanlage. Vermutlich ahnten sich nicht, mit welchem Geld der Park errichtet worden war. Das Plätschern des Brunnens drang an ihre Ohren. Eine Libelle tanzte im Sonnenlicht über die Wasseroberfläche.
Stefan, der eben das Telefonat mit Heike beendet hatte, schob das Handy in die Gesäßtasche seiner Jeans.

„Ist sie sehr eifersüchtig?" Danni rauchte und betrachtete Stefan von der Seite.
Schulterzucken. „Wir arbeiten schon so lange zusammen, und da sind wir uns auch privat näher gekommen. Aber – ja, Heike ist ziemlich eifersüchtig."
Danni nickte verstehend. Schnell wechselte sie das Thema. „Du bist ja ein richtiger Star in der Stadt geworden", stellte sie fest. „Jeder kennt deinen Namen!"
Stefan winkte ab. „Ist halb so wild, wirklich. Jeder, der die Wupperwelle hört, kennt meine Stimme und den Namen, aber ich kann immer noch unerkannt durch die Stadt gehen."
„Ist eigentlich gar nicht mal so schlecht." Ein Zug an der Zigarette, das Lächeln stand in ihrem runden Gesicht, der Blick nach unten, auf die Birkenstocks. „Berühmt, und doch unerkannt unterwegs." Sie wippte mit den Füßen. Das hatte sie früher immer schon getan, wenn sie auf der Schaukel am Spielplatz gehockt hatten. Manche Dinge änderten sich nie.
„Aber jetzt will ich wissen, was du hier so treibst. Schließlich bin ich hier, um etwas über euren Laden zu erfahren. Was ist so heiß, dass du es mir nicht am Telefon schildern konntest?"
Sie blickte sich um, wieder ein Zug an der Zigarette. Erst als sie sicher sein konnte, dass sich niemand in Hörweite befand, eröffnete sie das Gespräch. „Hör zu, ich muss sicher sein, dass ich dir vertrauen kann, Stefan."
„Hallo – wie lange kennen wir uns?"
„Schon gut, versteh mich nicht falsch, aber wenn rauskommt, was ich mitbekommen habe, dann kann der Laden zumachen." Sie deutete mit dem Kinn auf das Hauptgebäude der Klinik. „Brechtmann wandert in den Knast, und die Patienten werden mit Schadensersatz- und Schmerzensgeldforderungen auf die Barrikaden gehen, so viel steht fest."
„Das klingt nicht gerade nach einem kleinen Kunstfehler."
„Absolut nicht, nein." Bitteres Lachen. Kopfschütteln. „Das ist

Berechnung. Den Tod eines Patienten nimmt man billigend in Kauf, um geschäftlich weiterzukommen. Experimente, die an Patienten durchgeführt werden, der Einsatz von nicht zugelassenen Arzneimitteln und noch viel mehr."

„Geht noch viel mehr?" Sarkasmus schwang in Stefans Stimme mit.

„Und ob. Ich war bei einem Eingriff anwesend, bei dem ein Patient starb. Man riskierte leichtfertig seinen Tod, um ein Medikament an ihm zu testen. Er überlebte den Versuch nicht, und Brechtmann hatte nichts Besseres zu tun, als seine Leiche möglichst schnell verbrennen zu lassen – das hatte die Frau des Toten so angeordnet, sollte ihm etwas zustoßen und er den Eingriff nicht überleben. Insofern hat sie Brechtmann unwissend den Rücken freigehalten. Brechtmann konnte den Leichnam schnell zum Krematorium schaffen lassen. Die Leiche des Patienten wurde schnell verbrannt – er hat wohl Beziehungen zum Krematorium – und somit alle Beweise vernichtet."

Stefan stierte auf die Wasseroberfläche des Teiches. „Das sind ziemlich schwere Anschuldigungen, die du da erhebst", sagte er schließlich. Das, was er von seiner alten Freundin hörte, passte zu dem, was sie von Monika Born erfahren hatten.

„Schwer? Ja, vielleicht. Aber ich schwöre, dass da Mist gebaut wird, immerhin war ich selber dabei. Und ich habe dich angerufen, um dir das zu erzählen, Stefan. Schließlich kennen wir uns seit unserer Kindheit. Und dir kann ich vertrauen, oder?" Ein banger Blick lag in ihren Augen. Todesangst spiegelte sich darin.

Wie automatisch hob sich sein Arm, und er strich ihr sanft durch das Gesicht. Ihm war, als würden ihn tausend winzige Stromschläge durchzucken. „Natürlich kannst du mir vertrauen, Danni." Er erschrak vor dem Klang seiner eigenen Stimme. Was war nur los mit ihm? Heike würde ihm die Augen auskratzen, das Baseballcap vom Kopf reißen und darauf einen Stepptanz aufführen, bevor sie ihm den Käfer mit einem Schlüssel zerkratzte. Und er

hockte hier und streichelte die Wange einer anderen Frau. Er schämte sich.
Stefan zog hastig die Hand zurück, fast so, als hätte er sich an Danni verbrannt. Sie blickte ihn verwundert an. „Was ist denn los?"
„Nichts", antwortete er schnell. „Was geht hier eigentlich vor sich? Hier sterben Patienten, und ich habe gehört, dass es einen sehr ehrgeizigen Journalisten gegeben hat, der Licht ins Dunkel bringen wollte, aber bei diesem Versuch ermordet wurde – seine Frau übrigens auch. Danni, ich weiß nicht, was hier vorgeht, aber ich werde das dumme Gefühl nicht los, dass es jemand auf alle abgesehen hat, die zu Mitwissern in diesem Spiel geworden sind. Du bist in Gefahr, Daniela."
Sie starrte ihn mit großen Augen an und rauchte nervös. „Woher weißt du das alles, Stefan?"
„Es ist also wahr? Ich sag dir, woher ich das weiß. Gestern war ich dabei, als die Frau des Kollegen eiskalt erschossen wurde, weil sie uns von genau dieser Geschichte erzählt hat. Da kannst du mal wieder sehen, dass die Welt ein beschissenes Dorf ist, Danni. Wir hatten gestern ein Treffen mit der Witwe von Peter Born auf Schloss Burg. Sie hat uns erzählt, woran er gearbeitet hat. Er hat wohl zu gründlich recherchiert. Peter Born fand Dinge heraus, die nicht für die Öffentlichkeit bestimmt waren, und musste deshalb sterben. Kaum dass sie uns alles erzählt hatte, tauchte aus dem Nichts ein Schütze auf und erledigte sie. Der Mörder konnte unerkannt entkommen."
„Peter Born ist tot?" Danni schluckte. „Du kennst Peter Born?"
„Leider hatte ich nicht das Vergnügen, ihm persönlich zu begegnen. Aber ich weiß inzwischen, woran er gearbeitet hat. Und ich weiß, dass seine Story Zündstoff enthält, der es offenbar einigen Leuten wert ist, dafür zu töten." Er wartete auf ihre Reaktion. Als Danni sich in betroffenes Schweigen hüllte, setzte er nach: „Und deshalb möchte ich wissen, was du mir erzählen willst, Danni. Sei bitte auf der Hut. Ich weiß nicht, wer hinter den Morden steckt,

aber ich weiß, dass es ihm nicht auf ein Opfer mehr oder weniger ankommt."

„Ich habe sogar Beweise. Beweise, die ich Peter Born zuspielen wollte."

„Und jetzt willst du sie mir zuspielen, weil ich noch lebe?"

„Unsinn. Ich kann dir vertrauen, Stefan." Sie legte eine Hand auf sein Knie. Er zuckte unmerklich zusammen, sie nahm die Hand weg. „Wir kennen uns lange genug, Stefan. Ich möchte, dass du diesem Spiel ein Ende bereitest."

„Das ist ein schweres Erbe." Er seufzte. „Abgesehen davon: Versprich dir nicht zu viel. Ich bin Reporter, kein Polizist. Was erwartest du also?"

„Dass du den Schweinen das Handwerk legst. Pranger sie in der Öffentlichkeit an und informiere die Polizei. Ich bin sicher, dass du Ansprechpartner im Präsidium hast. Ich hingegen bin nur eine kleine Ärztin." Sie erhob sich und drückte die Kippe im Sandbehälter aus. „Komm schon. Pause um, ich muss wieder rein da."

„Und das willst du wirklich?"

„Ich werde gute Miene zum bösen Spiel machen. Vielleicht finde ich noch etwas heraus. Aber das eine sage ich dir: Lange werde ich es hier nicht mehr aushalten. Der Laden kotzt mich an, Stefan. Ich habe den Beruf ergriffen, um Menschen zu helfen. Stattdessen muss ich mit ansehen, wie Leute sterben, weil man Versuche mit ihnen macht. Die nutzen die Ahnungslosigkeit der Patienten aus." Wieder schüttelte sie den Kopf. „Nein, das will ich nicht. Ich werde aussteigen. Und wenn ich Putzfrau werde oder mich vorübergehend mit Hartz IV durchschlage."

Stefan erhob sich ebenfalls. Plötzlich erschien ihm die wunderschöne Parklandschaft, in der sie sich aufhielten, wie eine billige Filmkulisse. „Verständlich", murmelte er. Schweigend gingen sie zurück zum Haupttrakt der Klink. Als sie im Wendehammer vor dem Eingang der Klinik angelangt waren, blieb Danni stehen. „So", sagte sie und lächelte. „Jetzt weißt du alles. Ich hoffe, du gehst

mit den Informationen vertrauensvoll um."
„Ich kann damit nicht wirklich viel anfangen, solange uns die Beweise fehlen."
„Das lässt sich ändern." Sie grinste.
„Dann her damit!", forderte Stefan mit einem frechen Grinsen.
„Nicht hier", sagte Danni und schüttelte den Kopf. Sie blickte sich um, fast so, als würde sie befürchten, dass sie einen ungebetenen Zuhörer haben könnten. Doch sie waren alleine. „Ich lass mir was einfallen", versprach sie.
„Pass bloß auf dich auf, Danni." Er zog sein Portemonnaie und daraus eine seiner Visitenkarten hervor. Da er die Dinger selten benutzte, war die Karte angestaubt und wies Eselsohren auf. Mit einem verlegenen Grinsen strich er die Falten glatt und gab Danni das Kärtchen. „Hier", sagte er. „Da steht meine Privatnummer drauf. Wenn dir noch irgendwas einfällt oder dir etwas Spanisch vorkommt, ruf sofort an."
Sie nahm das Kärtchen und schob es in die Kitteltasche. „Mach ich doch glatt, Großer." So hatte sie ihn früher schon genannt. Bevor Stefan es sich versehen konnte, stellte sie sich auf die Zehenspitzen und hauchte ihm einen Kuss auf die Wange. Sie duftete gut, und sie fühlte sich gut an. Aber es war eben nicht Heike. Ihm blieb keine Chance, sich zu wehren.
„Erzähl mir, warum ich hier bin", bat Stefan.
„Nicht hier", erwiderte Danni. Wie auf ein Kommando hin meldete sich ihr Pieper. Sie runzelte die Stirn, zog das Gerät aus der Kitteltasche und blickte zu Stefan. „Tut mir wirklich leid, aber die Pflicht ruft. Ich melde mich, sobald ich frei bin!"
„Einverstanden." Stefan blickte ihr nachdenklich hinterher.
Danni eilte auf den Eingang zu. „Mach's gut, ich melde mich bestimmt bald. Und dann hast du, was du brauchst, versprochen!"
Er würde eine Menge Ärger haben, wenn Heike hiervon erfuhr, dachte er, als er sich abwandte und den Parkplatz aufsuchte. Und das war es ganz bestimmt nicht, was er brauchen konnte.

Linz am Rhein, 12:15 Uhr

Kalla war ein eher gemütlicher Autofahrer, und da sein alter Daimler weite Autobahnstrecken nicht gewohnt war, hatte er hinter Köln die B 42 genommen, die immer am Rhein entlang gen Süden verlief. Kalla hatte Hunger verspürt, und so hatten sie sich entschlossen, in der romantischen „bunten Stadt" einen Halt einzulegen.

Nachdem sie das Taxi unter der Eisenbahnstrecke von Köln nach Koblenz abgestellt hatten, schlenderten sie über die Rheinpromenade bis hin zum Anleger der Autofähre und beobachteten das geschäftige Treiben ankommender und abreisender Fahrzeuge. Auf der anderen Uferseite lag Remagen wie eine Spielzeugstadt da. Fast fühlte sich Heike wie im Urlaub. Linz mit seinen zahlreichen schönen Fachwerkhäusern gefiel ihr. „Komm schon, sonst fällst du mir noch ins Koma", lachte sie und klopfte auf Kallas mächtigen Bauch, während sie von der Mauer herunterrutschte, auf der sie gehockt hatten.

„Ich seh schon weiße Mäuse", brummte Kalla und grinste. Sie nahmen die Unterführung der B 42 und standen vor dem Tor der Altstadt, als Kalla schnüffelte und Witterung aufnahm wie ein Hund. „Hier gibt es was zu essen." Er wandte den Kopf nach rechts und grinste breit. „Da", brummte er und deutete auf einen Imbissstand unter dem Viadukt, das sinnigerweise schlichtweg „Pommesbude" hieß. Vor dem Imbissstand gab es Tische und Stühle. „Nichts wie hin da."

„Ah, ein Gourmettempel für einen hungrigen Kutscher", lachte Heike. „Komm, ich lad dich auf 'ne Currywurst ein." Eine Kleinigkeit zu essen konnte sicherlich nicht schaden, denn sie fürchtete, noch einen langen Tag vor sich zu haben. Nachdem sie ihre Bestellung aufgegeben hatten, suchten sie sich einen freien Tisch. Durch eine transparente Wand aus Plexiglas hatten sie Sicht auf die B 42 und den dahinterliegenden Rhein, der in der Mittagssonne glitzerte. Weiße Ausflugsdampfer zogen gemächlich ihre Bahnen.

Wuppertal war kaum eine Autostunde entfernt, und doch, so schien es ihr, war Linz eine ganz andere Welt. Hier ging es um die Mittagszeit irgendwie beschaulicher zu.
Die Fritten und die Wurst, Kalla hatte sich eine doppelt große „Strünzer-Wurst" gegönnt, kamen. Hungrig machten sie sich über das kalorienhaltige, aber schmackhafte Essen her. „Wie wollen wir denn gleich vorgehen?", fragte Kalla kauend.
„Irgendwie müssen wir in das Haus der Borns kommen", erwiderte Heike und putzte sich den Mund mit der Papierserviette ab. „Ich weiß noch nicht, wie wir das anstellen, aber wir müssen da rein. Vielleicht fragen wir die Nachbarn, ob die einen Schlüssel haben. Dann lassen sie uns mit etwas Glück unter einem guten Vorwand ins Haus. Dort vermute ich Borns Unterlagen. Und wenn wir die haben, dann können wir Kommissar Verdammt den vielleicht entscheidenden Hinweis geben, um den Mörder zu stellen."
„Das wird bestimmt nicht so ... oh, Telefon!" Kalla deutete auf Heikes Tasche.
Dort vibrierte es tatsächlich. Sie legte den Pommes-Piekser zur Seite und wühlte im Chaos ihrer überdimensionierten Tasche nach dem Handy. Stefan sprach immer liebevoll von ihrem „Handkoffer", da das Wort Tasche maßlos untertrieben war. Als sie das Telefon gefunden hatte und einen Blick aufs Display warf, erkannte sie Stefans Nummer.
„Hi", grüßte sie erfreut. „Na, schon Feierabend?"
„Schon lange. Ich bin gerade zu Hause rein und werd mich jetzt mal ein paar Stunden aufs Ohr hauen, bevor es hier weitergeht. Eckhardt hat mir erzählt, dass er dich an der langen Leine hält. Hat wohl was mit Ulbricht zu tun, könnte ich mir vorstellen. Was gibt es Neues?"
Heike berichtete ihm, dass sie jetzt auf dem Weg nach Vallendar waren, um sich im Haus der Borns umzusehen.
„Lehn dich nicht zu weit aus dem Fenster", warnte Stefan sie.
„Ich muss das tun, um Ulbricht zu helfen. Vallendar liegt leider

nicht ganz in seinem Zuständigkeitsbereich. Hier unten ist er machtlos."
„Er könnte Amtshilfe von den Kollegen in Koblenz beantragen."
„Das dauert Tage. Und ich könnte mir vorstellen, dass die Polizei einen Durchsuchungsbeschluss vom zuständigen Richter braucht. Vielleicht ist das auch nicht nötig, weil die Besitzer des Hauses tot sind – ich weiß es wirklich nicht. Was ich aber weiß: Ich will schneller sein als Ulbricht und seine Kollegen."
Stefan lachte am anderen Ende der Leitung. „Wieder mal typisch", meinte er. „Immer mit dem Kopf durch die Wand und allen beweisen, dass du die Beste bist. Aber da muss ich dich enttäuschen, denn ich habe auch einen Hinweis bekommen." Stefan berichtete ihr von seinem Gespräch mit Danni. „Sie war dabei, als ein Patient starb, dem man ein nicht zugelassenes Mittel verabreicht hatte. Und sie war eine Informantin von Peter Born."
„Es wird verdammt eng für Brechtmann", murmelte Heike.
„Allerdings. Danni besorgt mir jetzt Beweise, und dann können wir zum großen Schlag ausholen – sollten wir dann noch leben und nicht einem von Brechtmanns Killern über den Weg gelaufen sein. Immerhin sind wir jetzt Mitwisser."
„Manchmal liebe ich deinen Galgenhumor", erwiderte Heike trocken.
„Ich bin nur realistisch – und sehr vorsichtig. Das solltest du übrigens auch sein, wenn du jetzt tatsächlich vorhast, Borns Haus zu durchsuchen. Ich könnte mir vorstellen, dass sich auch andere dafür interessieren, was er an Unterlagen zusammengetragen hat."
„Danke, dass du mir Mut machst."
„Ich habe nur Angst um dich."
„Immerhin etwas." Heike kicherte. Sie verabschiedeten sich voneinander, und Heike schob das Handy zurück in die Tasche.
Kalla blickte sie neugierig an. Er hatte seine „Strünzer-Wurst" bereits verdrückt und spülte mit einem Schluck Cola nach. „Und?"
„Der gute Dr. Brechtmann hat eine Leiche im Keller – und zwar

im wahrsten Sinne des Wortes.“ Heike schüttelte ungläubig den Kopf. Wo waren sie da bloß wieder hineingeraten?

Klinik Wiesenhang, 13:00 Uhr

„Ach, Herr Dr. Brechtmann?“ Birgitt Mergelsmann hob einen Finger und winkte den hochgewachsenen Leiter der Klinik an den Empfangstresen.

Brechtmann war soeben aus der Mittagspause gekommen und auf dem Weg in sein Büro im anderen Gebäudetrakt. Er hasste es, wenn man ihm nachrannte. „Was gibt es, Frau Mergelsmann?“ Eine Augenbraue hatte er erwartungsvoll hochgezogen.

„Da war ein junger Mann, der wollte unsere Frau George sprechen. Herr Seiler.“

„Was ist so Besonderes daran?“

„Der Mann kam vom Radio. Wupperwelle.“ Sie machte eine wahnsinnig wichtige Miene. „Ich habe seinen Namen gegoogelt, deshalb weiß ich, wer er ist. Sein Name und die Stimme kamen mir gleich so bekannt vor – er ist Radioreporter, und ich kenne ihn von der Wupperwelle, die ich jeden Mogen höre.“

„Hat er sein Anliegen vorgetragen?“ Brechtmanns Neugier erwachte. Die Presse war so ziemlich das Letzte, was er im Augenblick hier in der Klinik gebrauchen konnte.

„Nein, er hat nur nach Frau George gefragt. Dann sind die beiden gemeinsam rausgegangen und haben sich dort unterhalten – worüber auch immer.“ Wichtige Miene, nervöses Jonglieren mit einem silbernen Kugelschreiber.

„Hat er denn nicht angedeutet, worum es geht?“ In seiner Stimme schwang Ungeduld mit. Normalerweise nutzte er jede Art von Medienkontakt, denn jeder Beitrag, der über seine Arbeit und über seine Klinik berichtete, war Werbung für sein Haus. Werbung bedeutete Patienten, und Patienten bedeuteten Umsatz. Augenblicklich ging er den Vertretern der Presse aber aus dem Weg – soweit es sich einrichten ließ.

„Nein, hat er nicht. Plötzlich ist er verschwunden.“ Sie bedeutete ihm mit wichtiger Miene, noch näher zu rücken. Brechtmann tat ihr den Gefallen und beugte sich tief zu ihr herunter. Dass sein Blick dabei in ihren Ausschnitt fiel, ließ sich gar nicht verhindern. Frau Mergelsmann fuhr mit gesenkter Stimme fort: „Sie waren nicht lange draußen, vielleicht zehn Minuten, maximal eine Viertelstunde.“

Das war unter Umständen eine Viertelstunde zu viel, dachte er grimmig. Immerhin war die junge Assistenzärztin dabei gewesen, als ihm Dahlhaus quasi unten den Händen gestorben war. Möglicherweise war sie eine undichte Stelle im System. Er musste Maßnahmen ergreifen. „Wissen Sie, wie der Mann hieß?“

„Seiler. Nachdem er mit Frau George draußen war, ist er ganz schnell verschwunden.“

Klar, er hatte sich seine Informationen geholt, dachte Brechtmann grimmig und ballte die rechte Hand zu einer Faust, die er auf den Tresen niederschmetterte. Oder sie hatte ihn informiert. Dann wurde er sich seines emotionalen Ausbruchs bewusst und setzte ein freundliches Lächeln auf. Eine Schwester, die gerade an ihm vorbeiging, blickte sich verwundert um. So hatte sie den Klinikleiter wohl noch nie erlebt.

„Na ja“, murmelte Brechtmann und war um Freundlichkeit bemüht. „Da kann man nichts machen. Wenn es wichtig war, wird sich der Reporter sicherlich noch einmal bei mir melden. Danke erst mal, Frau Mergelsmann.“ Er wandte sich vom Empfangstresen ab und suchte eilig sein Büro auf. Dort angekommen, setzte er sich an den Schreibtisch und fuhr sich mit der flachen Hand durch das Gesicht. Sein Gehirn funktionierte präzise wie ein Computer. Nach einer Minute beugte er sich vor, nahm das Telefon und tippte eilig eine abgespeicherte Nummer ein. Es dauerte einen Augenblick, bis sich der Gesprächspartner am anderen Ende der Leitung meldete.

„Ich bin’s. Wir haben ein Problem. Vor einer Viertelstunde war ein

Radioreporter hier, der eine junge Ärztin getroffen hat, und ich werde den Verdacht nicht los, dass sie ihm etwas erzählt haben könnte, was ihn nichts angeht. Es ist nur ein Verdacht, aber sie war dabei, als ich das Mittel zum ersten Mal an einem Patienten getestet habe. Der Mann starb an den Folgen. Das darf auf keinen Fall rauskommen."

Der Gesprächspartner stellte eine Frage, Brechtmann nickte. „Ja, aber dezent. Und Finger weg von dem Radiomenschen, das wäre zu auffällig. Kümmer dich um meine Mitarbeiterin, ich will nicht, dass sie ... ja, natürlich. Warte. George heißt sie. Daniela George. Ich will, dass du dich um sie kümmerst." Brechtmann lauschte. „Halt sie im Auge und sag Bescheid, wenn du mehr über sie weißt. Ach, eins noch: Sie hat eine kleine Tochter, ist alleinerziehend. Vielleicht ist das ein wunder Punkt, an dem du ansetzen kannst." Er legte auf und stierte ins Leere. Die redselige Ärztin würde schweigen, so viel stand jetzt fest.

Vallendar, 13:40 Uhr

„So, da wären wir." Kalla grinste vergnügt, als sie den Ortseingang von Vallendar passiert hatten. Er hatte das stählerne Schiebedach geöffnet, und ein milder Sommerwind wehte in das Innere seines alten Taxis. Eine landschaftlich schöne Fahrt durch einige Weinorte am Rhein lag hinter ihnen. „Und wie geht's jetzt weiter?"

„Erst mal suchen wir einen Parkplatz. Und dann muss ich herausfinden, wo das Haus der Borns liegt. Und ich brauche noch einen verdammt guten Grund, in das Haus einzudringen." Heike seufzte. „Aber das wird schon."

Das Taxi tuckerte weiter über die B 42. Bis Koblenz war es nur noch ein Katzensprung. Das Ortszentrum von Vallendar lag linkerhand; rechts lag die bewohnte Insel Niederwerth im Rhein. Kalla musste eine Ehrenrunde drehen und bog dann rechts in die Westerwaldstraße ab, die nach Höhr-Grenzhausen führte und schon nach wenigen Metern anstieg. Er nahm die erste Möglichkeit,

links abzubiegen, die Mühlenstraße, hielt sich an der Löhrstraße wieder links und sah schon bald das blaue Parkplatz-Hinweisschild. Am Ende der Sackgasse lag der Parkplatz „Marktstraße". Sie stiegen aus und genossen den warmen Frühsommertag.
„Schön hier", murmelte Kalla und schloss den Wagen ab. Auf der Rheinstraße floss der Verkehr in beiden Richtungen vorüber. Sie schlenderten zur Fußgängerzone. Kleine Geschäfte und gemütliche Gaststätten bestimmten das Bild. Auch hier gab es Fachwerk, nicht so üppig wie in Linz, aber auch dieser Ort hatte seinen Reiz. Verspielte Giebel und Türmchen zierten einige Gebäude. Die alten Häuser waren liebevoll restauriert worden.
„So, und wie finden wir jetzt heraus, wo die Borns gewohnt haben?" Kalla war stehen geblieben und blickte sich suchend um. „Jeder hat heutzutage ein Handy, da gibt es kaum noch Telefonzellen, sonst hätte ich in 'nem Telefonbuch nachgeschaut."
Heike zückte das Handy. „Das ist ein Job für die Auskunft." Sie tippte die Namen Monika und Peter Born und als Ortszusatz Vallendar ein und schickte die SMS ab.
Kalla nickte verstehend. „Da werden Sie geholfen."
Es dauerte einen Augenblick, dann kam die Antwort der Auskunft, ebenfalls per SMS. Heike öffnete die Mitteilung und las die Anschrift vom Display ab. „Am Mühlenbach", las sie laut vor. „Die enge Straße, durch die wir eben gefahren sind, das war doch die Mühlenstraße. Dann ist der Mühlenbach bestimmt auch nicht weit davon entfernt, was meinst du?"
„Fragen wir das Navi – dafür haben wir es schließlich." Kalla grinste und stieg wieder in den Wagen. Er tippte die Adresse der Borns in das Gerät, dann wurde die Route berechnet. Er startete und fuhr auf Anweisung durch die teils engen Straßen des Ortes. Die Straße Am Mühlenbach lag am westlichen Ortsrand. Zwischen der Westerwaldstraße und dem Ortskern gab es einen grünen Gürtel. Der kleine Bach, der der Straße den Namen gegeben hatte, plätscherte munter hinunter zum Rhein. Die kleinen Häuser hier

waren von Gärten umgeben und lagen ruhig und idyllisch da. Hier kannte jeder jeden, gar keine Frage. Heike überlegte, unter welchem Vorwand sie ins Haus der Borns gelangen konnte, ohne sich strafbar zu machen.
„Hier ist es.“ Kalla war stehen geblieben. Beim Haus der Born handelte es sich um ein schickes Einfamilienhaus, umgeben von einem Garten. Die Rollläden im Erdgeschoss hatten die Besitzer heruntergelassen. Neben dem Eingangstor gab es einen Briefkasten, der bestätigte, dass sie richtig waren. P. und M. Born, stand auf dem kleinen Namensschild. Das lokale Wochenblatt und einige Prospekte hingen halb aus dem offen stehenden Briefkastenschlitz.
„Die waren schon lange nicht mehr hier, der Briefkasten quillt schon über.“ Kalla zögerte nicht. Er öffnete das kleine Tor und trat ein.
„Kalla – was machst du denn?“ Heike blickte sich nervös um. In ländlichen Gegenden hatten die Nachbarn immer wachsame Augen, besonders wenn die Bewohner eines Hauses offenbar verreist waren. Jeder kannte jeden, und jeder, der nicht in diese Gegend gehörte, fiel sofort auf.
„Kommst du nun?“ Kalla zeigte sich unbeschwert. „Wir haben noch einen weiten Rückweg vor uns. Und hier“, er deutete mit dem Daumen über die Schulter auf das Haus, „hier haben wir auch noch einiges zu entdecken. Also, worauf wartest du?“
Heike zuckte mit den Schultern und folgte dem Bär von einem Mann. Eine fette, graue Katze strich durch den Garten, eine tote Maus im Maul. Als sie die Eindringlinge sah, trollte sie sich in den Schutz eines Holunderbuschs, um sich dort ihrer Mahlzeit zu widmen. Heike marschierte über den mit Kies belegten Weg zum Haus. Ein drei Meter hoher Rittersporn stand in voller Blüte. Bienen und Hummeln summten geschäftig herum. Es duftete nach Blüten, in der Nachbarschaft grillte jemand. Der seichte Wind trug einen würzigen Duft herüber.
Kalla unterbrach seinen Weg zum Haus und schnupperte. „Nicht

schlecht“, staunte er. „Vielleicht sollten wir gleich den Nachbarn auch noch einen Besuch abstatten. Auf zwei Esser mehr kommt es denen bestimmt nicht an.“

„Du bist unverbesserlich.“

An der Haustür angekommen, zögerte Kalla und ließ den Blick schweifen. „Es gibt nicht viele Möglichkeiten“, brummte er und ging in die Hocke. „Ich könnte meinen Ar... meinen Hintern darauf verwetten, dass die Borns den Zweitschlüssel irgendwo deponiert haben.“ Unter der Fußmatte wurde er nicht fündig. Doch Kalla gab nicht auf und suchte weiter. Rechts neben der Eingangstür gab es eine Pflanzschale. Er drückte die Blätter auseinander und wühlte darunter herum, ohne das „Geheimversteck“ des Zweitschlüssels zu finden.

„Das wäre viel zu einfach“, erwiderte Heike und rechnete damit, dass jeden Moment einer der Nachbarn kam und sie nach dem Grund ihres Besuches fragte. Sicherlich ahnten die Nachbarn nicht einmal, dass die Hausbesitzer beide tot waren. „Wenn Born wirklich Geheimnisse hatte und sich aufgrund seines Berufes Feinde gemacht hat, dann wird er kaum so dumm sein und einen Zweitschlüssel außerhalb des Hauses deponieren.“

„Sie müssen die Schwester sein!“

Wie angewurzelt blieb Heike stehen. Mit schreckgeweiteten Augen blickte sie auf Kalla. Er zog die Mundwinkel nach unten und deutete ein Nicken an. Heike drehte sich jetzt doch um und blickte einer alten Frau entgegen. Da sie den sorgfältig gestutzten Rasen überquert hatte, anstatt den Kiesweg zu nehmen, hatten sie die alte Frau nicht kommen hören. Sie kam vom Nachbargrundstück und putzte sich die Finger an der bunten Schürze ab. Heike schätzte sie auf Mitte, Ende siebzig. Das silbergraue Haar hatte sie hinter dem Kopf zu einem Knoten gebunden. Das Gesicht war faltig, die Haut jedoch gebräunt. Ihre grauen Augen schienen freundlich zu lachen. „Ich bin die Gerda, von nebenan. Sicherlich kennen Sie mich, na ja, vom Hörensagen wenigstens.“

„Ich habe den Namen schon mal gehört.“ Nicken, hilfloser Blick in Kallas Richtung. Doch er lächelte wohlwollend und schwieg. Die alte Dame redete munter weiter. „Sehen Sie. Ich weiß gar nicht, wann die Monika zurückkommt. Der Peter ist ja scho' länger weg. Dienstlich.“ Wichtige Miene. „Jedenfalls hat sie mich gebeten, Ihnen den Schlüssel zu geben. Wegen der Blumen, Sie wüssten Bescheid.“
„Das ist wahr“, mischte sich jetzt Kalla ein. „Wäre ja auch schade um die schönen Blumen.“
„Sie hab ich mir ganz anders vorgestellt“, eröffnete Gerda ihm nun. Anscheinend hielt sie Kalla ernsthaft für den Schwager von Monika Born. „Na egal.“ Sie wühlte in der Tasche ihrer Schürze herum und förderte einen Schlüssel zutage. „Hier“, sagte sie und reichte Heike den Schlüssel für das Haus der Borns. „Dann sehen Sie mal nach dem Rechten. Ich weiß zwar nicht, warum Ihre Schwester mir das nicht zutraut, aber ...“ Müdes Lächeln, Abwinken, beleidigter Flunsch. Anscheinend hatte Monika Born zu ihrer Schwester mehr Vertrauen als zu den Nachbarn.
Heike konnte es egal sein. Sie nahm den Schlüssel, bedankte sich artig und drückte Kalla zur Haustür. „Wir sind ein wenig spät dran, wissen Sie“, wandte sie sich zu Gerda, während Kalla aufschloss. „Nichts für ungut und danke für Ihre Mühe!“ Dann waren sie im Haus und ließen die alte Dame draußen zurück.

* * *

Im Haus empfing sie angenehme Kühle. Halbdunkel erschwerte den Blick auf die Einrichtung. Muffiger Geruch, schon seit Tagen nicht gelüftet. Heike rümpfte die Nase. Kalla schaltete Licht ein. „Mal lüften, hm.“ Er wollte sich an einem der Rollläden zu schaffen machen, doch Heike rief: „Fass nichts an, wegen der Fingerabdrücke.“
Kalla nickte. „Wir waren gar nicht hier.“

„So ist's brav. Und jetzt schnell, lass uns das Arbeitszimmer von Peter Born suchen. Sicherlich hat er dort seine Unterlagen aufbewahrt. Und dann nichts wie weg hier. Ich habe keine Lust auf Ärger."

Heike ging voran. Sie blickten sich im Hause der Borns um. Die Einrichtung war gediegen, aber nicht übermäßig luxuriös. Man erkannte am Einrichtungsstil, dass Peter Born von dem, was er verdiente, gut leben konnte. Aber man sah auch, dass er für sein Geld arbeiten musste. Unwillkürlich erinnerte sich Heike an Monika Borns Gesicht im Augenblick des Todes. Fassungslosigkeit hatte in ihrem Blick gelegen. Sie hatte nicht glauben können, was geschehen war, als sie die tödliche Kugel getroffen hatte. Aber vielleicht war es gut so, vielleicht hätte sie den Tod ihres Mannes nie überwunden. Heike beschlich ein beklemmendes Gefühl, während sie mit Kalla durch das menschenleere Haus ging.

Das Haus wies den typischen Grundriss eines Einfamilienhauses auf: Rechts im Flur das Gästeklo, links die Küche mit Blick in den Garten. Geradeaus das Ess- und Wohnzimmer, dahinter eine Veranda mit Blick ins Grüne. Eine Treppe führte nach oben.

„Schön haben die es", bemerkte Kalla anerkennend. „Schön hatten die es", verbesserte er sich nach einem verlegenen Räuspern. „Wird Zeit, dass wir diesen Dreckschweinen das Handwerk legen."

„Deshalb sind wir hier", nickte Heike mit grimmiger Miene, während sie nach oben ging. Rechts das Schlafzimmer, geradeaus ein Bad mit Dusche und Badewanne, links das Arbeitszimmer. Das Büro von Peter Born lag unter der Dachschräge. Ein großer Schreibtisch, dahinter Aktenregale. An den Wänden Fotos, die er wohl selber auf seinen Reisen aufgenommen hatte, in Postergröße. Ein Telefon auf dem Tisch, ein Flachbildschirm und ein Computer, hinter dem Tisch ein ergonomisch geformter Bürosessel. Man sah, dass Born hier stundenlang gearbeitet hatte. Dennoch wies das Büro eine penible Ordnung auf. Peter Born schien sehr ordnungsliebend gewesen zu sein.

„Der Computer." Heike zeigte auf den Rechner. „Mit Sicherheit hat er alle Daten auf dem Rechner gespeichert. Aber die Kiste ist bestimmt mit einem Passwort gesichert."
„Lass mich mal gucken." Kalla drückte den Einschaltknopf, und der Rechner bootete das Betriebssystem. Es dauerte einen Augenblick, bis der Desktop auf dem Monitor zu sehen war, dann war der PC einsatzbereit. Keine Passwortabfrage, kein Dialogfenster, nichts.
„Das glaube ich jetzt nicht", entfuhr es Heike.
„Vielleicht ein Zweitgerät. Oder er hat nur die sensiblen Daten mit einem Passwort geschützt." Kalla setzte sich hinter den Schreibtisch und durchsuchte die Festplatte nach möglicherweise interessanten Dateien. „Normalerweise würde ich sagen, wir nehmen die ganze Kiste mit und übergeben sie an diesen Kommissar Verdammt."
„Dann könnten wir uns auch gleich wegen Einbruchs und Diebstahls stellen."
„Auch wahr. Ich krieg das hier schon hin, Mädchen, mach dir mal keinen Kopp." Kalla grinste gewinnend, dann hatte er einen Ordner gefunden, der den Namen eines großen deutschen Pharmakonzerns trug. Doppelklick auf das Icon. Nichts geschah. Dann klappte ein Fenster auf und fragte – nun doch – nach einem Zugangscode. „Das können wir vergessen", brummte Kalla.
„Und jetzt?"
„Noch ist Polen nicht verloren." Kalla zog einen USB-Stick aus der Tasche seiner Weste hervor und schob ihn in den USB-Port des Rechners. „Dann nehmen wir uns einfach mit, was wir brauchen, und verschwinden. Die Daten können wir zu Hause, ganz in Ruhe, sichten."
„Gute Idee – du bist ein Genie."
„Danke für die Blumen." Kalla kopierte die Dateien, die interessant sein könnten, auf den Memory Stick. Sekundenlang starrten sie beide auf den Ladebalken, der den Stand der Datenübertragung anzeigte. Kalla nickte zufrieden, nachdem der Datentransfer

abgeschlossen war, und zog den USB-Stick aus dem Port, um ihn in seiner Tasche verschwinden zu lassen. Danach fuhr er das System herunter und erhob sich. Sorgfältig putzte er die Lehnen des Bürostuhls, die Tastatur, die Maus und den Einschaltknopf des Computers mit einem Taschentuch ab. „Das dürfte genügen." Er blickte Heike mit fragender Miene an. „Fehlt sonst noch was?"
Sie stand vor dem Aktenregal und studierte die Rückenschilder der Ordner.
„Ich nehm mal das ein oder andere mit, was interessant sein könnte", murmelte sie und zog die Ordner aus dem Regal. „Dann habe ich auf dem Rückweg schon was zu lesen dabei."
„Ich werde gleich wie eine gesengte Sau nach Hause fahren, dann wird dir schlecht beim Lesen." Kalla lachte verhalten. „Und jetzt nichts wie weg hier."
Heike hatte keine Einwände. Sie stand schon ungeduldig am Treppenabsatz, als unten die Haustüre klappte. Schritte.
Heikes Herzschlag setzte für einen Moment aus. Sie hielt den Atem an und lauschte nach unten.
„Hallo – ist hier jemand?"
Heike hätte sich am liebsten in Luft aufgelöst. Diesmal wusste auch Kalla keinen Rat. Er blies die Backen auf und zischte ein leises „Scheiße".

Marienstraße in Elberfeld, 16:10 Uhr

Es dauerte einen Augenblick, bis das Klingeln des Telefons in sein Bewusstsein vorgedrungen war. Stefan brummte unwillig, schlug die Augen auf und blinzelte in die Nachmittagssonne, die durchs Fenster drang und den Raum in ein gleißendes Licht tauchte. Staubpartikel tanzten in der Sonne. Er hatte sich mit T-Shirt und Boxershorts bekleidet auf das noch vom Vortag ungemachte Bett gelegt und war sofort eingeschlafen. Jetzt fühlte er sich taub und wie gelähmt. Das Klingeln malträtierte seinen Schädel. Stefan brummte unwillig und erhob sich. Mit einem pelzigen Geschmack

im Mund machte er sich auf die Suche nach dem schnurlosen Telefon. Er fand es in der Küche, blickte aufs Display. Kannte die Nummer nicht und drückte den grünen Knopf.
„Ich bin es, Danni."
„Hi Danni." Ungeniertes Gähnen.
„Jetzt sag bloß, ich hab dich geweckt?"
„Wenn ich Frühdienst habe, hole ich den Schlaf am Tag nach", erwiderte Stefan und gähnte herzhaft. „Aber nicht schlimm. Ich musste sowieso aufstehen. Das Telefon hat nämlich geklingelt."
Stille am anderen Ende der Leitung, dann ein glucksender Lacher. Wie früher. Manche Dinge änderten sich eben nie, dachte Stefan. Manchmal dauerte ein Witz bei Danni etwas länger. „Also, schieß los. Was kann ich für dich tun?"
„Du hast doch gesagt, dass ich dich anrufen soll."
„Hab ich?" Noch ein Gähnen. Er ließ den Blick durch die Küche schweifen. In der Spüle Abwasch. Zwei Tassen, zwei Teller und Besteck. Das hatte er im Griff. Aber im Kühlschrank war Ebbe. Vermutlich würde er gleich zum Wicküler-Park fahren und die Vorräte aufbessern. Einen leeren Kühlschrank konnte er auf den Tod nicht ausstehen.
„Ja, hast du." Dannis Stimme. „Wir konnten vorhin in der Klinik nicht so gut reden, und da dachte ich, dass wir das vielleicht nach Feierabend nachholen."
„Schlag was vor."
„Wie wär's im LuisenCafe?"
„Klingt prima. Gut, in einer Stunde im LuisenCafe." Er legte auf und starrte sekundenlang auf das Telefon in seiner Hand. Hoffentlich hatte Danni wirklich gute Informationen für ihn. Er verschwand im Bad, zog sich aus und stieg unter die Dusche. Gut, Treffen mit Danni. Einkaufen konnte er später auch noch.

Polizeipräsidium, 16:30 Uhr

„Die Spusi hat nichts erreicht, alle Spuren in dem sichergestellten BMW waren verwischt." Heinrichs winkte müde ab.

„Sagen Sie nicht Spusi, das klingt so schwul!", bellte Ulbricht ihn an. Etwas versöhnlicher fuhr er fort: „Was ist mit den Kollegen in Rheinland-Pfalz?"

„Habe heute Amtshilfe angefordert. Die Jungs aus Koblenz nehmen das Haus der Borns unter die Lupe. Ich habe mir mal die Vergangenheit der beiden angesehen. Die sind so clean, dass sie schon fast steril sind. Keine Vorstrafen, nicht aktenkundig. Noch nicht einmal ein Knöllchen haben die beiden. Es ist, als würde es sie gar nicht geben."

„Wollen Sie damit sagen, dass die Borns unter einer Scheinidentität hier gelebt haben?" Ulbricht richtete sich in seinem Stuhl auf. „Gefälschte Papiere, um ungestört in den Unterlagen der Ärzte herumschnüffeln zu können?"

„Möglich ist alles. Die Fotos der beiden tauchen aber auch nirgends auf, Chef."

„Das ist doch Unsinn. Peter Born war ein bekannter Journalist, so viel wissen wir inzwischen. Frau Göbel hat hervorragende Arbeit geleistet, auch wenn Sie das nicht gern hören, Heinrichs."

Er ging nicht darauf ein. „Ich habe mich heute im Golfclub umgehört. Ab morgen werde ich alle Mitglieder unter die Lupe nehmen. Vielleicht bekommen wir Unterstützung."

„Noch mehr Unterstützung?" Ulbricht lachte humorlos auf. „Ich habe eine Mordkommission gegründet, und die Personallage kennen Sie selbst am besten. Also sollten wir uns keine allzu großen Hoffnungen machen, was das betrifft." Er steckte sich eine an und qualmte, ohne seinen Assistenten aus den Augen zu lassen. „Was haben Sie denn im Golfclub herausgefunden?"

„Unser Kandidat Reinhardt Klinke gilt als absolut integer. Er ist ein geschickter Geschäftsmann – wie auch immer Sie geschickt interpretieren wollen, Chef. Autohändler sind halt immer geschickt, irgendwie. Ich habe ihn durch den Computer gejagt und nicht viel gefunden. Er exportiert auch Fahrzeuge und hatte schon mal Schwierigkeiten mit dem Zoll, aber im Großen und Ganzen ist er sauber." Heinrichs blätterte in einem Schnellhefter, in dem er die Ergebnisse seiner Ermittlungen zusammengetragen hatte. „Reinhardt Klinke, zweiundfünfzig Jahre. Seit zwanzig Jahren verheiratet mit Jeanette, neununddreißig Jahre. Die beiden sind kinderlos. Das Autohaus hat er vor fünfzehn Jahren von seinem Vater übernommen und erst so richtig ausgebaut. Derzeit herrscht aufgrund der Finanzkrise allerdings Flaute."

„Hat er es nötig, seinen Wagen für dunkle Geschäfte zu verleihen, um sich so die Kasse aufzubessern?" Ulbricht schnippte die Asche seiner Zigarette ab und lehnte sich weit zurück. „Zumal das Kennzeichen ja doch zu ihm führt."

„Nein. Ich war ja bei ihm zu Hause gestern. Die Hütte ist mehr als nur gediegen, kann ich Ihnen sagen. Der hat es trotz Krise nicht nötig, sein Auto zu verleihen." Entschiedenes Kopfschütteln.

„Was ist mit diesem Freund, mit dem er nach dem Match nach Hause gefahren sein soll?"

Blättern im Hefter, dann: „Dr. Christoph Brechtmann, dreiundfünfzig. Er leitet die Privatklinik Wiesenhang in Ronsdorf."

„Klingt wie im Heimatroman." Ulbricht verzog abwertend die Mundwinkel, wieder ein Zug an der Zigarette. Er paffte scheinbar gedankenverloren.

„Ist auch ganz nett dort. Er behandelt hauptsächlich Privatpatienten, die zahlen besser als Kassenpatienten." Heinrichs rieb Daumen und Zeigefinger aneinander.

„Da sag mir einer, dass es in Deutschland keine Zweiklassengesellschaft gibt." Ulbricht winkte ab. „Unser Gesundheitssystem geht total am Stock, und die in Berlin kriegen es einfach nicht auf die Kette, endlich mal einzugreifen." Er dachte an die Geschichte, die er von Heike Göbel erfahren hatte. Unwillkürlich fragte er sich, wo diese Reporterin überhaupt steckte. Den ganzen Tag hatte er

schon nichts von ihr gehört. Er fürchtete, dass dies kein gutes Zeichen war.
„Brechtmann ist geschieden, war wohl ein ziemlicher Rosenkrieg damals, wenn man den Erzählungen der Mitglieder im Golfclub Glauben schenken darf. Wohnhaft in Wuppertal, Richard-Strauss-Allee."
„Kümmern Sie sich mal um die Geschiedene. Vielleicht hängt sie mit in der Sache. Möglicherweise ein Racheakt oder irgendwas in dieser Richtung. Wie äußert Brechtmann sich zu den Vorwürfen gegen seinen Freund Klinke?"
„Gar nicht, ich habe ihn heute nirgendwo angetroffen. Es scheint, als wäre er untergetaucht. In der Klink hat man mir gesagt, er sei außer Haus, man wisse aber nicht, wo – oder man wollte es nicht wissen."
„Da stimmt doch was nicht!" Ulbricht fuhr in seinem Stuhl hoch und schlug mit der flachen Hand auf den Schreibtisch. Die Kaffeetasse vollführte einen wilden Hüpfer, der Kaffee schwappte über und hinterließ einen unansehnlichen braunen Kranz auf der Schreibunterlage. „Brechtmann ist mit Klinke gut befreundet. Klinke wäscht seine Hände in Unschuld, obwohl sein Wagen nach dem Mord an Monika Born gesehen wurde. Brechtmann verschwindet einen Tag nach der Tat. Und Monika Born hat unseren Reportern eine haarsträubende Geschichte erzählt, die das deutsche Gesundheitswesen nicht gerade gut aussehen lässt. Da zähle ich eins und eins zusammen, Heinrichs. Brechtmann ist unser Mann, jede Wette. Wenn wir ihn morgen auch nicht antreffen, lasse ich nach ihm fahnden."
„Glauben Sie, er war in Klinkes BMW unterwegs?"
„Der Verdacht liegt auf der Hand, oder?"
„Wie man es nimmt, Chef. Immerhin gibt es genug Zeugen, die mir bestätigt haben, dass Brechtmann tatsächlich am Sonntagnachmittag auf dem Golfplatz war. Danach ist er gemeinsam mit Klinke zu ihm nach Hause gefahren. Das tun sie schon seit Jahren.

Insofern ...", Heinrichs nahm die Brille ab und putzte sie am Stoff seines Hemdes sauber, „fehlt uns jeder Ansatzpunkt."

Ulbricht drückte die Kippe im Aschenbecher aus, ärgerte sich einmal mehr über die Putzfrau, die mal wieder vergessen hatte, den Ascher auszuleeren, und trank den Rest von seinem Kaffee. Plötzlich lächelte er. „So ganz ist Brechtmann noch nicht aus dem Schneider. Ich habe da so eine Idee."

Er griff nach dem Telefon und wählte eine Nummer im Haus. „Ulbricht hier vom Elften. Ja, ich hätte da eine interessante Sache für euch. Kümmert euch um den Kandidaten, aber haltet mich auf dem Laufenden, wahrscheinlich steht er im Zusammenhang mit einem Mordfall, an dem ich gerade arbeite." Mit einem zufriedenen Lächeln legte er auf und erhob sich. Ein letztes Mal griff er zum Hörer und tippte die Nummer von Heike Göbel, die er inzwischen auswendig kannte.

Er wollte sie noch einmal ins Gebet nehmen, nichts zu unternehmen, was die laufenden Ermittlungen gefährden konnte. Doch nach dem fünften Freizeichen meldete sich die Mailbox. „Dann eben nicht", brummte er und legte auf. Ulbricht steckte die halbleere Zigarettenschachtel ein und griff nach seinem Mantel. „Brille" Heinrichs blickte seinen Vorgesetzten verwundert an. „Und jetzt?"

„Feierabend – für heute." Dann war Ulbricht draußen.

Vallendar, Am Mühlenbach, 16:50 Uhr

„Ist hier jemand?"

Wieder diese Stimme, die Heike einen Schauer über den Rücken jagte. Sie wandte sich zu Kalla um, der den Zeigefinger auf die Lippen legte. So leise wie möglich trat er hinter sie. Heike spürte seinen Atem an ihrem Ohr.

Plötzlich fühlte Heike ein Vibrieren an ihrem Schenkel. Ihr Herzschlag setzte für eine Sekunde aus. Das Handy, durchzuckte es sie. Das verdammte Handy klingelte!

Noch bevor sie das Telefon aus der Tasche ziehen konnte, nahm die Lautstärke des Klingelns zu. Sie warf Kalla einen Blick zu, der tonlos einen Satz mit den Lippen formte: Mach es aus.
Unten im Flur rührte sich etwas. „Ich weiß, dass Sie hier drin sind. Hören Sie, ich werde sofort die Polizei rufen, und dann ..."
„Warten Sie, warten Sie!" Kalla sprang vor und umklammerte das Treppengeländer, um sich in die Tiefe zu beugen. Heike trat neben ihn. Unten im Flur stand eine Frau. Sie war etwa in Heikes Alter, trug das dunkle Haar schulterlang. Ängstlich blickte sie nach oben. „Es ist alles in Ordnung, junge Frau!" Kalla polterte die Treppe hinunter und hob beschwichtigend die Hände. „Warten Sie und rufen Sie nicht die Polizei. Wir sind die Guten." Er grinste schief. „Es ist nicht das, wonach es aussieht."
„Sie haben vielleicht Nerven!" Die Frau stemmte wütend die Hände in die Hüften. „Wie kommen Sie überhaupt hier rein?" Ihre anfängliche Angst wurde von Wut verdrängt. „Für mich sieht das nach einem Einbruch aus!" Sie sprach einen leichten moselfränkischen Dialekt, ein untrügliches Zeichen dafür, dass sie aus dieser Gegend kam.
Heike kam auch nach unten und grüßte mit einem Nicken. Die Frau war von zierlicher Statur, einen halben Kopf größer als Heike. Sie trug ein knielanges Sommerkleid und leichte Schuhe. Eine dezente Parfümwolke ging von ihr aus. Angel, diagnostizierte Heike und drängte sich an Kallas massigem Körper vorbei. „Mein Name ist Heike Göbel, ich arbeite für die Wupperwelle. Das ist ein privater Radiosender." Sie deutete auf Kalla. „Und das ist ein ... Kollege." Heike zog eine ihrer Visitenkarten hervor und überreichte sie der Frau.
Sie nahm die Karte und warf einen Blick darauf. Langsam beruhigte sie sich. „Corinna Ückesheim." Sie deutete nach hinten, zur Haustüre. „Die Haustür war nur angelehnt. Sie sind also Journalisten? Darf ich wissen, was Sie im Haus meiner Schwester zu suchen haben?"

Jetzt fiel der Groschen. Vor Heike und Kalla stand Monika Borns Schwester. Die wirkliche Schwester, wohlgemerkt. „Wir sind Ihnen eine Erklärung schuldig, fürchte ich."
„Das fürchte ich auch."
„Sie sind von Monika beauftragt worden, die Blumen zu gießen und nach dem Rechten zu sehen, stimmt's?" Heike lächelte freundlich.
„Woher wissen Sie das alles?"
„Gerda, die Nachbarin, war so freundlich, mich für Sie zu halten. Es gibt schlechte Nachrichten, was Ihre Schwester und Peter Born betrifft." Heike musste jetzt mit offenen Karten spielen. „Vielleicht sollten wir uns setzen?"
„Im Wohnzimmer." Corinna Ückesheim ging vor. Sie sanken auf das Sofa. Die fette Katze trat an die Tür der Veranda und glotzte ins Wohnzimmer.
„Also", sagte Corinna Ückesheim. „Was haben Sie im Haus meiner Schwester zu suchen, und was sind das für schlechte Nachrichten?"
Heike warf Kalla einen hilfesuchenden Blick zu.
Kalla räusperte sich und beugte sich vor. „Sie müssen jetzt sehr tapfer sein, Frau Ückesheim."
Corinna Ückesheims Nervosität steigerte sich. Sie wippte auf und ab. Ihr Blick huschte unstet zwischen den Eindringlingen hin und her.
Heike übernahm wieder. „Ihre Schwester und Ihr Schwager wurden Opfer von Gewaltverbrechen. Beide haben die Anschläge nicht überlebt."
Kopfschütteln. Corinna Ückesheims Unterlippe bebte. Jede Farbe wich aus ihrem fein geschnittenen Gesicht. „Sagen Sie, dass das nicht wahr ist." Die Stimme war nur ein Hauch.
„Ich fürchte, das kann ich nicht."
Kalla erhob sich und trat neben sie. Er legte einen Arm um ihre Schulter, sie ließ ihn gewähren.

LuisenCafe, 17:05 Uhr

Mist, dachte er, fünf Minuten zu spät. Er würde es nie schaffen, pünktlich zu sein. Obwohl es von seiner Haustür nur ein Katzensprung gewesen war, hatte Stefan den Käfer mitgenommen. Nach dem Treffen mit Danni würde er noch einkaufen fahren. Glücklicherweise hatte er einen Parkplatz direkt vor dem Café in der Luisenstraße gefunden. Als er mit dem vierzig Jahre alten VW einparkte, wurde er von gut zehn neugierigen Augenpaaren beobachtet. Sein Clemens war ein echter Sympathieträger geworden, dachte er lächelnd, während er ausstieg und die Tür abschloss. Mit seinem knappen halben Jahrhundert auf den Achsen trotzte der Käfer auch den kürzlich eingeführten Umweltzonen in der Stadt – einem ausgewachsenen Schwachsinn, den sich nur Bürokraten am Schreibtisch ausgedacht haben konnten, die von der Abgastechnik eines Autos nicht die leiseste Ahnung hatten. Er dachte daran, dass fünf Autobahnen direkt durch Köln führten, die Innenstadt aber zur Umweltzone erklärt worden war. Als wenn die Abgase, die die zigtausend Fahrzeuge auf der Autobahn ausschieden, genau dort bleiben würden. Seit Bestehen der Bundesrepublik hatten sich Politiker noch nie so einen Blödsinn ausgedacht. Der wachsenden Umweltbelastung musste man anders zu Leibe rücken als mit dieser Makulatur, die den Landtagen aus Berlin diktiert worden war. Vielleicht hätten sie Sachverständige zu Rate ziehen sollen, anstatt mit viel Propaganda Leuten mit schmalem Geldbeutel den fahrbaren Untersatz und somit die Einfahrt in die Wuppertaler Innenstadt seit Februar 2009 zu verbieten.

Gegenüber auf dem Laurentiusplatz standen die Verkaufswagen einiger Markthändler. Im gläsernen Café herrschte aufgrund der sommerlichen Witterung viel Betrieb. Kellner wieselten umher, und Stefan war froh, dass Danni das „Lui“ vorgeschlagen hatte, hier ließ es sich hervorragend reden. Alle Tische vor dem LuisenCafe waren besetzt.

Majestätisch erhoben sich die beiden sandsteinfarbenen Türme der Laurentiuskirche in den wolkenlosen Himmel über Elberfeld. Das Ölbergviertel schmiegte sich dahinter an seinen Hügel. Ein Häusermeer aus Patrizierbauten der Gründerzeit, ein multikultureller Schmelztiegel der Stadt.

Stefan betrat das LuisenCafe und blickte sich suchend um. Danni saß bereits an einem der Tische auf der linken Seite. Vermutlich war sie im Gegensatz zu ihm pünktlich gewesen. Hinter der Theke rechterhand nickte ihm ein Barkeeper zu.

„So ganz ohne Nachwuchs?" Stefan setzte sich.

„Ich hab Lena bei meiner Mutter geparkt. Sie wohnt gleich um die Ecke, das ist wirklich kein Problem." Sie rührte in einem Latte Macchiato und leckte den Schaum vom Löffel ab.

„Gut." Stefan strahlte. „Also, ich bin gespannt, was ist dir noch eingefallen?"

„Kennst du Dr. Hackethal?"

Nachdenklicher Blick, Schweigen. Dann nickte er. „Klar, Julius Hackethal. Machte seinerzeit Schlagzeilen bundesweit, weil er aktive Sterbehilfe geleistet hat."

Eine junge Kellnerin trat an den Tisch und fragte ihn nach seinem Wunsch. Stefan bestellte eine Cola. Als sie wieder alleine waren, fuhr er fort. „Hat Dr. Brechtmann auch aktive Sterbehilfe geleistet?"

„Noch nicht. Aber er würde es tun, keine Frage."

„Ist das so verwerflich?" Stefan legte den Kopf schräg. „Ich meine, wenn jemand wirklich todkrank ist und tagein, tagaus leidet, ist es da nicht wirklich eine Erlösung, endlich sterben zu dürfen?" Mit der Euthanasie hatte er ein heikles Thema angesprochen.

„Vielleicht, aber jeder Arzt schwört den hippokratischen Eid. Und genau den nimmt unser Chef nicht so ernst, fürchte ich."

Die Cola kam, und sie schwiegen. Als die Kellnerin außer Hörweite war, nahm Stefan den Faden wieder auf. „Hast du eine Beobachtung gemacht, die diesen Schluss zulässt?"

„Er ist Geschäftsmann, aber kein Arzt, der Menschen helfen will." Sie hatte es mit versteinerter Miene ausgesprochen. „Und, Stefan, da ist noch etwas."
Stefan blickte sie fragend an und trank von seiner Coke.
„Seitdem wir uns heute Mittag in der Klinik getroffen haben, werde ich verfolgt."
„Du spinnst."
„Leider nicht." Kopfschütteln. „Als ich nach Ende der Schicht nach Hause ging, wurde ich verfolgt, von einem Typ in einem dunklen Wagen. Er stand auf der gegenüberliegenden Straßenseite und hat rübergeschaut. So einer wie im Film, weißt du. Mit Sonnenbrille und Anzug. Wie von der Mafia."
Stefan dachte sofort wieder an seine Idee, dass die Klinik Wiesenhang als Umschlagplatz einer Organmafia dienen könnte. Die Härchen auf seinen Unterarmen stellten sich auf. Ihm begann das Ganze über den Kopf zu wachsen.
„Aber ich bin ja nicht blöd und habe mir das Nummerschild aufgeschrieben." Danni strahlte und zog einen zerknitterten Zettel hervor. Die Ziffern waren eilig dahingekritzelt. Stefan nahm den Papierschnitzel an sich und warf einen Blick auf das Kennzeichen.
„W-AK ..." Die Nummer merkte er sich gar nicht erst. AK, dachte er und überlegte fieberhaft, zu wem ein solches Kennzeichen gehören könnte. „Autohaus Klinke", murmelte er halblaut. „Vielleicht sollten wir den Halter abfragen lassen, um sicherzugehen, ob Klinke tatsächlich dahintersteckt."
„Ob wer dahintersteckt?" Auf Dannis Stirn hatte sich eine Falte gebildet.
„Ach nichts", brummte Stefan. „Ich habe da nur so eine Idee, wem der Wagen gehören könnte. Was aber nichts heißt. Sag mal, hast du eine Ahnung, was Brechtmann privat treibt?"
„Nicht wirklich. Er gehört einem Club an, der sich angeblich sozial schwächeren Schichten annimmt. Aber das passt nun wirklich nicht zu Brechtmann. Eine Maskerade, um den wohlwollenden

Medizinmann raushängen zu lassen, mehr ist das nicht." Sie leerte ihren Latte, wischte sich den Schaum über dem Mund mit dem Handrücken ab und bestellte bei der Bedienung Nachschub.
„Du hast heute Mittag erzählt, dass es einen Toten gegeben hat. Einen Patienten, der Brechtmann quasi unter dem Messer gestorben ist. Man hat ihn schnell verschwinden lassen und argumentiert, dass er sich im Falle eines Todes die Verbrennung gewünscht hatte ..."
„Deshalb hatte ich dich angerufen. Und das ist vermutlich auch der Grund, weshalb ich verfolgt werde." Ein ängstlicher Blick durch die Glasfront nach draußen. Passanten schlenderten vorüber. Niemand schien sich für Danni zu interessieren. „Ich hatte keine Möglichkeit, dir das in der Klinik zu erzählen." Danni zog ihre Handtasche hervor und wühlte darin herum. Dann zog sie einen zusammengerollten Schnellhefter hervor. „Die Akte des Patienten. Die inoffizielle Krankenakte, wenn du so willst. Dürfte dich als Reporter interessieren, Stefan." Ein Augenzwinkern. „Aber bitte halt mich da raus."
„Versprochen." Stefan nahm den Schnellhefter an sich und blätterte darin herum, doch Danni packte ihn am Handgelenk. „Nicht hier", stieß sie hervor. „Ich werde verfolgt, hörst du mir nicht zu?" Sie blickte durch die große Glasfront des Cafés nach draußen. „Wir sitzen hier fast auf dem Präsentierteller. Pack das Ding weg und lies es dir zu Hause durch, aber nicht hier. Ich hänge an meinem Leben, und irgendetwas sagt mir, dass ich da eine heiße Geschichte aufgetan habe."
„Erzähl mir, was drinsteht." Er legte den Hefter auf den Schoß und beide Hände flach auf den Pappdeckel.
„Das ist die Krankenakte von Franz Dahlhaus. Dem Patienten, der Brechtmann unter dem Skalpell gestorben ist. Wie ich heraus gefunden habe, gibt es zwei Krankenakten, eine offizielle ... und diese hier. Ich kann mit einem der Assistenzärzte ganz gut, und deshalb hatte ich Zugriff auf die Akte. Er weiß es nicht. Aber zurück zu

Dahlhaus. Es war keine Operation im eigentlichen Sinne – es war eine recht einfache Behandlung. Sagt dir der Name BPSD etwas?"
„Nein, klär mich auf. Ist das eine Krankheit?"
„Ja – Demenz oder Alzheimer. Es gibt verschiedene Mittel, um den Verfall zu behandeln. Man erhöht den Acetylcholinspiegel im Gehirn, wodurch die Signalweiterleitung der Neuronen verbessert wird. Nicht ganz ungefährlich, aber diese Mittel mindern die Aktivität von Acetylcholinesterase. Das ist das wichtigste Enzym beim Abbau von Acetylcholin im synaptischen Spalt. So kann man Wahnvorstellungen mindern."
„Verschon mich mit Fachchinesisch!" Stefan hob abwehrend beide Hände. „Erklär es mir so, dass es ein einfacher Radioreporter auch versteht!"
Danni lachte amüsiert, dann fuhr sie fort. „Der Patient leidet unter Störungen im Gehirn. Depressionen, Schlafstörungen und Wahnvorstellungen gehören zum Krankheitsbild. Dahlhaus war Ende fünfzig und litt schwer an Demenz. Bei ihm waren es die Wahnvorstellungen, die sein Leben zu einem einzigen, wahren Albtraum machten. Kein Medikament konnte ihm helfen. Allerdings versprach Brechtmann ihm ein Mittel, das Abhilfe schaffen würde. Nicht in Form einer Tablette, nicht als Spritze. Es gibt ein neumodisches Gerät, das dem Patienten eingepflanzt wird und das kontinuierlich den Wirkstoff abgibt."
„Das kenne ich als Verhütungsmittel", grinste Stefan. „Und ich kenne es als Behandlungsmethode bei Diabetes. Dieses Gerät schüttet das Insulin gleichmäßig aus."
„Richtig, das ist vergleichbar." Danni nickte. Der zweite Latte kam an den Tisch. Sie tunkte das Plätzchen in die Sahne und knabberte daran. „Nur mit dem Unterschied, dass diese Behandlungsmethode noch nicht freigegeben wurde."
„Brechtmann macht Experimente." Stefans Augen wurden groß.
„Und du hast es schriftlich." Danni deutete auf den Schnellhefter unter dem Tisch. „Sein Patient, Dahlhaus, war Versuchskaninchen,

ohne es zu wissen. Demenz zu behandeln ist eine Wissenschaft für sich. Es gibt unzählige Studien mit den unterschiedlichsten Ergebnissen. Alle Studien kommen jedoch immer zum gleichen Schluss: Die Einnahme von Psychopharmaka sollte auf ein Minimum beschränkt werden. Brechtmann tut aber genau das Gegenteil: Er setzt seinem Patienten ein Gerät ein, das den Wirkstoff permanent an den Körper abgibt. Und es gibt keine offizielle Freigabe – weder für das Gerät, noch für das eingesetzte Medikament. Das Ergebnis kennen wir – Franz Dahlhaus ist tot. Er wurde unmittelbar nach seinem Ableben aus der Klinik geschafft, dem Bestatter zugeführt und danach ins Krematorium gebracht. Seine Leiche wurde verbrannt, weil seine Frau es wünschte. Das steht jedenfalls in den Unterlagen. Somit sind alle Beweise vernichtet, und Brechtmann wäscht seine Hände in Unschuld."

„Du hast anfangs die Sterbehilfe erwähnt. Was hat das mit dem Toten zu tun?"

„Ich weiß nicht, aber Hackethal war auch ein streitbarer Arzt, so wie Brechtmann es ist. Und je nachdem, wie weit die Demenz bei dem Patienten schon fortgeschritten war, könnte er seinen Tod auch als Sterbehilfe empfunden haben."

„Woher weißt du das alles?"

„Von Carlos. Er ist ein junger Assistenzarzt und wohl scharf auf mich, deshalb erfüllt er mir jeden Wunsch. Und er hat mich alleine in dem Raum zurückgelassen, in dem die geheimen Akten aufbewahrt werden. Vermutlich macht er sich jetzt meinetwegen Hoffnungen." Sie kicherte kurz. „Nicht so, wie du denkst. Wir verstehen uns ganz gut – kollegial, mehr nicht. Carlos war dabei, als Brechtmann den Eingriff vorgenommen hat."

„Klingt, als wäre dein Carlos unser Kronzeuge."

„Er ist nicht mein Carlos." Sie klang jetzt fast ein bisschen beleidigt. „Außerdem hat er gesagt, ich solle um Gottes willen niemandem etwas verraten, weil er sonst sicherlich auch dran sei. Er hätte den Eingriff verhindern müssen."

„Hätte Brechtmann sich von ihm aufhalten lassen?"
„Wohl kaum."
„Du wirst deinen Job verlieren, wenn du auffliegst."
„Dann fang ich beim Radio an. Storys finde ich schon."
Stefan nickte. „Das hast du eben eindrucksvoll bewiesen." Unter dem Tisch waren die Unterlagen für zufällig vorbeikommende Passanten, die einen Blick ins „Lui" warfen, unsichtbar. „Damit bezichtigst du Dr. Brechtmann, Medikamente an Patienten auszuprobieren, die keine Freigabe haben. Brechtmann kassiert von dem Pharmakonzern sicherlich Unsummen für diese illegale Leistung. Das verstößt gegen die Menschenwürde, und Brechtmann wird der Korruption überführt." Stefan überlegte, ob Brechtmann tatsächlich an drei Morden beteiligt gewesen sein könnte. Steckte der angesehene Mediziner hinter den Morden? Immerhin hatte er den Tod von Dahlhaus für die Durchführung seiner Experimente in Kauf genommen. Fahrlässige Tötung war ihm so gut wie sicher nachzuweisen.
„Es ist ein ziemlicher Hammer. Ich habe Angst, Stefan. Vielleicht sollte ich zur Polizei gehen."
Stefan nickte. „Ist vielleicht wirklich nicht die blödeste Idee." Er zückte das Handy und wählte Ulbrichts Nummer. Das Freizeichen ertönte, aber Ulbricht meldete sich nicht. Scheinbar hatte er heute früher Feierabend gemacht. „Der hat Nerven", brummte Stefan. „Es hat drei Morde gegeben, und er geht pünktlich nach Hause." Er unterbrach die Verbindung und wählte Ulbrichts Handynummer. Endlich erreichte er den Kommissar. Kurz und präzise schilderte er ihm, was er von Danni erfahren hatte.
„Bleiben Sie, wo Sie sind. Ich bin in einer halben Stunde bei Ihnen." Mehr sagte er dazu nicht.

Koblenz, 17:30 Uhr

„Ich kann das alles nicht begreifen. Es klingt einfach so ... unglaublich.“ Corinna Ückesheim schüttelte den Kopf. Die bedrückende Stimmung im Haus ihrer Schwester hatte sie dazu bewogen, die beiden Reporter mit nach Koblenz zu nehmen. Hier bewohnte sie ein kleines Haus im Stadtteil Ehrenbreitstein. Sie waren aber nicht dorthin, sondern zum Deutschen Eck gefahren. Die Nachricht vom Tod ihrer Schwester und des Schwagers hatte sie schwer getroffen.

Kalla hatte den Vorschlag gemacht, sich am Deutschen Eck zu treffen. Neutraler Boden, hatte er es genannt. Nach Rücksprache mit den Kollegen vom Taxistand am Konrad-Adenauer-Ufer hatte er den alten Daimler zwischen den Droschken der Jungs parken dürfen. Er wollte nicht auffallen. Denn kaum, dass sie das Haus der Borns verlassen hatten, war ihnen ein Streifenwagen entgegengekommen. Anscheinend funktionierte Ulbrichts Amtshilfe schneller, als sie vermutet hatten. Wenn die Polizisten schlau waren, dann führte die Spur zu Kalla und Heike. Vielleicht hatte auch die schwatzhafte Gerda zu viel verraten. Mit etwas Pech lief bereits eine Fahndung nach dem Taxi, deshalb war Kalla vorsichtig geworden.

Auf der gegenüberliegenden Rheinseite thronte Deutschlands größte Festung auf dem Felsen Ehrenbreitstein. Schiffe tuckerten in gemächlichem Tempo vorüber. Kalla, Heike und Corinna Ückesheim standen genau dort, wo die Mosel in den Rhein mündete, an der Spitze des Deutschen Ecks. Auf der anderen Seite der Mosel lag ein Campingplatz. Die vielen Wohnwagen wirkten im satten Grün wie helle Flecken der Zivilisation inmitten der Natur.

Kalla beugte sich über das gusseiserne Gitter und beobachtete, wie sich die beiden Gewässer vermischten. Die Mosel bläulich, Vater Rhein graubraun.

Touristen fotografierten, was das Zeug hielt, Sprachfetzen aus Englisch, Französisch und Niederländisch drangen an ihre Ohren. Am gegenüberliegenden Ufer rauschte ein Zug vorüber.

„Er ist immer volles Risiko gefahren, wenn er an einer heißen Geschichte gearbeitet hat“, murmelte Corinna Ückesheim leise. „Fragen Sie nicht warum, aber aus irgendeinem Grund hat er sich mir immer anvertraut.“ Sie lächelte wehmütig. Auch diesmal wusste ich, dass er die Geschichte mit den korrupten Ärzten aufgetan hat. Ich fand die Geschichte interessant und skandalös, aber ich frage Sie, wer begeht dafür einen Mord, um ihn zum Schweigen zu bringen?“

„Drei Morde“, verbesserte Kalla sie. Er drehte sich zu den Frauen um, die gedankenverloren zum großen Denkmal von Kaiser Wilhelm aufblickten. Mit fast vierzig Metern Höhe ein imposantes Bauwerk, auf dem der Kaiser zu Pferd und eine weibliche Genienfigur dargestellt waren. Corinna nickte und kämpfte gegen die Tränen an. „Es gibt hier in Koblenz ein Sprichwort: ‚Vom ville Schaffe ginn die beste Pärd kabott.‘ Das trifft auf meinen Schwager zu. Er hat viel gearbeitet, und diesmal hat er in ein Wespennest gestochen.“

„Haben Sie einen Verdacht, wer hinter den Morden stecken könnte?“

„Ich hatte ein sehr gutes Verhältnis zu meinem Schwager.“ Ein feines Lächeln in ihrem blassen Gesicht. „Manchmal hatte ich den Eindruck, dass er mir mehr erzählte als seiner Frau. Fragen Sie mich nicht, warum das so war, vielleicht lag es daran, dass er Monika aus allem heraushalten wollte, dass er sie nicht unnötig in Angst versetzen wollte.“

„Kennen Sie Details? Wissen Sie, wie weit er mit seinen Recherchen war?“, fragte Heike.

„Er hat sich eine Liste von Ärzten besorgt, die korrupt sind, die sich von großen Pharmakonzernen bestechen lassen, um nicht freigegebene Arzneimittel an Patienten auszuprobieren. Namhafte Mediziner standen auf der Liste, das hat er mir gesagt. Und er hat sich undercover in die Branche eingeschleust und Kontakte geknüpft. Dabei muss er einem Arzt zu nahe getreten sein, vermute ich. Ein sehr ehrgeiziger Arzt, der große Angst um seinen guten Ruf hat. Vielleicht sogar der Leiter einer Klinik, der genug Macht besitzt, um einen Killer auf Peter und Monika anzusetzen. Jemanden, der auch über Leichen geht, wenn es nur um gefährliche Zeugen geht. Wir wissen, woran Peter gearbeitet hat. Was so viel bedeutet, dass auch wir, also Sie und jetzt auch ich, potenzielle Mordopfer sind. Wer die Spur von Peter Born weiterverfolgt, der gerät zwangsläufig an uns."

Damit hatte Corinna Ückesheim Heikes schlimmste Befürchtungen ausgesprochen. Sie tauschte einen raschen Blick mit Kalla, der unmerklich nickte. Sie zückte das Handy und wählte Stefans Nummer. Er meldete sich bereits nach dem ersten Freizeichen.

„Na endlich", rief er. „Hier überschlagen sich die Ereignisse, und du fährst mit dem Taxi in der Weltgeschichte herum!"

„Auch hier haben wir viel erfahren. Die Schwester von Monika Born steht mir gegenüber. Stefan, wir müssen höllisch auf der Hut sein." Sie erzählte ihm, was sie von Corinna Ückesheim erfahren hatte. „Kalla hat übrigens Borns Rechner durchforstet und die relevanten Daten auf einen USB-Stick gezogen. Sie sind zwar passwortgeschützt, aber für einen guten Hacker dürfte das kein Problem sein."

„Und ich habe die geheime Krankenakte eines Patienten von Dr. Brechtmann, dem Leiter der Privatklinik." Er erzählte Heike in aller Eile von der Akte, die er von Danni erhalten hatte.

„Also machen die beiden doch gemeinsame Sache", entfuhr es Heike. Auf der gegenüberliegenden Rheinseite rauschte ein Zug vorbei, und Stefans Antwort ging teilweise im Lärm unter.

„Hier brennt der Baum, und Ulbricht wäre bestimmt dankbar, wenn die Daten, die Kalla auf den USB-Stick gezogen hat, Beweise enthielten, mit denen er Brechtmann verhaften könnte."

„Wir sind in knapp drei Stunden wieder im Tal", versprach Heike und drückte den roten Knopf. Sie wandte sich an Corinna Ückesheim. „Es scheint, als würde sich der Kreis schließen. Wir müssen dringend nach Wuppertal und die Daten vom Rechner Ihres Schwagers auswerten lassen. Der Mediziner, den wir suchen, hat tatsächlich eine Menge Dreck am Stecken. Er hat einen schweren Fehler begangen, ein Patient ist tot, und der Arzt ist seitdem spurlos verschwunden. Der Arzt ist übrigens Leiter einer Privatklinik. Insofern scheint sich auch Ihr Verdacht, dass es sich um einen ranghohen Mediziner handelt, der viel zu verlieren hat, zu erhärten, Frau Ückesheim."

„Ich habe eben unfreiwillig mitgehört. Sie sagten, die relevanten Dateien seien passwortgeschützt."

„Kennen Sie das Passwort etwa?"

„Nehmen Sie den 3. April 1974 – also null drei, null vier, vierundsiebzig. Das war Monikas Geburtstag." Sie dachte angestrengt nach und hatte Schwierigkeiten, sich auf Heikes Frage zu konzentrieren. Die Nachricht vom Tod ihrer Schwester und des Schwagers hatte sie noch lange nicht verdaut. Dann blickte sie die Reporterin an. „Oder versuchen Sie es mal mit Garfield."

„Garfield?"

„Ja, wie die fette Katze vom Nachbarn, die immer durch den Garten streicht. Peter hat den Kater immer Garfield genannt, weil er seiner Ansicht nach genauso aussieht."

„Danke für den Tipp!"

„Fahren Sie nach Hause und sorgen Sie dafür, dass dieses Schwein hinter Gitter wandert." Corinna Ückesheims Miene war zu einer starren Maske geworden.

Dem war nichts mehr hinzuzufügen, und Heike zog es nach Wuppertal. Dort wartete viel Arbeit auf sie. Sie drückte Corinna Ückesheim eine Karte in die Hand und bat, sie möge sich melden, falls ihr noch etwas einfiel. Sie verabschiedeten sich und schlenderten nebeneinanderher zum Konrad-Adenauer-Ufer. Kallas Taxi parkte unbehelligt zwischen den anderen Fahrzeugen am Taxistand. Sie stapften hinüber und stiegen eilig ein. Heike schnallte sich an und sagte: „Bring uns nach Hause, Kalla. Wir haben zu tun."

Richard-Strauss-Allee, 18:00 Uhr

Auch nach dem dritten Klingeln öffnete niemand. Stefan überlegte, ob es vielleicht besser gewesen wäre, den Käfer ein wenig abseits zu parken und den Rest des Weges zu Brechtmanns Haus zu Fuß zurückzulegen. Die Villa, in der Brechtmann residierte, war umgeben von sattem Grün. Im Vorgarten penibel gestutzter Rasen, kreisrund geschnittene Büsche und ein gut anderthalb Meter breiter, mit weißem Zierkies belegter Weg, der zum Eingang der Gründerzeitvilla führte. Hinter dem Haus ein unverbaubarer Ausblick auf Barmen, das – von hier aus betrachtet – im Talkessel lag. Wer hier wohnte, verfügte über ein gutes Einkommen. Leider hatte er diesen Reichtum wohl nicht mit ehrlicher Arbeit verdient, dachte Stefan verbittert und legte den Finger erneut auf den Klingelknopf. Drinnen erklang die dumpfe Melodie von Big Ben.

„Der Herr Doktor ist nicht da." Eine weibliche Stimme.

Stefan drehte sich um und sah eine vornehme alte Dame an der Hecke stehen. Sie trug ein buntes Kostüm und einen Hut mit einer Feder an der Krempe. Sie mochte Ende sechzig sein, vielleicht auch Mitte siebzig. Die alte Dame trat in gebückter Haltung näher. „Ich habe ihn heute noch gar nicht gesehen. Vorhin war auch schon ein Herr da, der nach Doktor Brechtmann gefragt hat."

„Das war sicherlich ein Kollege von mir", erwiderte Stefan schnell. Ulbricht, fügte er in Gedanken hinzu. Bestimmt hatte Ulbricht schon versucht, den Leiter der Privatklinik zu Hause zu erreichen. Logisch eigentlich.

„Sie müssen wissen, ich wohne gleich nebenan. Wir sind Nachbarn, der Herr Doktor und ich."

„Haben Sie eine Idee, wo ich Dr. Brechtmann finden könnte?", fragte er höflich.

„Nein." Das leutselige Lächeln verschwand aus ihrem Gesicht. Sie machte auf dem Absatz ihrer Schuhe kehrt und schritt davon.

Stefan folgte ihr. „Warten Sie."

„Es steht mir nicht zu, Auskunft über den Verbleib des Herrn

Doktor zu geben."
Stefan war beim Käfer angelangt. Er schloss die Tür auf und wollte soeben einsteigen, als die alte Frau eine Hand hob. „Warten Sie."
Stefan hielt inne und lehnte sich über das runde Dach.
„Sie fahren Volkswagen?" Forschender Blick, Sehnsucht in den stahlgrauen Augen.
„Ja", nickte Stefan. „Schon seit Jahren. Er lässt mich nicht im Stich." Lächeln. „Na ja, so gut wie nie", fügte er dann leise hinzu und tätschelte das Blech liebevoll.
„Im Volkswagen habe ich meinen Führerschein gemacht, und es war mein erstes Auto überhaupt. Ich hatte den Volkswagen bis 1973, dann kam der erste Variant. Wir brauchten Platz im Auto, für die Kinder, wissen Sie. Aber der gute alte Volkswagen war mir schon sehr ans Herz gewachsen. Die Käfer sind selten geworden im Straßenbild. Leider." Ein langer Seufzer. Die alte Dame schwelgte in Erinnerungen, das sah Stefan ihr förmlich an. Und er war sich nicht zu schade, die Sympathie der alten Dame für seinen Wagen schamlos für sich zu nutzen.
„Möchten Sie eine Runde mit mir drehen, nur so, um alte Zeiten aufleben zu lassen?"
„Das würden Sie für mich tun?" Die Wangen der alten Dame glühten vor Begeisterung.
„Natürlich. Es ist mir sogar eine Pflicht. Der alte Käfer gehört inzwischen zum deutschen Kulturgut." Er lachte, umrundete den Wagen und öffnete die Beifahrertür. Stefan machte eine einladende Geste. „Bitte einzusteigen, gnädige Dame."
„Sie sind ein Charmeur." Lächelnd trat sie an Clemens heran und ließ sich auf den Beifahrersitz gleiten. „Die Hüften, wissen Sie. Man wird nicht jünger." Er drückte die Tür zu, umrundete den Käfer und setzte sich neben sie.
Die alte Dame strahlte. „Umso schöner ist es, mit einem solchen Wagen fahren zu dürfen."
Als Stefan den Motor startete, freute sie sich wie ein kleines

Mädchen. Der Boxermotor blubberte zufrieden im Heck. „Dieses Geräusch habe ich geliebt früher. Heutzutage wäre ein solcher Motor sicherlich undenkbar. Viel zu laut, aber wir sind ja auch verwöhnt.“ Sie winkte ab. Dann beugte sie sich nach links und reichte Stefan die Hand. „Übrigens, ich bin Elfriede Winter.“

„Stefan Seiler, angenehm.“ Er legte den Gurt an und fuhr los. Der Weg führte über die Schubertstraße, vorbei am Ehrenfriedhof. Die Bäume der Barmer Anlagen bildeten ein grünes Dach über der Straße. An der Eisenlohrstraße hielt er sich links. Bald schon ragte der Toelleturm in den wolkenlosen Abendhimmel. Stefan drehte eine Ehrenrunde und erreichte schon bald wieder die Wettiner Straße. Durch das offene Dreiecksfenster drang ein frischer Fahrtwind in den Innenraum des Käfers, und Elfriede Winter schien die Fahrt mit dem alten Wagen sichtlich zu genießen.

„Was wollen Sie von Dr. Brechtmann?“ Die Frage kam nicht ganz überraschend.

„Ich möchte mich mit ihm über einen seiner Patienten unterhalten“, erwiderte Stefan wahrheitsgemäß. „Ich arbeite als Reporter beim Radio, bei der Wupperwelle.“

„Ich höre nur WDR 4, wegen der schönen Musik.“

Etwas anderes hatte Stefan auch nicht erwartet. Er lächelte nachsichtig, sah im letzten Moment einen Radarwagen an der Wettiner Straße stehen und ging vom Gas. Gerade noch mal Glück gehabt, dachte er und atmete unauffällig auf.

Auf Höhe der Lönsstraße nickte Elfriede Winter. „Ich vertraue Ihnen, Herr Seiler. Möglicherweise befindet sich der Herr Doktor in seinem Ferienhaus.“

Stefan horchte auf. „Wo liegt das, wenn ich fragen darf?“ Er vermutete Ischgl, St. Tropez oder eine andere Ortschaft, wo sich die Reichen und Schönen ein Stelldichein gaben. Sein Gehalt als Klinikleiter war vermutlich enorm – und wenn man seine Einnahmen aus illegalen Geschäften hinzurechnete, war Brechtmann sicherlich ein steinreicher Mann. Stefan wäre nicht verwundert

gewesen, wenn er ein Haus in Monte Carlo besäße.
„In Wermelskirchen." Die alte Dame lächelte. „Herr Brechtmann liebt die Abgeschiedenheit, die das Bergische Land bietet. Man muss nicht lange fahren, hat die Natur direkt vor der Haustür. Er wandert sehr gern, müssen Sie wissen. Und der Weg ist nicht zu weit, um sich dorthin auch einmal unter der Woche zurückzuziehen. Er braucht das ab und zu."
„Hm." Stefan nickte. So bodenständig hätte er Brechtmann nach allem, was er bisher über ihn erfahren hatte, nicht eingeschätzt.
„Und, um Ihre nächste Frage zu beantworten: Die Adresse lautet Am Stall, ja, lachen Sie ruhig, das klingt komisch, ich weiß. Aber fragen Sie mich nicht nach der Hausnummer. Fahren Sie hin und fragen Sie sich durch." Sie waren vor Brechtmanns Haus in der Richard-Strauss-Allee angekommen. Stefan lenkte Clemens an den Straßenrand.
„Fragen stellen können Sie ja ganz gut." Elfriede Winter zwinkerte ihm verschwörerisch zu. „Es war schön, mit einem jungen Mann in einem alten Auto auf Tour zu gehen." Beifahrertüre auf, rechtes Bein raus. „Danke für die kleine Reise in meine Vergangenheit. Ich werde heute Nacht träumen. Von den Fahrten, die ich früher mit dem kleinen Volkswagen gemacht habe." Linkes Bein raus, mühsames Hochziehen an der A-Säule. Fingerabdrücke auf der Windschutzscheibe.
„Soll ich Ihnen helfen?"
„Nein, danke. Es geht schon, wenn nur die Hüften nicht wären." Sie bückte sich in den Wagen und verabschiedete sich von Stefan. „Danke noch mal. Und grüßen Sie den Herrn Doktor von mir, wenn Sie ihn antreffen." Türe zu.
Das werde ich besser nicht tun, dachte Stefan, winkte freundlich und fuhr an. Sein Weg führte nach Wermelskirchen. Er wollte schon immer mal zum Stall.

Rott, 18:20 Uhr

„Kripo? Habe ich was verbrochen?“ Die Frau warf durch die einen Spaltbreit geöffnete Tür einen kurzen Blick auf ihre Dienstausweise. Danach schlug sie die Wohnungstür zu. Heinrichs blickte seinen Vorgesetzten mit einem belämmerten Gesichtsausdruck an, als drinnen eine Eisenkette rasselte und die Türe geöffnet wurde.

„Kommen Sie rein, quatscht sich besser als im Treppenhaus.“

„Es wird nicht lange dauern, Frau Dahlhaus.“ Ulbricht und Heinrichs tauschten einen Blick, ließen die Dienstausweise verschwinden und traten ein. Es roch nach Mittagessen, trotz der späten Stunde. Vermutlich aß sie abends warm. Sie sah jedenfalls so aus. Frau Dahlhaus war Ende fünfzig, zwei Köpfe kleiner als Ulbricht und ein wenig pummelig. Sie trug eine dunkle Baumwollhose und eine schwarze Bluse – trotz des sommerlichen Wetters. Trauer. Nur für die Leute, dachte Ulbricht. Ihr rundes Gesicht glühte vor Aufregung, als sie die Polizisten durch die Mietwohnung an der Eichenstraße führte. Die Wohnung war einfach eingerichtet, aber sauber. Im Flur ein beigefarbener Teppich, der ihre Schritte dämmte, Tapete mit Blumenmuster und eine altmodische Garderobe. Jacken in Grau, Braun und Schwarz am Haken, auf dem Brett darüber zwei Herrenhüte.

„Die haben meinem Mann gehört.“ Sie war stehen geblieben, als sie die Blicke der Beamten bemerkt hatte. Tränen traten in ihre Augen. „Es war ein schleichender Tod, und Dr. Brechtmann war unsere letzte Hoffnung.“ Kopfschütteln. Sie knüllte ein Taschentuch in der rechten Faust zusammen. „Gehen wir in die Küche.“ Zweite Tür links. Siebzigerjahreküche, aber wie aus dem Laden, musste Ulbricht neidlos anerkennen. Margarete Dahlhaus war eine anständige Hausfrau. In der Spüle eine einzige Kaffeetasse und ein kleiner Teller sowie Besteck. Auf dem Herd ein Topf. Vom Inhalt konnten die Beamten nichts sehen, der Deckel lag schief darauf. „Ich muss mich erst daran gewöhnen, jetzt für mich alleine zu kochen. Setzen Sie sich.“ Leidiges Stöhnen. Sie deutete auf den

Küchentisch am Fenster und rückte ihnen die Stühle mit Chromrohrrahmen zurecht. Sie setzten sich. Blick aus dem Fenster. Tristes Hinterhofidyll. Mülltonnen, ein verkümmertes Beet und schiefe Platten am Boden mit Moos in den Fugen. Gegenüber Altbau. Im Hof schienen die Häuser am Himmel zusammenzuwachsen. Ein Kind schrie, aus einem offenen Fenster türkische Musik, jemand telefonierte laut. Wozu telefonierte der überhaupt? Er war in ganz Barmen zu hören.

„Kaffee?"

„Nein, danke." Ulbricht schüttelte den Kopf. Wie oft hatte er in den letzten Jahren frischgebackene Witwen besuchen müssen, um ihnen vom Tod des Gatten zu berichten. Er hatte es immer gehasst, solche Hiobsbotschaften zu überbringen. Und daran hatte sich in all den Jahren nie etwas geändert. „Das mit Ihrem Mann tut uns leid. Sie sagten eben, es sei ein schleichender Tod gewesen", eröffnete Ulbricht das Gespräch. Margarete Dahlhaus lehnte an der Spüle. Sie nickte und stierte ins Leere. „Es ist so armselig. Die Menschen fliegen zum Mond, erfinden Dinge wie Telefone ohne Schnur. Es gibt Satellitenfernsehen und Internet. Aber gegen manche Krankheiten ist kein Kraut gewachsen." Ein frustrierter Seufzer. „Franz litt an Alzheimer." Sie putzte sich eine Träne mit dem Handrücken aus dem Augenwinkel.

„Mögen Sie uns die ganze Geschichte erzählen?"

„Natürlich." Sie kämpfte wieder gegen die Tränen an. „Anfangs hat er kleine Dinge vergessen. Nichtigkeiten. Manchmal haben wir doch alle ein Gedächtnis wie ein Sieb, wir haben dem nicht allzu große Bedeutung beigemessen. Aber es wurde schlimmer. Er hat seinen Pass verlängern lassen wollen, beim Einwohnermeldeamt. Als die Sachbearbeiterin ihn nach seiner aktuellen Adresse fragte, blickte er mich hilfesuchend mit großen Augen an. Er hatte seine eigene Adresse vergessen, können Sie sich das vorstellen? Ein erwachsener Mann, der im Berufsleben gestanden hat und immer wusste, was er wollte. Diesen Blick werde ich nie vergessen. Hilflos, wie der Blick eines Kindes. Wir sind direkt zum Arzt, aber der konnte uns nicht helfen. Er sagte, es gäbe zwar Medizin, aber die Handhabung würde zu viele Risiken bergen. Der Hausarzt stellte Franz auf den Kopf, mahnte ihn, sich abwechslungsreich zu ernähren, wenig Alkohol zu trinken und viel zu schlafen. Er hielt sich daran – meistens jedenfalls. Mein Gott, sollte ich ihm sein wohlverdientes Feierabendbier verweigern? Es wurde nicht besser, im Gegenteil. Er wurde zusehends vergesslicher. Schlimm wurde es, wenn ich ins Zimmer kam und er mich nicht erkannte. Wenn ich ihm sagte, seine Frau zu sein, schüttelte er energisch den Kopf, wurde aggressiv und nannte mich eine elende Hochstaplerin. Schlimm, kann ich Ihnen sagen."

„Wie sind Sie auf Dr. Brechtmann gekommen?" Es war das erste Mal, dass Heinrichs sich zu Wort meldete.

„Durch einen Bekannten von Franz. Dessen Chef ist mit ihm befreundet. Und er hat es auch möglich gemacht, dass Franz sich bei Dr. Brechtmann in Behandlung begeben konnte. Ich werde ihm ewig dankbar sein."

„Aber die Hilfe kam zu spät."

Ulbricht warf seinem Assistenten einen bösen Blick zu. Hätte er diesen Schnösel besser zu Hause gelassen, dachte er wütend.

„Leider, ja." Margarete Dahlhaus hatte nichts von den feindseligen Blicken, die die Männer austauschten, mitbekommen. „Dabei hat Dr. Brechtmann sich wirklich Mühe gegeben. Er hat meinem Mann versprochen, ihm ein völlig neuartiges Instrument einzusetzen. Das sei nichts Gefährliches mehr. Seit dem Herzschrittmacher wissen wir alle, dass der menschliche Körper technische Instrumente gut annimmt."

„Was war das für ein Gerät?" Ulbricht war hellhörig geworden. Vor einer Stunde war er von Stefan Seiler zum LuisenCafe gerufen worden. Eine junge Frau, die in Brechtmanns Klinik arbeitete, hatte eine geheime Akte herausgeschmuggelt. Es hatte sich um die Akte des Patienten Franz Dahlhaus gehandelt.

Ulbricht trommelte nervös auf dem Tisch herum. Margarete Dahlhaus berichtete ihm, dass es sich dabei um ein völlig neuartiges Gerät handelte, das kontinuierlich ein Medikament an den Körper abgab, um das kranke Gehirn ihres Mannes zu stimulieren. Brechtmann habe ihr zwar erklärt, wie das funktionierte, aber sie hatte kaum etwas verstanden. „Ich habe doch keine Ahnung von solchen Dingen", sagte sie fast entschuldigend. „Schließlich bin ich kein Arzt."

Ulbricht fand, dass es an der Zeit war, ein Gesetz zu erlassen, welches bestimmte, dass Ärzte ihre Patienten – und deren Angehörige – klar über Fakten und mögliche Risiken aufklären mussten. Mit medizinischen Fachausdrücken schafften sie nur Verwirrung und verunsicherten die Menschen, die sich in ihre Obhut begaben.

„Ihr Mann wurde kurz nach seinem Tod verbrannt?" Heinrichs brachte ihn unsensibel, wie er in Ulbrichts Augen war, auf den Boden der Tatsachen zurück.

„Ja. Es war sein letzter Wunsch. Ich habe ihm diesen Wunsch erfüllt."

Schade, dachte Ulbricht, verkniff sich jedoch eine passende Bemerkung. Er nickte Heinrichs zu und erhob sich.

Margarete Dahlhaus brachte sie zur Tür. Ulbricht drückte ihr noch mal sein Bedauern über den Tod ihres Mannes aus, dann waren die beiden Beamten im Treppenhaus.

„Und?" Heinrichs hatte die Hände in den Taschen vergraben.

Ulbricht sehnte sich nach einer Zigarette. „Brechtmann ist ein Arschloch. Das müssen wir ihm jetzt nur noch nachweisen."

Ohligsmühle, 18:40 Uhr

Ein Blick auf die Uhr im Handydisplay. Gut, wenn sie gleich nach Hause kam, würde sie Lena bei der Mutter abholen und bettfertig machen. Sie war gut in der Zeit, war noch ein wenig durch die Elberfelder City geschlendert, um sich abzulenken. Danni hatte mit dem Gedanken gespielt, den Job als Ärztin in der Privatklinik

Wiesenhang hinzuschmeißen. Dort liefen linke Geschäfte, und das war nun wirklich nicht das, was sich die junge Frau unter einem Beruf im Gesundheitswesen vorgestellt hatte. Sie wollte Menschen helfen. Auch das Gespräch mit Stefan Seiler hatte sie sich ein wenig anders vorgestellt. Er schien in festen Händen zu sein – schade. Immerhin hatte er es geschafft, einen wichtigen Kriminalhauptkommissar aus dem Feierabend zu holen. Ulbricht war in Begleitung eines flippigen Typen mit blonden Haaren und blauer Brille rausgekommen und hatte sich angehört, was sie zu sagen hatte. Es war ihm nicht möglich gewesen, sie unter Personenschutz zu stellen. Nach dem Besitzer des Wagens, der sie verfolgte, hatte er eine Fahndung einleiten lassen. Die Akte des verstorbenen Patienten hatte er an sich genommen und ihr versprochen, mit den darin enthaltenen Informationen einen Fachmann im Präsidium zu betrauen. Doch davon hatte Danni nicht sonderlich viel. Die Angst vor dem unheimlichen Verfolger war geblieben.

„Die personelle Situation ist dramatisch, ich habe keine Leute, verstehen Sie?"

Natürlich hatte sie verstanden. Sie war ja nicht blöd. Und trotzdem fühlte sie sich nicht wohl in ihrer Haut. Kommissar Ulbricht war nach etwas mehr als fünf Minuten wieder verschwunden.

Immer wieder blickte sie sich ängstlich um. Niemand verfolgte sie. Hatte die Fahndung schon etwas gebracht, und man hatte den Verfolger geschnappt und zur Rede gestellt? Sicher fühlte sie sich trotzdem nicht. Sie betrat den Bahnsteig der Schwebebahnstation. Ein paar wartende Fahrgäste marschierten auf und ab oder hockten auf den Bänken der Station.

Ausdruckslose Mienen, Wartegesichter.

Niemand interessierte sich für sie. Es dauerte keine zwei Minuten, bis die orange-blaue Bahn mit einem leisen Surren in die Station einlief. Im Fahrerstand ein gelangweilt dreinblickender Fahrer. Die vier Türenpaare glitten ratternd zur Seite und spuckten Fahrgäste aus. In der Bahn Mief. Sie bestieg den leicht am Gerüst schwankenden Zug und ergatterte einen der cremefarbenen Plastikschalensitze hinter dem Fahrer. Warten. Dann schlossen sich die Türen, und die Bahn fuhr an. Jetzt lag die Wupper unter der Bahn. Früher, in der Schule, hatte sie gelernt, dass man die Wupper, die sich über rund hundertfünfzehn Kilometer Länge erstreckte, bevor sie bei Leverkusen in der Rhein mündete, früher auch als den „schwarzen“ oder den „bunten“ Fluss bezeichnet hatte. Dies war zum einen auf die zunehmende Anzahl der Haushalte, die sich am Flusslauf ansiedelten, zurückzuführen gewesen. Die Hauptursache waren jedoch die zahlreichen Textilfärbereien gewesen, die ihr Abwasser ungeklärt in den Fluss abgeleitet hatten. Damals waren Begriffe wie Wasser- oder Naturschutz völlig unbekannt gewesen, und so war es nur eine Frage der Zeit gewesen, bis am Anfang des neunzehnten Jahrhunderts die Fischerei in der Wupper der Vergangenheit angehörte. Inzwischen gab es scharfe Umweltschutzvorgaben für Industriebetriebe, die am Ufer lagen, und der Fluss lebte heute wieder. Neben fast dreißig anderen Fischarten tummelten sich heute wieder Aale, Lachse und Bachforellen in der Wupper, und der natürliche Fischfeind der heutigen Zeit war der Graureiher, der sich ab und zu mit majestätischen Flügelschwingen und lebendiger Beute im Schnabel aus dem Fluss erhob.

Das Gebäude der Industrie- und Handelskammer lag rechterhand, direkt dahinter folgte der Sparkassenturm. Die Fahrt dauerte keine drei Minuten, bis die Schwebebahn in die Station Döppersberg rollte. Sanft verzögerte der Zug.

Tauben flatterten aufgeschreckt ins Freie. Danni blickte sich im Sitz um. Niemand schien sie zu verfolgen. Sie hatte ein ungutes Gefühl, seitdem sie die geheime Akte aus der Klinik entwendet hatte. Eigentlich war sie viel zu ehrlich und viel zu feige, um irgendetwas mitgehen zu lassen, aber ihr stark ausgeprägter Sinn für Gerechtigkeit hatte gesiegt. Es war höchste Zeit, dass diesem Brechtmann mal jemand auf die Finger schlug. Ein Mann war

gestorben, und sie wusste nicht, ob der arme Kerl das erste Opfer gewesen war.
Ihre Gedanken kreisten um die Machenschaften von Dr. Brechtmann, während die Bahn weiter in Richtung Barmen fuhr. Nachdem der orange-blaue Zug die Bundesallee überquert hatte und linkerhand das große Kino und wenig später das Schauspielhaus auftauchte, wurde es an der Station Landgericht leerer. Einige Leute stiegen gut gelaunt aus, um sich einen netten Abend im Kino zu gönnen. Danni konnte es recht sein. Vielleicht sollte sie sich auch mal wieder eine Auszeit gönnen. Ein netter Abend, ein verlängertes Wochenende in einer anderen Stadt – aber mit wem nur, fragte sie sich seufzend. Stefan wäre schon ein Kandidat, doch der war ja bereits vergeben. Nachdem sie sich heute getroffen hatten, war da gleich wieder diese Vertrautheit gewesen, die sie schon damals, als Kind, an ihm so sehr geliebt hatte. Er war ein Typ, mit dem man Pferde stehlen konnte, der einem aber auch stundenlang zuhören konnte, wenn man sein Herz ausschütten wollte. Zu schade, dass er mit Heike Göbel zusammen war. Danni kannte Heike nur aus dem Radio; ihr Name war ihr geläufig, aber persönlich war sie Stefans Herzdame noch nie über den Weg gelaufen. Vielleicht war das sogar ganz gut so, dachte sie ein wenig wehmütig.
Draußen flogen jetzt alte Fabrikgebäude am Wupperufer vorüber. Danni konnte in die hohen Räume blicken, die sich teilweise mit der Schwebebahn auf gleicher Höhe befanden. Als die Bahn schließlich in die Station „Alter Markt“ einrollte, erhob sie sich, die Türen der Bahn öffneten sich, und Danni stieg aus. Sie zwang sich, Stefan zu vergessen, und freute sich auf ihre dreijährige Tochter Lena, die den Tag wie immer bei ihrer Mutter verbracht hatte, damit sie ihrem Beruf nachgehen konnte. Sie war froh über die Unterstützung der Mutter, denn ansonsten wäre sie nicht in der Lage gewesen, einen Vollzeitjob auszuüben, was wiederum mit sich gebracht hätte, dass sie finanziell auf keinen grünen Zweig

gekommen wäre. Lenas Vater hatte sich noch vor der Geburt aus dem Staub gemacht, weil er mit seiner bevorstehenden Vaterrolle nicht zurechtgekommen war. Das hatte er zumindest Danni erzählt, als er Hals über Kopf seine Siebensachen gepackt und sie vor vollendete Tatsachen gestellt hatte. Danni kannte den wahren Grund: Längst schon hatte er sich eine junge Blondine angelacht, mit der er jetzt zusammen war. An seiner kleinen Tochter hatte er keinerlei Interesse, und der Unterhalt kam jeden Monat über das Jugendamt auf ihr Konto. Sie hatte keinen Kontakt mehr zu Jörg, und das war auch gut so, denn immerhin hatte er sie hochschwanger sitzen lassen und sich nicht um sie gekümmert.

Nach einem knapp zehnminütigen Fußmarsch erreichte sie ihre Wohnung, die im Dachgeschoss eines Altbaus an der Sedanstraße lag. Im Briefkasten eine Zeitung und zwei Rechnungen, nichts Besonderes. Sie erklomm die Stufen nach oben. Im zweiten Stock spielte einer der Nachbarn überlaut Musik. Kid Rock plärrte mit All Summer long durch das Treppenhaus, und der Bewohner der Wohnung, ein mindestens fünfunddreißigjähriger Student mit langen Haaren, grölte den Refrain Sweet home Alabama mit. Das knochige Gitarrensolo war mindestens so prägnant wie bei Smoke on the Water von Deep Purple, fand Daniela lächelnd. Eine Etage weiter oben roch es nach angebranntem Fisch.

Als sie vor ihrer Wohnungstür angekommen war, erschrak sie. Die Tür stand einen Spaltbreit offen. Ihr Herzschlag setzte einen Moment aus. Zwischen der Tür und dem Rahmen hatte sich jemand mit einem Gegenstand zu schaffen gemacht und das Schloss ausgehebelt. Dabei musste er entweder sehr geschickt vorgegangen sein oder einen Heidenlärm veranstaltet haben. Daniela wunderte sich darüber, dass niemand der Nachbarn etwas von dem Einbruch mitbekommen hatte. Eigentlich war Daniela ein sehr vorsichtiger Mensch. Wie immer, so hatte sie sich auch heute Morgen vergewissert, die Tür abgeschlossen zu haben. Ihr wurde heiß. Zitternd setzte sie einen Fuß in die Wohnung, hielt den

Atem an und lauschte. Drinnen herrschte Ruhe. Möglicherweise hatte sie den oder die Einbrecher auf frischer Tat ertappt, und die Diebe befanden sich noch in ihrer Wohnung. Sie versuchte keinen Lärm zu machen, trat ein und lauschte in die Wohnung hinein. Nichts, kein Geräusch drang an ihre Ohren. Es dauerte einen Moment, bis sie sich an das schummrige Licht in der kleinen Diele gewöhnt hatte.

„Hallo?“, rief sie und erschrak über den Klang ihrer eigenen Stimme. „Hallo, ist hier jemand?“ Sie zitterte am ganzen Leib. So etwas hatte sie noch nie erlebt.

Nachdem sich niemand meldete, blickte sie in die Küche und erschrak. Jemand hatte ganze Arbeit geleistet. Die Schränke standen sperrangelweit offen, die Einbrecher hatten den Inhalt auf dem Boden zerstreut. Geschirr war zu Bruch gegangen. Sogar den Abwasch in der Spüle hatte man zu Boden gefegt. Der Kaffeefilter war umgekippt und bildete einen hässlichen braunen Kranz auf den Fliesen. „Oh nein“, entfuhr es Danni. Es schien, als wäre nichts mehr heil geblieben. Danni presste eine Hand vor das Gesicht und wagte kaum, einen Blick in die anderen Zimmer zu werfen. Als sie das Wohnzimmer betrat, bot sich ein Bild der Verwüstung. Der große Flachbildfernseher lag auf dem Boden, man hatte ihr die Polster der Couch mit einem Messer aufgeschlitzt. Das Innenleben quoll heraus. Tisch und Sessel hatten die Einbrecher ebenfalls umgeworfen. Die Angst wurde von einer ohnmächtigen Wut verdrängt. Sie würde Wochen brauchen, bis wieder alles hergerichtet war. Das Mobiliar zahlte die Versicherung, aber sie war sicher, dass auch persönliche Erinnerungsstücke unwiederbringlich zerstört worden waren. Danni war sicher, dass die Einbrecher etwas ganz Bestimmtes gesucht hatten. Und sie hatten es nicht bei ihr gefunden. Die Akte hatte sie bereits an Stefan weitergegeben, und der hatte sie wiederum an Kommissar Ulbricht übergeben. Die Einbrecher waren zu spät gekommen; sie hatten ihr Heim völlig unnötig kurz und klein geschlagen.

Danni glaubte nicht an einen Zufall.
Sie wühlte in der Tasche nach dem Handy herum. So schnell wie möglich musste sie Stefan warnen. Er befand sich in Gefahr, und er besaß die Kontakte zur Polizei. Mit zitternden Fingern hielt sie das Telefon in der Hand. Da sie Stefans Nummer zuletzt gewählt hatte, musste sie nur die Wahlwiederholung drücken. Es dauerte eine gefühlte Ewigkeit, bis das Freizeichen ertönte. „Mach schon, mach schon“, flehte sie und zuckte zusammen, als sie direkt hinter sich ein Geräusch vernahm.
Daniela wirbelte auf dem Absatz herum und sah einen großen Schatten, der sich bedrohlich vor ihr aufbaute. Noch bevor sie zu einem Schrei ansetzen konnte, spürte sie einen harten Schlag am Kopf. Ein kehliger Laut kam über ihre Lippen, und sie fühlte sich, als hätte man ihr den Boden unter den Füßen weggerissen. Das Handy fiel zu Boden und zerbarst in seine Einzelteile. Lichtblitze explodierten für den Bruchteil einer Sekunde vor ihren Augen. Dann wurde es dunkel um sie herum.

Bergisch Born, 18:45 Uhr

Das Klingeln des Handys hörte er erst ziemlich spät, weil laute Musik aus dem Radio kam. Katy Perry lärmte ihm mit I Kissed a Girl aus den leistungsstarken Lautsprecherboxen seines Käfers entgegen. Ein Mädchen zu küssen, das war ihm auch schon mal passiert, dachte er grinsend. Er hatte es gar nicht so schlimm gefunden.
Als das Klingeln des Handys lauter wurde und endlich gegen den Motorlärm und die laute Musik ankam, lenkte Stefan den Käfer an den Straßenrand und angelte das Telefon aus der Mittelkonsole. Er warf einen Blick auf das Display und wunderte sich, was Daniela schon wieder von ihm wollte. Stirnrunzelnd nahm er das Gespräch an.
„Hallo Danni“, rief er gut gelaunt. Am anderen Ende der Leitung Stille. „Hallo?“, versuchte er es erneut.

Doch Danni antwortete nicht. Ein monotones Tuten drang ihm entgegen. Stefan blickte auf das Display. In einem Funkloch befand er sich jedenfalls nicht, denn die Empfangsanzeige schlug voll aus. „Dann eben nicht“, murmelte er und drückte die rote Taste. Als er das Telefon zurück in die Ablage werfen wollte, kam ihm der Gedanke, dass möglicherweise etwas vorgefallen sein könnte. Immerhin hatte Danni ihm bei ihrem Treffen im LuisenCafe berichtet, dass sie verfolgt wurde. Stefan nahm das Handy noch einmal in die Hand und drückte die Rückruftaste. Es dauerte einen Moment, dann hörte er Dannis Mailbox. Sie hatte das Telefon abgeschaltet. Vermutlich sah er mal wieder zu schwarz, und sie hatte sich schlicht und ergreifend verwählt. Wenn etwas passiert war, würde sie sich sicherlich noch einmal bei ihm melden. Stefan legte das Handy zurück und setzte die Fahrt nach Wermelskirchen fort. Er war gespannt, was Brechtmann ihm erzählen konnte.

Remscheid, Alleestraße, 18:45 Uhr

„Ich habe sie aus dem Verkehr gezogen.“ Er grinste selbstzufrieden und beobachtete die Passanten auf der Remscheider Einkaufsmeile. Ein ungepflegter Typ lungerte im Eingangsbereich eines Handyladens herum und rauchte ein Kraut, das es so sicherlich nicht in einem Zigarettenautomaten gab. Das Zeug stank bestialisch. Auf der unteren Alleestraße herrschte relativ wenig Betrieb. Das Einkaufszentrum am oberen Ende der Fußgängerzone machte den kleinen, alteingesessenen Einzelhändlern das Leben schon seit Jahren schwer, und besonders in diesem Teil der Fußgängerzone hatten zahlreiche Läden ihre Pforten für immer geschlossen. Jetzt bestimmten Billigmärkte das Bild in der Alleestraße. Gegenüber kauften sich zwei kichernde Teenager einen Döner. In einem Second-hand-Shop mit verstaubter Fensterfront warteten alte Möbel auf Käufer.

Remscheid war seine Heimatstadt, und es tat ihm weh, die untere Alleestraße so ausbluten zu sehen. Dabei taten die ansässigen Ein-

zelhändler viel, um die Gunst der Käufer zu gewinnen, so finanzierten sie im Winter die weihnachtliche Beleuchtung der Alleebäume. Seit einiger Zeit diskutierte man darüber, ob man den unteren Teil der Alleestraße wieder für den Autoverkehr freigeben sollte, so wie dies früher der Fall gewesen war.
Aber er war nicht hier, um sich um die Sorgen der Einzelhändler zu kümmern.
Er hatte sich an einem der freien Tische eines Eiscafés niedergelassen und streckte die Füße weit von sich. Nur einen Moment abschalten, einen kühlen Kopf gewinnen wollte er, bevor es weiterging. Er musste untertauchten, daran führte kein Weg vorbei.
„Du hast was?“ Sie klang entsetzt. „Sag das noch mal!“
„Ich habe sie aus dem Verkehr gezogen“, wiederholte er leise. Die Leute an den Nebentischen brauchten schließlich nicht mitzuhören. Stolz war er auf seine Tat wahrlich nicht. „Sie liegt jetzt im Kofferraum. Da kann sie keinen Schaden anrichten.“
„Bist du völlig verrückt geworden?“, keifte sie am anderen Ende der Leitung. Ihre Stimme überschlug sich. „Das ist Entführung. Sie werden im ganzen Land nach dir suchen, und dann bist du fällig!“
„Ich pass schon auf mich auf, also zerbrich dir nicht meinen Kopf.“ Er hasste es, wenn sie mit ihm sprach, als sei er ein kleiner, dummer Junge. „Ich werde mich nach Bergisch Gladbach durchschlagen. Ein Freund ist in Urlaub, seine Wohnung steht leer. Dort werde ich sie verstecken. Niemand wird sie dort finden.“
„Du solltest diese Akte besorgen, mehr nicht!“
„Das habe ich versucht, aber wahrscheinlich hat sie das Ding schon verschwinden lassen. Ich könnte mir auch gut vorstellen, dass sie die Unterlagen an diesen Radioreporter weitergegeben hat. Was das bedeutet, muss ich dir wohl nicht erklären, oder?“
„Mist. Das darf nicht passieren.“ Plötzlich klang sie verunsichert. „Was sollen wir denn nun machen? Ich meine, die Akte ist sein Untergang. Dann können wir alle Pläne, die wir hatten, vergessen. Er wird jahrelang ins Gefängnis kommen, wenn man ihm das

vorwerfen kann, worauf dieser Born schon hingearbeitet hat."
„Überlass das nur mir. Ich habe die Kleine, und du kümmerst dich um deinen Märchenprinzen. Also – immer schön locker bleiben."
„Wie konnte das passieren?"
„Ich war in ihrer Wohnung, um nach der blöden Akte zu suchen. Nachdem ich alles auf den Kopf gestellt hatte, stand sie plötzlich im Türrahmen. Was sollte ich denn machen, schließlich hatte ich keine Maske, und sie hat mich gesehen. Bei jeder Polizeidienststelle hätte sie ein Phantombild anfertigen können, dann wäre ich geliefert gewesen. Jetzt haben wir also zwei Fliegen mit einer Klappe geschlagen: Ich bleibe unentdeckt, und wir haben ein Druckmittel, sollte es der Radioreporter wagen, etwas von dem, was er jetzt weiß, zu senden. Ich werde mich später um ihn kümmern. Aber erst mal muss ich untertauchen."
„Von einer Entführung war keine Rede. Du reitest dich immer tiefer in die Scheiße hinein." Ihre Stimme klang belegt.
„Ich sagte doch, dass das so nicht geplant war, mein Gott!" Er blickte sich um, als er etwas zu laut geworden war. Die Leute an den Nebentischen blickten neugierig zu ihm herüber. Er grinste unverfänglich und senkte seine Stimme.
„Wie du meinst. Ich bete, dass alles gutgeht."
„Das wird es. Ich lasse dich nicht hängen, zudem steckte ich jetzt auch tiefer in der Sache drin, als mir lieb ist. Also verlass dich auf mich!" Er winkte der blutjungen Kellnerin, um die Rechnung zu bezahlen. Es war Zeit, von hier zu verschwinden.
Prüfender Blick nach links und rechts. Niemand interessierte sich mehr für ihn.
„Wenn du auffliegst, ist es eine Frage der Zeit, bis ich auch dran bin."
„Unsinn. Ich mach mein Ding. Da hast du nichts mit zu tun. Bezahl mich einfach pünktlich, und ich werde bei den Bullen nicht singen – auch nicht, wenn man mich kriegt. Sobald die Nummer gelaufen ist und ich meine Kohle habe, bin ich auf Nimmerwie-

dersehen verschwunden. Sag ihm das ruhig!"
„Das Geld ist das kleinste Problem."
„Na bitte." Er grinste zufrieden. Genau das hatte er hören wollen. „Dann verstehen wir uns doch. Du besserst meinen armseligen Lohn auf, und ich halte dir den Rücken frei, so einfach ist das."
„Wie du meinst. Sei vorsichtig."
„Immer doch." Feistes Grinsen, roter Knopf. Gespräch beendet. Handy in die Hemdstasche.
Sie würden ihm nichts anhaben können, da war er ganz sicher. Der Wagen stand in einer der Parkbuchten an der Konrad-Adenauer-Straße. Natürlich hatte er für fünfzig Cent einen Parkschein gelöst, schließlich wollte er nicht riskieren, eine Politesse auf sich aufmerksam zu machen. Am Ende schrie und klopfte sein Fahrgast noch gegen den Kofferraumdeckel. Der Golf war gestohlen, und vermutlich lief die Fahndung nach der Karre bereits, also durfte er sich nicht zu viel Zeit lassen, aus der Stadt zu verschwinden. Plötzlich hatte er es sehr eilig, zum Auto zu kommen. Es war ein Katzensprung dorthin, und dann würde er erst mal mit seiner heißen Ladung untertauchen müssen.
Nachdem er bezahlt hatte, sprang er hastig auf und durchquerte die Fußgängerzone von Remscheid. Von der Scharffstraße aus konnte er den Wagen schon sehen. Er atmete auf, als er sah, dass sich noch keine Politesse an dem Golf zu schaffen gemacht hatte. Jetzt aber nichts wie weg, dachte er, stieg ein und startete den Motor. Hinten, im Kofferraum, herrschte Stille. Wahrscheinlich war sie ohnmächtig geworden. Gut so, dachte er, während er die Stadt durchquerte und schon bald die B 229 erreicht hatte. Bald war er untergetaucht. Bald schon.

Wermelskirchen-Dhünn, 18:50 Uhr

Das Schild „Stall" hätte er um ein Haar übersehen. Stefan trat das Bremspedal des Käfers bis zum Bodenblech durch und war froh, dass niemand hinter ihm war. Er befand sich auf einer kurven-

reichen Straße, die ihn auf verschlungenen Wegen durch die Idylle des Bergischen Landes in südliche Richtung führte. Wälder lösten sich regelmäßig mit sattgrünen Wiesen ab, deren verschiedene Grüntöne ihn an ein übergroßes Schachbrett erinnerten.
Die Anfahrt über Bergisch Born und Scheideweg hatte er genossen. Brechtmann hatte sich ein schönes Fleckchen Erde zum Entspannen ausgesucht, dachte Stefan und hätte fast vergessen, warum er hier war. Hückeswagen, Wipperfürth und Bergisch Gladbach waren nicht weit, und die Dhünn-Talsperre lag in unmittelbarer Nähe.
Stefan schaltete herunter und bog links in den Staller Weg ab. Die Straße wurde eng, sehr eng, und stieg leicht an. Rechts und links relativ neue Eigenheime. Schön ländlich, vermutlich hatten die Besitzer das Bauland für wenig Geld erstanden. Im zweiten Gang steuerte er Clemens über eine Kuppe. Rechts lag ein kleines Firmengebäude. Er glaubte im Vorbeifahren, auf dem Firmenschild die Bezeichnung Bandweberei gesehen zu haben. Links schmiegte sich der Weg an einen sanften Hügel. Einzelne Häuser, meist Fachwerk und Schieferfassade, stachen wie dunkle Punkte aus dem Grün hervor. Wenige Meter weiter lag rechts ein Tal. Kühe weideten auf den Wiesen, man hatte einen fantastischen Ausblick auf das Bergische Land.
Hausnummern würde es hier nicht geben, fürchtete Stefan. Vielleicht sollte er einfach irgendwo klingeln und nach Brechtmann fragen. Hier kannte bestimmt jeder jeden. Stefan musste nicht lange suchen. Er sah eine kleine Hütte, vor der ein silbergrauer Mercedes der S-Klasse mit Wuppertaler Kennzeichen parkte. Der protzige Wagen wollte so gar nicht zu der bescheidenen Behausung passen. Aber vielleicht war der Mediziner ein Mann der Gegensätze. Stefan parkte den Käfer hinter dem Mercedes. Er schaltete den Motor ab und stieg aus. Landluft erfrischte seine Lungen. Stefan atmete ein paar Mal tief durch und genoss den Ausblick. Der Motor des Käfers knackte leise. Es war ein idyllisches Bild: eine

windschiefe Hütte mit hölzerner Fassade, kleinen Fenstern und liebevoll handgenähten Gardinen. Ein kleiner, wilder Garten vor dem Eingang. Bienen summten um die üppigen Blüten des Rhododendrons. Neben den Eingang eine Clematis in Tiefblau, die sich bis zur Dachrinne emporrankte. Eine dicke Hummel versuchte immer wieder vergeblich, auf einer Blüte zu landen.

„Zu wem wollen Sie?“

Brechtmann, durchzuckte es Stefan. Es konnte nur Brechtmann sein, denn der hochgewachsene Mann hatte mit einem herrischen Unterton in der Stimme gesprochen, der ihn auf den ersten Blick schon unsympathisch machte. Brechtmann hatte auf einer einfachen Holzbank neben dem Eingang gesessen. Jetzt erhob er sich und betrachtete seinen Besucher voller Misstrauen.

„Mein Name ist Stefan Seiler, Wupperwelle.“ Er lächelte freundlich und trat näher. „Dr. Brechtmann?“ Die Hummel brummte jetzt wütend und klammerte sich an eine Blüte, die unter ihrem Gewicht aber erneut nachgab. Ein Zitronenfalter taumelte an Stefans Kopf vorbei.

„Worum geht es? Ich bin hier, um mich zu erholen, und nicht, um Interviews zu geben. Vereinbaren Sie doch bitte einen Termin mit meinem Sekretariat in der Klinik!“

„Gegen Sie werden schwere Vorwürfe erhoben.“

„Wer wirft vor? Und vor allem: Was wirft man mir vor?“ Brechtmann hatte leise gesprochen. In seinem linken Augenwinkel zuckte es nervös. Er hatte sich schlecht unter Kontrolle, stellte Stefan triumphierend fest.

Er atmete einmal tief durch und entschied sich dann für den Frontalangriff: „Es heißt, dass Sie ein nicht zugelassenes Medikament an einem Patienten ausprobiert haben. Er ist daran gestorben, und Sie hatten es ziemlich eilig, die Leiche verschwinden zu lassen.“

Eine steile Falte hatte sich auf Brechtmanns Nasenwurzel gebildet. „Was erlauben Sie sich!“, wetterte er. Seine Augen schienen Blitze in Stefans Richtung abzufeuern. „Das ist übelste Verleumdung, mein Anwalt wird Sie und Ihren kleinen Sender verklagen. Wissen Sie überhaupt, was Sie da sagen?“ Brechtmann tobte.

„Ich habe zuverlässige Informationsquellen.“ Stefan hatte nicht vor, sich einschüchtern zu lassen.

„Das interessiert mich nicht. Sollten Sie sich erdreisten, werde ich eine einstweilige Verfügung verhängen lassen, und Ihr Sender verstummt für immer, darauf können Sie sich verlassen.“

„Brechtmann, ein Mensch ist gestorben“, erinnerte Stefan ihn.

„Das gehört bedauernswerterweise zum Klinikalltag.“ Der Mediziner hatte Mühe, sich wieder zu beruhigen. „Der Tod ist allgegenwärtig, und wir Ärzte sind keine Halbgötter in Weiß, wie es oft heißt.“ Er machte noch einen Schritt auf seinen Besucher zu. „Und noch etwas: Das Medikament, das wir dem Mann verabreicht haben, ist neu und noch nicht lange auf dem Markt, allerdings. Dennoch sollten Sie vorsichtiger mit Ihren Anschuldigungen sein, Herr Seiler.“ Jetzt rang er sich ein Lächeln ab.

„Sie sind ein korrupter Mediziner“, stellte Stefan unbeeindruckt fest. „Sie kassieren immense Summen dafür, dass Sie Arzneimittel an Patienten testen – ohne deren Wissen.“

„Das ist unverschämt. Ich habe einen Ruf zu verlieren!“ Brechtmanns Gesicht war in Sekundenschnelle puterrot geworden. „Verschwinden Sie, bevor ich mich vergesse und die Polizei rufe.“

„Das sollten Sie vielleicht wirklich tun.“ Stefan lehnte sich noch weiter aus dem Fenster. „Vielleicht haben Sie gehört, dass es drei Morde gegeben hat, mit denen Sie in Zusammenhang stehen. Ich glaube, Sie haben wirklich einige Leichen im Keller, Herr Doktor Brechtmann. Wahrscheinlich sogar im wahrsten Sinne des Wortes.“

„Ich werde mich bei Herrn Eckhardt beschweren!“

„Und ich werde Ihnen Beweise bringen, dass Sie mit Versuchsreihen für die Pharmakonzerne Geld unter der Hand verdienen und leichtfertig mit dem Leben Ihrer Patienten umgehen“, konterte Stefan und schob trotzig das Kinn vor. „Wir sehen uns, Herr

Brechtmann."
Dieser arrogante Arzt machte ihn wütend. Stefan ließ ihn einfach stehen. Er hatte genug gehört. Es war eine Frage der Zeit, bis Brechtmann Ulbricht und seinen Leuten in die Falle ging. Vielleicht sollte er Ulbricht anrufen und ihm sagen, wo Brechtmann sich aufhielt. Wütend stapfte er zum Käfer zurück, klemmte sich hinters Lenkrad und startete den Motor. Er setzte ein paar Meter zurück, wendete mit quietschenden Reifen und fuhr zurück zum Staller Weg. Im Rückspiegel sah er, wie Brechtmann mitten auf der kleinen Straße stand und ihm mit regungsloser Miene nachblickte. Jetzt war er gewarnt, dachte Stefan, nachdem seine erste Wut verraucht war. Vielleicht hatte er einen Fehler begangen.

* * *

Er hatte das große Gartencenter am Scheideweg erreicht, als sein Handy klingelte. Stefan bremste und steuerte den Käfer an den Straßenrand. Der Anrufer hatte seine eigene Rufnummer unterdrückt, also meldete er sich mit einem sachlich distanzierten „Hallo?"
„Nichts von dem, was wir jetzt besprechen, geht über den Äther." Männlich, mittleres Alter, akzentfrei. Die Stimme kannte Stefan nicht.
„Wer spricht denn da?" Stefan schaltete den Motor aus.
„Das tut nichts zur Sache, ich weiß, wer Sie sind, und das genügt. Ich mache es kurz: Daniela George befindet sich in unserer Gewalt. Wir wissen, dass sie Ihnen Dinge erzählt hat, die Sie nichts angehen. Und Dinge, die nicht für einen lokalen Radiosender bestimmt sind. Also halten Sie sich raus, sonst geht es Ihrer Freundin bald schon ziemlich dreckig. Ein Wort darüber im Radio, und Sie haben Ihre Freundin auf dem Gewissen, Seiler."
Stefan hoffte, sich verhört zu haben. Ihm wurde siedendheiß. In wenigen Sekunden bildeten sich winzige Schweißperlen auf seiner

Stirn. Schlaglichtartig tauchten die Bilder einer gefesselten, geknebelten und misshandelten Danni vor seinem geistigen Auge auf. Alles in ihm verkrampfte sich.

Man hatte Daniela entführt!

Er fühlte einen dicken Kloß in der Kehle und schluckte trocken.

„Was wollen Sie?“, fragte er mit heiserer Stimme.

„Drücke ich mich so unklar aus? Sie wissen Dinge, die Sie niemandem erzählen sollten. Und Sie haben Unterlagen von Daniela George bekommen, die wir gern wiederhätten.“

„Wo ist Daniela jetzt?“ Stefan war nicht fähig, vernünftig zu reagieren. Schwarze Punkte tanzten vor seinen Augen, und ein nicht gekanntes Gefühl von Panik stieg in ihm auf. Er fühlte sich machtlos, und der Gedanke, Danni in der Gewalt von Kidnappern zu wissen, brachte ihn fast um den Verstand.

„Das geht Sie nichts an, Seiler. Sie lebt – noch. Das muss fürs Erste reichen. Wir melden uns, um eine Übergabe zu vereinbaren. Ich schlage Ihnen einen Tausch vor: die Akte gegen Ihre Freundin. Und machen Sie keine Dummheiten – wir sitzen am längeren Hebel. Und wir hören Ihren Sender. Dass ich keine Bullen sehen will, muss ich nicht betonen. Also, halten Sie sich, im Interesse Ihrer Freundin, an unsere Regeln.“

„Wie geht es jetzt weiter?“

„Wir melden uns. Bis dahin halten Sie gefälligst die Füße still. Es wird zu einer Übergabe kommen. Die Akte gegen Ihre Kleine. Wie gesagt – sehe ich einen Bullen, stirbt die Frau. Und halten Sie mich nicht für blöd, ich weiß, dass es kein Problem ist, die Akte zu kopieren, bevor Sie mir die Unterlagen aushändigen. Aber das sollten Sie nicht tun. Wie Sie sehen, sind wir immer am Ball und schlagen zu, wenn etwas nicht nach unseren Wünschen läuft. Also hüten Sie sich.“

„Wie stellen Sie sich das vor, wenn ...“, rief Stefan, doch der Anrufer hatte bereits aufgelegt. Stefan umklammerte das Handy fester und schüttelte wütend den Kopf. Danni hatte ihm doch erzählt, dass sie verfolgt wurde. Warum hatte er sie alleine nach Hause gehen lassen? Er machte sich schwere Vorwürfe. Stefan tippte Ulbrichts Nummer ein. Der Kommissar musste ihm helfen, dachte er wütend, während ein Trecker mit einem uralten Anhänger an ihm vorüberrumpelte. Das Gespann verlor bei jedem Schlagloch Mist. Stefan lauschte dem Freizeichen. Plötzlich wusste er, warum er Danni nicht telefonisch erreicht hatte. Vermutlich hatte sie ihn warnen wollen, als die Verbindung abgebrochen war. Sorgenvoll trommelte er auf dem dünnen Lenkradkranz des Käfers herum. Ulbricht meldete sich nicht. Hatte der Kommissar etwa schon Feierabend? Stefan unterbrach die Verbindung, wartete einen Augenblick und wählte dann neu. Auch diesmal erreichte er Ulbricht nicht.

Er spielte mit dem Gedanken, die Polizei über die reguläre Amtsleitung anzurufen. Doch erstens würde er dann übers Handynetz bei der örtlichen Polizei landen und nicht in Wuppertal, und zweitens hatte ihn der Anrufer davor gewarnt, die Polizei einzuschalten. Ulbricht steckte drin in dem Fall, das war etwas anderes, aber irgendeine hiesige Polizeitruppe hinzuzuziehen war Stefan zu heikel. Er rang sekundenlang mit sich. Er wollte Danni helfen, aber keineswegs ihr Leben aufs Spiel setzen. Drei Personen waren bereits gestorben, weil sie den Handlangern in die Quere gekommen waren – teilweise sogar, ohne es selber zu wissen. Würde Danni das gleiche Schicksal ereilen wie Baumgart und die Borns, konnte er seines Lebens nicht mehr froh sein.

Stefan fluchte und feuerte das Handy auf den Beifahrersitz. Er musste so schnell wie möglich nach Wuppertal. Von hier aus war er machtlos. Notfalls würde er Norbert Ulbricht aus dem Bett oder auch der Kneipe holen, um Dannis Leben zu retten.

Stefan startete den Motor des Käfers, drückte den Gang rein und riss das Steuer nach links. Die Reifen quietschten, als er Richtung Wuppertal anfuhr.

Alter Markt, 20:05 Uhr

Ulbricht steuerte den Dienstwagen über die große Kreuzung und setzte bei McDonald's den Blinker. Schon dreimal hatte das verdammte Handy geklingelt. Doch er hatte Feierabend. Irgendwann musste auch mal Schluss sein.

Heinrichs blickte ihn von der Seite an. „Wollen Sie nicht drangehen?"

Im gleichen Moment hörte das Klingeln auf.

„Zu spät", murmelte Ulbricht grimmig. „Ich werde gleich von zu Hause aus zurückrufen." Er lenkte den Wagen auf die Bushaltespur. Passanten und wartende Fahrgäste blickten neugierig ins Auto.

„Und wie geht es weiter, Chef?"

„Ich habe mir die Akte durchgelesen und einige Dinge gefunden, die Brechtmann in keinem guten Licht dastehen lassen. Allerdings habe ich zu wenig Ahnung von dem ganzen Fachchinesisch und muss mir morgen früh erst mal einen Mediziner suchen, der mir die speziellen Begriffe erklärt. Sobald sich dort etwas Verdächtiges ergibt, ergeht Haftbefehl gegen Brechtmann. Dann haben wir den Arzt schon mal sicher, vielleicht kommen noch drei Morde hinzu, die auf sein Konto gehen." Ulbricht zog die Mundwinkel nach unten.

Heinrichs schielte immer wieder auf die Auslagen im Sexshop. „Das müssen wir ihm erst mal nachweisen."

„Eins kommt zum anderen, Sie werden sehen. Vielleicht ist er geständig. Er ist ein angesehener Mediziner und hat einen Ruf zu verlieren. Aber ist der Ruf erst einmal ruiniert, lebt's sich völlig ungeniert. Kennen wir ja, die alte Leier."

„Ich drücke Ihnen die Daumen, dass Ihr Wunsch in Erfüllung geht." Heinrichs rückte sich die blau gerandete Brille zurecht und löste den Sicherheitsgurt. „Wir sehen uns morgen früh im Präsidium."

„Und zwar pünktlich."

„So was von!“ Tür auf. Heinrichs sprang ins Freie und tippte mit der flachen Hand an die Schläfe. „Erholen Sie sich gut, Chef.“
„Du mich auch“, knurrte Ulbricht und riss den Wählhebel der Automatik auf D. Der Vectra ruckte nach vorn, und Norbert Ulbricht trat das Gaspedal durch. Er war froh, diese Nervensäge endlich los zu sein. Jetzt nichts wie ab nach Hause, durchzuckte es ihn. Er nahm die Wupperbrücke am St. Etienne-Ufer und ordnete sich am Heizkraftwerk rechts ein. Da er am Fischertal nicht nach links abbiegen durfte, wendete er an der Post in der Stresemannstraße und erreichte schon bald die Straße An der Bergbahn. Sogar einen freien Parkplatz fand er, fast direkt vor der Haustür. Ulbricht freute sich auf ein Feierabendbier und klimperte vergnügt mit dem Haustürschlüssel herum, als sich das Handy meldete.
„Jetzt nicht“, brummte er kopfschüttelnd und betrat das Treppenhaus. Gleich würde er zurückrufen. Im Briefkasten nur Werbung, die Telefonrechnung und der Gemeindebrief. Mein Gott, wie lange hatte er schon keine Kirche mehr von innen gesehen. Im Haus roch es nach Putzmitteln. Frau Schultz vom Parterre hatte wieder mal besonders gründlich geputzt heute.
Seine Wohnung lag im ersten Stockwerk. Die Blumen auf der Fensterbank hätten eine Kanne mit frischem Wasser gut vertragen können, dachte er nachdenklich. Morgen, alles morgen. Heute war er einfach nur fertig. Bei einem kühlen Bier würde er den hinter sich liegenden Arbeitstag Revue passieren lassen und vielleicht noch die eine oder andere Idee haben, die ihm morgen eine wichtige Hilfe sein könnte. Einigermaßen gut gelaunt schloss er seine Wohnung auf. Der übliche Mief empfing ihn. Und die Einsamkeit, an die er sich schon fast gewöhnt hatte, aber leider eben nur fast.
Norbert Ulbricht streifte den zerknitterten Mantel ab und beförderte ihn an den Garderobenhaken. Er kickte die Schuhe in die Ecke und fächerte sich frische Luft zu, als seine Schweißfüße die Luft zu verpesten drohten. Mit der Rechten lockerte er den Knoten

seiner Krawatte und öffnete die oberen beiden Hemdsknöpfe. Diesen Moment des Tages liebte er. Einfach mal auf den Dresscode scheißen, völlig zwanglos durch die Bude stapfen und am Kühlschrank das erste frische Bier des Tages lüften. Im Wohnzimmer flog der Schlips in die Ecke, und das Hemd landete auf dem Sofa. Auf Socken, mit T-Shirt und Hose bekleidet, betrat er den Balkon und nahm einen tiefen Schluck. Dann beugte er sich über die Brüstung. Er stellte die Bierflasche ab und zündete sich eine Zigarette an. Langsam kam er runter. Sein Gehirn schaltete einen Gang zurück, und die Ereignisse des Tages zogen an ihm vorüber wie ein Film im Zeitraffer. Drinnen schlug das Telefon an. Ihm war es egal. Heute konnten sie ihn alle mal. Ein Zug von der Zigarette, dann mit einem Schluck Bier nachspülen. Herrlich. Das Glück des kleinen Mannes, dachte er.

Etwas ruhiger dachte er an Dr. Brechtmann. Morgen würden sie ihn zum Verhör ins Präsidium bitten, daran bestand gar kein Zweifel. Sicherlich war es nur eine Frage der Zeit, bis sie ihn fanden. Vielleicht war er wirklich untergetaucht, weil ihm die Luft zu dünn geworden war, aber sie würden ihn finden. Und dann war er reif. Ob er deshalb auch unter Mordverdacht stand, würde das Verhör ergeben. Im Vordergrund stand der Tatvorwurf der Korruption.

Auf der Straße eine alte Frau, die in gebückter Haltung mit einem Trolley am langen Arm nach Hause schlich. Zwei Jugendliche, die grölend in Richtung Alter Markt marschierten, die ausgebeulten Jeans auf Halbmast, die Baseballcaps schräg auf den Köpfen. Ulbricht schnippte den Zigarettenstummel über die Brüstung. Die Kippe glühte im Wind kurz auf wie ein wütendes Glühwürmchen, bevor sie auf der Straße landete und dort erlosch. Er wandte sich ab und begab sich ins Wohnzimmer. Ulbricht ließ sich auf das Sofa sinken. Fernbedienung, Dauerfeuer. Bei Jauch blieb er hängen und überlegte sich, was er mit einer Million Euro anfangen würde. Für einen kleinen Mann von der Kripo eine schier unvorstellbare Menge Geld, für einen Mann wie Brechtmann sicherlich ein ganz nettes Zubrot. Er fragte sich, was Brechtmann in seiner Position als Klinikleiter verdiente. Wenn man seine Zusatzverdienste vom Pharmakonzern, mit dem er im Graubereich kooperierte, hinzurechnete, kam bestimmt ein ansehnliches Sümmchen zusammen, und das jeden Monat. Der musste sich bestimmt nicht zum Jauch auf den Stuhl setzen.

Ulbricht fragte sich, ob Brechtmann auch in der Lage war, drei Morde zu begehen, um sich diesen Verdienst auch künftig nicht entgehen zu lassen. In Anbetracht seiner üppigen Einnahmen hatte er für die Drecksarbeit sicherlich seine Leute. Nur wer kam für die Aufgabe, zu morden, in Betracht? Klinikpersonal ganz sicher nicht. Ein guter Freund? Nein, Freunde eines Mediziners stammten aus der gleichen Gesellschaftsschicht, verdienten selber gut und waren an Luxus gewöhnt. Niemand würde für ihn, nur zum Gefallen, drei Morde begehen. Es musste jemanden geben, der auf das Geld von Brechtmann angewiesen war. Was verdiente man wohl an einem Auftragsmord? Zehntausend Euro? Hunderttausend? Ulbricht wusste es nicht. Vielleicht gab es auch jemanden in Brechtmanns Umfeld, der erpressbar war. Jemanden, der Dreck am Stecken hatte, wovon Brechtmann wusste. Damit hatte er ihn in der Hand und konnte ihn zwingen, zu morden, um ihm den Rücken freizuhalten.

Jauchs Fragen prallten an Norbert Ulbricht ab. Sein Denken galt schon wieder dem Fall. Im Flur schlug erneut das verdammte Telefon an. Heute nicht mehr, dachte er. Hatte er eigentlich niemals Feierabend? In der Werbepause stand er auf, stapfte in die Küche und angelte sich das zweite Bier aus dem Kühlschrank. Er verspürte Hunger und fand ein Stück Fleischwurst und zwei trockene Brötchen, die vom Vortag übrig geblieben waren. Zeit zum Frühstücken hatte er ja nicht gefunden. Er nahm Wurst, Brötchen und Bier und kehrte ins Wohnzimmer zurück. Langsam ergriff die Müdigkeit von ihm Besitz. Er kehrte zur Couch zurück und legte die Füße hoch. Nach dem zweiten Schluck von seinem Bier war er eingeschlafen.

Weinberg, 20:30 Uhr

„Guck dich bloß nicht um, hier wohnt ein Junggeselle", warnte Kalla sie, als er die Haustür des Altbaus aufschloss. Fliesenboden im Flur, verbeulte Blechbriefkästen und ausgetretene Holzstufen, die nach oben führten.

„Nicht schlimm, das bin ich von Stefan gewöhnt", lächelte Heike und folgte ihm.

Die Tür zum kleinen Hinterhof stand offen, ein Nachbar war damit beschäftigt, die Platten zu fegen. Staub wirbelte in der Abendsonne umher. Kalla bewohnte die Wohnung Parterre links. Er schloss auf und führte Heike in das gut zehn Quadratmeter große Wohnzimmer, das zur Straße hinaus lag. Auf dem Sofa stand ein Korb mit ungebügelter Wäsche, das dazugehörige Bügelbrett stand aufgeklappt vor dem Wohnzimmertisch. Im Sessel lagen zig einzelne Socken herum. „Ich hab eigentlich Waschtag heute", entschuldigte sich Kalla mit Blick auf die Wäsche. „Und das da", er deutete auf die frischen, aber einzelnen Socken, „das sollte mein Sockenspiel werden. Aber normalerweise kaufe ich immer neue Socken, wenn sich das Gegenstück nicht mehr auffinden lässt. Ich brauche dringend eine neue Waschmaschine – die alte frisst immer Socken, die mir dann fehlen."

„Das kenne ich", lächelte Heike. „In meiner Waschmaschine wohnt auch ein Sockengeist."

Kalla zog ihr einen Stuhl heran und bat sie, sich zu setzen. Heike ließ sich nieder und blickte sich um. Auf einem Eckschreibtisch neben dem Fenster befand sich der Computer. Der Tisch schien unter der Last des riesigen Monitors zu ächzen. Kalla machte sich am Rechner zu schaffen. „Was zu trinken?"

„Hast du Cola?"

„Sogar eisgekühlt. Nach dem langen Treck haben wir uns das

verdient." Während das System bootete, verschwand er in der Küche und holte ihnen eine Flasche Cola und zwei Gläser. Er schenkte ihnen ein. Sie tranken schweigend. „Danke", sagte Heike schließlich.
Er musterte sie mit fragender Miene. „Danke – wofür?"
„Dass du dir mit mir den freien Tag um die Ohren gehauen hast. Im Auto sitzt du doch sonst auch den ganzen Tag, das war doch keine Erholung für dich!"
„Unsinn." Er winkte ab. „Es ist schon was anderes, wenn ich Fahrgäste vom Hauptbahnhof zur Gathe fahre, oder von Oberbarmen zum Dönberg. Es war doch eine landschaftlich schöne Tour. Ich bin schon lange nicht mehr so weit in der Weltgeschichte herumgekommen. Außerdem haben wir viel erreicht." Er zog den USB-Stick mit Peter Borns verschlüsselten Daten hervor. „Und mit etwas Glück wissen wir gleich sogar noch viel mehr!"
„Ich wage kaum daran zu glauben", erwiderte Heike.
Kalla machte sich am Computer zu schaffen, schob den Datenträger in den USB-Hub und klickte auf das Icon. Nachdem er eine Datei aufrufen wollte, erschien ein Dialogfenster auf dem Monitor.
Ein Passwort war gefragt.
„Garfield." Kalla tippte das Kennwort, das sie von Corinna Ückesheim in buchstäblich letzter Minute bekommen hatten, im Einfinger-Suchsystem ein. Heike fragte sich, wie lange er wohl brauchte, wenn er mit diesem Adlersystem einen ganzen Brief schreiben müsste.
Nachdem er einen Moment lang mit dem ausgestreckten Zeigefinger über der Tastatur gekreist war, sauste der Finger auf die Enter-Taste. Die Spannung stieg. Es dauerte einen Augenblick, dann öffnete sich die Datei. „Sesam öffne dich", strahlte Kalla und stand auf. Er zog Heike den Bürostuhl zurecht. „Hier, setz dich. Vielleicht kannst du mit diesem Fachchinesisch mehr anfangen als ich. Eines steht fest: Dieser Kommissar Verdammt hat was gut bei

dir, wenn du ihm diese Daten zur Verfügung stellst, Mädchen."
„Das will ich hoffen, er kann nämlich auch recht ungemütlich werden." Heike nahm vor dem Monitor Platz und studierte Peter Borns Aufzeichnungen. Was sie las, bestätigte das, was sie von Stefan gehört hatte. Jetzt hatten sie es schwarz auf weiß. Es sah schlecht aus für den hoch angesehenen Doktor Brechtmann.

Unterbarmen, 20:45 Uhr

Die Straße An der Bergbahn lag linkerhand. Er schaltete herunter und bog mit quietschenden Reifen ab. Stefan fand nur eine kleine Parklücke, aber er hatte es eilig. So parkte er schräg in der Parklücke, stieg aus und erreichte das unauffällige Mietshaus, in dem der Kommissar wohnte. Die Adresse hatte er sich vor einiger Zeit einmal notiert. Er legte den Finger auf den Klingelknopf und schellte Sturm. Es dauerte einen Augenblick, bis der Türsummer ertönte. Stefan hechtete die Stufen hinauf und suchte die offenstehende Wohnungstür. Er klopfte an, da ihn niemand am Eingang empfing.
„Herr Ulbricht, sind Sie hier?", rief er in das Halbdunkel der Wohnung.
„Was wollen Sie denn hier, verdammt noch mal?"
Stefan drückte die angelehnte Wohnungstür ganz auf und schlüpfte in den Korridor. Es dauerte einen Moment, bis sich seine Augen an das Dämmerlicht in der Wohnung gewöhnt hatten. Das Wohnzimmer lag am Ende des Flurs. Eine Tür mit geriffeltem Milchglas, dahinter brannte eine Stehlampe. Ulbricht hockte in Boxershorts und T-Shirt auf der Couch und hatte den Kopf in die Hände gestützt. Die Haare standen ihm wirr vom Kopf ab. Vor ihm eine fast leere Bierflasche. Der Fernseher lief. Günther Jauch; er blickte anscheinend durch den Fernseher hindurch. Als er Stefan im Augenwinkel sah, wandte er träge den Kopf. „Sie nerven, Seiler."
„Ich fürchte, darauf kann ich keine Rücksicht nehmen, Kommissar."
Als Antwort gähnte Ulbricht hingebungsvoll. „Was ist passiert?"

„Es geht um Entführung, reicht Ihnen das?“ Stefans Stimme bebte.
„Sie spinnen“, erwiderte Ulbricht mit großen Augen.
„Leider nicht, und jetzt kommen Sie zu Potte, Kommissar. Die Bekannte, die die geheime Patientenakte aus der Klinik entwendet hat, ist entführt worden. Ich habe einen Erpresseranruf bekommen.“ Er berichtete dem sichtlich überraschten Ulbricht von dem Anruf, den er erhalten hatte. „Wenn Sie sich erinnern, wurde sie nach Dienstschluss verfolgt. Von einem Wagen, dessen Kennzeichen wir Ihnen genannt haben. Jetzt ist meine Bekannte verschleppt worden, und ich habe den dringenden Verdacht, dass der Mann, der sie beschattet hatte, damit in Zusammenhang steht. Da ist was im Busch, Ulbricht, und Sie sitzen auf der Couch und sehen fern!“ Stefan hatte sich in Rage geredet. „Und telefonisch sind Sie auch nicht zu erreichen!“
„Mist, ich habe ganz vergessen, zurückzurufen“, entfuhr es Ulbricht. „Und dann bin ich eingeschlafen, Mist, verdammter. Weiß auch nicht, was mit mir los ist, Seiler.“
„Wie geht es jetzt weiter?“, fragte Stefan ein wenig versöhnlicher.
„Die Fahndung nach dem Wagen läuft, ich habe das gleich veranlasst.“ Ulbricht erwachte von einer Sekunde zur anderen aus seiner Lethargie. „Entführung?“
„Ja, und sagen Sie mir nicht, dass das nicht in Ihren Zuständigkeitsbereich fällt.“
„Nicht die Bohne.“ Ulbricht erhob sich und murmelte eine Entschuldigung. „Ich war einfach todmüde. Ich muss vor der Flimmerkiste eingeschlafen sein, und dann ...“ Er grinste verlegen. „Na ja, den Rest kennen Sie.“ Er verschwand im Bad und pinkelte. Stefan hörte ihn plätschern, danach die Klospülung. Dann lief Wasser. „Geben Sie mir zwei Minuten“, rief er.
Stefan schwieg und tigerte durch die Wohnung. Als Ulbricht auf der Bildfläche erschien, bot er einen halbwegs passablen Anblick. Er hatte sich Hände und Gesicht gewaschen und seine Haare gekämmt. Nun lächelte er schief. „Ich werde langsam alt. Hau mich

einfach nach Feierabend hin und schlafe ein, als wäre ich tot." Kopfschütteln, während er in sein Hemd schlüpfte. „Das ist doch nicht normal."
„Was ist eigentlich mit Heinrichs? Soll das Ihr Nachfolger werden?"
Ulbricht blickte ihn entgeistert an. „Was mit ihm ist? Das wollen Sie nicht wissen." Er ging in den Flur, schlüpfte in die Schuhe und band sich die Krawatte.
„Ich bin froh, dass Sie bei der Kripo sind und nicht bei der Feuerwehr", frotzelte Stefan. „Bei Ihrem Ankleidetempo wäre bestimmt schon so manches Haus abgebrannt."
„Sparen Sie sich die dummen Sprüche." Ulbricht nahm den Schlüssel aus der gläsernen Schale auf der Kommode und machte Anstalten zu gehen. „Worauf warten Sie?" Gemeinsam gingen sie nach unten. Es war ein lauer Abend.
„Sie fahren, ich habe schon zwei Bier getrunken."
„Von mir aus." Sie gingen zum Käfer, der mit dem Heck auf die Fahrbahn ragte.
Als Stefan aufschließen wollte, sah er den Wisch am kleinen Scheibenwischer klemmen. Ein Strafzettel, weil er „verkehrsgefährdend" geparkt hatte. Ein gefundenes Fressen für eine zufällig vorbeikommende Streifenwagenbesatzung. „Mist", grollte er und nahm das Knöllchen an sich. „Diese Aasgeier, das waren doch höchstens fünf Minuten, außerdem war es ein Notfall."
Sie stiegen ein, und wütend startete Stefan den Motor.
„Geben Sie her." Ulbricht streckte die Hand nach dem Ticket aus und nahm es an sich. „Ich werde mich darum kümmern, gleich morgen. Manchmal sind die Kollegen etwas übereifrig." Er grinste schief und ließ den Strafzettel in seiner Hemdstasche verschwinden. „Wissen Sie eigentlich, wie lange ich nicht mehr in einem Käfer gesessen habe?" Ein sentimentales Lächeln lag auf seinen Lippen. „Ich habe den Führerschein in einem Käfer gemacht. Ein Käfer war mein erstes Auto, und im Käfer habe ich ... Sie müssen nicht wissen, was man mit den Halteschlaufen an den B-Säulen

alles machen kann, wenn die Sitze erst einmal umgeklappt sind und man mit seinem Mädchen auf einer verschwiegenen Waldlichtung im Nordpark alleine ist. Und damals, im Autokino in Schwelm, es gab einen blechernen Lautsprecher und eine kleine Heizung, damit man sich in den knapp zwei Stunden, die der Film dauerte, nicht den Hintern abfror. Mein Gott, ich habe so verdammt viel erlebt in einem solchen Auto."

Stefan hatte ein Déjà-vu. So etwas hatte er heute schon einmal gehört. Von Elfriede Winter. Er berichtete dem Kommissar von der alten Dame. „Sie war so freundlich, mich über Dr. Brechtmanns Verbleib zu unterrichten."

„Wie bitte?" Ulbricht umklammerte den Haltegriff über dem kleinen Handschuhfach. Er blickte Stefan wie elektrisiert an. „Das sagen Sie mir erst jetzt?"

„Sie sind nicht ans Telefon gegangen", erinnerte Stefan ihn.

Sie hatten die Kreuzung Fischertal/Gewerbeschulstraße erreicht, und Stefan ordnete sich rechts ein. Als die Ampel an der ehemaligen Fischertalapotheke auf Grün umsprang, gab er Gas. Jetzt befand sich auf der Ecke eine Fahrschule. Stefan fragte sich, ob sich die Menschen das Autofahren überhaupt noch leisten konnten, bei der anhaltenden Panikmache zur Finanzkrise und den immer weiter steigenden Fahrzeughaltungskosten. Die beiden mächtigen Türme des Heizkraftwerks ragten in den Abendhimmel über Barmen. „Er ist tatsächlich untergetaucht", eröffnete er seinem Beifahrer auf Höhe des Hellas Grill. „Und zwar nach Wermelskirchen." Die Ampel am Clef war rot. Stefan verspürte unwillkürlich den schweren Stein in seinem Herzen, als er an Danni dachte. Er betete, dass sie diese Geschichte auch überleben würde. Immerhin trug er eine Mitschuld an ihrer Entführung. Im Augenwinkel sah er Ulbrichts fragenden Blick und fuhr fort: „Er hat eine Hütte unweit der Dhünn-Talsperre. Niemand würde ihn da vermuten, und ich bin sicher, dass noch nicht einmal seine Nachbarn dort wissen, was er beruflich so treibt. Auf mich hat er übrigens ziem-

lich allergisch reagiert."
„Sie waren dort?" Ulbricht schnaubte wütend.
„Ja. Und ich habe ihm gesagt, dass er ein ziemliches Arschloch ist." Stefan bedachte den Kommissar mit einem fast entschuldigenden Seitenblick.
„Sind Sie verrückt, Seiler? Jetzt ist er gewarnt und wird von dort verschwinden, vielleicht diesmal wirklich untertauchen – weiß der Geier." Ulbricht hieb auf den Gummigriff über dem Handschuhfachdeckel. „Warum haben Sie mich nicht vorher angerufen?"
„Sie waren ..."
„Ja, ich weiß. Ich bin nicht ans Telefon gegangen, verdammt noch mal. Morgen werde ich ihn hochgehen lassen – die Akte wird bis dahin von einem Sachverständigen im Präsidium durchleuchtet worden sein, und dann wissen wir endlich mehr."
„Haben Sie eine Fahndung nach dem Auto eingeleitet, dessen Fahrer meine Bekannte beschattet hat?"
„Sie hören mir wohl nicht zu, Herr Seiler. Natürlich fahnden wir bereits. In Wuppertal scheint er nicht mehr zu sein, deshalb werden wir die Fahndung morgen ausweiten."
„Morgen, morgen", äffte Stefan ihn nach. „Ich höre immer nur morgen. Wir haben es hier mit einem Entführungsfall zu tun. Eine junge Frau befindet sich in der Gewalt des großen Unbekannten. Wenn wir es hier mit unserem Dreifachmörder zu tun haben, dann brauche ich Ihnen wohl nicht zu erklären, dass Daniela George in Lebensgefahr ist."
Ulbricht schüttelte den Kopf und blickte starr nach vorn. „Der Wagen der Entführer ist uns als gestohlen gemeldet worden. Wer es auch immer auf die Frau abgesehen hat, er hat sich gründlich auf die Entführung vorbereitet." Die Ampel sprang auf Grün, und Stefan überquerte die B 7.
„Wohin fahren wir überhaupt?"
„Zur Wohnung meiner Freundin. Sie liegt am Sedansberg, das habe ich unterwegs von der Handy-Auskunft erfahren. Ich könnte mir

vorstellen, dass wir dort eventuell einen Hinweis finden. Nach unserem Treffen im LuisenCafe ist sie sofort nach Hause gefahren, denn sie hat eine kleine Tochter, die, während sie arbeitet, von ihrer Mutter betreut wird. Soviel ich weiß, wohnt Danielas Mutter ganz in der Nähe. Vielleicht weiß sie mehr. Eine Möglichkeit wäre, dass Danni in ihrer Wohnung überfallen wurde. Da sie wohl kaum in der Schwebebahn entführt wurde, drängt sich mir der Verdacht auf, dass etwas bei ihr zu Hause passiert sein muss."

Ulbricht hatte keine Einwände. Nach wenigen Minuten erreichten sie das Haus, in dem Dannis Wohnung war.

Ohne lange zu überlegen, legte Stefan die flache Hand auf das Klingelbrett, auf dem neben George noch sieben weitere Namen standen, und drückte alle Klingeln gleichzeitig. In einer anderen Situation hätte ihm dieser Klingelstreich einen Heidenspaß bereitet, doch jetzt war ihm nicht zum Lachen zumute. Tatsächlich dauerte es nicht lange, bis einer der netten Nachbarn den Türöffner drückte. Stefan stemmte sich gegen die Tür und trat ein.

„Kommen Sie schon", rief er über die Schulter. „Worauf warten Sie noch?"

„Immer wieder bemerkenswert, dass die Leute die Türe öffnen, ohne zu wissen, wer Einlass begehrt", griente Ulbricht und folgte ihm. „So viel zum Thema ‚wachsamer Nachbar'", brummte er kopfschüttelnd.

Im Treppenhaus rührte sich etwas. Jemand rief mit schwerer Zunge: „Wer ist denn da? Hallo?" Ein ungekämmter, verschlafen wirkender Kopf tauchte über dem hölzernen Geländer auf. Unrasiert, Unterhemd. Mehr war nicht zu sehen.

„Kriminalpolizei, das geht in Ordnung", rief Ulbricht und hielt den Dienstausweis in die Höhe. Obwohl der Mann aus der Entfernung wahrscheinlich nicht einen einzigen Buchstaben erkennen konnte, nickte er zufrieden. „Na dann ist's gut." Der Kopf verschwand, im Haus wurde eine Tür zugeschlagen.

Ulbricht und Stefan tauschten einen vielsagenden Blick und erklommen die Stufen bis in das obere Stockwerk. Dannis Wohnung lag unter dem Dach in einer Schräge. Vermutlich hatte der geschäftstüchtige Vermieter den ungenutzten Dachboden zu einer weiteren Wohnung umgebaut, um so die monatlichen Mieteinnahmen zu steigern.

„Hier“, sagte Stefan und deutete auf die Einbruchspuren an der Wohnungstür. „Also lag ich gar nicht so falsch.“ Er trat ein.

„Habe ich das je bezweifelt? Wenn wir mal Leute suchen, werde ich Sie vorschlagen.“ Der Kommissar folgte ihm.

„Die haben ganze Arbeit geleistet“, murmelte Stefan fassungslos, als er das Chaos in Dannis Wohnung sah. Nichts stand mehr an seinem Platz, die Täter hatten alle Schränke geleert und deren Inhalt auf dem Boden verteilt. Natürlich hatten sie etwas gesucht – und Stefan wusste auch, was sie gesucht hatten: die geheime Patientenakte. Doch die Täter hatten sie nicht gefunden. In ihrem Frust hatten sie die Möbel zerstört, hatten das Sofa im Wohnzimmer aufgeschlitzt und den sicherlich teuren Flachbildfernseher auf den Boden geworfen. Unvorstellbar, dass der Lärm, den sie dabei gemacht haben mussten, nicht die Nachbarn auf den Plan gerufen hatte. „Sie haben nicht gefunden, was sie gesucht haben.“ Stefan schüttelte den Kopf.

Ulbricht war hinter ihn getreten. „Die geheime Akte, hm.“

„Exakt.“

Sie wanderten durch die verwüstete Wohnung. Dabei war es schwer, Einbruch- von Kampfspuren zu unterscheiden, sollte es denn welche gegeben haben. Stefan war sicher, dass man Danni hier aufgelauert hatte, um sie zu verschleppen.

Ulbricht fand zu altem Tatendrang zurück. Er zog sein Handy aus der Tasche und wählte eine Nummer. Während er auf eine Verbindung wartete, murmelte er drohend vor sich hin: „Jetzt aber das volle Programm. Spurensicherung, Handyortung des Erpressers, Fahndung nach dem Fahrzeug ausweiten, einfach alles, was mein Verein zu bieten hat!“

Weinberg, 21:05 Uhr

Der Drucker spuckte die Liste der korrupten Ärzte aus, die Peter Born zusammengestellt hatte. Allein im Bergischen Land machten sechs Mediziner Drecksgeschäfte mit den Pharmakonzernen. Spitzenreiter war allerdings die Klinik Wiesenhang unter der Leitung von Dr. Brechtmann. Ihm wurden monatlich Beträge in fünfstelliger Höhe überwiesen, als Gegenleistung für die illegalen Versuchsreihen, die er an seinen Patienten durchführte. Auch wenn es hier um horrende Summen ging, so sparte der Pharmakonzern eine Stange Geld – und vor allem Zeit. Normalerweise dauerten Laborversuche und Langzeitstudien länger als illegale Praxisversuche. Eigentlich wurde in der EU kein Medikament zugelassen, das nicht diese Langzeitstudien durchlaufen hatte. Heike überlegte, wie die Fakten, die Peter Born zusammengetragen hatte, zusammenpassten. Sie hatte die Puzzlestücke vor sich und schaffte es noch nicht, daraus ein Bild zu machen.

Auch Scans von Originaldokumenten hatte Born in einem der passwortgeschützten Ordner abgelegt. Fassungslos blätterte Heike durch die Papiere. „In dem Ordner befinden sich zwar nur die Scans von Originaldokumenten, aber Born hat auch dokumentiert, wo sich die originalen Unterlagen befinden.“ Sie blickte Kalla an. „Man müsste nur hinfahren und die Akten beschlagnahmen.“

„Das ist Sache der Polizei“, brummte er.

„Das ist hochbrisant“, staunte Heike und blätterte durch die Liste. „Wenn wir diese Aufzeichnungen an die Polizei weiterleiten, werden einige Ärzte und die Verantwortlichen in den Pharmakonzernen in den Knast gehen.“

„Wenn ich es mir recht überlege, dann gibt es bestimmt noch zig andere, die hinter den drei Morden stecken könnten“, bemerkte Kalla und zündete sich ein Zigarillo an. „Ich meine, denk nach: Wenn ich diese Liste sehe, dann hat nicht nur unser guter Dr. Brechtmann Dreck am Stecken. Vielleicht sollten wir die anderen

Ärzte auch mal unter die Lupe nehmen."

„Stimmt, allerdings schließt sich der Kreis um die Klinik Wiesenhang. Zum einen, weil Brechtmann die Liste der Ärzte anführt, was die Höhe der an ihn gezahlten Beträge betrifft. Zum anderen, weil Klinke mit in der Sache drinhängt, ich weiß nur noch nicht, wie. Andererseits ... einen großen Pharmakonzern kannst du nicht mit einer Geldstrafe schocken. So was bezahlen die aus der Portokasse."

„Wie ist das, was die da tun, denn überhaupt gesetzlich geregelt?"

„Ich denke mal, Verstoß gegen das Arzneimittelgesetz oder so. Korruption ist sicherlich auch ein Tatvorwurf. In Brechtmanns Fall vielleicht sogar fahrlässige Tötung." Heike zog die Mundwinkel nach unten. „Vielleicht kann die Polizei mit seiner Festnahme stellvertretend für alle anderen Ärzte, die in solche Geschäfte verwickelt sind, ein Exempel statuieren."

„Das wird ein Riesenskandal", brummte Kalla und formte Rauchkringel. Der Drucker piepte, und Kalla schob neues Papier nach. „Junge, das ist keine Liste, das ist schon ein Katalog. Ich frage mich nur, was die Politiker machen. Da gibt es doch das Bundesgesundheitsministerium. Sind die nicht zuständig für so was?"

„Doch, schon. Es gibt nur zwei Möglichkeiten: Entweder sie bekommen von diesen Geschäften wirklich nichts mit ... oder jemand in der Behörde ist käuflich."

„Du meinst ... die Konzerne bestechen die Behörde, damit die wegguckt und Ärzte und die Arzneimittelfirmen machen lässt?"

„Anders kann ich es mir fast schon nicht vorstellen", murmelte Heike. Plötzlich dachte sie darüber nach, dass, wenn Kalla mit seiner gewagten Theorie wirklich recht hatte, auch jemand aus der Behörde hinter den Morden stecken könnte. Immerhin hätte bei dieser Variante einer der Politiker viel zu verlieren.

„Seltsam nur, dass Born sich anscheinend nur die Komplizen eines einzelnen Arzneimittelherstellers ausgesucht hat. MM Pharma, der Name der Firma ist mir bekannt. Hier steht, dass MM Pharma in

Neuwied am Rhein seinen Produktionsstandort hat. Da sind wir doch vorhin noch durchgefahren."

„Zwischen Linz und Vallendar", nickte Kalla. „Vermutlich hat er sich erst in der Nachbarschaft umgehört und wurde ermordet, bevor er zum bundesweiten Schlag gegen die Pharmaindustrie ausholen konnte."

„Dann wäre das hier ...", Heike zeigte auf den Monitor, „nur die Spitze des Eisbergs."

„Mädchen, es sieht aus, als hättest du eine lebensgefährliche Geschichte aufgetan."

Sedanstraße, 21:15 Uhr

„Die Anrufrückverfolgung hat nichts ergeben." Ulbricht zuckte die Schultern. Inzwischen war die Spurensicherung angerückt und stellte Dannis Wohnung auf den Kopf. Überall hatte man Adhäsionsmittel aufgetragen, um die Fingerabdrücke der Täter zu sichern. Schnell hatten Ulbrichts Kollegen vom KDD herausgefunden, dass es sich nur um einen einzigen Täter handeln konnte.

„Schlaue Täter benutzen ein Prepaid-Handy aus zweiter oder dritter Hand," dozierte Ulbricht. „Alter Trick, der uns aber immer wieder das Leben schwer macht, verdammt."

Er hatte versucht, den Erpresseranruf, den Stefan erhalten hatte, zurückzuverfolgen. Leider ohne Ergebnis, denn die Spur zum Entführer verlief im Sand. „Ich werde versuchen, das Handy orten zu lassen, das kann aber etwas dauern. Vorausgesetzt, er ist dumm genug, es nicht auszuschalten."

„Wie geht es denn jetzt weiter?", fragte Stefan.

„Zunächst einmal müssen wir wissen, um wen es sich bei dem Entführer handelt. Dann wissen wir, wie wir agieren können, und nehmen die Verfolgung auf. Ein Sondereinsatzkommando wird dafür Sorge tragen, dass Ihrer Freundin kein Haar gekrümmt wird."

„Ich werde mitkommen." Stefan stand auf und wanderte durch das Wohnzimmer.

„Auf gar keinen Fall.“ Ulbricht schüttelte den Kopf. „Es wird scharf geschossen, und zwar im wahrsten Sinne des Wortes. Da können wir uns nicht noch um das Wohlergehen eines Reporters kümmern, Seiler. Tut mir leid.“

„Ich bin in diesem Falle nicht nur der kleine, lästige Reporter“, rief Stefan und erntete neugierige Blicke von Ulbrichts Kollegen. „Ich hänge in der ganzen Scheiße tiefer drin, als mir lieb ist. Und ich trage eine Mitschuld. Also werde ich alles tun, um Dannis Kopf aus der Schlinge zu befreien. Ihr Entführer hat mich angerufen, weil er weiß, dass ich die Akte von Franz Dahlhaus von ihr bekommen habe. Anscheinend weiß er nicht, dass sich die Unterlagen längst im Präsidium befinden – aber das tut auch nichts zur Sache, denn dann wäre Daniela vermutlich schon tot.“

„Unsinn – wenn man sie umbringt, hat man kein Druckmittel mehr“, erinnerte Ulbricht ihn.

Stefan musste dem Kommissar stillschweigend recht geben.

„Also machen Sie sich mal nicht ins Hemd.“

„Hauptsache, Danni überlebt den ganzen Mist. Wenn ihr auch nur ein Haar gekrümmt wird, werde ich meines Lebens nicht mehr froh, Kommissar, verstehen Sie das?“

„Und ob.“ Ulbricht versenkte die Hände in den Taschen seiner ausgebeulten Jeans. „Und ob ich Sie verstehe, Seiler.“

„Was ist mit dem gestohlenen Auto?“ Stefan zögerte.

„Machen Sie einen Aufruf. Ich will, dass die ganze Region die Augen nach der Karre offenhält.“ Ulbricht grinste schief. „Worauf warten Sie also?“

„Kein Problem“, erwiderte Stefan und zückte das Handy. Nachdem er mit Roland Kracht von der Nachrichtenredaktion telefoniert hatte, wählte er die Nummer des Nachbarsenders, Radio BergLand. Es dauerte keine Minute, bis er Zachi an der Strippe hatte. Er beschrieb ihm, worum es ging.

„Klar sende ich das, gleich schon in den nächsten Nachrichten. Hast wohl Angst, dass die Sendeleistung eurer Wupperwelle nicht

genügend Hörer erreicht, was?", frotzelte er. „Das kostet dich ein Bier, Alter."
„Ich dachte, du trinkst nur noch Mineralwasser und futterst Salat wie ein Kaninchen", konterte Stefan trocken. „Aber wenn es dich beruhigt, habe ich bald schon eine heiße Story für dich."
„Wie heiß?" Zachis Neugier war erwacht.
„Sehr heiß." Stefan bedankte sich und unterbrach die Verbindung. Zu viel wollte er dem Kollegen noch nicht verraten, denn das könnte Kommissar Ulbricht falsch verstehen. Außerdem wäre es sicherlich fatal, jetzt zu viel über den Äther zu jagen, denn die Wahrscheinlichkeit, dass der oder die Entführer einen der beiden Sender hörten, war relativ groß. Er hielt sich wahrscheinlich noch im Bergischen Land auf, denn Flughäfen und Bahnhöfe hatte Ulbricht schon abriegeln lassen. Der alte Kommissar war richtig auf Zack heute, dachte Stefan und konnte sich ein Grinsen nicht verkneifen.

Wipperfürth, 21:30 Uhr

Hinter dem Ortseingangsschild von Wipperfürth hatte er den Golf an den Straßenrand gelenkt, um sich auf der Karte zu orientieren. Auf das Navi verzichtete er bewusst, denn mit der geklauten Karre wollte er die Hauptstraßen meiden. Hier war Handarbeit angesagt, denn vermutlich fahndeten sie längst nach dem Wagen. Nach seinem Stopp in Remscheid war er über Bergisch Born und Wermelskirchen nach Wipperfürth gelangt. Dies war der gefährlichste Teil der Route gewesen. Jetzt gab es genügend kleine, kaum befahrene Ausweichstrecken, die durch ausgedehnte Waldgebiete führten, wo sich Fuchs und Hase gute Nacht sagten.
Er hielt sich auf einer kleinen Landstraße rechts und gelangte bald schon nach Sassenbach und Niedergaul, kleinere Ortschaften tief im Oberbergischen Land. Er hatte keinen Blick für die Idylle und fuhr am Limit. Je schneller er untertauchte, umso besser. Bis zur nächsten Ortschaft waren es noch ein paar Kilometer. Langsam

fragte er sich, ob die Frau noch lebte. Hatte die Kleine anfangs noch im Kofferraum herumgepoltert, so herrschte hinten seit einiger Zeit Stille. Er bekam es mit der Angst zu tun. Tot nutzte sie ihm nichts.
Er verlangsamte sein Tempo und suchte einen Forstweg. In einem Waldstück vor Breun fand er einen kleinen Abzweig. Der unbefestigte Weg führte geradewegs in eine Schonung. Er schaltete herunter, tippte das Bremspedal an und riss das Steuer nach rechts. Unsanft lenkte er den Golf auf den Forstweg. Obwohl es schon seit Tagen nicht geregnet hatte, war der Weg noch von zahlreichen tiefen Pfützen übersät. Hier kam nur selten Sonne hin. Die Reifen drehten durch und schleuderten Erdmassen in die Luft. Tiefhängende Äste kratzten mit einem Geräusch, das eine Gänsehaut bei ihm verursachte, über das Wagendach. Der rechte Außenspiegel wurde abgerissen, als er einen dicken Ast, der seitlich in den Weg ragte, zu spät sah. Glas splitterte, Plastik brach. Jetzt hing nur noch ein hässlicher Stummel an der Beifahrertür. Mehrmals schlugen die Stoßdämpfer hart bis zum Anschlag durch. Der Wagen geriet in die Fahrrinne eines Traktors, der hier vor einiger Zeit den Boden gepflügt hatte. Hart riss er am Steuer und betete, dass jetzt nicht die Ölwanne aufriss, denn mit einem Motorschaden wäre die Fahrt sofort zu Ende. Auf einer Lichtung blieb er stehen und schaltete den Motor ab.
Türe auf, Stille.
Die frische Waldluft drang in seine Lungen ein. Langsam beruhigte sich sein Puls. Er atmete tief durch und versuchte, klar zu denken. Dann stieg er aus und ging nach hinten, um sich am Kofferraum zu schaffen zu machen.
Dort lag sie, zusammengeschnürt zu einem handlichen Bündel. Mit einer Rolle Panzerband hatte er ihre Fuß- und Handgelenke fixiert. Einen Streifen hatte er ihr um den Mund geklebt. Wie er erleichtert feststellte, lebte sie. Mühsam rollte sie sich auf die Seite, um ihn ansehen zu können. Sie hatte geweint. Ihre Augen wirkten

glasig, die Nase war rot. Mit großen, angstgeweiteten Augen starrte sie ihn an. Beinahe hätte er Mitleid verspürt, doch für Gefühle war augenblicklich kein Platz. Er hatte einen Auftrag, und den würde er mit aller nötigen Konsequenz durchführen. Auch wenn die Entführung nicht geplant gewesen war, so war er doch wild entschlossen, sein Ding durchzuziehen. Notfalls auch im Alleingang, doch davon musste Daniela George nichts wissen. „Geht's dir gut?", fragte er.

Sie nickte stumm. Er beugte sich über sie und löste den Knebel. „Was haben Sie mit mir vor?" Angst lag in ihren Augen, und sie streckte die steifen Knochen.

„Als wenn du das nicht wüsstest", antwortete er. „Du hast dich ein Stück zu weit aus dem Fenster gelehnt, deshalb leistest du mir jetzt Gesellschaft. Du kannst froh sein, dass ich dich nicht ..."

„... umgebracht habe?" Dannis Augen versprühten Funken. „So wie Sie die anderen umgebracht haben?"

„Was redest du da für einen Stuss?" Er schüttelte den Kopf und schlug ihr ins Gesicht. Ihr Kopf wurde zurückgeworfen, und sicherlich fühlte es sich für die junge Frau an, als wollte er ihr den Kopf von den Schultern reißen. Doch darauf konnte er keine Rücksicht nehmen. Seine fünf Finger zeichneten sich auf ihrer Wange ab. Sie rieb sich die schmerzende Stelle. „Ich bin kein Mörder, hörst du?", blaffte er sie an und drückte sie in den engen Kofferraum des Golf zurück. Bevor sie sich wehren konnte, schlug er die Heckklappe zu. Er musste sich eingestehen, dass die Entführung ihn überforderte. Jetzt musste er zusehen, dass er das Beste aus der Situation machte. Er ging nach vorn und nahm die Karte vom Beifahrersitz. Die Namen der Dörfer in dieser Pampa waren ihm völlig unbekannt. Bis Lindlar war es nicht mehr weit. Von da aus würde er sich irgendwie nach Bergisch Gladbach durchschlagen und dort unterschlüpfen. Der Rest war Spielerei.

Er zuckte zusammen, als sich das Handy meldete. In der Stille des Waldes klang es unnatürlich laut.

Das Telefon hatte auf dem Beifahrersitz gelegen, war aber wohl durch die rasante Fahrt über den Waldweg in den Fußraum gefallen. Er beugte sich in den Wagen, kniete auf dem Fahrersitz und bückte sich nach dem Handy. „Unbekannter Teilnehmer", las er auf dem Display. Er zögerte. Sollte er sich melden?
Vielleicht erhielt er neue Anweisungen, vielleicht wollte man ihn warnen.
Grüner Knopf, Handy ans Ohr. „Hallo?"
„Wer ist denn da?" Eine Männerstimme, mittleres Alter, ein wenig rauchig.
„Wer will das wissen?", fragte er barsch zurück und spürte, wie sich die Haare in seinem Nacken aufrichteten. „Wer sind Sie, verdammt noch mal?"
Hinten rührte sich etwas. Daniela George polterte im Kofferraum herum. Von einer Sekunde zur anderen brüllte sie los, fast so, als hätte er sie verprügelt. „Ruhe, verdammte Scheiße!", brüllte er nach hinten. Das hatte ihm gerade noch gefehlt.
„Ich glaube, ich habe mich verwählt." Da war er wieder. „Haben Sie die Nummer 0177 / 34 ..."
„Nein, habe ich nicht!", unterbrach er den Anrufer. Ohne eine Antwort abzuwarten, unterbrach er die Verbindung und warf das Telefon auf den Beifahrersitz. Er war in eine Falle gegangen, durchzuckte es ihn siedendheiß. Am liebsten hätte er sich selbst verprügelt. Fluchend klemmte er sich hinter das Steuer und startete den Motor. Er kurbelte wie wild am Lenkrad und wendete den Golf auf der Lichtung. Ohne Rücksicht auf das Material preschte er den Waldweg hinunter zur Straße zurück. Äste peitschten über den Lack. Sie hatten eine Fangschaltung eingerichtet, um das verdammte Handy orten zu können. Er trat das Bremspedal bis zum Bodenblech durch. Der Golf schlidderte über den unbefestigten Waldweg. Er beugte sich nach rechts, nahm das Telefon und warf es aus dem Fenster. In hohem Bogen flog es ins Gebüsch. Er glaubte, es klingeln zu hören. Vermutlich waren es wieder die

Bullen, die ihn orten wollten. Sollten sie, dachte er triumphierend und setzte die Fahrt fort. Jetzt konnten sie ihn orten. So leicht ließ er sich nicht aufs Glatteis führen.

Sedansberg, 21:40 Uhr

„Wir haben ihn“, freute sich Ulbricht. „Das ist kein Profi. Ein Profi hätte das Handy abgeschaltet, damit wir ihn nicht finden. Aber er ist dumm genug, um das Handy anzulassen und dann auch noch ein Gespräch anzunehmen. Und jetzt konnten wir ihn orten.“

Stefan, der die Hände in den Hosentaschen vergraben hatte, um bloß nichts anzufassen, blickte neugierig auf. Er hatte die Männer der Spurensicherung bei der Arbeit beobachtet. Ein Fotograf hielt das Chaos in Dannis Wohnung fest. Stefan trat zu Ulbricht. „Und wie sind Sie an seine Nummer gekommen?“

Der Kommissar strahlte. „Berufsgeheimnis. Aber weil Sie es sind, werde ich eine Ausnahme machen. Die Kollegen im Präsidium haben sich die Zugangsdaten Ihres Handys vom Netzdienstbetreiber geholt. Dort hat man die Möglichkeit, auch die Anrufer mit unterdrückter Rufnummer zu rekonstruieren. Es dauert halt ein wenig länger, aber es funktioniert.“

„Daniel Düsentrieb und McGyver in einer Person“, stellte Stefan fest. „Und wie geht es jetzt weiter?“

„Wir werden die Verfolgung aufnehmen.“

„Dann wird Danni sterben!“, rief Stefan aufgeregt. „Das ist viel zu gefährlich!“

„Unsinn.“ Ulbricht schüttelte den Kopf und betrachtete das heillose Durcheinander in Danielas Wohnung. „Wir werden anhand der Fingerabdrücke feststellen, um wen es sich handelt – vorausgesetzt, er ist bereits in unserer Datenbank erfasst.“

„Und wenn nicht?“

„Dann wird er das bald schon sein.“

Ulbricht ging in die kleine Küche und rief Heinrichs an. „Kommen Sie her, wir machen jetzt einen Ausflug ins Bergische Land.“ Er

nannte seinem Assistenten die Adresse von Daniela George. „Und bringen Sie einen Dienstwagen mit, meiner steht zu Hause. Was? Nein, erzähl ich Ihnen später. Jetzt aber pronto“, fügte er hinzu und steckte das Handy in die Tasche. „Die Kollegen in Wipperfürth sind ihm auf den Fersen. Sie werden ihn sich krallen und festhalten, und wir werden ihn übernehmen und im Präsidium verhören.“
„In Wipperfürth?“ Stefan war dem Kommissar in die Küche gefolgt und hatte den Rest des Gesprächs mitgehört. Er wunderte sich, dass der Entführer trotz der eingeleiteten Fahndung und des Aufrufs im Radio überhaupt so weit gekommen war.
„Man hat das Handy in einem Waldstück südlich von Wipperfürth geortet“, antwortete Ulbricht. „Vermutlich gibt es dort eine Jagdhütte oder einen Unterschlupf. Er denkt wohl ernsthaft, dass wir ihn da nicht finden.“ Ulbricht kehrte die Handflächen nach oben. „Mit etwas Glück können wir ihn einkreisen und festnehmen.“
Der Kommissar ging zurück ins Wohnzimmer. Die Vernehmungen der Nachbarschaft hatte nichts ergeben. Niemand hatte eine fremde Person gesehen, die sich gewaltsam Zutritt zu Dannis Wohnung verschafft haben könnte. Gehört hatten die Mitbewohner auch nichts. Etwas anderes hatte Ulbricht auch gar nicht erwartet. Er hatte eine Streifenwagenbesatzung losgeschickt, um Dannis Mutter aufzusuchen. Möglicherweise wusste die Mutter etwas. Mit allergrößter Wahrscheinlichkeit würde die alte Dame aber einen Schock erleiden, wenn sie von der Entführung ihrer Tochter erfuhr.
Stefan war dem Kommissar gefolgt. „Ihr Wort in Gottes Ohr.“
„Und Sie gehen jetzt nach Hause. Ich will Sie morgen früh im Radio hören, Seiler. Sie können uns nicht helfen, wirklich nicht. Jetzt liegt es nicht mehr in Ihrer Hand, ob ...“
„Ich komme mit.“
„Sie träumen“, entgegnete Ulbricht unbeeindruckt.
„Ganz und gar nicht. Der Entführer wird sich wieder bei mir melden, das hat er bereits angekündigt. Und wenn er sich tatsächlich

im Oberbergischen aufhält, dann bin ich schneller bei der Übergabe. Jede Minute, die wir sparen können, könnte Dannis Leben retten. Ich will sie da rausboxen, Kommissar, schließlich habe ich ihr den Mist auch eingebrockt."

Ulbricht dachte einen Moment lang nach. Schließlich nickte er. „In Ordnung. Aber unterwegs halten Sie sich an meine Anweisungen, damit das klar ist, verdammt."

„Schon gut, Sie sind der Boss." Stefan grinste gequält. Er war froh, dass er nicht mehr mit Ulbricht diskutieren musste. Es war höchste Zeit, Danni aus den Händen der Entführer zu befreien.

Marienstraße, 21:50 Uhr

Es war ziemlich spät geworden, und hinter Heike lag ein langer Tag. Die Frage, ob Kalla noch auf einen Kaffee mit reinkommen wollte, um den Abend gemeinsam mit Stefan ausklingen zu lassen, lehnte der Taxifahrer mit Hinweis auf die Parkplatznot im Ölbergviertel ab. „Ich muss auch ins Bett so langsam, bin schließlich nicht mehr der Jüngste", grinste er. „Lass uns morgen telefonieren – ich habe noch frei. Falls du 'nen Fahrer brauchst, bin ich am Start, Mädchen."

„Danke, dass du mich noch nach Hause gebracht hast."

Er hob zum Gruß den Daumen wie ein Pilot vor dem Start, legte den Gang ein und fuhr langsam zum Luisenviertel hinunter. Heike blickte dem Taxi nach, bis es um die spitze Linkskurve in der Nacht verschwunden war. Das Tuckern des Diesels entfernte sich, und Heike kramte in der Tasche nach dem Schlüssel zu Stefans Wohnung. Natürlich hätte sie heute genauso gut in ihre eigene, kleine Bleibe an der Germanenstraße in Wichlinghausen fahren können, doch sie sehnte sich nach Stefan. Es gab viel zu erzählen, und sie hatte ihn schon viel zu lange nicht gesehen.

Als sie die Wohnung aufschloss, stellte sie ein wenig enttäuscht fest, dass Stefan nicht zu Hause war. Sie begab sich in die Küche und schaltete das Radio ein. Wie immer war das kleine Gerät auf die Frequenz der Wupperwelle eingestellt. Heike wurde müde, doch sie konnte noch nicht schlafen gehen. Es gab noch viel zu tun. So setzte sie sich einen frischen Kaffee auf. Als die Kaffeemaschine blubberte, holte sie Stefans Laptop aus dem Schlafzimmer und fuhr das System hoch. Währenddessen blätterte sie in den Unterlagen, die Kalla ihr ausgedruckt hatte. Die Papiere waren Zündstoff pur. Wenn das, was in Borns Listen stand, ans Tageslicht gelangte, hatte Deutschland einen neuen Skandal. Born war also gestorben, weil er einflussreichen Leuten zur Gefahr geworden war. Nach ihm waren alle ermordet worden, die auch nur ansatzweise mit dem Fall zu tun gehabt hatten. Jemand ging über Leichen. Heike erschauderte. Der Gedanke, dass Stefan, sie und auch Kalla von der Korruption wussten, führte zu dem einfachen Schluss, dass sie alle auch in Lebensgefahr waren. Wenn es tatsächlich jemanden gab, der die Spur zurückverfolgte, würde dieser Jemand zwangsläufig bei ihnen landen.

Heike ging zurück in den Flur und schloss die Wohnungstür ab. Sicherheitshalber legte sie die Türkette vor. Das metallische Rasseln bohrte sich in ihren Schädel. Als sie ein knackendes Geräusch vernahm, setzte ihr Herzschlag sekundenlang aus, und Heike fühlte sich wie in der Falle. Befand sich jemand in der Wohnung?

„Hallo?“, rief sie in die Stille. Natürlich bekam sie keine Antwort, doch sie war sicher, dass sie sich das Geräusch nicht eingebildet hatte. Heike nahm all ihren Mut zusammen und durchwanderte die ganze Wohnung und versicherte sich, dass alle Fenster geschlossen waren. Doch sie war definitiv alleine in der Wohnung.

Nachdem sich ihre Nerven ein wenig beruhigt hatten, rief sie sich den Umstand ins Gedächtnis, dass sich Stefans Wohnung in einem alten Haus aus der Gründerzeit befand. Obwohl die Fassaden und Decken aufwendig mit Stuck verziert waren, so hatte man im 19. Jahrhundert mit Holz gebaut. Es gab echte Dielen und Zwischendecken im ganzen Haus. Und Holz arbeitete nun mal. Dabei knackte es auch ab und zu. Sie war sich sicher, dass es sich bei dem

Geräusch, das sie gehört hatte, um das Knacken einer Diele gehandelt haben musste, und atmete tief durch. Im Wohnzimmer trat sie ans Fenster und blickte hinunter auf die Straße. War ihr der Mörder bereits auf den Fersen? Saß er in einem der geparkten Autos und lauerte nur auf eine Gelegenheit, zuschlagen zu können? Heike erschauderte bei dem Gedanken.

Sie zuckte zusammen, als sie im Hauseingang gegenüber eine Bewegung wahrnahm. Nichts als einen huschenden Schatten, der sich ins Dunkel der Haustüre drückte. Heike stand minutenlang regungslos am Fenster und versuchte, mit Blicken die Dunkelheit zu durchdringen. Immer wieder glaubte sie, auf der anderen Straßenseite eine Bewegung wahrzunehmen. Irgendwann löste sich die Gestalt aus dem Dunkel. Es waren zwei Personen, ein junges Paar. Eng umschlungen setzten sie ihren Weg in Richtung Luisenstraße fort, blieben immer wieder stehen und küssten sich leidenschaftlich.

Heike seufzte und kam sich plötzlich furchtbar albern und hysterisch vor.

Erst jetzt bemerkte sie, dass sie am Fenster eines hell erleuchteten Zimmers förmlich auf dem Präsentierteller stand. Sie atmete tief durch und zog die Gardinen ruckartig zu. Sie holte sich das Telefon aus der Ladestation und tippte Kallas Handnummer ein. Es dauerte nicht lange, bis er sich meldete. Stichwortartig berichtete Heike ihm, was sie dachte. „Pass bloß auf dich auf, Kalla. Wir sind Insider und wissen jetzt das, was schon Peter Born, seiner Frau und auch schon deinem Kollegen zum Verhängnis wurde. Dieser Killer hat keine Hemmungen, jeden aus dem Weg zu räumen, der zu viel weiß." Mit dem schnurlosen Gerät am Ohr wanderte sie durch die leere Wohnung und erreichte schließlich die Küche, wo sie sich am Tisch niederließ.

„Mach dich nicht verrückt, Mädchen." Kallas Bass klang väterlich und beruhigend. „Mich haut so schnell nichts um. Aber was ist mit dir, hast du Angst? Dann komme ich zu dir zurück

und warte da, bis Stefan kommt."
„Du bist ein Engel." Heike musste unwillkürlich schmunzeln. „Aber das wird nicht nötig sein. Ich habe die Bude verrammelt und schon überall nachgesehen, ich bin alleine. Lieb gemeint, aber ich komme klar. So lange dauert es bestimmt nicht mehr, bis Stefan nach Hause kommt. Er muss morgen auch früh raus, hat ja die Frühsendung."
„Wie du meinst. Nicht, dass mir morgen Klagen zu Ohren kommen."
„Nein, dank dir noch mal. Aber bitte sei du auch vorsichtig."
„Ich habe vorgesorgt, schließlich hänge ich an meinem Leben, Mädchen." Er lachte amüsiert. „Schlaf gut und meld dich, wenn es Neuigkeiten gibt."
„Du auch, Kalla. Bis morgen."
Die Kaffeemaschine röchelte asthmatisch. Heike sprang auf und goss den Kaffee in einen der großen, bunten Pötte, die im Regal neben dem Küchenfenster standen. Sie pustete in die Tasse und trank in kleinen Schlucken. Dann stand sie auf, holte ihre Handtasche und nahm eine selbstgebrannte CD-ROM heraus. Kalla hatte ihr eine Kopie der Daten von Peter Born gebrannt. Sie legte die Silberscheibe in das Laufwerk des Notebooks ein. Vielleicht sollte sie Ulbricht die Daten zumailen. Bei ihm waren die Listen sicherlich in guten Händen. Sofort wählte sie sich per W-Lan ins Internet ein und rief die überarbeitete Homepage des Wuppertaler Polizeipräsidiums auf.
Nachdem sie Ulbrichts E-Mail-Adresse herausgefunden und ihm die Daten von CD übertragen hatte, machte sie sich daran, MM Pharma zu googeln. Und das, was sie in einigen Foren über den Arzneimittelhersteller las, gefiel ihr ganz und gar nicht.
Sie schreckte von der Arbeit hoch, als das Telefon klingelte. Heike zog das Handy aus der Tasche hervor und stellte mit einem Blick auf das Display fest, dass Stefan sie anrief. „Hi", rief sie überrascht. „Wo steckst du denn? Ich warte sehnsüchtig. Und ich habe

dir so viel zu erzählen!"
„Ich fürchte, das muss warten, Heike." Er klang ernst, seine Stimme war belegt.
„Was ist denn los mit dir?"
„Danni wurde entführt. Und der Entführer hat mich angerufen." Stichwortartig berichtete er ihr, was in der Zwischenzeit passiert war. „Ich werde jetzt mit Ulbricht und Heinrichs losziehen. Die Fahndung nach dem Wagen läuft – er ist übrigens als gestohlen gemeldet. Ein dunkler Golf, aber davon gibt es ja Millionen."
„Soll ich mitkommen?"
„Um Gottes willen, nein", rief Stefan. „Ich habe schon mit Engelszungen auf Ulbricht einreden müssen, damit er mich mitnimmt. Schließlich konnte ich ihn überreden, weil ich für den Entführer die Kontaktperson bin. Wenn er weitere Forderungen stellt, werde ich es wohl zuerst erfahren. Bleib du in Wuppertal und halte die Stellung."
„Wird gemacht." Heike biss sich auf die Zunge und überlegte, ob das der richtige Zeitpunkt war, Zweifel anzumelden. Schließlich rang sie sich doch dazu durch. „Ich hatte gleich so ein blödes Gefühl", murmelte sie leise.
„Wovon redest du?"
„Na ja ... mit dieser Danni. Du kennst sie schon so lange. Natürlich hat sie dir die geheime Krankenakte zugespielt, aber ich könnte mir vorstellen, dass sie das getan hat, weil sie dich ... mag."
Am anderen Ende der Leitung kehrte Schweigen ein. Dann seufzte Stefan. „Hör zu", sagte er. „Das ist jetzt nicht der Moment, um über Eifersüchteleien zu diskutieren. Danni weiß von den Dingen, die in der Klinik vorgehen, sie war bei einem Eingriff anwesend, bei dem ein Mann starb. Und jetzt ist sie entführt worden. Das alles vermutlich nur, weil ich meine Nase in Dinge gesteckt habe, die mich nichts angehen, anstatt gleich zur Polizei zu gehen. Ich mache mir ehrlich gesagt schwerste Vorwürfe und bin heilfroh, wenn Danni den ganzen Mist übersteht. Mach dir einfach keinen

Kopf über solche Dinge, ja?"
Heike biss sich auf die Zunge. Sie hatte es gewusst. Aber wie so oft hatte sie ihre Gefühle nicht im Griff, und Eifersucht konnte ein schreckliches Gefühl sein, das sich einfach nicht beherrschen ließ.
„Ist gut", erwiderte sie nach einer kleinen Ewigkeit. „Pass bloß auf dich auf, Stefan."
„Versprochen."
„Und ... hey, ich liebe dich!" Tränen sammelten sich in Heikes Augen. Sie war wütend auf sich selbst, dass sie ihm in einem solchen Moment mit ihren Vorwürfen kommen musste.
„Ich liebe dich auch." Er seufzte. „Ich melde mich, sobald es Neuigkeiten gibt. Mach dir bitte keine Sorgen. Weder um mich, noch um Danni, hörst du?"
„Ist gut." Sie unterbrach die Verbindung und starrte sekundenlang auf das Handy in ihrer Hand, als würde sie sich wundern, wie das Telefon überhaupt dorthin gekommen war. Sie verdrängte den Gedanken an Daniela und die Vorstellung, dass sie ein Auge auf Stefan geworfen hatte, und fasste einen Plan. Jetzt war nicht der richtige Augenblick für Eifersüchteleien. Es gab viel zu tun.

Landstraße im Bergischen Land, 22:10 Uhr

„Es ist vorbei." Ulbricht warf das Handy wütend in die Ablage des Dienstwagens. „Verdammt, verdammt!" Er stierte mit geröteten Augen durch die Windschutzscheibe und schüttelte langsam den Kopf. „Verdammt", wiederholte er leise und fuhr sich mit den Händen durch das erhitzte Gesicht.
Heinrichs war gefahren wie eine gesengte Sau und hatte sich immer wieder Rügen für seinen Fahrstil von Ulbricht eingefangen. Er würde ihn zum nächsten Fahrsicherheitstraining anmelden, so viel hatte sich der Kommissar vorgenommen. Stefan, der schweigend im Fond des Dienstwagens hockte, war es zeitweise übel geworden. Doch die Sorge um Danni war größer gewesen, und so hatte er sich schweigend seinem Schicksal gefügt. Immerhin war

er es selber gewesen, der unbedingt hatte mitfahren wollen. Eine Verfolgungsjagd durch das Bergische Land war eben doch keine gemütliche Kaffeefahrt.
Ulbricht hatte Straßen- und Wegerecht per Funk angemeldet und den „Kojak", wie sie es nannten, das mit der Magnethalterung versehene Blaulicht, auf dem Dach des zivilen Dienstwagens befestigt. Zwischen Hückeswagen und Wipperfürth hatte das Telefon geklingelt und sie in die Realität zurückgeholt. An einer Bushaltestelle hatte Heinrichs den weiß lackierten Vectra gestoppt und dem kurzen Telefonat seines Vorgesetzten gelauscht.
Jetzt fiel die Anspannung der drei Männer im Wagen von einer Sekunde zur anderen von ihnen ab. Stefan löste den Sicherheitsgurt und beugte sich nach vorn. Er hockte krumm auf dem Kardantunnel und umklammerte die Kopfstützen der Vordersitze. „Was heißt das – es ist vorbei?"
„Falscher Alarm. Der Vogel ist aus dem Nest gefallen. Das Schwein hat uns durchschaut und das Handy in einem Waldstück ein paar Ortschaften weiter zurückgelassen. Die Spurensicherung ist schon vor Ort. Sie haben Reifenspuren eines VW Golf gefunden, das passt also. In einem Forstweg hat er sich wohl auch den Außenspiegel abgerissen, das Teil wurde ebenfalls gefunden. Und Fußabdrücke auf einer Lichtung. Größe vierundvierzig, aber das ist eine Allerweltsschuhgröße, mit der wir jetzt ad hoc nicht viel anfangen können. Bleiben die Hinweise auf den Wagen. Vielleicht fällt der Wagen auf, weil er ihn regelrecht durch den Schlamm geprügelt haben muss. Der abgerissene Außenspiegel ist auch auffallend. Vielleicht wird jemand, der den so zugerichteten Wagen sieht, hellhörig. Das wäre jetzt unsere einzige Hoffnung. Weiß der Geier, wohin er jetzt unterwegs ist." Ulbricht zog aus dem Handschuhfach einen kleinen Atlas des Bergischen Landes hervor. Er blätterte einen Moment darin herum, dann hatte er die richtige Seite gefunden und tippte auf eine Stelle. „Wir sind hier", murmelte er. „Und hier", er zeigte auf einen grünen Fleck, „hier ist der Wald, in dem

die Jungs das Telefon des Entführers gefunden haben."
Heinrichs beugte sich zu ihm herüber und studierte die Karte. „Es gibt nur einen logischen Schluss", sagte er dann. „Lindlar, Engelskirchen oder hier, im Westen, liegt Bergisch Gladbach. Vermutlich hat er sich bewusst die wenig befahrenen Nebenstrecken ausgesucht."
„Na prima", brummte Ulbricht. „Dann suchen wir mal weiter. Ich glaube auch nicht mehr daran, dass uns die Radioleute helfen können. Es müsste schon Zufall sein, wenn ihnen der gesuchte Wagen jetzt noch auffällt."
„Wir haben noch die Fahndung laufen. Dann richten wir jetzt Kontrollstellen vor den größeren Ortschaften ein. Irgendwann wird er uns schon ins Netz gehen, Chef." „Brille" Heinrichs grinste blöde und wandte sich beifallheischend nach hinten, zu Stefan, um. Doch dieser schwieg betroffen. Noch immer quälten ihn Vorwürfe, denn er war sich bewusst darüber, dass er an Dannis Entführung eine Teilschuld hatte.
Ulbricht schüttelte den Kopf und dachte nach. „Es sei denn, er hat sich eine Scheune oder so was gesucht, in der er untergeschlüpft ist." Er schlug mit der Hand auf das Armaturenbrett. „Mann, Heinrichs, denken Sie nach! Das ist wie die Suche nach der Stecknadel im Heuhaufen. Und heller wird es heute auch nicht mehr."
Heinrichs nickte nachdenklich. Manchmal hatte der alte Kriminalhauptkommissar eben doch die besseren Argumente.
Stefan räusperte sich. „Und jetzt?"
„Jetzt ist Zeit für großes Kino", grinste Ulbricht. „Ich werde einen Hubschrauber mit Wärmebildkamera anfordern. Wir dürfen keine Zeit verlieren." Ulbricht angelte nach dem Telefon und wählte die Nummer des LKA in Düsseldorf. Genau das hatte er eigentlich vermeiden wollen, dachte er zähneknirschend. Sobald das Landeskriminalamt seine Fühler nach einer Sache ausstreckte, wurde es in der Regel ungemütlich.

Beyenburg, 22:35 Uhr
„Hier muss es sein.“ Heike deutete auf ein großes, luxuriöses Haus, das sich an einen grünen Hang schmiegte. Unterhalb lag Beyenburg. Der See lag still da, und die spätgotische Klosterkirche St. Maria Magdalena schien über dem friedlichen Dorf zu wachen. Teile der Bruchsteinfassade waren von leistungsstarken Scheinwerfen angestrahlt, während der schmale und spitz zulaufende Glockenturm wie ein mahnend erhobener Finger in den Nachthimmel ragte. Die Fachwerkhäuser um die Klosterkirche wirkten wie Modelle einer Eisenbahnlandschaft. Nicht zu glauben, dass sie sich am Rande einer Großstadt befanden.
Kein Laut drang nach oben.
Heike deutete mit dem Daumen auf das Haus. Drinnen brannte Licht. „Die Herrschaften sind jedenfalls zu Hause.“
Kalla stoppte das Taxi am Straßenrand und blickte zum Haus. Er hatte sich nicht lange bitten lassen, als Heike ihn gebeten hatte, mit ihr nach Beyenburg zu fahren. Der Umstand, dass eine junge Frau entführt worden war, setzte den Fall in ein ganz neues Licht. „Ist doch klar, dass ich unter diesen Umständen nicht beruhigt pennen kann“, hatte Kalla gesagt, als Heike ihn angerufen hatte. „Und Licht ist auch noch an“, bemerkte er jetzt und beugte sich zur Seite. Neben dem Eingang gab es einen hölzernen Carport, unter dem zwei Fahrzeuge parkten. Ein VW Touareg und ein dunkler BMW der 7er-Reihe. Kalla drehte sich zu Heike um. „Und was genau hast du jetzt vor?“
„Wir werden Klinke ein paar Fragen stellen.“
„Ich hoffe, dass er damit kein Problem hat. Hauptsache, du kriegst keinen Ärger mit deinem Chefredakteur. Hast du mir nicht gesagt, die beiden sind so ...?“ Kalla legte den Mittelfinger der rechten Hand um den Zeigefinger, ein Zeichen für die feste Freundschaft der Männer. Als Chefredakteur der Wupperwelle zählte Michael Eckhardt zu den oberen Zehntausend der Stadt. Auch wenn sein Kontostand nicht an den seiner Freunde heranreichte, so war er

doch, durch seinen Beruf bedingt, bekannt wie ein bunter Hund unter den einflussreichen Leuten in Wuppertal.
„Das müssen wir in Kauf nehmen, Kalla. Immerhin geht es um eine Entführung und um Mord. Entweder hat Klinke doch Dreck am Stecken, oder er wird unsere Fragen beantworten, weil er Schlimmeres vermeiden will. Es liegt also an ihm."
„Na, dann hoffen wir mal, dass dich dein journalistischer Spürsinn diesmal nicht täuscht." Kalla grinste schief, zog den Zündschlüssel ab und stieg aus. Etwas zögernd marschierte er hinter Heike die Auffahrt zum Anwesen der Klinkes hinauf. Am Haus herrschte Stille. Sie hatten die Haustür erreicht. Bevor Kalla weitere Bedenken äußern konnte, hatte Heike bereits den Finger auf den Knopf gelegt. Drinnen ein Gong. Big Ben. Klang fast wie der echte Glockenturm. Es dauerte einen Augenblick, bis sich drinnen Schritte näherten. Die Türe wurde geöffnet, und sie blickten in das neugierige Gesicht einer Frau Mitte dreißig. Das schulterlange, blonde Haar hatte sie zu einem Pferdeschwanz zusammengebunden. Trotz Make-up wirkte sie blass und übernächtigt. Sie trug ein leichtes Sommerkleid.
„Mein Name ist Heike Göbel, und das", sie deutete auf Kalla, „das ist mein Kollege, Herr Weinberger. Wir kommen von der Wupperwelle." Sie lächelte freundlich.
„Hm." Die Frau nickte. „Es ist ziemlich spät." Ihre Stimme klang emotionslos. Heike glaubte zu sehen, dass sie sich hinter ihrer Fassade nur versteckte. „Und wenn es um das leidige Thema geht – nein, mein Mann hat nichts mit den drei Morden zu tun."
„Wir können Sie beruhigen, deshalb sind wir gar nicht hier", erwiderte Heike schnell. „Wir suchen Ihren Mann, weil wir seinen sachlichen Rat benötigen. Wie gesagt, es tut uns sehr leid, dass es schon so spät ist, aber es ist sehr dringend."
„Wie Sie meinen."
„Ist er noch wach?"
„Ja, er sitzt in seinem Arbeitszimmer." Ein mattes Lächeln. „Er

arbeitet immer.“ Gequälter Seufzer. Tür ganz auf, hereinbittende Geste. „Kommen Sie schon.“ Sie ging voran und führte die Gäste durch das Erdgeschoss. Das Büro ihres Mannes lag im hinteren Teil des luxuriös eingerichteten Hauses. Sie klopfte an.
Er rief: „Herein!“
Wie beim Arzt, fand Heike und stellte mit einem Blick auf Kalla fest, dass er die Situation ähnlich empfand. Lebte und kommunizierte so ein Ehepaar?
Frau Klinke öffnete die Tür und bat den Besuch herein. Ihr Mann saß am Schreibtisch und arbeitete am Computer. Als er um den großen Flachbildmonitor herumblickte und Heike erkannte, lächelte er. „Ach“, rief er. „Meine charmante Freundin von heute Morgen.“ Klinke bedachte Kalla mit einem nicht zu deutenden Blick. „Und diesmal sogar mit Verstärkung. Kommen Sie – ich beiße nicht.“ Er wandte sich seiner Frau zu. „Jeanette, es ist in Ordnung. Wir kennen uns bereits.“
„Es geht um deinen BMW, richtig?“ Ihre Stimme klang schneidend.
„Nein“, beeilte sich Heike zu sagen. Sie wollte kein Benzin ins Feuer gießen und hatte keine Lust auf Ärger mit Michael Eckhardt. „Diesmal geht es nur um einen Golf. Wir haben ein paar Fragen an Sie als Fachmann, und nach dem netten Gespräch heute Morgen ist mir ganz spontan die Idee gekommen, uns an Sie zu wenden.“ Heike lächelte charmant. „Und deshalb möchten wir uns jetzt noch mal für die späte Störung entschuldigen.“
„Das ist kein Problem, ich gehe immer erst spät zu Bett. Bitte – nehmen Sie doch Platz. Im Sitzen redet es sich entspannter.“ Er nickte seiner Frau zu. Sie verschwand mit schleichenden Bewegungen, ohne die Besucher eines Blickes zu würdigen. Heike und ihr Begleiter setzten sich.
Reinhardt Klinke beugte sich weit über die Tischplatte und legte die Fingerspitzen beider Hände aneinander. „Also“, eröffnete er das Gespräch. „Was kann ich für Sie tun?“

„Diesmal geht es um eine Entführung“, antwortete Heike, und Kalla registrierte erstaunt, dass sie keine Zeit verlieren wollte. „Wir recherchieren über dieses Thema, aus aktuellem Anlass sozusagen. Jemand hat einen VW Golf gestohlen und damit eine junge Frau entführt.“

„Das ist bedauerlich.“ Kopfschütteln, sichtbar gespieltes Mitgefühl. Dann lächelte Klinke süffisant. „Und jetzt sagen Sie nur noch, dass Sie mich mit diesem Verbrechen auch in Verbindung bringen?“

„Nein“, lachte Heike und spürte, wie ihr das Blut unter die Haarspitzen schoss. „Ich kann mir nicht vorstellen, dass es für einen ungeübten Täter einfach ist, ein relativ neues Fahrzeug zu entwenden.“

„Sie meinen, wegen der werksseitig eingebauten Wegfahrsperre?“

„Richtig. Haben Sie eine Idee, wie so etwas möglich ist, und vor allem, wer so etwas tun könnte? Hier haben wir es immerhin nicht mit einem professionellen Autodieb zu tun. Das gestohlene Auto ist nur Mittel zum Zweck – zumindest gehen wir davon aus.“

„Ich verstehe.“ Klinke nickte und dachte einen Moment lang angestrengt nach. „Es gibt nicht viele Möglichkeiten, die automatische Wegfahrsperre zu umgehen.“

„Was geschieht, wenn die Wegfahrsperre aktiviert wird? Geht der Motor während der Fahrt aus, nach einigen Kilometern vielleicht? Oder springt der Motor gar nicht erst an, wenn man die Sperre nicht umgeht?“

„Bei Volkswagen ist es so, dass der Motor zwar anspringt, aber unmittelbar nach dem Startvorgang wieder ausgeht. Es gibt ein Steuergerät, das befindet sich meist im Motorraum, und es gibt ein Lesegerät, das sitzt beim Zündschloss. Der Zündschlüssel verfügt über einen Chip, der dem Lesegerät einen Code übermittelt. Das Lesegerät im Auto leitet den Code weiter ans Steuergerät. Zwischenzeitlich aber springt der Motor an. Jetzt sagt das Steuergerät, dass der Schlüssel keinen oder einen falschen Code übermittelt hat, und stoppt die Kraftstoffzufuhr – der Motor geht wieder aus.

Dieses Spielchen könnte man zigmal wiederholen, ohne dass das Fahrzeug auch nur einen Meter dabei fährt."
„Das heißt, Sie würden es keinem Amateur zutrauen, ein solches Fahrzeug zu stehlen?"
„Nein. Mit dem einfachen Kurzschließen der Zündung ist es schon seit mehr als zehn Jahren nicht mehr getan. Insofern setze ich voraus, dass der Dieb sich einen codierten Zweitschlüssel beschafft hat, oder dass er über die technische Ausrüstung verfügt, einen angefertigten Schlüsselrohling zu codieren und mit dem Steuergerät des Fahrzeugs zu synchronisieren. Den Dieben, zumindest den Gelegenheitsdieben, wird das Leben schwer gemacht, wenn Sie so wollen." Ein gewinnendes Lächeln, er lehnte sich zurück und verschränkte die Hände hinter dem Kopf. „Profis freilich verfügen über die entsprechenden Gerätschaften. Oder sie dringen in das Haus des Fahrzeugbesitzers ein und entwenden zunächst den Autoschlüssel. Das gab es vor ein paar Jahren schon mal hier in Wuppertal. Man nannte es neudeutsch Carjacking, doch ich fand den Begriff furchtbar."
„Das war es schon." Heike nickte Kalla zu und erhob sich.
„So ähnlich hatte ich das auch in Erinnerung, es ist schön, dass wir das aus fachlicher Quelle noch einmal hören konnten, Meister. Danke noch mal." Kalla stand auf und folgte Heike. Sie sah Kalla an, dass der Autohändler für ihn schwer zu durchschauen war. Er traute seiner aufgesetzten Freundlichkeit nicht über den Weg. Mit einem letzten Gruß verließen sie Klinkes Arbeitszimmer. „Wir finden nach draußen, bitte keine Mühe."
Klinke nickte und blickte den Besuchern nachdenklich hinterher. Heikes und Kallas Weg zur Tür führte am Wohnzimmer vorbei. Jeanette Klinke hockte auf der Lehne des Sofas und hatte ein Bein angewinkelt. Sie telefonierte und bemerkte die Besucher nicht.
„Übertreib es nicht." Kurzes, gurrendes Lachen. „Alle – ja. Deshalb sagte ich ja eben, dass ... ja. Pass also auf dich auf." Als sie die Besucher bemerkte, nahm sie das Telefon vom Ohr, drückte den

roten Knopf und lächelte. „Und?“, fragte sie. „Haben Sie alles erfahren, was Sie wissen wollten?“

Täuschte Heike sich, oder lag da Spott in ihrer Stimme? Sie fand keine Zeit, denn Kalla schob Heike dezent zum Ausgang des Hauses. „Aber klar doch. Gute Nacht auch!“, rief er über die Schulter nach hinten. Kalla hatte genug gehört.

Dienstag

Koblenz-Metternich, 0:05 Uhr

Brechtmann hatte keine Zeit mehr gefunden, sich umzuziehen. Die kleine Reisetasche, die er mit in das Häuschen nach Wermelskirchen genommen hatte, lag auf dem Rücksitz des S-Klasse-Wagens. Jetzt trug er eine bequeme Jeans und ein T-Shirt. Freizeitdress nur, aber darauf hatte er jetzt keine Rücksicht nehmen können. Der Reporter der Wupperwelle hatte ihn in Wermelskirchen gefunden, und es war sicherlich nur eine Frage der Zeit, bis ihm die Polizei folgte und unbequeme Fragen stellte.

Brechtmann hatte sich dazu entschlossen, mit seinem Geschäftsfreund zu reden, und zwar nicht am Telefon, sondern persönlich. Dafür nahm er die weite Fahrt nach Koblenz gern in Kauf. Er war direkt von Wermelskirchen aus aufgebrochen. Sein Ziel war die Privatadresse des Geschäftsführers von MM Pharma. Das Haus lag zwischen Koblenz und dem Moseldorf Winningen.

Etwas mehr als anderthalb Stunden hatte er für die Strecke gebraucht – er war gefahren, als wäre der Teufel hinter ihm her gewesen. Nachts war die Autobahn leer, sah man einmal von den Lastwagen ab, die sich an den unmöglichsten Stellen gegenseitig überholten und sich dabei Elefantenrennen über mehrere Kilometer lieferten. Er hatte immer einen Finger an der Lichthupe gehabt, um die 40-Tonner von der linken Spur zu vertreiben. Die S-Klasse regelte aus Sicherheitsgründen bei einer Geschwindigkeit von zweihundertfünfzig Stundenkilometern ab.

Trotz Navigationssystem verfuhr er sich und durchquerte die

Rhein-Mosel-Metropole einmal. Schließlich hielt er sich in südlicher Richtung und fand automatisch die Winninger Straße. Die Mosel lag links neben der gut ausgebauten Straße, rechts schmiegten sich malerische Fachwerkhäuser an die im Tal auslaufenden Weinberge. Das silbrige Licht des Mondes spiegelte sich im Fluss. In den Ausflugslokalen brannte längst schon kein Licht mehr, und auch die kleinen Ortschaften, durch die der Mercedes jetzt rollte, lagen verlassen da. Hier wurden nachts die Bürgersteige hochgeklappt, dachte Brechtmann verächtlich. Cochem war schon ausgeschildert. Brechtmann hatte keinen Blick für die Schönheiten der Landschaft, und trotzdem erinnerte er sich an einen Ausflug mit Karin, seiner Exfrau, an die Mosel. Vor Jahren, und es kam ihm vor, als wäre es in einem anderen Leben gewesen. Sie hatten ein weinseliges Wochenende in Cochem verlebt, direkt zu Füßen der Reichsburg, die über dem Ort thronte. Als sie sonntags eine Rundfahrt mit dem Mosel-Express gemacht hatten, war ihm schlecht geworden, und er hätte sich um ein Haar in der kleinen Bahn übergeben.
Doch das war lange her. Damals war er noch ein kleiner Assistenzarzt gewesen, und die Ehe mit Karin war das, was man sich weithin unter einer Musterehe vorstellte. Als er dann, ein paar Jahre später, die Stelle als Klinikleiter der Privatklinik übernommen hatte, war sein Gehalt förmlich explodiert. Karin hatte es toll gefunden, nicht mehr aufs Geld achten zu müssen. Er hatte ihr jeden materiellen Wunsch erfüllt. Doch der Preis für den Wohlstand war hoch gewesen, denn er hatte immer mehr Überstunden machen müssen. Sonderschichten, Seminare und die kaufmännische Leitung der Klinik waren zeitintensiv gewesen, und Karin hatte sich bald schon über den Umstand beschwert, dass sie ihren Mann nur noch wenige Stunden am Tag, und dann meist völlig erschöpft und gereizt, sah. Doch er hatte nicht mehr zurückgekonnt. Und so war es gekommen, wie es kommen musste: Karin hatte sich einen Geliebten zugelegt. Im Internet hatten sie sich kennengelernt. Wie

profan, dachte er naserümpfend. Nach den ersten beiden Treffen war sie mit ihm ins Bett gegangen. Als Brechtmann von der Affäre seiner Frau erfahren hatte, warf er sie kurzerhand aus dem Haus. Natürlich bezahlte er auch heute noch für sie, die Scheidung war teuer gewesen. Sie hatte versucht, ihn bis aufs Hemd auszuziehen, doch er hatte sich nicht einschüchtern lassen und sich noch mehr in die Arbeit gestürzt. Und trotzdem war das Geld knapp geworden. Das Angebot, mit einem großen Pharmakonzern aus dem Rheinland zu kooperieren, war zu verlockend gewesen, als dass er es hätte ausschlagen können.

Der Nebenverdienst war äußerst lukrativ, wenn auch nicht ganz legal. Dass ihm Franz Dahlhaus während der Behandlung gestorben war, passte nicht in sein Konzept, doch der Tod des Patienten war nicht zu vermeiden gewesen. Immerhin hatte alles gut geklappt – sein Leichnam war schnell verbrannt und beigesetzt worden, somit waren alle Spuren verwischt. Was Brechtmann viel mehr zu schaffen gemacht hatte, war dieser neugierige Journalist gewesen. Peter Born war eines Tages zu ihm gekommen und hatte ihn mit den Vorwürfen, er würde Menschen als Versuchskaninchen für die Pharmaindustrie missbrauchen, konfrontiert. Knallhart, ohne Rücksicht auf Verluste. „Das dreckige Spiel ist aus", hatte Born gesagt. „Ich werde an die Öffentlichkeit gehen und Sie an den Pranger stellen. Sie, die anderen korrupten Mediziner und die Pharmaindustrie, die auf diesem Weg Millionen bei der Entwicklung neuer Arzneimittel spart."

„Sie werden sich an dieser Geschichte bereichern", hatte Brechtmann ihm vorgeworfen.

„So wie Sie es immer noch tun!", war Borns Antwort gewesen. „Mit dem Unterschied, dass durch meine Arbeit keine unschuldigen Menschen zu Schaden kommen und dass diese Sauerei ein Ende hat. Ich werde mich an die Regierung wenden, damit Menschen wie Sie kein Bein mehr auf die Erde kriegen, Brechtmann. Sie verstoßen gegen die Menschenrechte."

Noch heute hatte er das hasserfüllte Gesicht des Reporters vor Augen.
Brechtmann hätte ihn damals am liebsten rausgeworfen. Doch dann hätte er sein Gesicht verloren, und so hatte er Born einen nicht unerheblichen Geldbetrag angeboten. Schweigegeld. Zehntausend Euro, wenn er seine Recherchen nicht an die Öffentlichkeit brachte. Das Geld war geflossen. Genutzt hatte es Born nicht. Jetzt war der Reporter tot.
Es war wohl seine letzte heiße Story gewesen, dachte Brechtmann verächtlich, als er den Wagen auf das Gelände lenkte. Er schüttelte die düstere Vergangenheit von sich ab und versuchte sich auf das bevorstehende Gespräch zu konzentrieren.
Brechtmann stoppte den schweren Wagen direkt vor dem Portal der Villa, schaltete den Motor ab und stieg aus. Langsam fiel die Anspannung von ihm ab, die seinen Körper während der Autofahrt befallen hatte. Ein milder Abendwind strich über die nahen Weinberge. Er atmete tief durch und stellte fest, dass die Luft hier viel besser war als in Wuppertal. Mit steifen Knochen erklomm er die breiten Steinstufen, die zum Eingang des Hauses führten. Die Tür öffnete sich wie von Geisterhand. Im Rahmen erschien eine zierliche Frau mit kurzen, schwarzen Haaren. Sie trug eine leichte Hose und eine dezente Bluse mit modischem Schnitt. Ihre kleinen, festen Brüste malten sich unter dem dünnen Stoff der Bluse ab, und Brechtmann sah, dass sie keinen BH trug. Er betrachtete sie. Die Frau war Anfang dreißig, höchstens. Fein geschnittenes Gesicht, hohe Wangenknochen und eine schmale Nase verliehen ihr ein fast exotisches Aussehen. Dezentes Make-up und ein feines Parfüm, sicherlich nichts Billiges aus dem Drogeriemarkt. Sie war der Typ Frau, der einen Mann mit fast unschuldiger Naivität um den Verstand bringen konnte.
Neugierig musterte sie ihn.
„Guten Abend“, sagte er lächelnd. „Bitte entschuldigen Sie die späte Störung. Mein Name ist Christoph Brechtmann, ich bin Leiter der

Klink Wiesenhang in Wuppertal und hätte gern Herrn Markus Müller gesprochen." Verbindlichstes Staubsaugervertreterlächeln. Er blickte an ihr vorbei. Drinnen gedämpftes Licht und dezente Musik, aber keine Spur vom Herrn des Hauses.

„Wuppertal?" Es klang fast erschrocken. „Worum geht es, bitte?" Eine kleine Falte bildete sich auf ihrer Nasenwurzel. In ihrem Augenwinkel zuckte es nervös. Sie rang mit den Händen. Unwillkürlich fragte sich Brechtmann, ob sie etwas zu verbergen hatte.

„Um eine vertrauliche Angelegenheit, fürchte ich."

Sie zögerte und betrachtete Brechtmann nachdenklich. „Weiß er, dass Sie ..."

Schritte näherten sich eilig, jemand schaltete die Musik aus, und Brechtmann wurde den Verdacht nicht los, dass er gerade den Beginn einer romantischen Nacht versaut hatte. Doch darauf konnte er keine Rücksicht nehmen.

„Es ist in Ordnung, Gabi", ertönte eine männliche Stimme hinter der Frau. „Wir kennen uns." Sehen konnte Brechtmann den Sprecher nicht, vermutlich zog er sich gerade etwas an. Sie blickte sich nicht um, sondern gab den Eingang frei. Die Falte auf der Nasenwurzel verschwand, und jetzt lächelte sie sogar ein wenig. „Kommen Sie doch herein."

„Danke." Er folgte ihr in die halbdunkle Halle. Ihr Gang war grazil und aufrecht, und Brechtmann erwischte sich dabei, ihr auf den Hintern zu starren. Entweder trug sie auch kein Höschen, oder ...

Jetzt endlich erschien Müller auf der Bildfläche. Er war gut einsachtzig groß und von athletischer Statur. Müller trug eine Freizeithose und ein Poloshirt. Die dichten, dunklen Haare waren an den Schläfen bereits ergraut, und man sah ihm an, dass er üblicherweise in maßgefertigten Anzügen anzutreffen war. Müller war vielleicht vierzig Jahre alt, und die Frau an seiner Seite eigentlich viel zu schade für einen Schönling wie den Chef von MM Pharma, dachte Brechtmann verächtlich.

„Wir haben uns ja schon eine Ewigkeit nicht mehr gesehen, Brechtmann", lachte Müller und trat näher. Sein Händedruck war fest, ein Mann, der wusste, was er wollte. Tief blickte er dem Besucher in die Augen und sah auf den ersten Blick, dass etwas nicht stimmte. Müller wandte sich an seine Freundin. „Könnten wir vielleicht einen Augenblick allein sein?"

Für den Bruchteil einer Sekunde lag Erleichterung in ihrem geheimnisvollen Blick, dann lächelte sie. „Natürlich. Ich wollte sowieso gerade zu Bett gehen. Ich warte dann auf dich."

Täuschte sich Brechtmann, oder lag da ein rauchiger Unterton in ihrer Stimme? Sie warf Müller einen vielsagenden Blick zu und entschwand in die obere Etage des Hauses. „Ich liebe ihre nette Art", grinste Müller. „Gabi arbeitet in Bonn, beim Gesundheitsministerium." Wieder ein Grinsen. „Es ist immer von Vorteil, wenn man sich sowohl privat als auch geschäftlich versteht." Als Brechtmann nicht antwortete, führte Müller ihn in das Wohnzimmer. Auch hier Luxus, so weit das Auge reichte. „Sie leben nicht schlecht von MM Pharma", stellte Brechtmann neidlos fest. „Sie aber auch nicht", konterte Müller mit einem süffisanten Lächeln. Er ging nicht weiter auf die spitze Bemerkung seines Besuchers ein und bot ihm Platz an. Sie setzten sich.

Ein großes Fenster und eine gläserne Tür führten hinaus in den großen Garten. Schwarz grenzten sich die Weinberge vom dunkelblauen Nachthimmel ab. Es war eine sternenklare Nacht, aber Brechtmann war nicht hier, um die Gegend zu bewundern. Die Frage, ob er etwas trinken wolle, verneinte er mit dem Hinweis, noch fahren zu müssen.

Müller erhob sich und begab sich zur Bar. Er schenkte sich einen Remy Martin ohne Eis ein und kehrte zu Brechtmann zurück. Müller trank, leckte sich genießerisch über die Lippen und drehte das Glas in den Händen. „Also", eröffnete er das Gespräch. „Es ist sehr selten, dass mich meine Partner mitten in der Nacht in meinem Privathaus besuchen – ohne Anmeldung noch dazu." Müller rieb sich das kantige Kinn. „Was ist also geschehen?"

„Ich will es kurz machen“, antwortete Brechtmann und blickte Müller mit versteinerter Miene an. „Wir sind aufgeflogen. Einer meiner Patienten ist vor rund zwei Wochen während einer Operation, bei dem Ihr Demenzmittel verabreicht wurde, verstorben. Eine Obduktion durch die Gerichtsmedizin Düsseldorf konnte ich Gott sei Dank verhindern. Der Mann wollte verbrannt werden – diesen Wunsch habe ich ihm, wie Sie sich vorstellen können, nur allzu gern erfüllt.“ Brechtmann lächelte. Müller schwieg, und so fuhr Brechtmann fort: „Allerdings hat ein Journalist recherchiert. Dabei ist er auf pikante Details unserer Geschäftsbeziehung gestoßen. Er hat sich als Pfleger in meine Klinik eingeschlichen und herumgeschnüffelt.“

„Klingt nach einem Undercover-Agenten“, schmunzelte Müller. „Wie in einem schlechten Agentenfilm, Brechtmann, das müssen Sie zugeben, oder?“

Der Mediziner ging nicht auf den versteckten Vorwurf in Müllers Stimme ein. „Wir sind sozusagen enttarnt, und die Pressemeute ist mir auf den Fersen.“

„Ich hörte vom Tod eines Reporters bei Ihnen in Wuppertal.“ Sarkastisches Grinsen, ein Schluck Remy. „Sehr tragisch. Es soll Mord gewesen sein.“ Spott lag in der Stimme von Markus Müller. „Die Spatzen pfeifen es schon von den Dächern, und heute haben sogar die Rheinzeitung und der Trierische Volksfreund über diese ... dumme Geschichte geschrieben.“ Kopfschütteln, gespieltes Bedauern. „Also, Brechtmann. Der Mann ist tot. Was haben wir“, er verbesserte sich. „Was haben Sie zu befürchten? Die Gefahr ist gebannt, oder irre ich?“

„Es gibt bei uns einen kleinen lokalen Radiosender, die Wupperwelle. Dummerweise sind auch die Reporter des Senders äußerst akribisch, was ihre Recherchen angeht. Einer der Mitarbeiter tauchte bei mir auf. Seltsamerweise an meinem Wochenendhaus im Bergischen Land, weitab der Stadt. Niemand, fast niemand weiß von dem Häuschen im Grünen. Der Mann wusste, was Sache ist,

und machte keinen Hehl daraus. Er setzt mich unter Druck."
„Dagegen kann man Maßnahmen ergreifen." Markus Müller gab sich unbeeindruckt. „Jeder ist käuflich, und wenn nicht ..." Schulterzucken. „Gibt es andere Wege."
„Hören Sie, Müller, ich weiß nicht, was Sie vorhaben, aber ich bin den weiten Weg nicht gefahren, um das zu hören. Ich habe in Wuppertal einen Ruf zu verlieren. Sobald der Sender etwas über unser Geschäft bringt, kann ich einpacken. Wenn die Sache auffliegt, fliegen Sie mit, Müller."
Der Geschäftsführer der MM Pharma stellte das Glas hart auf den Tisch. Der Remy Martin schwappte über und hinterließ einen Fleck auf der Mahagoniholzplatte. „Wollen Sie mir drohen, Brechtmann?" Müllers Gesicht glich einer Maske. Seine Augen sprühten Funken.
„Nein, ich nenne Ihnen nur Fakten." Brechtmann war unbeeindruckt vom emotionalen Ausbruch seines Gastgebers. „Ich rede Klartext – deshalb bin ich fast zwei Stunden hierhergefahren. Es ist an der Zeit für einen Krisenplan."
„Diese Radioleute werden nichts bringen." Müller lehnte sich weit zurück und verschränkte die Arme hinter dem Kopf. Seine Stimme klang selbstsicher. Jetzt lächelte er wieder.
„Was haben Sie vor – wollen Sie den ganzen Sender in die Luft jagen? Das sind Radioreporter, die im Auftrag ihres Senders arbeiten, kein Einzelkämpfer, wie Peter Born es war."
„Lassen Sie mich machen. Ich werde verhindern, dass Ihre Geschichte auffliegt." Müller erhob sich. „Es ist spät geworden." Für ihn war das Gespräch beendet.
Brechtmann musterte seinen Geschäftspartner und erhob sich ebenfalls. Den Verlauf des Treffens hatte er sich wahrlich anders vorgestellt. „Ist das alles?"
Müller antwortete mit einer Gegenfrage. „Und Sie fahren jetzt noch den weiten Weg zurück?" Sie durchquerten die Halle. Müller geleitete ihn zur Tür. Von seiner Freundin weit und breit keine

Spur. Nur eine unsichtbare Wolke ihres verführerischen Parfüms hing in der Luft. An der Tür blieben die Männer stehen.
„Nein, ich werde mir ein Hotel suchen. Können Sie mir etwas empfehlen?"
„Natürlich." Müller war wieder aalglatt. Er hatte seine Selbstsicherheit wiedergefunden. „Keine zwei Kilometer von hier, in Winningen, gibt es das Hotel Moselperle. Gute Ausstattung, schöne Landschaft. Und Sie müssen nicht lange suchen, weil es direkt an der Hauptstraße liegt. Ich kann dort anrufen und Ihr Kommen anmelden. Natürlich übernehme ich die Kosten."
„Das wird nicht nötig sein."
Müller öffnete die Tür. Die Luft war angenehm frisch. „Schlafen Sie gut, Brechtmann."
„Das werde ich." Brechtmann nickte. Er trat ins Freie. Es war eine milde Sommernacht. Im Unterholz zirpten die Grillen. Ohne sich noch einmal umzublicken, ging er zum Auto. Die Warnblinkanlage leuchtete einmal kurz auf, als er den Knopf der Fernbedienung betätigte. Brechtmann spürte die Blicke in seinem Rücken. Dieser Müller war ihm unheimlich. Vielleicht war es ein Fehler gewesen, herzukommen. Er stieg ein, zog die Türe zu und startete den Motor. Während er den Mercedes wendete und vom Gelände fuhr, spürte er eine tiefe Leere in seinem Kopf. Er musste dringend schlafen.

Wipperfürth, 0:10 Uhr

Stefan marschierte nervös im Kreis herum und betrachtete Ulbricht, der am Dienstwagen lehnte und scheinbar gedankenverloren rauchte. Heinrichs hockte mit ausdrucksloser Miene hinter dem Lenkrad und stierte ins Leere. Ihm war anzusehen, dass er gegen die Müdigkeit kämpfte. „Das Warten macht mich verrückt", gähnte er, nahm die Brille ab und fuhr sich durch das Gesicht. Ohne Brille sah er aus wie ein Maulwurf, fand Stefan.
„Er kann sich nicht mehr bei mir melden, weil er das Telefon im Wald entsorgt hat", überlegte er. „Es sei denn, er sucht sich eine

Telefonzelle. Aber dann würde er wertvolle Zeit auf seiner Flucht verlieren. Vielleicht hat er sich auch inzwischen einen anderen Wagen besorgt. Dann ist das, was wir hier tun, äußerst schwierig."
Ulbricht blickte auf. Stummes Nicken. Der Kommissar zog an der Zigarette und nahm die Kippe in die hohle Hand. „Vermutlich haben Sie recht. Aber die Kollegen sind an ihm dran und treiben ihn in die Enge. Die Straßensperren stehen. Und der Hubschrauber steht bereit und kann sofort in die Luft gehen. Wenn alles planmäßig läuft, ist er unterwegs hierher. Also sieht es gar nicht so schlecht aus, Seiler."
„Und die Hoffnung stirbt zuletzt", fügte Stefan ironisch hinzu.
Sie hatten sich eine Waldlichtung gesucht. Ein paar Meter weiter begann ein großes Feld, auf dem auch ein Hubschrauber landen konnte, sollte dies nötig werden. Der Wald roch frisch, doch Stefan konnte sich nicht an der nächtlichen Idylle erfreuen. Immer wieder warf er einen Blick auf das beleuchtete Ziffernblatt seiner Armbanduhr, die er zum letzten Geburtstag von Heike geschenkt bekommen hatte, und hing weiter seinen Gedanken nach.
Den Zugriff auf einen Geiselnehmer hatte er schon zigmal im Fernsehen gesehen. Schwerbewaffnete Scharfschützen lauerten auf den Dächern der umliegenden Häuser und warteten nur auf eine günstige Gelegenheit, den Täter mit einem gezielten Schuss außer Gefecht zu setzen.
Doch das hier war die bergische Pampa. Weit und breit gab es kein Haus, in dem sich Scharfschützen des LKA verschanzen konnten. Andererseits wurden hier keine unbeteiligten Bürger gefährdet.
Stefan unterbrach seine Wanderung und blickte sich um. Die tiefhängenden Zweige bildeten ein grünes Dach, und nur unmittelbar an der Stelle, wo Heinrichs den Vectra geparkt hatte, drang das Mondlicht auf die Szenerie und tauchte den Wald in ein blasses Licht. Die Schatten am Boden schienen in ständiger Bewegung zu sein. Irrlichter huschten durch die Nacht, von einem ständigen Knistern und Knacken im Unterholz begleitet. Wahrscheinlich

Füchse und Wild.
„Diese Scheißviecher", entfuhr es Heinrichs erschrocken. Er sprang ins Freie. „Man kriegt jedes Mal einen Heidenschreck, weil man denkt, der Typ ist schon da und hat uns im Visier."
„Wer sagt, dass es nicht so ist?" Stefan steckte die Hände in die Taschen seiner Jeans. „Vielleicht liegt er im Dickicht auf der Lauer und beobachtet uns, wartet nur auf einen passenden Moment, um uns mit einer Uzi einfach umzupusten."
„Malen Sie den Teufel nicht an die Wand, Seiler", mischte sich Ulbricht ein. „Das ist Spinnerei." Er schnippte den Stummel seiner Zigarette fort und trat die Glut mit dem Absatz seines Schuhs aus. Das fehlte noch, hier einen Waldbrand zu verursachen.
„Die Nerven liegen blank", kommentierte Stefan, obwohl es ihm selber auch nicht besser ging. Wieder ein Blick auf die Uhr. Die Zeit schien zäh wie Sirup dahinzufließen. Um ein Haar hätte er Ulbricht um eine Zigarette gebeten, und das, obwohl er das Rauchen nach seiner Bundeswehrzeit aufgegeben hatte. Er überlegte, ob er Heike anrufen sollte. Sicherlich hockte sie zu Hause und ging vor Sorge die Wände hoch.
Im nächsten Augenblick vergaß er Heike. Das Handy des Kommissars klingelte. Ein Ruck ging durch die Männer. Ulbricht meldete sich hektisch, sagte ein paar Mal „ja" und „Wir sind auch da", dann unterbrach er die Verbindung und nickte seinem Assistenten zu. „Es geht los." Ulbricht sprang gehetzt auf, als sich Motorengeräusch näherte. Jemand fuhr in einem waghalsigen Tempo über die schmale und kurvenreiche Landstraße aus Richtung Agathaberg. Lichtlanzen fraßen sich gierig durch die Dunkelheit. Reifen quietschten, und der Motor brüllte auf wie ein gequältes Tier. Der Fahrer schien es eilig zu haben. Stefans Herz schlug schneller. Jetzt würde es sich entscheiden. Er erwischte sich dabei, ein Stoßgebet zum Himmel zu schicken, dass Danni nichts geschah.
„Das muss er sein, er fährt wie ein Geisteskranker", stimmte Heinrichs seinem Vorgesetzten zu und zückte das Telefon. Wenn alles

glattlief, waren ihm die Kollegen bereits auf den Fersen. Sie hielten genügend Abstand, um den Entführer in Sicherheit zu wiegen. Erst, wenn er auf den kleinen Waldweg abgebogen war, würde die Falle zuschnappen. Heinrichs telefonierte mit dem Hubschrauberpiloten, der mit seinem Gerät auf einer Weide bei Lendringhausen auf seinen Einsatz wartete. Von dort aus war es mit dem Helikopter nur ein Katzensprung.

Heinrichs hatte den Motor des Vectra gestartet. Stefan rannte zum Opel und schnallte sich an. Ulbricht hockte bereits auf dem Beifahrersitz. Heinrichs riss den Wählhebel der Automatik auf D und trat das Gaspedal bis zum Bodenblech durch. Die Reifen drehten durch und wirbelten lockeren Waldboden auf. Wie wild kurbelte Heinrichs am Lenkrad, dann hatte er den Dienstwagen gewendet und raste auf die Hauptstraße zu. Er fuhr trotz der Dunkelheit ohne Licht, um den Entführer nicht auf sich aumerksam zu machen. Heinrichs stierte ins Dunkel. Er hockte weit vorgebeugt hinter dem Lenkrad, fast so, als könne er durch seine Sitzposition mehr erkennen.

Stefan spürte, dass seine Hände nass waren vor Aufregung. Und er betete, dass die Polizisten ihren Job beherrschten.

* * *

Er hatte sich ein verschwiegenes Örtchen im Wald gesucht und dort den Einbruch der Dunkelheit abgewartet. Nachts waren alle Katzen grau. Jetzt war er wieder unterwegs, und er hatte einen neuen Plan gefasst. Anstatt über verschlungene Landstraßen nach Bergisch Gladbach zu kommen, führte ihn sein Weg jetzt tiefer ins Oberbergische Land. Gleich würde er Marienheide erreicht haben. Um diese Zeit hatte man dort sicherlich die Bürgersteige hochgeklappt. Wenn alles glattlief, erreichte er bei Gummersbach die A 4. Dort würde er auf die Autobahn und bis Bergisch Gladbach fahren. Niemand würde ihn dort vermuten. Auf der Autobahn gab es ganz bestimmt weder Straßensperren, noch würde er in eine Kontrolle geraten. Die Autobahn schien ihm der sicherere Weg zu sein. Inzwischen hatte er mehrfach bereut, die Frau entführt zu haben. Es war nur um die verdammte Akte gegangen, nicht mehr und nicht weniger. Sie hatte ihn überrascht, nachdem er die Bude auf den Kopf gestellt hatte. Da hatte er den nächstbesten Gegenstand in Reichweite genommen, einen Baseballschläger, und hatte ihn der Frau übergebraten. Sie hatte mindestens einen Bluterguss am Schädel, vielleicht sogar eine Gehirnerschütterung, aber darauf konnte er jetzt keine Rücksicht nehmen, denn er hing an seiner Freiheit. Immerhin blutete die Wunde nicht. Wie dem auch sei, er war sich im Klaren darüber, dass eine Entführung kein Kavaliersdelikt war. Aber man wuchs bekanntlich mit seinen Aufgaben. Er überlegte, ob er diesem Radioreporter noch ein stattliches Lösegeld aus dem Arm leiern sollte. Diese Gelegenheit gab es sicher nur einmal im Leben. Ein zweites Mal würde er ganz bestimmt keine Geisel mehr nehmen. Er würde in den nächsten Tagen für immer aus diesem Land verschwinden.

Die größtenteils unbeleuchteten Häuser von Agathaberg, einem kleinen, verschlafenen Kaff, flogen an ihm vorbei. Er überlegte am Ortsausgang kurz, ob er die Hauptstraße nehmen sollte. Dort ging es sicherlich schneller als über die Nebenstrecken. Da es bislang gut gelaufen war, entschied er sich dafür, über die B 256 in südliche Richtung zu fahren. Hinter Dohrgaul erreichte er die Marienheider Straße und gab Gas. Der Motor des geschundenen Golf heulte auf, und er zuckte zusammen, als er ein Scheinwerferpaar im Rückspiegel auftauchen sah. Sein erster Gedanke war, dass es nur die Bullen sein konnten, die ihm hier im Nichts auf den Fersen waren. Der Wagen folgte ihm in respektablem Abstand. Ihm wurde heiß. Winzige Schweißperlen bildeten sich auf seiner Stirn. Er drosselte das Tempo, hoffte, dass der Verfolger aufschloss und ihn überholte, doch auch der Fahrer des Wagens hinter ihm wurde langsamer und behielt den Abstand bei. Jeder andere hätte ihn längst überholt.

„Scheiße", zischte er und blickte mehr in den Innenspiegel als auf die Straße vor sich. Sekundenlang überlegte er, ob er einfach Gas geben und sich mit den Verfolgern ein Wettrennen liefern sollte, entschied sich aber dagegen. Sollte die Polizei ihm jetzt an der Stoßstange kleben, war es sicherlich ein Leichtes, Verstärkung anzufordern. Er musste unauffällig bleiben, also erhöhte er moderat das Tempo. Der Abstand zum Verfolger blieb gleich. Sein Herz raste. Irgendwann setzte der Hintermann den Blinker und bog nach rechts in eine Seitenstraße ab. Das Straßenschild mit der Aufschrift Kapellenweg war eben an ihm vorbeigeflogen. Hinter ihm breitete sich wieder Finsternis aus. „Na bitte", murmelte er erleichtert.

Nur langsam beruhigte sich sein Puls. Er atmete tief durch und betete, Marienheide unbehelligt zu erreichen. Im Kofferraum herrschte schon seit einiger Zeit Stille. Vermutlich war die Frau ohnmächtig geworden. Ihm konnte es recht sein. Dennoch blieb das Gefühl, dass sie seine Fährte längst aufgenommen hatten.

* * *

„Wie geht es jetzt weiter?" Stefan beugte sich vor und umklammerte die beiden Kopfstützen der Vordersitze. Heinrichs fuhr einen heißen Reifen, und das Blaulicht auf dem Dach des Dienstwagens zuckte gespenstisch durch die Nacht. Seit einiger Zeit waren sie nur an einigen verschlafenen Hofschaften vorbeigekommen. Waldgebiete wechselten sich mit saftigen Weiden ab. Die Brucher Talsperre hatten sie vor einiger Zeit passiert, und bis Gummersbach war es nicht mehr weit.

„Vielleicht versucht er, die A 4 zu erreichen", murmelte Ulbricht, der eben noch mit den Kollegen des LKA telefoniert hatte. „Unser Hubschrauber ist bereits in der Luft. An Bord befindet sich ein Scharfschütze."

„Sie wissen nicht, ob er bewaffnet ist", warf Stefan ein. Heinrichs'

Blick traf ihn kurz über den Innenspiegel. Ulbrichts Assistent war damit beschäftigt, den Wagen auf der Straße zu halten.

„Eben deshalb haben wir vorgesorgt", erwiderte Ulbricht grimmig. „Er kann uns nicht entkommen." Jetzt drehte er sich nach hinten um. Norbert Ulbricht setzte ein schwaches Lächeln auf. „Machen Sie sich keine Sorgen um Ihre Bekannte – ihr wird nichts zustoßen. Die Kollegen aus Düsseldorf sind absolute Profis."

„Ich wünschte, es wäre schon vorbei."

„Ich auch." Ulbricht richtete den Blick wieder nach vorn auf die nächtliche Landstraße, als sich sein Handy meldete. „Ulbricht?" Sein Gesicht erstarrte zu einer Maske. „Ist gut" nickte er. „Wir sind auch gleich da. Zwei, drei Minuten vielleicht noch." Wieder eine Pause. „Natürlich. Bis gleich." Er stopfte das Telefon in die Tasche seines Sommermantels.

„Und?" Heinrichs warf ihm einen schnellen Seitenblick zu.

„Zugriff. Sie wollen nicht länger warten, und die Autobahn soll er auf gar keinen Fall erreichen." Ulbricht wandte sich zu Stefan um. „Sehen Sie", lächelte er. „Es geht ganz schnell jetzt. Er wird nichts zu lachen haben."

Stefan nickte schweigend und sank in die Polster zurück. Das Gefühl, nichts mehr für Danni tun zu können, machte ihn wahnsinnig. Er hasste dieses Gefühl der Ohnmacht.

Ulbricht hatte ihn beobachtet. „Was denn?", fragte er überrascht. „Sie wollten schließlich dabei sein, wenn es hier zur Sache geht. Und übermorgen haben Sie eine nette Geschichte für Ihren Sender – also bitte, was wollen Sie mehr?"

„Chef, da vorn ist er!" Heinrichs drosselte das Tempo und deutete aufgeregt nach vorn. Tatsächlich glühten rund zweihundert Meter vor ihnen die Rücklichter eines Wagens in der Nacht. Der Fahrer schien es eilig zu haben. Im gleichen Augenblick tauchte im Nachthimmel ein Hubschrauber auf, der dem kurvenreichen Verlauf der Landstraße in geringer Höhe folgte. Ein Suchscheinwerfer an der Unterseite des Helikopters flammte auf und durchschnitt das

Dunkel. Der Scheinwerfer wurde manuell ausgerichtet. Einen Moment lang geisterte die Lichtlanze über Wiesen und Wälder, bevor der Scheinwerfer sein Ziel erfasst hatte. Jetzt nahm der Hubschrauberpilot aus der Luft die Verfolgung auf. Er senkte die Flughöhe weiter ab. Tatsächlich handelte es sich um einen VW Golf.
„Wir sind gleich am Punkt", murmelte Ulbricht, an Heinrichs gewandt, der mit verbissener Miene am Lenkrad saß und nickte. „Denken Sie dran, keine unnötigen Stunts! Dafür sind die Kollegen vom LKA am Start. Sie werden ihn sozusagen in Empfang nehmen."
Bevor Heinrichs antworten konnte, brach gut zweihundert Meter vor ihnen die Hölle los. Mündungsfeuer durchschnitt die Finsternis. Anscheinend hatten sich die Schützen in einem Waldstück aufgebaut und auf den Golf gelauert. Sie standen offenbar in ständigem Kontakt zu der Besatzung des Hubschraubers, der den Einsatz aus der Luft beobachten konnte und koordinierte. Ein ohrenbetäubender Knall durchdrang die Nacht. Heinrichs bremste scharf, und Stefan beugte sich wieder vor, um besser sehen zu können. Die Heckenschützen hatten den Golf erwischt. Sie hatten ihm die Reifen zerschossen, um eine Flucht unmöglich zu machen. Der gestohlene Wagen schlingerte, Rauch stieg auf. Dann verriss der Fahrer das Lenkrad. Mit einem radierenden Quietschen rutschte der Golf auf den Straßengraben zu. Mehr unterbewusst registrierte Stefan, dass die Szenerie plötzlich taghell erleuchtet war. Das Landeskriminalamt hatte den Einsatz innerhalb kürzester Zeit gründlich vorbereitet. Blaulicht zuckte auf, und mehrere zivile Einsatzwagen schossen von vorn heran und stellten sich quer zur Fahrtrichtung. Es gab kein Entrinnen für den Entführer.
Der Golf steckte mit der Motorhaube schräg in dem kleinen Graben, der neben der Landstraße verlief. Nur eine Gestalt befand sich im Wagen. Stefan stellte fest, dass von Danni jede Spur fehlte. Inzwischen hatte auch Heinrichs den Golf erreicht. Zeitgleich mit den anderen Beamten sprangen er und Ulbricht aus dem Vectra.
„Sie warten hier", rief Ulbricht nach hinten.

Schwerbewaffnete Schützen in schusssicheren Westen traten auf die Fahrbahn. Sie näherten sich mit den Waffen im Anschlag dem Golf. Jemand brüllte Befehle. Es dauerte ein, zwei Sekunden, dann öffnete sich am Golf die Fahrertür, und ein junger Mann stieg mit hinter dem Kopf verschränkten Armen aus. Sofort wurde er überwältigt. Die Beamten tasteten ihn nach Waffen ab. Nachdem man nichts fand, legte man ihm Handschellen an und führte ihn zu einem Streifenwagen, der just in diesem Moment angerauscht kam. Stefan hockte angespannt auf der Rückbank des Dienstwagens und beobachtete die Szenerie gebannt. Der Entführer hatte keine Chance gehabt, jetzt fehlte nur noch das Entführungsopfer. Die Beamten näherten sich dem Fahrzeug des Entführers. Jemand öffnete den Kofferraum und zog eine an Fuß- und Handgelenken gefesselte Gestalt heraus.

„Na, Gott sei Dank", entfuhr es Stefan, als er Danni erkannte. Offenbar stand sie unter Schock, aber verletzt schien sie nicht zu sein. Die LKA-Beamten kümmerten sich um sie. Stefan fiel ein zentnerschwerer Stein vom Herzen. Ulbricht blickte sich zu ihm um und winkte ihn heran. Stefan kletterte aus dem Fond des Vectra und eilte zu Danni.

„Stefan", kam es heiser über ihre Lippen. Das Make-up war verwischt; sie hatte geweint. Durch das gleißende Licht der unzähligen Scheinwerfer geblendet, blickte sie sich mit regungsloser Miene um. Ihr Blick war starr, als könnte sie noch nicht fassen, dass sie befreit worden war und den Spuk unverletzt überlebt hatte. Polizisten lösten ihre Fesseln, und sie rieb sich die schmerzenden Gelenke.

„Sie sollten sich untersuchen lassen", schlug Ulbricht vor. „Wahrscheinlich stehen Sie unter Schock."

„Ich bin in Ordnung." Danni winkte ab.

Heinrichs, der sich um die Vernehmung des Entführers gekümmert hatte, näherte sich mit großen Schritten. Ihm war anzusehen, dass es Neuigkeiten gab. „Das ist ein Hammer, ein echter Hammer."

„Was denn?“ Ulbricht blickte ihn verwundert an.
„Ich habe die Identität des Entführers geklärt.“ Wichtiges Grinsen. Sein Blick huschte über die Gesichter von Ulbricht, Stefan und Danni. „Bei ihm handelt es sich um Jan Ruben.“
„Schön,“ brummte Ulbricht. „Und wer ist der Mann?“
„Er arbeitet als Autoverkäufer im Autohaus Klinke.“
Das war allerdings eine Überraschung. Stefan schüttelte fassungslos den Kopf. Jetzt gab es kein Entrinnen mehr für den Autohändler, dachte er mit verbitterter Miene. Ulbricht freute sich plötzlich, dass er sich den ganzen Montag über vor der gefürchteten Pressekonferenz erfolgreich gedrückt hatte. Er befürchtete, dass er morgen nicht mehr drumherum kommen würde. Aber immerhin hatten sie einen Erfolg zu verbuchen.

Winningen, Mosel, 1:20 Uhr

Nach einer Dusche hatte er sich ein Bier aus der Minibar im Hotelzimmer genommen, brav ein Kreuz auf der bereitliegenden Liste für entnommene Getränke gemacht und es sich dann, nur mit einer Unterhose bekleidet, auf dem Bett bequem gemacht. Der Fernseher lief mit kleiner Lautstärke. Er stellte fest, dass um diese Zeit nur Blödsinn lief, und zappte sich durch die Programme. Er musste auf andere Gedanken kommen. Das kurze Gespräch mit Markus Müller ging ihm einfach nicht aus dem Kopf. Woher hatte er gewusst, dass Born nicht mehr lebte? Müller hatte den Mord an dem Journalisten auf die leichte Schulter genommen, fast so, als bedeutete ihm ein Menschenleben nichts. Das war sogar ihm, Dr. Brechtmann, eine Nummer zu hoch.
Er leerte das Bier, stand schwerfällig auf und machte sich an der Minibar zu schaffen. Noch ein Bier, noch ein Kreuz auf der Liste. Die Flasche zischte, als er den Kronkorken abhob. Er nahm einen tiefen Schluck. Eigentlich trank er sehr selten Alkohol. Aus diesem Grunde zeigte schon das zweite Bier seine Wirkung. Eine dumpfe Müdigkeit befiel ihn. Das Blut rauschte in seinen Ohren. Er stierte

auf das flackernde Bild des Fernsehers, sah hindurch und schüttelte den Kopf. Die Bilder schafften es nicht, sein Gehirn zu erreichen. Der Kopf dröhnte. Er fühlte sich müde und ausgebrannt. Selbstzweifel plagten ihn, und Brechtmann überlegte, wie er aus der entstandenen Situation herauskommen konnte.

Langsam wurde ihm die Tragweite seiner Kooperation mit MM Pharma bewusst. Man ging über Leichen, wenn man die Möglichkeit hatte, den Umsatz des Unternehmens zu steigern. Er selber hatte an seiner persönlichen Profitmaximierung gearbeitet, also durfte er sich eigentlich nicht wundern. In der Arzneimittelindustrie herrschte ein ständiger Wettkampf, wenn es um die Positionierung neuer Medikamente am Markt ging. Da konnte man sich keine Zeit für langwierige Studien im Labor nehmen. Der Konzern, der einen neuen Wirkstoff zuerst auf den Markt brachte, hatte den Vorteil und – zumindest für kurze Zeit – die Machtposition. Aber dazu brauchte es Kontakte nach ganz oben, und genau die schien Markus Müller zu besitzen.

Er kaufte die Macht.

Das nannte man Marktwirtschaft. Es ging um Millionen, und Brechtmann war nur ein kleines Zahnrad in einem riesengroßen Uhrwerk. Als Arzt hatte er Medizin angewandt, die noch nicht im Deutschen Arzneibuch stand, einem Werk des Bundesinstitutes für Arzneimittel und Medizinprodukte. Hier wurden neue Arzneimittel aufgelistet – auch die, die keine Zulassung erhalten hatten. Brechtmann war sich jetzt darüber im Klaren, dass der Konzern nicht zögern würde, Mitmenschen, die ihm gefährlich werden konnten, aus dem Verkehr zu ziehen. Ohne Rücksicht auf Verluste. Aber hatte er nicht genauso gehandelt? Hatte er nicht das Leben seiner Patienten aufs Spiel gesetzt, um für ein üppiges Honorar die neuen Produkte der MM Pharma in der Praxis zu testen? Reue kam in ihm auf, während er ruhelos durch das spärlich beleuchtete Hotelzimmer wanderte.

Am Fenster blieb er stehen und blickte hinaus in die Nacht. Auf der B416 herrschte so gut wie kein Verkehr um diese Uhrzeit. Hinter der Straße sah er die Mosel im Mondlicht glitzern, dahinter Weinberge, die bis an die Schnellstraße des gegenüberliegenden Moselufers reichten. Eine traumhaft schöne Landschaft, und Brechtmann bereute es, nicht mehr Freizeit gehabt zu haben. Das Geld war ihm immer wichtiger gewesen. Anstatt sein Leben, wenn auch ein wenig bescheidener, zu genießen, hatte er sich auf das teuflische Spiel von Markus Müller eingelassen, hatte Menschen Medikamente verabreicht, deren Wirkung noch gar nicht erforscht war. Brechtmann lehnte sich mit der Flasche Bier in der Hand weit vor, bis das Glas der Scheibe seine Stirn berührte und angenehm kühlte. Er sah das Spiegelbild seines Gesichts im Fenster und fragte sich, ob er alles im Leben richtig gemacht hatte. Nein, dachte er, natürlich nicht. Die Ehe mit Karin hatte er durch den Beruf zerstört. Er hatte immer zuerst an die Karriere gedacht und dann ans Privatleben.

Am liebsten wäre er ausgestiegen, doch so leicht ging das nicht. Seufzend wandte er sich vom Fenster ab und nahm einen tiefen Schluck aus der Bierflasche. Er setzte die Wanderung durch das Zimmer fort, blieb vor dem Fernseher stehen, schüttelte den Kopf und setzte sich auf die Bettkante. Brechtmann wurde den Verdacht nicht los, dass er bereits viel zu tief in einer Sache hing, die er nicht mehr steuern konnte. Er wollte sich nicht ausmalen, was geschah, wenn er jetzt ausstieg. Natürlich würde er vor Gericht mit etwas Glück und einem guten Anwalt mit einem blauen Auge davonkommen. Aber er fürchtete die Konsequenzen, die ihm von Markus Müller drohten. Dieser Mann war so verdammt mächtig. Er stand an der Spitze eines Pharmakonzerns und jonglierte täglich mit Millionen. Sicherlich war es ein Leichtes für jemanden wie Müller, einen Killer zu engagieren, der lästige Zeugen aus dem Weg räumte. Brechtmann leerte das Bier und streckte sich auf dem Bett aus. Minutenlang lag er mit hinter dem Kopf verschränkten Armen da und starrte an die Zimmerdecke. Dann griff er nach der Fernbedienung des Fernsehgerätes und schaltete die Lautstärke ab. Wenige Minuten später war er eingeschlafen.

* * *

Ein Geräusch weckte ihn später. Er wusste nicht, wie lange er geschlafen hatte, denn eine Uhr gab es im Hotelzimmer nicht. Sekundenlang war er orientierungslos. Sein Kopf wirbelte herum, dann erinnerte er sich, in einem Hotelzimmer an der Mosel eingeschlafen zu sein.

Brechtmann war sofort hellwach. Als er die Augen öffnete und den Kopf zur Tür wandte, sah er eine zierliche Gestalt in dunkler Kleidung, die ins Zimmer getreten war und die Türe so leise wie möglich ins Schloss drückte. Die einzige Lichtquelle im Raum war das blaue Flackerlicht des Fernsehers. Mit gleitenden, fast katzenhaften Bewegungen näherte sich die Gestalt dem Bett.

„Was soll das?“, rief Brechtmann und hatte Mühe, seine Angst zu verbergen. Mit einem energischen Ruck stieß er die Bettdecke fort und richtete sich im Bett auf. „Ich werde die Polizei rufen!“

„Dazu wird es nicht kommen.“ Die Gestalt flüsterte nur. Zur Untermalung ihrer Worte zückte sie eine Waffe und richtete die Mündung auf Brechtmann.

Er sah das Mündungsfeuer aufblitzen, wunderte sich noch, keinen Schuss zu hören, als ein brennender Schmerz seinen Körper traf und er glaubte, von innen heraus zu explodieren. Brechtmann wurde von der Wucht des Schusses in das verwühlte Laken zurückgestoßen, fasste sich an die Brust und spürte etwas Warmen, Klebriges zwischen seinen Fingern – sein eigenes Blut.

Brechtmann sank leblos zusammen. Er würde nie wieder Experimente an ahnungslosen Patienten durchführen. Und man würde ihm für die dreckigen Geschäfte, die er gemacht hatte, nicht die Lizenz als Arzt entziehen. Nicht einmal zur Rechenschaft ziehen würde man ihn für das, was er getan hatte.

Marienstraße, 2:05 Uhr

Heike schreckte auf, als sie den Schlüssel in der Tür hörte. Sie war am Küchentisch eingeschlafen. Der Laptop stand aufgeklappt vor ihr. Ein schneller Blick auf die große Küchenuhr an der Wand verriet ihr, dass der neue Tag vor rund zwei Stunden begonnen hatte. Alle Knochen schmerzten höllisch, als sie sich mit steifen Bewegungen aufrichtete und die Müdigkeit abschüttelte. Sie erinnerte sich, dass sie im Internet nach Arzneimittelskandalen geforscht hatte. Anscheinend gehörte Korruption in dieser Branche zum Alltagsgeschäft. Auch der Name MM Pharma war mehrmals in diversen Foren aufgetaucht. Heike sprang auf, wobei der Küchenstuhl auf dem gefliesten Küchenboden ein hässliches, scharrendes Geräusch verursachte, das bei ihr eine Gänsehaut hervorrief. Sofort dachte sie an die Möglichkeit, dass man ihr nach dem Leben trachten könnte, weil sie zur Mitwisserin einer Sache geworden war, die bereits drei Menschen das Leben gekostet hatte. Und eine junge Frau war entführt worden. Heikes Herz raste, als sie zur Tür blickte, wo sich gerade ein Schatten aus dem Dunkel des Flurs schälte. Erleichtert stellte sie fest, dass es sich um Stefan handelte, der lächelnd die kleine Küche betrat.

„Morgen", sagte er mit einem sanften Lächeln und nahm sie in den Arm. Bevor sie etwas erwidern konnte, verschloss er ihre Lippen mit einem Kuss. Erst nachdem sich ihre Lippen voneinander gelöst hatten, deutete er mit dem Kinn auf das Notebook. „Hast wohl nie Feierabend?"

„Du doch auch nicht", erwiderte sie kokett, ging zum Kühlschrank, nahm zwei Flaschen Bier heraus und reichte eine davon Stefan. Sie ließen die Bügelverschlüsse aufschnappen und prosteten sich zu.

„Hey, habe ich dir schon gesagt, dass du meine Traumfrau bist?"

„Nein." Sie trank einen Schluck Bier. „Hast du nicht." Also hatte sie doch völlig überzogen reagiert, als er ihr von Daniela George erzählt hatte, seiner alten Sandkastenliebe. Sie schalt sich eine Närrin, streckte die Hand aus, nahm ihm das unvermeidliche

Baseballcap, das längst zu seinem Markenzeichen geworden war, vom Kopf und warf es in die Ecke. Zärtlich fuhr sie ihm durchs Haar. „So so, ich bin also deine Traumfrau."
„Ja. Welche Frau sonst würde mich nach einem langen, beschissenen Tag mitten in der Nacht mit einem eiskalten Bier in Empfang nehmen?" Er grinste breit und prostete ihr zu.
„Das ist genau das, was ich hören wollte", log sie und buffte ihm in die Seite. Sie setzten sich an den Küchentisch. „Und jetzt will ich die ganze Geschichte von deiner Danni hören, du Schwerenöter." Kurz wurde sie ernst. „Ist alles gut verlaufen?"
„Ja, das SEK hat sie aus den Händen des Entführers befreit. Sie lebt, und sie ist unverletzt. Wahrscheinlich kümmern sich gerade in diesem Moment Seelsorger um sie, auch wenn sie das abgelehnt hat. Ist halt 'ne ganz Harte." Er schüttelte lächelnd den Kopf. Dann berichtete er ihr, was sich in der Zwischenzeit ereignet hatte. „Und das Beste zum Schluss: Rate, wer der Entführer ist!"
Schulterzucken.
„Ein gewisser Jan Ruben."
Heike dachte einen Moment lang angestrengt nach, woher sie den Namen kannte. Dann schlug sie sich mit der flachen Hand vor die Stirn. „Moment", rief sie. „Das ist doch der schmierige Autoverkäufer aus Klinkes Autohaus."
„Ganz genau." Stefan nahm einen tiefen Schluck Bier und musste aufstoßen. Er murmelte eine Entschuldigung, bevor er fortfuhr. „Jetzt frage ich dich, wie kommt Klinkes Auto an den Tatort auf Schloss Burg, wie kommt Ruben an einen gestohlenen Golf, und in welchem Zusammenhang steht er mit unserer Geschichte rund um Peter Born und Brechtmann?"
„Klinke und Brechtmann sind eben wirklich gute Freunde", vermutete Heike. „Und da Brechtmanns Mitarbeiter nicht willens waren, sich um die anfallende Drecksarbeit zu kümmern, hat Klinke seine Hilfe angeboten und Ruben rekrutiert."
„Das würde bedeuten, dass Ruben ein dreifacher Mörder ist."

„Was erst festgestellt werden muss", erwiderte Heike und drehte die bauchige Bierflasche in den Händen. Sie knibbelte am aufgeweichten Etikett herum und formte daraus kleine Kügelchen, die sie auf den Küchentisch schnippte. „Aber es wäre zumindest ein Anfang. Und wenn Ulbricht diesen Ruben festgenommen hat, wird er bestimmt im Verhör auspacken. Er ist Autoverkäufer und sicherlich kein stahlharter Profi. Wenn Ulbricht ihm mit mildernden Umständen kommt, hat er den Knoten bestimmt bald zerschlagen, und der Fall ist abgeschlossen. Gut für ihn."

„Und gut für uns." Stefan leerte die Flasche und gähnte. „Aber mich zieht es jetzt ins Bett. Hinter mir liegt ein langer Tag. Und bei einem Zugriff durch das SEK des Landeskriminalamts ist man auch nicht immer live dabei. Das schlaucht ganz schön." Er unterlag einem weiteren Gähnanfall und erhob sich. „Die Frühsendung kann meine Vertretung machen, ich glaube, Karin Dahl ist dran."

„Sie wird sich bedanken", lächelte Heike und stand ebenfalls auf. Sie klappte das Notebook zu und räumte die leeren Flaschen in den Kasten, der unter dem Küchentisch stand. „Ab ins Bett mit uns." Sie trat zu ihm und legte einen Arm um ihn. „Und es tut mir leid."

„Was tut dir leid?"

„Dass ich so blöd eifersüchtig war vorhin."

Küchenlicht aus. Sie tappten durch den dunklen Flur ins Schlafzimmer. Hier brannte eine Nachttischlampe. Das Bett war bereits aufgeschlagen. „Ist nicht schlimm", erwiderte Stefan und entkleidete sich. Die Socken warf er in eine Ecke und ignorierte Heikes missbilligende Blicke. „Ich hatte einen Scheißtag heute, da fällt das gar nicht mehr ins Gewicht."

„Manchmal bist du ein richtiges Arschloch, Stefan Seiler."

Er hatte sich unter die leichte Bettdecke verkrochen und streckte sich. „Ich liebe dich auch, Heike. Komm schon, ich hab kalte Füße."

Er hatte es mal wieder geschafft, sie sprachlos zu machen. Heike hatte keine passende Antwort parat, schlüpfte in eines seiner T-Shirts, die ihr viel zu groß waren. Heike kletterte zu ihm ins Bett

und schmiegte sich an ihn. „Eigentlich könnte ich wegen deiner Dreistigkeit Schadensersatz in Form von Liebesdiensten einfordern“, murmelte sie und kraulte seine Brust.
Die einzige Antwort, die sie erhielt, war ein monotones Schnarchen. Dem war nichts hinzuzufügen, dachte sie und knipste das Licht aus. Morgen war auch noch ein Tag.

Winningen, 9:30 Uhr
Sie war spät dran. Normalerweise räumte sie die Zimmer auf, während die Gäste frühstückten. Betten beziehen, das Bad putzen, frische Handtücher auslegen und Klopapier auffüllen. Eine Sache von zehn Minuten für die routinierte Reinigungskraft des Hotels Moselperle.
Doch das Frühstücksbüffet ging nur bis neun Uhr. Und der Gast von Nummer sieben schien zu schlafen.
Es war ein herrlicher Morgen, und ein angenehmer Kaffeeduft zog durch das Hotel. Aus der Küche drang das Klappern von Geschirr auf den oberen Korridor. Hier lagen die Gästezimmer. Die Sonne warf ihre Strahlen durch das Fenster am Ende des Gangs. Noch lag der Morgentau auf den Blättern der Weinreben, doch das würde sich mit steigenden Temperaturen schon bald ändern, dachte Berta Sommerer gut gelaunt. Staubpartikel tanzten im einfallenden Sonnenlicht.
Die rundliche Raumpflegerin schob ihren Wagen mit Reinigungsmitteln vor sich her. Nur das Quietschen der Rollen war zu hören – ihre Schritte wurden von dem dicken Teppich gedämpft. Vor Zimmer Nummer sieben stoppte sie ihren Weg. Es war das einzige Gästezimmer, das sie noch nicht gereinigt hatte an diesem Morgen. Dabei musste sie doch heute pünktlich Feierabend machen, um ihrem Mann Helmut im Wingert zu helfen. Es war an der Zeit, die Reben zu binden. Sie stammte aus einer alten Winzerfamilie, ebenso ihr Mann Helmut, der nebenbei noch eine Straußwirtschaft am Moselufer betrieb. Im Frühsommer heftete man die jungen Triebe

aneinander und verhinderte so, dass sie brachen. So gewährleistete man eine optimale Zuckerbildung der Trauben. Trotz modernster Technik war der Weinbau noch eine harte körperliche Arbeit. Und wenn es die Reben verlangten, war jede helfende Hand gefragt.
Berta Sommerer drehte den Schlüssel im Schloss und steckte den Kopf ins Zimmer. Die bodenlangen Gardinen waren zugezogen, im Zimmer herrschte Halbdunkel. Sie machte einen Schritt in den Raum. Nachdem sich ihre Augen an das Zwielicht gewöhnt hatten, sah sie den Gast. Männlich, Ende vierzig, vielleicht auch Anfang fünfzig. Gutaussehend, schlank und muskulös. Nicht der Ansatz eines Bauches, wie bei ihrem Helmut.
Der Fremde lag tatsächlich noch im Bett. Eigentlich lag er auf dem Bett. Und er schlief nicht. Das sah sie sofort, denn der Unbekannte, der nur mit Boxershorts bekleidet war, hatte die Augen weit aufgerissen. Er schien an die Zimmerdecke zu starren. Er rührte sich nicht. Ein feiner Blutfaden rann aus einer Wunde an der rechten Schläfe. Auf der Bettwäsche hatte sich ein tiefroter, fast kreisrunder Blutfleck ausgebreitet. Erst jetzt sah Berta Sommerer die Pistole in seiner Hand. Der Zeigefinger lag noch am Abzug der Waffe. Der Mann hatte sich erschossen.
Panikartig presste sie die Hände vor das runde Gesicht. Dann entlud sich ihr Entsetzen in einem spitzen Schrei.

Wupperwelle, 10:10 Uhr

„Und du hast wohl schon wieder Feierabend?“ Heike kaute auf ihrem Kugelschreiber herum und blickte zu Stefan auf, der gerade aus dem Studio kam. Sie bereitete einen Bericht über die Umweltzonen in der Stadt vor, der in der „RushHour“, der Nachmittagssendung, laufen sollte.
Dunkle Ringe lagen unter seinen Augen, er war unrasiert, und Heike sah ihm an, dass er ein paar Stunden Schlaf nachholen musste. Dennoch hatte er es sich nicht nehmen lassen, die Morgensendung zu übernehmen, wie es der Dienstplan vorgesehen hatte.

„Nur zweieinhalb Stunden Schlaf sind ein guter Grund, direkt nach der Sendung abzuhauen", grinste Stefan erschöpft. „Die Nacht war kurz, und mich zieht es jetzt ins Bett."

„Du hättest Karin die Sendung übernehmen lassen sollen", rügte Heike.

„Ist schon in Ordnung, ich lebe ja noch. Morgen ist mein freier Tag, da müssen die Hörer ohne mich auskommen, weil ich in den Federn liegen werde."

„Ah, Frau Göbel, Herr Seiler, gut, dass ich Sie zusammen treffe. Können wir uns kurz in meinem Büro unterhalten?" Eckhardt war fast lautlos hinter die beiden getreten. Den Krawattenknoten hatte er gelockert, die Hemdsärmel hochgekrempelt. Seine dunklen Haare standen wie kleine Antennen von seinem Kopf ab. Der Chefredakteur war der personifizierte Dauerstress.

„Natürlich." Heike fuhr ihren Computer runter und erhob sich. Stefans Blick war gequält. Er sah den freien Nachmittag im Bett in weite Ferne rücken.

Kurze Zeit später fanden sie sich im Büro von Michael Eckhardt wieder. „Schließen Sie bitte die Tür." Unsicheres Lächeln. „Muss ja nicht jeder mithören."

Heike drückte die Tür ins Schloss, und die Geräuschkulisse des Großraumbüros drang nur noch gedämpft an ihre Ohren. Nur die mitleidigen Blicke der Kollegen durch die große gläserne Wand, die das Chefbüro von der Redaktion trennte, erreichten sie noch. Stefan und Heike ließen sich auf die Besuchersessel vor Eckhardts Schreibtisch sinken.

„Haben wir den Beitrag über die Umweltzonen auf dem Server?", fragte er, an Heike gewandt.

Sie schüttelte den Kopf. „Das muss warten, fürchte ich. Oder stellen Sie von mir aus die junge Volontärin daran. Es gibt schlechte Nachrichten, was Ihren Freund Klinke betrifft."

Eine steile Falte stand auf Eckhardts Stirn. „Wovon reden Sie?"

„Seinen Wagen haben wir auf Schloss Burg gesehen, nachdem

Monika Born dort erschossen wurde", begann Heike aufgeregt. „Und er streitet alles ab. Gestern hat es eine Entführung gegeben. Eine junge Frau, die in Dr. Brechtmanns Klinik arbeitet, hat Stefan eine geheime Akte zugespielt. Darin wird der Missbrauch von nicht zugelassenen Medikamenten dokumentiert. Ein ahnungsloser Patient ist Brechtmann auf dem Behandlungstisch gestorben. Wie gesagt – die Akte wurde uns zugespielt und gestern noch an die Kripo weitergegeben. Die Frau wurde nach dem Diebstahl von einem Unbekannten verfolgt, Ulbricht konnte ihr aber keinen Personenschutz gewähren – die knappe Personalsituation bei der Polizei, bla bla, kennen wir ja auch. Also zurück zu der Frau: Sie wurde in den gestrigen Abendstunden das Opfer einer Entführung."

„Die Entführung ist beendet", erwiderte Eckhardt. „Ziemlich spektakuläre Aktion, über die ich übrigens morgen einen Beitrag hören möchte, Herr Seiler."

So viel zum freien Tag, dachte Stefan zähneknirschend.

„Richtig. Vielleicht interessiert es Sie, dass der Entführer als Autoverkäufer in Klinkes Autohaus arbeitet." Heike musterte den Chefredakteur der Wupperwelle. „Ein paar Zusammenhänge zu viel, wie ich finde."

„Sie glauben, dass der Verkäufer auch mit Reinhardts Wagen unterwegs war, nachdem die Frau auf Schloss Burg erschossen wurde?"

„Es wäre zumindest eine Möglichkeit, oder?"

Eckhardt lehnte sich weit zurück und verschränkte nachdenklich die Arme hinter dem Kopf. „Das ist ein ziemlicher Hammer, den Sie mir da auftischen, Frau Göbel."

„Es sind nur Fakten, fürchte ich."

„Allerdings. Fakten, die nicht gerade für Ihren Freund Reinhardt Klinke sprechen – mit Verlaub." Stefan räusperte sich. „Er steckt irgendwie in der Sache drin, da können wir uns drehen und wenden, wie wir wollen, Herr Eckhardt."

„Ich kann das alles einfach nicht glauben." Eckhardt schüttelte den

Kopf. „Es muss noch eine andere Lösung geben“, murmelte er sichtlich verwirrt. „Reinhardt würde sich lieber eine Hand abhacken, als kriminelle Geschäfte zu machen. Er lebt für sein Autohaus.“ Eckhardt blickte erst Stefan, dann Heike an. „Was haben Sie jetzt vor?“

„Wir werden ihm einen Besuch abstatten“, erwiderte Stefan. Seine Müdigkeit war wie verflogen, dennoch hoffte er, heute früher ins Bett zu kommen als gestern.

Eckhardt betrachtete ihn nachdenklich. „Herr Seiler, Sie unterstützen Frau Göbel. Die Geschichte ist komplexer, als ich anfangs gedacht hatte. Und morgen möchte ich Sie hier frühestens zur Redaktionskonferenz sehen. Für die Frühsendung finden wir eine Vertretung, notfalls moderiere ich selber.“ Er grinste schief. „Außerdem fehlen Ihnen ein paar Stunden Schlaf, das ist nicht zu übersehen. Frau Göbel gibt sowieso keine Ruhe, bevor der Fall aufgeklärt ist. Und danach will ich eine riesengroße Story, die wir bundesweit anbieten können.“

Heike blickte Stefan triumphierend an. „Prima, dann kämpfen wir jetzt wieder gemeinsam an der Front. Wie in alten Tagen.“

Autohaus Klinke, 11:15 Uhr

„Diesmal war er schneller als wir“, brummte Stefan, als er den Käfer auf das Gelände des Autohauses Klinke lenkte und eine freie Parklücke zwischen den hier versammelten Luxuskarossen suchte. Er deutete mit dem Kinn auf einen dunkel lackierten Opel Vectra mit Wuppertaler Kennzeichen. Die Funkantenne auf dem Dach verriet, dass es sich um ein ziviles Polizeifahrzeug handelte.

„Das war zu befürchten.“ Heike winkte ab. „Vielleicht können wir von Ulbricht was erfahren. Das erspart uns einen Besuch in der Höhle des Löwen.“ Sie hatte eigentlich keine große Lust auf ein weiteres Gespräch mit Eckhardts Freund Reinhardt Klinke gehabt. So langsam wurde die Sache heikel. Mittlerweile war sie sich sicher, dass Peter Born die geheimen Akten dem Bundesgesundheitsministerium hatte zuspielen wollen. So weit war es nicht gekommen, und inzwischen wusste Heike nicht einmal mehr, ob das die Sache geändert hätte.

Während sie den Platz überquerten, trat Ulbricht ins Freie. Er blinzelte ins Sonnenlicht und zündete sich mit umständlichen Bewegungen eine Zigarette an. Noch hatte er die beiden Reporter nicht entdeckt. Breitbeinig stand er vor der gläsernen Front des Verkaufsraums und verpestete die Luft. Anscheinend dachte er angestrengt nach.

„Sehr entspannt sieht er nicht gerade aus", kommentierte Stefan leise. Jetzt hatte Ulbricht sie gesehen. Seine Miene drückte Verschlossenheit aus. Stumm nickte er ihnen zu. Er war unrasiert. Dunkle Ringe lagen unter seinen Augen, und Stefan bemerkte, dass er das gleiche Hemd wie am Vortag trug. Anscheinend hatte er, seitdem er ihn von zu Hause abgeholt hatte, nicht mehr geschlafen.

„Sie sind wegen des Entführers hier, richtig?", fragte Heike, nachdem sie sich begrüßt hatten.

„Allerdings. Klinke ist aus allen Wolken gefallen, als er hörte, welch kriminelle Energie sein Schwager an den Tag gelegt hat."

„Moment – Jan Ruben war Klinkes Schwager, also der Bruder seiner Frau, habe ich das eben richtig verstanden?" Heike bekam große Augen. Jetzt überschlugen sich die Neuigkeiten. Sie überlegte kurz: Sicherlich verfügte das Autohaus über die entsprechenden Geräte, mit denen sich eine Wegfahrsperre umgehen ließ.

„Und bevor Sie mich jetzt mit Fragen löchern, die ich Ihnen nicht beantworten kann, beende ich das Gespräch jetzt und hier. Hüten Sie sich, jetzt da reinzugehen und Klinke auszuquetschen wie eine Zitrone."

„Sie können uns nicht verbieten ...", begehrte Heike auf.

Ulbricht brachte sie mit einer Handbewegung zum Schweigen. „Das weiß ich selber. Ich mache Ihnen einen Vorschlag: Kommen Sie in zwei Stunden ins Präsidium, dann weiß ich mehr. Ich muss die Fakten selbst erst einmal ordnen." Er gähnte ungeniert. „Außerdem brauche ich dringend ein paar Stunden Schlaf, aber das muss wohl noch warten." Ulbricht nickte und nahm die Zigarette in die hohle Hand. Damit ließ er die verdutzten Reporter stehen und stapfte auf seinen Dienstwagen zu, ohne sich noch einmal umzublicken.

Polizeipräsidium, 13:30 Uhr

An der Pförtnerin waren sie mit dem Satz „Hauptkommissar Ulbricht erwartet uns" problemlos vorbeigekommen. In der von prächtigen Säulen gestützten Halle hielten sie sich rechts. Im Gang geradeaus hielt ein lebensgroßer Playmobil-Polizist Wache. Links lag die Polizeiwache, rechts die Kriminalinspektion. Hier hatte Ulbricht also sein Amtszimmer.

Stefan klopfte an, und nach einem brummigen „Herein" betraten Heike und er das Büro. Die Zigarette war als Schlacke im Aschenbecher verglüht, ohne dass er mehr als zwei Züge daran genommen hatte. „Sind die zwei Stunden schon um?", muffelte er die Besucher an.

„Schon lange", lächelte Heike charmant. Sie setzten sich. „Schön haben Sie es."

„Sparen Sie sich das, ich hasse mein Büro." Er winkte müde ab. „Und jetzt wollen Sie bestimmt die ganze Geschichte hören, stimmt's?"

„Natürlich sind wir neugierig", grinste Stefan.

„Gut." Ulbricht zündete sich eine neue Zigarette an, paffte scheinbar gedankenverloren den Rauch an die Decke und lehnte sich weit zurück. Durch das auf Kipp stehende Fenster in seinem Rücken drang der Straßenlärm der Friedrich-Engels-Allee ungefiltert zu ihnen herauf. „Zuerst die schlechte Nachricht: Den Fall bin ich in großen Teilen los."

„Was hat das zu bedeuten?" Stefan schob sich das Baseballcap in den Nacken.

„Das Landeskriminalamt hat nach der Aktion letzte Nacht den Fall an sich genommen. Die Morde, mit denen hier alles angefangen hat, ziehen weite Kreise." Norbert Ulbricht schmauchte. „Nichtsdestotrotz war man so freundlich, mir die Drecksarbeiten zu überlassen. Insofern bin ich nicht ganz weg vom Fenster." Er grinste schief. „Sie glauben ja gar nicht, was hier los ist, seitdem das LKA in die Sache involviert ist. Ich war die ganze Nacht hier. Erst Rubens Verhör, dann Recherchen, und jetzt geht es Knall auf Fall. Dabei will ich einfach nur in mein Bett und ein paar Stunden Schlaf nachholen."

„Wo ist Ruben denn jetzt?", fragte Heike. Der Autoverkäufer war ihr vom ersten Moment an unsympathisch gewesen.

„Er sitzt in U-Haft im Simonshöfchen. Und er schweigt zu den Vorwürfen."

„Was hat denn das Gespräch mit Klinke ergeben? Wissen Sie, für wen Ruben gearbeitet hat? Sicherlich nicht für Reinhardt Klinke, oder sehe ich das falsch?"

„Nein, Klinkes Weste ist in der Tat sauber, und wir tappen derzeit im Dunkeln. Allerdings sind wir auch hier am Ball. Heinrichs ist seit heute Morgen in Remscheid unterwegs und stellt die Wohnung von Jan Ruben auf den Kopf. Vielleicht finden wir dort einen wichtigen Hinweis auf seine Auftraggeber."

Heike berichtete ihm, was sie befürchtete. „Zunächst dachte ich, dass Brechtmann hinter den Morden steckt und dass Klinke ihm möglicherweise zur Hand gegangen ist – deshalb wurde sein BMW nach dem Mord an Monika Born gesehen. Dann erhärtete sich der Verdacht, dass MM Pharma ungebetene Zeugen aus dem Weg geräumt hat. Jetzt allerdings stellt sich die Frage, für wen Jan Ruben unterwegs war. Möglicherweise steckt doch Brechtmann dahinter, und Ruben hat für ihn die Drecksarbeit erledigt – wahrscheinlich gegen ein fürstliches Honorar. Fragen Sie Brechtmann."

„Das wird leider nicht gehen."

„Warum?" Heike beschlich eine dunkle Ahnung.

„Noch eine schlechte Nachricht: Er ist tot, ermordet worden. Letzte

Nacht in einem Hotel in Winningen an der Mosel. Die Putzfrau des Hotels fand ihn mit einer Kugel im Kopf, die Waffe in der Hand. So wie wir vermuten, hat er das Haus nach Ihrem Besuch in Wermelskirchen fluchtartig verlassen, nachdem Sie sein Versteck aufgespürt haben, Herr Seiler." Ein vorwurfsvoller Unterton lag in Ulbrichts Stimme.

„Moment, Moment", rief Stefan. „Heißt das, er ist zufällig an der Mosel untergetaucht, um sich Ihnen zu entziehen?"

„Das wäre zu einfach. Aber wahrscheinlich hatte die Flucht nach Rheinland-Pfalz zwei Gründe: Zum einen wollte er untertauchen, zum anderen hat er sich dort mit einem Geschäftspartner getroffen, der ebenfalls in der Sache drinhängt. Wir haben herausgefunden, dass dieser Geschäftspartner in Koblenz-Metternich wohnt. Das ist einen Katzensprung von Winningen entfernt. Bei ihm handelt es sich um Markus Müller, den Geschäftsführer der MM Pharma."

Heike horchte auf. Der Name Markus Müller war ihr bei ihren Recherchen bereits aufgefallen. Und MM Pharma war mehrmals in Peter Borns Listen aufgetaucht. „Es gibt diverse Vorwürfe gegen ihn. All das steht in den Unterlagen von Peter Born, die ich Ihnen gestern noch zugemailt habe."

„Ich habe die Listen nur kurz überflogen, aber der Rest ist hinlänglich bekannt. Und was das angeht, so ist das Sache des LKA. Wahrscheinlich ist es sogar nur noch eine Frage der Zeit, bis sich das Bundeskriminalamt einschaltet." Mit den Lippen formte Ulbricht Rauchkringel.

„Was halten Sie von der zugegebenermaßen gewagten Theorie, dass das Bundesgesundheitsministerium in der Sache drinhängt?", wagte Heike einen Vorstoß.

„Das haben wir auch schon geprüft. Allerdings ist nicht das Bundesgesundheitsministerium zuständig, sondern das Bundesinstitut für Arzneimittel und Medizinprodukte in Bonn. Im Zuge des Regierungsumzuges von Bonn nach Berlin hat man damals im Berlin/

Bonn-Gesetz festgelegt, dass der Sitz der Behörde als Ausgleichsmaßnahme von Berlin nach Bonn verlegt wird. Das war schon im Jahr 2001, und 2005 wurde ein umfassender Restrukturierungsprozess des Arzneimittel-Zulassungsbereiches abgeschlossen. Somit sitzt die Behörde, die für die Überwachung von neu zugelassenen Medikamenten zuständig ist, in Bonn. Es gibt ein Buch, in dem alle neuen Arzneimittel gelistet sind, sowohl die mit positiven Bewertungen als auch die mit den negativen Eintragungen. Und wir wissen dank der geheimen Patientenakte, die Sie uns durch Frau George zugespielt haben, Herr Seiler, dass Brechtmann tatsächlich Medikamente anwandte, die nicht zugelassen waren. Es gibt Liefernachweise und Einträge, die dies belegen." Ulbricht holte tief Luft. Er war es nicht gewohnt, lange Reden zu halten. Jetzt zog er an seiner Zigarette, schnippte die Asche weg und betrachtete Heike und Stefan. Ein triumphierendes Grinsen lag auf seinen Mundwinkeln. „Sie sehen – ich habe mir die Nacht mit Recherchen um die Ohren geschlagen. Und die Kollegen vom Landeskriminalamt verfolgen ebenfalls eine heiße Spur in diese Richtung. Insofern ist Ihr Verdacht also nicht ganz unberechtigt. Dass das Institut allerdings einen Auftragsmörder losschickt, halte ich für irrwitzig."

„Nicht das Institut", erwiderte Heike schnell. „Vielleicht gibt es dort einen Mitarbeiter, der viel zu verlieren hat, wenn seine Machenschaften ans Licht der Öffentlichkeit geraten."

„In Bonn arbeiten rund tausend Angestellte – möglicherweise gibt es ja wirklich ein schwarzes Schaf darunter. Aber das sollten die Kollegen von LKA und BKA herausfinden."

„Sicherlich haben Sie die ganze Nacht vor dem Rechner verbracht und wissen nun, was es braucht, um die Zulassung eines neuen Medikaments zu erwirken", vermutete Heike.

Ulbricht blickte sie nachdenklich an, nippte von seinem kalten Kaffee, schüttelte sich angewidert und nickte. „Natürlich. Wenn ich schon aus der Nummer raus bin, will ich trotzdem wissen, warum. Deshalb habe ich mich informiert. Das Zulassungsverfahren ist relativ kompliziert und langwierig – allerdings zum Schutz des Patienten, und insofern ist die lange Wartezeit nachvollziehbar."

Stefan schürzte die Lippen. „Spielen wir folgenden Fall durch: Mir gehört eine Firma, in der ich Arzneimittel entwickle und sie vertreiben möchte. Was muss ich tun, um sie Apotheken, Ärzten und Krankenhäusern anbieten zu dürfen?"

„Zunächst müssen Sie einen Zulassungsantrag ausfüllen. Mit dem Antrag ist ein recht umfangreiches Dossier gefragt, in dem das Arzneimittel detailliert beschrieben ist. Es gibt eine Art Norm, das CTD-Dossier. CTD steht übrigens für Common Technical Document-Format, und jetzt nennen Sie mich nicht Klugscheißer, Herr Seiler."

Stefan grinste, schwieg aber.

Ulbricht fuhr fort: „Es dauert manchmal ein paar Jahre, bis ein neues Medikament auf den Patienten losgelassen wird, wenn ich es mal so salopp ausdrücken darf."

„Aber Zeit ist Geld", warf Stefan ein. „Und als Unternehmer bin ich daran interessiert, dass mein neues Produkt möglichst schnell zunächst Umsatz, anschließend auch Gewinn erwirtschaftet."

„Sie sollten in die Wirtschaft gehen, Seiler." Ulbricht griente. „Aber im Ernst: Ganz genau hier liegt nämlich der Hund begraben. Die Pharmaindustrie muss immense Summen investieren, bis ein neues Produkt Geld verdienen kann. Vorausgesetzt, man hält sich an den legalen Weg."

„Und wenn nicht?"

„Dann stecken Sie das Geld in einen Mitarbeiter der Kontrollbehörde. Jemanden, der an einer entscheidenden Stelle sitzt."

„Wollen Sie der Behörde vorwerfen, dass sie käuflich ist?"

„Und jetzt sind wir an dem Punkt, den wir vorhin hatten. Nein, eine Bundesbehörde ist nicht käuflich. Aber bei tausend Mitarbeitern gibt es sicherlich den einen oder anderen, der sich über die

Zuwendung eines wohlhabenden Unternehmers freuen würde."
„Das wäre Korruption im großen Stil", staunte Heike.
„Nicht unbedingt. Stellen Sie sich folgendes Szenario vor: Ein Mitarbeiter, dem es obliegt, über das Pro und Contra eines beantragten Mittels zu entscheiden, wäre erpressbar. Wer von uns ist nicht mit irgendeiner alten Geschichte erpressbar? Möglicherweise hat unser Mister X irgendwann in seiner ungend Blödsinn gemacht. Solchen Blödsinn, der ihm heute noch verdammte Schwierigkeiten bereiten könnte. Unser Mister X hat aber eine reizende Frau, süße Kinder, er hat ein schickes Haus im Grünen und kann sich endlich den dicken Wagen leisten, von dem er schon früher geträumt hat. Dumm nur, dass er irgendwann einmal eine Dummheit begangen hat. Wer hinter dieses Geheimnis kommt, hat die Macht. Unser armer Beamte ist erpressbar." Ulbricht kehrte die Handflächen nach oben. „Und jetzt? Er wird alles tun, um sein kleines Geheimnis zu behalten."
„Worauf wollen Sie hinaus?" Stefan wippte mit dem Fuß. „Ist das nicht alles Spekulation und ziemlich weit hergeholt?"
„Natürlich. Es ist zunächst nichts als eine Theorie."
„Bitte fahren Sie fort, was passiert mit diesem spekulativen bestechlichen Mitarbeiter, der das Antragsverfahren für ein neues Medikament auf den Schreibtisch bekommt?" Im Gegensatz zu Stefan schien Heike Ulbrichts Theorie zu gefallen. Er lächelte und vermutete, dass sie eine heiße Story fürs Radio witterte.
„Er winkt das umständliche Zulassungsverfahren durch, auf dem kleinen Dienstweg, wenn Sie so wollen. Das Medikament erhält seine erste Zulassung. Jetzt muss es noch verschiedene Studien durchlaufen, bevor es endlich freigegeben wird. Wo diese Studien, ohne die Zulassung wohlgemerkt, stattgefunden haben, wusste Ihr Kollege Peter Born. Und genau dieses Wissen hat er mit seinem Leben bezahlt."
„Das klingt wie in einem Agenten-Thriller", stellte Heike fest.
„Aber es ist die Realität", erwiderte Ulbricht und zog an seiner

Zigarette. „Wenn Sie so wollen, war Born ein Agent auf der guten Seite. Und er ist jemandem gewaltig auf die Füße getreten.“
„Dann müssen wir die Mörder in Kreisen der Behörde suchen?“
Schulterzucken. „Ich bin raus aus der Nummer, das sagte ich bereits. Aber ich will fair sein und Ihnen nichts vorenthalten.“
„Sicherlich nicht, ohne eine Ausgleichsleistung zu verlangen“, vermutete Stefan.
„Ich will den Mörder von Peter und Monika Born sowie dem Taxifahrer finden, denn das ist mein Job. Nicht mehr und nicht weniger.“
„Wir sind Reporter. Und diese Nummer ist ziemlich heiß.“ Stefan atmete hörbar auf und wechselte einen Blick mit Heike, die betroffen schwieg. „Trotzdem danke für die Informationen.“
„Das, was wir jetzt besprochen haben, habe ich nie gesagt, nur damit das klar ist. Aber Sie können sich vorstellen, dass niemand auf Regierungsebene Interesse daran hat, einen solchen Skandal aufzudecken. Ich sagte Ihnen schon, dass ich den Fall an das LKA abgeben musste. Jetzt können Sie sich Ihren Teil denken.“ Süffisantes Grinsen. Er steckte sich eine neue Zigarette an und paffte genüsslich. „Ich werde einen Teufel tun, mir auf meine alten Tage an so einer Geschichte noch die Finger zu verbrennen.“
„Eine Krähe hackt der anderen eben kein Auge aus“, murmelte Stefan frustriert.
„Falsch, Seiler. Es hat in den frühen Morgenstunden bereits eine Festnahme gegeben. Eine junge Frau, Gabriele Kaiser. Sie arbeitet im Institut und hat sich heute krank gemeldet. Die Kollegen haben sie im Haus von Markus Müller in Koblenz angetroffen. Auch hier waren die Unterlagen von Peter Born eine wertvolle Hilfe, Frau Göbel. So wie es aussieht, haben die beiden ein Verhältnis.“
„Das perfekte Team“, strahlte Heike. „Er führt einen Pharmakonzern und ist mit einer Frau liiert, die an der entsprechenden Stelle im Institut sitzt. Somit hätten wir den bestechlichen Mitarbeiter.“
„In diesem Fall eine Mitarbeiterin, so sieht es aus.“ Ulbricht lehnte

sich zurück und verschränkte die Arme lächelnd hinter dem Kopf. „Dann ist der Fall gelöst, Sie haben den Mörder."

„Leider nicht ganz, aber eins nach dem anderen: Sie hat eine schlimme Vergangenheit und war käuflich. Der Geschäftsführer von MM Pharma hat sie aber anders auf seine Seite gezogen. Wie gesagt, die beiden haben ein Verhältnis. Ein Verhältnis, das ihnen jetzt zum Verhängnis wurde. Die Fingerabdrücke der Frau wurden an der Waffe gefunden, die bei Brechtmann lag. Man wollte einen schlecht inszenierten Selbstmord vortäuschen, doch es gab weder Schmauchspuren an Brechtmanns Hand, noch stimmte der Einschusswinkel der Waffe. Hätte er sich selbst erschossen, wäre das Projektil in einem anderen Winkel auf seinen Schädel getroffen. Müller behauptet, dass die beiden die Nacht gemeinsam verbracht haben, aber er wird nicht zugeben, dass sie kurz unterwegs war, um Brechtmann zu töten. Der Mediziner war zu einer Gefahr für die beiden geworden."

„Das würde bedeuten, dass die beiden nicht nur privat, sondern auch geschäftlich ein Paar sind?" Heike staunte.

„So sieht es aus." Norbert Ulbricht nickte mit grimmiger Miene. „Müller als alleiniger Gesellschafter von MM Pharma hat immer wieder versucht, neue Medikamente am Markt zu positionieren. Dies hat er mit Feldversuchen begonnen. Verschiedene namhafte Mediziner standen auf seiner Gehaltsliste, darunter auch Brechtmann. Und Gabriele Kaiser saß an der zuständigen Stelle im Bundesinstitut. Sie verschloss die Augen, sobald MM Pharma die Zulassung eines neuen Medikamentes beantragte. Wahrscheinlich sind auch zwischen den beiden immense Summen geflossen, das wird aber zurzeit erst untersucht. Also verschonen Sie mich mit Fragen, die ich nicht beantworten kann. Ich bin seit sechsunddreißig Stunden auf den Beinen und nicht mehr ganz fit." Ulbricht lächelte entschuldigend. „Peter Born hat den ganzen Skandal aufgedeckt und Brechtmann unter Druck gesetzt." Er zog an der Zigarette und drückte den Stummel im schon jetzt

überquellenden Aschenbecher aus. „Dass er damit eine Lawine lostritt, hatte er vermutlich selber nicht gedacht.“
Mit dem in Dienstgebäuden herrschenden Rauchverbot hatte er wohl reichlich wenig am Hut, stellte Stefan amüsiert fest.
„Und Brechtmann hat Müller davon berichtet, was diese Frau Kaiser dazu veranlasste, die Morde zu begehen?“ Heike konnte es nicht glauben. „Wie passt dann Jan Ruben zu der Geschichte?“
„So weit sind wir leider auch noch nicht. Fest steht, dass Gabriele Kaiser Christoph Brechtmann in seinem Hotelzimmer erschossen hat. Für die anderen drei Morde hat sie aber lückenlose Alibis. Die Kollegen waren schon so frei, das zu überprüfen.“ Ulbricht grinste säuerlich. Er machte keinen Hehl daraus, dass es ihm nicht passte, wie sich das LKA in die Ermittlungen einmischte. Andererseits war der Fall nichts für einen Kriminalhauptkommissar, die Geschichte enthielt deutlich mehr Zündstoff, als ihm lieb war. „Klinke schwört übrigens, dass er seinen BMW nicht an Jan Ruben verliehen hat, und er hat ein hieb- und stichfestes Alibi, das ihm sein Freund Brechtmann jetzt allerdings vor Gericht nicht mehr bestätigen kann. Insofern steht die Frage im Raum, wer den Wagen zur Tatzeit gefahren hat.“
„Eine Idee hätte ich“, murmelte Stefan. „Aber das müssen wir noch beweisen.“
„Ich lausche gespannt.“ Ulbricht beugte sich über den Schreibtisch und faltete die Hände wie zum Gebet.
„Noch nicht“, erwiderte Stefan und schüttelte den Kopf. „Geben Sie uns noch ein wenig Zeit, Kommissar. Wir brauchen noch einen Beweis, und dann liefern wir Ihnen den Mörder.“
„Sie sind ein verdammter Spinner, Seiler.“
„Mag sein. Aber Sie sind unzufrieden mit der Situation, dass Ihnen das LKA den Fall abgenommen hat. Denken Sie zurück. Es begann am Samstag mit einer Leiche im Stausee. Der Mann war zu Lebzeiten Journalist. Er wurde ermordet, weil er zu viel wusste, und nach ihm musste jeder dran glauben, der mit dem Fall in Zusam-

menhang stand und möglicherweise ebenfalls zu viel wusste, gleich, ob er mit diesem Wissen etwas anfangen konnte oder nicht. Da draußen läuft jemand rum, der bereit ist, einen weiteren Mord zu begehen, solange die Geschichte hinter alldem nicht ans Licht kommt. Wir wissen, dass eine Mitarbeiterin des Ministeriums in die Sache involviert war. Die Frau ist kalt genug, um einen Mord zu begehen. Aber wer steckt hinter den anderen Morden?"
Ulbricht machte keinen Hehl daraus, dass ihn Stefans Gedankengang interessierte. „Es muss also mehrere Parteien geben, die hinter der vermeintlichen Mordreihe stecken?"
„Richtig, Kommissar."
„Und?"
„Sie sind der Kriminologe. Was treibt einen Mörder an?"
„Das Mordmotiv."
„Sechs Richtige, Herr Ulbricht. Was wir suchen, ist also eine Person, die, unabhängig von der ganzen Geschichte, so unglaublich sie auch klingen mag, ebenfalls ein Motiv haben könnte, drei Morde zu begehen. Möglicherweise war sich diese Person der Tragweite gar nicht bewusst."
„Jeder, der drei Menschen tötet, ist sich der Tragweite seiner Taten bewusst, denn er handelt mit großer Wahrscheinlichkeit nicht im Affekt, sondern er geht gezielt vor." Ulbricht machte eine wegwischende Handbewegung. Er sprang auf und taperte durch sein Büro. Die Arme hatte er hinter dem Rücken verschränkt, als er am Fenster stehen blieb und hinunter auf die Friedrich-Engels-Allee blickte. „Vorausgesetzt, wir haben es weder mit einem Psychopathen, noch mit einem Amokläufer zu tun. Ich denke, beides können wir in diesem Fall ausschließen."
„Die Gefahr, dass er für den Rest seines Lebens ins Gefängnis wandert, nimmt unser Mörder also billigend in Kauf. Es muss schon ein ziemlich schwerwiegendes Mordmotiv sein."
„Unser Mörder will verhindern, dass die Geschichte ans Licht der Öffentlichkeit kommt", warf Heike ein.

„Viel mehr noch“, erwiderte Stefan. „Er will es um alles in der Welt verhindern. Und dafür muss es einen verdammt triftigen Grund geben. Vielleicht einen geschäftlichen Grund. Vielleicht ist die Tat aber auch privat motiviert.“

„Sie wissen doch mehr, als Sie zugeben wollen, Seiler.“ Ulbrichts Augen schienen Funken zu versprühen. Es störte ihn gewaltig, dass er in dem Fall nichts mehr zu sagen hatte und dass die Reporter der Wupperwelle unbehelligt von dieser Tatsache mit ihren Ermittlungen weitermachten.

„Nein.“ Stefan seufzte und schüttelte den Kopf. „Leider weiß ich auch nicht mehr. Aber es sind zumindest ein paar Denkanstöße, die wir nicht außer Acht lassen sollten. Und wir werden es dem Landesamt zeigen, Kommissar. Das sind wir Ihnen schuldig.“

„Warum denn das?“ Ulbricht kehrte zu seinem Stuhl zurück und ließ sich in das Kunstlederpolster sinken. Er legte die Fingerspitzen beider Hände aneinander.

„Seitdem wir das Schwebebahnkomplott vor fast zehn Jahren aufgeklärt haben, hassen Sie uns, weil wir ohne Rücksicht auf die Bürokratie, mit der Sie sich täglich herumschlagen müssen, ermitteln können. Und es ist an der Zeit, dass wir Ihnen helfen, Ulbricht.“

„Hauptkommissar Ulbricht“, verbesserte er Stefan. „Außerdem bin ich nicht auf Ihre Almosen angewiesen. Sie sind Reporter, ich bin beim KK 11. Wir haben beruflich betrachtet nichts, aber auch gar nichts miteinander zu tun.“

„Und trotzdem haben Sie es in den letzten Jahren immer wieder mit uns ausgehalten“, lächelte Heike.

„Welche Wahl hatte ich denn?“ Ulbricht seufzte. „Aber Sie haben recht. In unserem Behördenstaat ist einfach alles reglementiert. Manchmal ist das gut so, manchmal stehen uns diese Vorschriften nur im Weg. Sie hingegen ...“ Er winkte müde lächelnd ab. „Sie machen sowieso, was Sie wollen, Hauptsache, es kommt eine heiße Story fürs Radio dabei heraus.“

„Das liegt in der Natur der Dinge“, antwortete Heike. „Aber wir werden Ihnen helfen, die Bürokratie zu umgehen, soweit das in unserer Macht steht. Allerdings dürften wir jetzt auch auf der Liste des Mörders stehen. Immerhin verfügen wir inzwischen über das gleiche Wissen wie Peter Born. Und, ehrlich gesagt, sehr wohl fühle ich mich mit diesem Wissen nicht. Aus diesem Grunde werden wir alles daran setzen, den Mörder zu finden, ob mit oder ohne Ihre Hilfe."

„Klingt ansatzweise vernünftig."

Stefan war aufgestanden und machte Anstalten zu gehen. An der Tür angelangt, gähnte er. „Ich habe Sie womöglich mit der Frühsendung geweckt, und jetzt muss ich dringend ins Bett, Schlaf nachholen. Aber vielleicht habe ich ja im Bett die entscheidende Idee."

Heike sprang auch auf und nickte. „Lassen Sie ihn, Kommissar. Er ist wirklich gut im Bett." Sie folgte Stefan, der bereits auf dem Gang des Präsidiums auf sie wartete. Als Heike sich darüber bewusst wurde, was sie gesagt hatte, errötete sie. Vorsichtig steckte sie den Kopf noch einmal in Ulbrichts Büro. Er saß an seinem Schreibtisch und grinste sie süffisant an. Er schwieg.

„Nicht so, wie Sie meinen. Er hat im Bett die besten Ideen."

„Schon gut, ist angekommen, verdammt noch mal. Und jetzt ab mit Ihnen." Ulbricht grinste. „Ich warte auf Seilers Ideen."

Beyenburg, 14:05 Uhr

An Schlaf war nicht zu denken. Stefan würde wohl erst wieder zur Ruhe kommen, wenn der Mörder gefasst war. Auf Heikes Drängen hin fuhren sie noch einmal zum Haus der Klinkes, und Stefan fügte sich in sein Schicksal. Auf dem Weg nach Beyenburg telefonierte Heike mit Kalla. Wie sie erleichtert feststellte, lebte er noch und erfreute sich offensichtlich bester Gesundheit. Sie berichtete ihm auch von Stefans Besuch in Brechtmanns Hütte bei Wermelskirchen-Dhünn.

„Den Besuch hätte er sich verkneifen sollen, um keine schlafenden

Hunde zu wecken", sagte Kalla. „Brechtmann ist verschwunden, an der Mosel untergetaucht und hat seinen Duzfreund Müller rechtzeitig gewarnt. Schöner Mist."
„So sieht es leider aus." Heike seufzte.
„Dann müssen wir die Hütte von Brechtmann durchsuchen."
„Er hat eine Wohnung in bester Lage in Barmen", erinnerte Heike ihn.
„Genau. Und jeder wusste, wo der ehrenwerte Herr Doktor wohnte. Mensch Heike, denk mal nach! So wie es aussieht, war die Hütte in Wermelskirchen sein Versteck. Hier tauchte er ab, um sich zu erholen, aber auch, wenn ihm die Luft in Wuppertal zu dick wurde. So wie neulich. Geh mal davon aus, dass er seine geheimsten Unterlagen weder in der Klinik Wiesenhang noch in seinem Privathaus in den Barmer Anlagen aufbewahrt. Die Hütte im Bergischen ist doch das ideale Versteck!"
„Keine Einwände. Wir werden uns die Hütte vorknöpfen."
Stefan, der dem Gespräch einseitig gelauscht hatte, beschrieb Kalla den Weg dorthin. Sie verabredeten sich für später.
Heike unterbrach die Verbindung und steckte das Handy zurück in ihre Tasche. „Jetzt sehen wir erst mal bei den Klinkes vorbei", murmelte sie.
Beyenburg schien in einem verträumten Dornröschenschlaf dahinzudämmern. Der spitze Kirchturm von Maria Magdalena glänzte in der Sonne. Ein Duft von Blüten hing in der Sommerluft. Stefan lenkte den Käfer auf das Anwesen von Reinhardt Klinke. „Die Vögel sind ausgeflogen", stellte er fest. Tatsächlich stand keines der Autos im Carport. „Ich frage mich, was Klinkes Frau treibt. Im Autohaus habe ich sie nicht gesehen, und die beiden scheinen auch nur noch nebeneinanderher zu leben. Wie eine glückliche Ehe sah mir das, was wir gestern Abend erlebt haben, jedenfalls nicht aus."
Sie stiegen aus und gingen auf den Eingang zu. Stefan legte den Finger auf den Klingelknopf und lauschte mit andächtiger Miene Big Ben. Im Haus tat sich nichts. „Beide Autos sind weg."

„Dann haben wir hier nichts verloren", entfuhr es Stefan. „Komm schon!"
Heike blickte ihn verdutzt an, stellte aber keine Fragen und folgte ihm zurück zum Käfer.

Wermelskirchen-Dhünn, 14:45 Uhr

Ein dunkelblauer VW Touareg parkte vor der Hütte. „Bingo", freute sich Stefan.
„Was meinst du?"
„Ich meine nichts, aber ich hoffe, dass ich mit meiner Idee recht hatte." Er parkte den Käfer direkt hinter dem Geländewagen. Sie stiegen aus und genossen sekundenlang die Stille, die sie umgab. Doch die Idylle täuschte.
Das Motorengeräusch des Käfers hatte sie auf die Besucher aufmerksam gemacht. Eine blonde Frau trat ins Freie. Die Sonne blendete sie, deshalb hielt sie sich die Hände wie einen Schirm über die Augen, während sie sich den Besuchern näherte. Als sie die beiden Reporter der Wupperwelle erkannte, verfinsterte sich ihre Miene.
„Was tun Sie denn hier?" Die Stimme war eiskalt.
„Dasselbe könnten wir Sie fragen, Frau Klinke", konterte Stefan. „Ist dies nicht das Wochenendhaus von Christoph Brechtmann?"
„Schon. Ich habe ihn besucht, um ..."
„Er ist tot." Heike hatte langsam und deutlich gesprochen. Sie achtete auf jede Regung im Gesicht von Jeanette Klinke. Im Bruchteil einer Sekunde wich ihre ablehnende Haltung einer fast mädchenhaften Verletzbarkeit. Anfangs war es ein Zucken im Mundwinkel. Dann begann sie zu zittern. Tränen sammelten sich in ihren Augen, und sie rang mit den feingliedrigen Fingern. Ihre Unterlippe bebte. „Das ist nicht wahr." Die Stimme nichts als ein Hauch. „Sagen Sie, dass das nicht wahr ist."
„Leider ist es wahr." Stefan trat näher. „Dürfen wir hereinkommen?"
Sie nickte und wich den Blicken der Reporter aus. Stefan und Heike

fühlten sich unwohl in ihrer Haut. Es gehörte nicht zu ihren täglichen Aufgaben, Todesbotschaften zu überbringen; das war Sache der Polizei. Doch auf Ulbricht hatten sie nicht warten können. Wahrscheinlich saß er im Polizeipräsidium und leckte seine Wunden, weil er zum Handlanger degradiert worden war. Heike konnte seinen Frust verstehen und wollte nicht mit dem Hauptkommissar tauschen.

„Kommen Sie." Jeanette Klinke machte kehrt und betrat das Häuschen. Drinnen herrschte Halbdunkel. Es gab Dielenböden mit einfachen Läufern und rustikales Mobiliar. Nichts deutete darauf hin, dass diese Hütte einem wohlhabenden Mediziner gehört hatte. Die Frau führte die Reporter in ein kleines, mit Holz vertäfeltes Wohnzimmer und bot ihnen Platz an. Sie setzten sich und schwiegen einen Moment lang.

Dann ging ein Ruck durch die zierliche Frau. Sie strich sich eine widerspenstige Haarsträhne aus dem Gesicht und blickte erst Stefan, dann Heike lange an. „Wissen Sie ... wissen Sie, wie es passiert ist?"

„Er wurde tot in einem Hotelzimmer in Winningen an der Mosel aufgefunden. Mit einer Schusswaffe in der Hand. Alles sollte so aussehen, als hätte Dr. Brechtmann sich das Leben genommen. Doch die Polizei fand keine Schmauchspuren an seiner rechten Hand, was darauf hindeutet, dass er nicht abgedrückt hat. Außerdem stimmt der Schusswinkel nicht überein. Der Mörder läuft frei herum, Frau Klinke." Stefan verriet ihr nicht, dass die Mörderin von Christoph Brechtmann bereits in Haft saß. Er wollte Jeanette Klinke aus der Reserve locken.

„Er hat ihn aus dem Weg geräumt."

„Er wird jeden aus dem Weg räumen, der in dieser Geschichte drinsteckt. Wissen Sie etwas über die Verbindung der Morde?" Stefan blickte die Frau ernst an und versuchte ihre Gedanken und Gefühle zu ergründen. Vergeblich. Diese Frau war verschlossen und wich seinen bohrenden Blicken aus.

„Nein, ich weiß nichts." Händeringen. „Ich weiß gar nichts. Warum musste Christoph bloß sterben?"
„Weil er zu viel wusste?" Heike beugte sich weit vor. Als Jeanette Klinke nicht gleich antwortete, fragte Heike: „Was wissen Sie über die Geschichte? Können Sie uns etwas erzählen?"
Händeringen, Kopfschütteln. Sie starrte auf den Tisch. „Nein", wisperte sie schließlich. „Ich weiß nichts."
„Darf man erfahren, was Sie im Wochenendhaus von Dr. Brechtmann treiben?" Stefan gab seiner Stimme einen sanften Unterton. „Haben Sie etwas gesucht? Oder waren Sie hier mit ihm verabredet?"
„Ich will ehrlich zu Ihnen sein: Wir hatten ein Verhältnis." Sie barg das Gesicht in den Händen und weinte lautlos. Ihre Schultern zuckten. „Mein Gott", fuhr sie fort. „Wie sich das anhört – wir hatten ein Verhältnis. Jetzt ist er tot. Ja, wir waren verabredet. Ab und zu trafen wir uns hier draußen. In dieser Einöde konnten wir ungestört sein. Geschützt vor neugierigen Blicken und unbehelligt von Mitmenschen, die nichts von unserem Glück wissen durften."
„So wie Ihr Mann, Frau Klinke?"
Nicken. „Ja, so wie Reinhardt. Er würde es nicht ertragen können, dass ich ihn mit seinem besten Freund betrüge – betrogen habe." Sie schnäuzte in ein Taschentuch.
„Wie lange ging das schon so?"
„Seit ein paar Jahren. Anfangs liebte ich Christoph, weil er die Fähigkeit besaß, mir zuzuhören. Reinhardt hingegen ..." Sie machte eine wegwerfende Handbewegung. „Er hatte nur noch sein Autohaus im Kopf, arbeitete Tag und Nacht. Für meine Sorgen und Ängste hatte er schon lange kein Ohr mehr. Viel zu lange. Und dann kam das Wochenende in Österreich. Wir waren zu viert dort. Christoph mit seiner Frau Karin, sie lagen gerade in Scheidung, trotzdem war sie mit von der Partie, Reinhardt und natürlich ich. Wir hatten uns eine Hütte in den Bergen gemietet, sie hatte sogar ein wenig Ähnlichkeit mit dieser Hütte hier. Wir hatten viel

getrunken, und irgendwie kamen wir uns immer näher. Karin schlief in einem anderen Zimmer, die beiden hatten sich schon lange nichts mehr zu sagen. Und Reinhardt war völlig betrunken. Wir hatten gestritten, und er hatte mich beschimpft. Eigentlich ist er nicht so, aber wie gesagt, er war betrunken. So kam es, wie es kommen musste. Ich ging zu Christoph. Er war noch wach und hatte unseren Streit mitgehört. Christoph zeigte Verständnis für meine Lage. Wir redeten die halbe Nacht miteinander, und nie zuvor hatte ich einen Mann kennengelernt, der so viel Verständnis zeigte und zudem ein so guter Zuhörer war wie Christoph. Und im Morgengrauen schliefen wir miteinander. Das war der Zeitpunkt, als ich meine Ehe mit Reinhardt innerlich für gescheitert erklärte."

„Innerlich?" Heike runzelte die Stirn.

„Ja, nur innerlich. Wie gesagt, Reinhardt hätte es nicht ertragen, wenn er erfahren hätte, dass ich mit seinem besten Freund ..." Sie brach ab. „Die beiden verband eine lange Männerfreundschaft. Da wollte ich doch nicht dazwischenstehen. Also ertrug ich meinen Alltag und zog mich mehr und mehr von Reinhardt zurück. Wir sprachen kaum noch miteinander. Und Sex hatten wir auch keinen mehr. Ich glaube, er geht zu einer Prostituierten, denn er ist auch nur ein Mann, wenn Sie verstehen? Vielleicht hat er auch eine Geliebte, ich weiß es wirklich nicht. Jedenfalls hat er mich seit dem verhängnisvollen Wochenende in den Alpen nicht mehr angerührt."

„Wie lange sollte das noch so weitergehen?", fragte Stefan.

„Nicht mehr lange. Wir wollten aus dem Alltag ausbrechen. Wir wollten unsere Zelte in diesem Land abbrechen. Es hätte nicht mehr lange gedauert. Aber leider ist uns das Glück versagt geblieben."

„Was wollten Sie heute hier?"

„Eigentlich war ich hier, um auf Christoph, auf Dr. Brechtmann, zu warten. Aber er kam nicht. Ich habe mehrfach versucht, ihn anzurufen, doch er hatte sein Handy abgeschaltet." Sie zückte ein Taschentuch und schnäuzte sich. „Was hat er überhaupt an der

Mosel gemacht?“
„Wir hatten gehofft, dass Sie uns diese Frage beantworten können“, erwiderte Heike. „Bislang gibt es nur einen recht vagen Hinweis. Wie wir wissen, hat er in der Klinik Produkte von MM Pharma verwandt, einem Hersteller von Arzneimitteln.“
„Was ist daran verboten?“ Trotz, unterschwellige Aggression schwang plötzlich in Jeanette Klinkes Stimme mit. Plötzlich schien sie ein anderer Mensch zu sein. Sie reagierte offensiv, wie Stefan feststellte. Damit hatte er fast gerechnet. Von jetzt an war also Vorsicht geboten.
„Natürlich ist der Einsatz von Medikamenten der MM Pharma keine Straftat“, antwortete Heike. „Allerdings setzte Dr. Brechtmann Medikamente ein, die noch keine Zulassung hatten. Dafür bekam er viel Geld von MM Pharma, wussten Sie das?“ Als keine Reaktion folgte, fuhr Heike fort: „Seine Patienten wurden unfreiwillig zu Versuchspersonen, und das sowie Korruption sind Dinge, die illegal sind. Er hat das Bundesgesundheitsministerium unterwandert. Wären die Leute in Bonn dahintergekommen, hätte das weit reichende Konsequenzen gehabt, Frau Klinke.“
„Dann suchen Sie die Schuldigen im Bundesinstitut für Arzneimittel und Medizinprodukte!“ Jeanette Klinke blickte auf. Ihre Augen versprühten Funken.
„Sie scheinen sich aber gut auszukennen.“ Stefan zog anerkennend die Mundwinkel nach oben. Gleich würde er sie da haben, wo er sie schon zu Anfang des Gespräches gerne gehabt hätte.
„Ich hoffe nur, dass man die Mörder findet. Es liegt doch auf der Hand, dass das Institut die Augen vor der Tatsache verschlossen hat, dass Christoph diese Experimente durchführte, oder glauben Sie ernsthaft, das hat in Bonn niemand bemerkt?“
Stefan schüttelte den Kopf. „Ich glaube, Sie verrennen sich da in einer Sache.“
„Was denken Sie, wer steckt sonst hinter den Morden?“ Trotz lag in ihrer Stimme.

„Haben Sie sonst noch eine Idee?“
Jeanette Klinke schüttelte den Kopf und sank vornübergebeugt zusammen. „Nein“, wimmerte sie. „Ich weiß nicht, wer Christoph umgebracht hat.“ Sie sprang auf und wanderte durch den kleinen Raum. Am Fenster blieb sie stehen und wandte sich zu Stefan und Heike um. Mit der rechten Hand vollführte sie eine ruckartige Bewegung. „Allerdings scheinen Sie viel zu wissen. Zu viel, um genau zu sein.“ Plötzlich hatte sie eine keine Pistole in der Hand. Fast so klein wie ein Spielzeug, doch Stefan bezweifelte keine Sekunde, dass es sich um eine echte Waffe handelte.
Heike starrte mit schreckgeweiteten Augen in die Mündung. „Was soll das, Frau Klinke?“, gellte ihre Stimme durch den Raum. „Wollen Sie uns töten, weil wir von Ihrer Affäre mit Christoph Brechtmann wissen? Das interessiert uns doch gar nicht!“
„Sie bluffen“, rief Jeanette Klinke. „Sie wissen, wer Christoph erschossen hat. Und mich wollen Sie aus der Reserve locken.“ Ein teuflisches Grinsen lag auf ihren sinnlichen Lippen. „Das ist Ihnen gelungen, zumindest teilweise. Ja, meine Ehe mit Reinhardt besteht nur noch auf dem Papier. Er lebt für sein Geschäft. Und es war ein Leichtes für mich, Jan als Verkäufer bei ihm unterzubringen. Mein Bruder war immer das Nesthäkchen bei uns zu Hause.“ Ein Lächeln lag auf ihren Lippen. „Und ich fühle mich ihm gegenüber verpflichtet, als große Schwester sozusagen.“
Draußen tuckerte ein Diesel vorbei. Vermutlich ein Bauer mit seinem Trecker auf dem Weg zum Feld, der nicht ahnte, welches Drama sich gerade in der kleinen Hütte abspielte. Das Tuckern erstarb, Stille kehrte wieder ein.
„Er ist Ihr Handlanger“, sagte Stefan.
„Das klingt sehr negativ. Blut ist eben dicker als Wasser. Er war mir ... behilflich, wenn Sie so wollen, ja. Jan hat sich auch um Ihre Freundin gekümmert, Herr Seiler, aber das wissen Sie ja schon. Er hat den Wagen gestohlen und damit Ihre Freundin entführt. Das war so nicht abgesprochen, aber er wollte seine Sache einfach gut

machen. Mein Bruder hat auch den BMW gefahren, als ich auf Schloss Burg dafür gesorgt habe, dass Monika Born nicht zu viel verrät. Der BMW meines Mannes ist schneller als mein Geländewagen. Deshalb habe ich ihn an dem Abend genommen, als ... aber lassen wir das. Er war Monika Born schon seit langem auf den Spuren, hatte sich in einem Hotel mit ihr verabredet, um sie davon zu überzeugen, dass es besser für sie sei, wenn sie sich aus allem heraushält. Im Hotel hat er sie nicht erwischt, aber er war von diesem Moment an wie ein unsichtbarer Schatten für die Frau des Reporters. Die Born war unbelehrbar und schnüffelte weiter. Damit besiegelte sie ihren Tod, wie Sie wissen. Und die Entführung geschah aus der Situation heraus. Er wurde beim Einbruch in die Wohnung der jungen Frau erwischt und hat sie mitgenommen, da sie ihn wiedererkannt hätte. Ich habe ihm gleich gesagt, dass Entführung eine Nummer zu groß für ihn ist." Ein deutlicher Vorwurf lag in ihrer Stimme. „Aber er wollte ja nicht auf seine große Schwester hören."
„Sie haben Monika Born erschossen?", platzte es aus Heike heraus.
Nicken. Ihre Bewegungen erinnerten an einen Roboter. Steif und ungelenk. Der Blick glitt ins Leere. „Und Peter Born. Und den Taxifahrer."
„Aber warum?" Heike konnte es nicht glauben.
Jeanette Klinkes Hand ruckte herum. Sie richtete die Waffe auf Heike. „Weil sie alle zu viel wussten. Born war Christoph auf die Schliche gekommen. Haben Sie eine Vorstellung, was aus ihm geworden wäre, wenn herausgekommen wäre, dass er illegale Medikamente anwandte, noch dazu für viel Geld? Ein korrupter Mediziner?" Sie lachte hysterisch. „Unvorstellbar. Der Leiter der Klinik Wiesenhang führt Experimente durch. Nein, das hätte das Ende seiner Karriere bedeutet." Ihre Augen schimmerten feucht. „Christoph war Vollblutmediziner, er liebte seinen Beruf. Und die Tatsache, dass er die nicht zugelassenen Arzneimittel anwandte, sprach nur für ihn. Er wollte den Patienten schnell und unbüro-

kratisch helfen. So manch einer wäre gestorben, wenn er auf die Freigabe eines Medikaments gewartet hätte. Nein, Christoph wollte den Menschen einfach nur helfen, ist das so schwer zu verstehen?" Ein schriller Unterton schwang in ihrer Stimme mit. „Wenn herausgekommen wäre, was er getan hat, hätte das sein Ende bedeutet. Er wäre ins Gefängnis gewandert, und sein Traum wäre wie eine Seifenblase zerplatzt."

„Was war sein Traum?", fragte Stefan.

„Er wollte helfen. Mit dem Geld, das er zusätzlich verdiente, wollte er seine Patienten noch besser betreuen. Sie wissen selber, wie schlecht es um das deutsche Gesundheitswesen steht, wir sind auf dem Weg in die Zweiklassengesellschaft, und das nicht erst seit der Einführung der Zehn-Euro-Praxisgebühr. Christoph verdiente gut, doch er hatte die Nase voll davon, der Prellbock für Patienten, Politik und Krankenkassen zu sein."

„Deshalb hat er sich ja auch auf Privatpatienten konzentriert", murmelte Heike.

„Dort ist das schnellere Geld zu machen, ja. Er hatte viel vor."

„Zurück zu seinem Traum." Stefan räusperte sich.

„Wir hatten große Pläne, wollten nach Afrika gehen und den Menschen dort eine medizinische Betreuung bieten. Christoph war kein schlechter Mensch, das müssen Sie mir glauben."

„Wir glauben an Fakten", entgegnete Heike unbeeindruckt.

„Sie wissen zu viel."

„Wir wissen, dass Sie drei Menschen getötet haben", erwiderte Heike.

„Halt das Maul!", kreischte Jeanette Klinke. „Halt dein blödes Maul! Ich habe das getan, um Christoph zu schützen, ich wollte ihm den Rücken freihalten."

„Christoph ist tot", erinnerte Stefan sie.

Sie riss die Hand, mit der sie die kleine Pistole hielt, herum. „Ihr seid auch tot. Ich werde nicht ins Gefängnis wandern, weil zwei neugierige Reporter eine Geschichte wittern und an die Öffent-

lichkeit bringen. Ich werde ..."
Plötzlich splitterte Glas, ein Scherbenregen prasselte ins Zimmer, und jemand rief: „Auf den Boden mit euch!"
Jeanette Klinkes Gesichtszüge schienen zu entgleisen, als sie auf dem Absatz herumwirbelte. Sie war außerstande zu reagieren, denn im nächsten Moment peitschten Schüsse durch die Luft.
Jeanette Klinke zuckte, von einer Kugel am Arm getroffen, zusammen und riss im Affekt den Finger am Abzug durch. Mündungsfeuer blitzte auf, dann fiel die Pistole polternd auf den Dielenboden der Hütte.
Im selben Augenblick spürte Heike einen brennenden Schmerz an der Schulter. Hitze breitete sich in ihrem Körper aus. Als sie von der Couch glitt, sah sie, dass auch Jeanette Klinke getroffen zu Boden ging. In Todesangst starrte sie auf die klaffende Wunde in ihrem Arm. Ein Blutfleck bildete sich.
Heike schien es, als würden sich die Ereignisse in Zeitlupe abspielen. Stimmengewirr drang verzerrt an ihre Ohren. Sie hörte Schritte und Schreie. Der Schmerz lähmte ihren Körper, und sie fragte sich, ob es sich so anfühlte, wenn man starb.
Danach wurde es dunkel um Heike. Die Angst, nicht mehr aufzuwachen, hämmerte durch ihren Schädel. Das Letzte, was sie wahrnahm, war Stefans gellender Schrei. Dann tauchte sie ins Nichts ab.

Mittwoch

Bethesda-Krankenhaus, 13:05 Uhr

„Sie kommt zu sich."
Zunächst erkannte sie die Gestalten nur schemenhaft. Sofort war da wieder diese Todesangst, die sie zuletzt gespürt hatte. Heike blinzelte. Es dauerte einen Augenblick, bis sie in die Realität zurückkehrte. Ihr Körper fühlte sich taub an, und jede Bewegung bereitete ihr höllische Schmerzen. Als sie schlucken wollte, spürte sie den Kunststoffschlauch, der in ihrem Mundwinkel klemmte und der sie wie Frankensteins Monster grinsen ließ. Ein pelziger

Geschmack breitete sich in ihrem Mund aus.
Die Stimme kannte sie. Stefan, das war Stefan gewesen.
„Dann aber bitte nicht zu lange. Sie muss sich noch ein paar Tage schonen."
„Natürlich." Wieder Stefan.
„Mach dir nicht ins Hemd, Weißkittel. Wir werden sie nicht ans Limit bringen. Immer schön im grünen Bereich fahren, damit kenne ich mich aus, Meister." Bassstimme, beruhigender Unterton, hatte etwas Väterliches an sich. Das war Kalla.
Und wieder die andere Stimme: „Wie Sie meinen." Türklappern, Stille.
Heike blinzelte. Jetzt erkannte sie die schemenhaften Gestalten im Zimmer. Alles hier war weiß. Es dauerte einen Augenblick, bis sie begriff, dass sie sich in einem Krankenzimmer befand. Langsam kehrte die Erinnerung zurück. Bis zu dem Zeitpunkt, als sie die Kugel aus Jeanette Klinkes Waffe getroffen hatte. Danach Filmriss. Sie spürte eine Hand, die sie zärtlich streichelte, und wandte den Kopf zur Seite. Stefan lächelte, aber in seinem Gesicht stand Sorge geschrieben. „Da bist du ja wieder", sagte er leise.
„Ja." Das Nicken tat weh. Sie verzog das Gesicht. „Da bin ich wieder. Und ich glaube, ich habe einiges verpasst." Der Schlauch ließ sie undeutlich reden. Erst jetzt bemerkte sie den Infusionsständer, der neben ihrem Bett stand.
„Das kann man so nicht sagen." Kalla, der sich am Fußende aufgebaut hatte und mit dem Namensschild an der verchromten Bettstange spielte, grinste. „Du hast dich einfach durchgetan, als es spannend wurde. Aber gut, jetzt bist du ja wieder an Bord. Herzlich willkommen."
Heike sammelte ihre Kräfte. Sie streckte den Arm aus und zog sich am Galgen über dem Krankenbett hoch. Stefan stellte ihr die Lehne aufrecht, sodass sie im Bett sitzen konnte. „Und jetzt will ich alles hören", forderte sie.
Stefan zog sich einen Stuhl heran und setzte sich verkehrt herum

darauf. „Das ist eine lange Geschichte, aber ich versuche, es auf das Wesentliche zu beschränken. Jeanette Klinke hat tatsächlich die drei Morde begangen, um ihrem Geliebten den Rücken freizuhalten. Liebe macht blind, sagt man ja immer. Und wir sind zur Hütte gefahren, weil ich eine Idee hatte. Plötzlich wusste ich, dass die Klinke hinter den Morden stecken musste. Auf der Fahrt nach Wermelskirchen hast du mit Kalla telefoniert, der so nett war, auch auf einen Sprung vorbeizuschauen. Nachdem Jeanette Klinke uns die Morde gestanden hatte, zückte sie eine Waffe und wollte uns auch aus dem Weg räumen. Mit unserem Wissen hätten wir sie lebenslang hinter Gitter bringen können, und das wollte sie natürlich vermeiden. Pech nur, dass Kalla etwas später an der Hütte ankam."

„Ich hatte mich verfahren – und das als Profi." Kalla schnaubte beschämt. „Darfste auch keinem erzählen."

„Was aber auch gut so war. Denn wir haben Kalla unser Leben zu verdanken. Er hat durchs Fenster geschaut und gesehen, dass wir mit einer Waffe bedroht wurden."

„Ist sonst nicht meine Art, in fremde Fenster zu gucken, das müsst ihr mir glauben. Aber sie stand mit dem Rücken zum Fenster und hatte mich nicht bemerkt. Als sie die Waffe hob und auf euch zielte, habe ich die Scheibe des Fensters eingeschlagen, an dem sie mit dem Rücken zu mir stand. Deshalb hat sie mich nicht gesehen – und ihr wohl auch nicht, so dick bin ich dann wohl gar nicht." Er grinste breit, bevor er fortfuhr. „Nachdem ich das Fenster eingeschlagen habe, musste es schnell gehen. Ich musste sie außer Gefecht setzen, so zielte ich und habe sie mit meiner Pistole angeschossen. Gott sei Dank bin ich ein grauenhafter Schütze und habe nur ihren Arm getroffen. Sie war verwundet und konnte euch nichts mehr anhaben. Der Rest war kinderleicht. Ich bin zu euch rein, habe den Notarzt und die Polizei gerufen, während Stefan die Frau in Schach hielt und sich um dich gekümmert hat. Ulbricht und seine Jungs kamen raus und haben das reife Obst gepflückt.

Seitdem sitzt Frau Klinke. Ihr Versuch, euch aus dem Weg zu räumen, war ein Satz mit X, war wohl nix." Der vollleibige Taxifahrer kicherte amüsiert.
„Woher hattest du die Waffe?" Heike konnte es nicht glauben.
„Als du mich vorgestern Abend angerufen hast, um mich zu warnen, habe ich mir die Pistole von einem Freund besorgt. Ihm gehört auch der Waffenschein, aber dieser Freund hat mir schon viel zu lange einen Gefallen geschuldet. Deshalb zögerte er nicht, als ich ihn bat, mir seine Knarre zu leihen. Ich wollte mich nur damit schützen, und er weiß, dass ich damit keinen Blödsinn machen würde, deshalb hat er mir die Pistole auch geliehen." Kalla legte den massigen Kopf schräg. „Du hast mir doch am Telefon erzählt, dass wir zu Mitwissern geworden sind. Ich hänge doch an meinem Leben."
„Ja", nickte Heike und brachte ein schwaches Lächeln zustande. „Das sehe ich." Sie drehte den Kopf zu Stefan. „Und warum hattest du es so eilig, zur Hütte zu fahren, nachdem wir in Beyenburg niemanden angetroffen hatten?"
„Ich habe eins und eins zusammengezählt, mehr nicht. Erinnerst du dich noch daran, was Jeanette Klinke gefragt hat, als wir sie spätabends noch besucht haben? Sie sagte, ohne dass wir etwas davon erwähnt hatten, dass ihr Mann nichts mit den drei Morden zu tun hatte. Mit drei Morden, verstehst du?" Stefan grinste wie ein Honigkuchenpferd. „Woher wusste sie, dass es drei Morde waren?"
„Wohl wahr." Heike nickte erstaunt.
„Außerdem hat sie mit irgendjemandem telefoniert, als wir aus dem Arbeitszimmer ihres Mannes kamen, erinnerst du dich? Sie sagte, dass der Gesprächspartner auf sich aufpassen solle – sinngemäß."
„Es war Jan Ruben, mit dem sie telefoniert hat?" Heike konnte es nicht glauben. Plötzlich klang alles so logisch. „Er hat Danni entführt, eine Tat, die nicht abgesprochen war. Und er war es, der auf sich aufpassen sollte, weil die Polizei schon nach ihm und dem

gestohlenen Golf fahndete."
„Richtig." Stefan strahlte. „Also habe ich meine Schlüsse gezogen. Zugegeben, dass sie ein Verhältnis mit Brechtmann hatte, darauf bin ich nicht gekommen. Aber das hat sie uns freundlicherweise ja selber erzählt."
Kalla räusperte sich. „Ich werd dann man in die Cafeteria gehen, dann könnt ihr zwei noch ein bisschen alleine sein." Er zwinkerte Stefan verschwörerisch zu. „Und du werd schnell gesund, Mädchen. Das Radio braucht dich. Und ich auch!" Er verließ den Raum.
„Dem hast du es aber angetan", grinste Stefan, als sie alleine waren.
„Er ist ein echter Kumpel", nickte Heike und rappelte sich im Bett auf. „Aber davon mal ganz abgesehen ... was ist denn jetzt mit dieser Danni?"
„Sie war meine Sandkastenliebe, mehr nicht." Stefan seufzte. Er hatte befürchtet, dass Heike dieses Thema anschneiden würde, sobald sie unter vier Augen waren. Immerhin war sie nach wie vor eifersüchtig.
„Mehr also nicht?"
„Nein – ich schwöre!" Stefan hob zwei Finger wie zum Eid und grinste schief. „Sie hat ein Kind, ist im Job schwer eingespannt und vielleicht abends einsam. Aber sie hat schnell kapiert, dass ich vergeben bin. Also – kannst locker bleiben!" Er beugte sich zu ihr hinunter und küsste sie auf die Stirn. „Ich gehöre doch zu dir!"
Heike beruhigte sich. „Wie geht es ihr jetzt?"
„Einigermaßen." Schulterzucken. „Der Schock sitzt tief, man wird ja schließlich nicht jeden Tag entführt. Kommissar Ulbricht hat übrigens eine nette Frau kennengelernt."
„Danni?" Heike machte große Augen.
„Nein", lächelte Stefan. „Aber ihre Mutter. Er hat sie bei der Vernehmung heute Morgen kennengelernt. Und ich glaube, die beiden waren sich auf Anhieb sympathisch, erzählte mir Ulbricht jedenfalls vorhin, allerdings war die Entführung ein denkbar schlechter Zeitpunkt für Amor, seine Pfeile abzuschießen." Er kehrte die

Handflächen nach oben.
„Das wird auch Zeit, dass unser Kommissar Verdammt mal eine Frau bekommt", erwiderte Heike. „Vielleicht ist er dann nicht mehr so grummelig."
Stefan hatte da so seine Zweifel. „Das bleibt abzuwarten", erwiderte er. „Ich hatte erwartet, dass sein Bild vom weiblichen Teil der Bevölkerung jetzt ein für alle Mal verdorben ist, nachdem er sich mit der Tatsache abfinden musste, dass eine Frau hinter den Morden steckt. Er war ziemlich überrascht, hatte scheinbar in eine andere Richtung ermittelt."
„Es war schlimm genug für ihn, dass sich das LKA in die Sache eingemischt hat", lächelte Heike. „Ein herber Rückschlag für sein Ego."
„Er wird es überleben und freut sich schon auf den Ruhestand."
„Wie geht es jetzt weiter?"
„Du wirst erst mal gesund. Die Kugel hat dich an der Schulter getroffen, und ich bin froh, dass sie dich nicht am Hals erwischt hat, denn dann würden wir uns wohl kaum unterhalten können. Die Ärzte sagen, dass du schon so gut wie über den Berg bist." Schiefes Grinsen. „Aber nur unter einer Voraussetzung: Wir sollen in unserem Bericht über die ganze Geschichte dafür sorgen, dass die Mediziner nicht alle schlecht dastehen."
„Das ist ja wohl Ehrensache", schmunzelte Heike. Sie war froh, dass der große Arzneimittelskandal aufgeklärt war. Die Mörder saßen hinter Schloss und Riegel, aber alle anderen Beteiligten würden noch eine ganze Zeit lang mit der Sache zu tun haben. Das war ihr egal. Sie sehnte sich schon jetzt wieder nach dem Studio der Wupperwelle. Es war höchste Zeit, dass der kleine Sender mit einer heißen Story groß rauskam.